TENG XIAOLAN
XIAOSHUO
JINGXUAN
QINGGUO–QINGCHENG

滕肖澜——著

倾国倾城

APGTIME 时代出版
时代出版传媒股份有限公司
安徽文艺出版社

滕肖澜，中国作家协会全委会委员，一级作家，现为上海市作协副秘书长、中宣部“四个一批”文化名家。作品曾获第六届鲁迅文学奖中篇小说奖、首届锦绣文学大奖、《上海文学》奖、《十月》年度青年作家奖等。并入选《人民文学》与“盛大文学”共同推选的“未来大家TOP20”。

倾国倾城

滕肖澜小说精选

滕肖澜——著

TENG XIAOLAN
XIAOSHUO
JINGXUAN
QINGGUO-QINGCHENG

ARTTIME 时代出版
时代出版传媒股份有限公司
安徽文艺出版社

图书在版编目（CIP）数据

倾国倾城/滕肖澜著. —合肥：安徽文艺出版社，2020.12
（滕肖澜小说精选）
ISBN 978-7-5396-7048-5

Ⅰ. ①倾… Ⅱ. ①滕… Ⅲ. ①中篇小说—小说集—中国—当代 Ⅳ. ①I247.5

中国版本图书馆 CIP 数据核字(2020)第 180847 号

出 版 人：段晓静　　丛书统筹：姜婧婧
责任编辑：黄　佳　　装帧设计：Simple

出版发行：时代出版传媒股份有限公司　www.press-mart.com
安徽文艺出版社　www.awpub.com
地　　址：合肥市翡翠路 1118 号　邮政编码：230071
营 销 部：(0551)63533889
印　　制：安徽新华印刷股份有限公司　(0551)65859551

开本：880×1230　1/32　印张：11.75　字数：250 千字
版次：2020 年 12 月第 1 版
印次：2020 年 12 月第 1 次印刷
定价：46.00 元(精装)

目录

Contents

美丽的日子 / 001

爬在窗外的人 / 054

倾国倾城 / 127

四人行 / 202

这无法无天的爱 / 279

正在害喜 / 356

美丽的日子

（一）

吃饭时，卫老太发现，姚虹的手搭在卫兴国的大腿上。

桌子是正方形的，桌布四个角垂下来，刚刚好，垂到人的大腿那块，有些屏障的作用。可桌布到底不是屏风，又是纱质的料子，透光，卫老太一眼便看穿了那头的景象。卫兴国跟没事人似的，吃饭喝汤，只是一个劲地抿嘴，很不自然。姚虹真正是个小狐狸，面上还给卫老太舀汤呢："姆妈，吃汤。"只一眨眼的工夫，手便到下面去了，像抹了油。

卫老太的眼睛，是把尺，一瞟，一测，便晓得那只手在儿子的膝关节上两厘米处——倒也不算顶顶要紧的位置，离警戒线还有些距离。卫老太心里盘算，姚虹进门不到一个月，手就摆到这个位置了。前阵子卫兴国看见她，说话还舌头打结呢，她呢，也是端着举着，卫老太让她和他握个手，“就算是认识了”，她死活不肯把手拿出来，老实得跟黄花闺女似的。现在倒好，一步到位，手直接上大腿了。

卫老太咳嗽一声，那只手顿时松开了，又摆到桌面上来，给她舀汤。“姆妈，再吃一碗汤。”卫老太心里哼了一声。她自然不会说穿，但适当的警示还是要的，跟大人一桌吃饭，多少该收敛些。卫老太朝姚虹看，来上海没多久，姚虹已经晓得化妆了，可惜眉毛画得一边高一边低，搞得神情也跟着有些怪异，像有事想不通似的。卫老太想笑，又有些鄙夷，想乡下人到底是乡下人，干脆清汤寡水倒也罢了，一打扮，就露了怯了。

姚虹是弄堂里张阿姨介绍来上海的。张阿姨是热心人，卫老太把意思跟她一说，她便张罗开了。卫老太不太喜欢北方人，说最好是江浙一带的。可江浙一带有点难度，模样周正的，瞧不上卫兴国，模样差的，卫老太也不要。张阿姨劝卫老太，不妨把范围扩大些。说到底人家还是图个上海户口，越是偏远的，越是把这个看得重，别的条件就上去了。好比做乘法，X 乘上 Y 等于 Z，Z 是常量，不变的，X 越是小，Y 就越是大。这是个道理，卫老太想想也没错。

张阿姨动作也实在是快，没几天便把照片带来了，是江西上饶人。卫老太一看，模样还过得去，便问几岁。张阿姨说三十四。卫老太问结过婚没，张阿姨说结过。卫老太问有小孩没，张阿姨说没。卫老太又问，前面那个男的，是离了还是没了，张阿姨回答，两年前病死的。

火车票的钱是卫老太出的。两下里一敲定，人就来了。卫老太关照张阿姨，别把话说死了，好不好还不知道呢。张阿姨晓得卫老太的顾忌，隔着几百里，火车都要开一整天呢，又不是知根知底的，好自然不用说，倘若不好，连个退路也没有。张阿姨想来想去，教了卫老太一招——先把她安置下，付她工资，让她做些家务，相中了当然最好，要是相不中，再让她走，只当是找个保姆，大家都不吃亏。卫老太觉得这法子蛮好，就怕人家不愿意，伤自尊。张阿姨说："外头找工作还有试用期呢，她不愿意，有的是人排队。再说了，你们家兴国要是腿不瘸，上海女人哪里寻不着了？提着灯笼都难找的好事，她这是上辈子烧高香了！"

姚虹来的第二天，卫老太便带她去医院体检。这么做有些直白了，但别的可以马虎，唯独身体是头一桩，半点玩笑开不得。依着卫老太的想法，没有孩子自然是好，省得累赘，但又怕她生育有问题。卫老太是快七十的人了，做梦都想抱孙子，卫兴国也四十好几了，拖不得。这女人要是生不出孩子，就算是天仙也要请她走人。

体检报告一切正常。卫老太放下心来，对着她只说是上海有这风气，定期要体检。

回去后，把朝北的小间腾出来给姚红。说是小间，其实只是拿板隔出的一块豆腐干大小的地方，再拉道帘子，放个三尺的小床，连走路都累。卫兴国改睡阁楼。姚虹拿余光偷偷打量——改造过的老房子，小归小，厨卫倒是独立的。

姚虹整理东西时，卫老太在一旁看着。一个旧的尼龙包，里面几件换洗的衣服，都是旧得不能再旧的。胸罩是的确良的，那种没有钢托，最最原始的式样，洗得都出毛边了，连卫老太这个年纪都不穿的。毛巾和洗漱用品也没带全。卫老太找了两条新毛巾给她，让卫兴国去楼下小超市买了牙刷，又从抽屉里翻出一套真丝睡衣睡裤给她。早些年买的，一直没穿，倒放旧了，也算是见面礼。

姚虹千恩万谢地接过，说："阿姨，你真是好人。"卫老太让她改叫"姆妈"——这里头有层意思，毕竟不是真的保姆，人家千里迢迢是来找婆家的，道理上不能太亏待。反正上海人"姆妈"也是浑叫的，以前卫兴国的同学到家来，都叫她"姆妈"，并不见得真有什么。让人家叫一声"姆妈"，看着不拿她当外人，好歹也是份心意。

当然了，也因为不是真的保姆，卫老太有心理准备，不指望她能把家务干成一朵花来。姚虹是江西人，吃口重，卫老太特意关照她，不要放辣，不要放太多油和盐。也是应了"矫枉过正"这个词，姚虹做的头一顿饭像是直接从水里捞起来的，端上来时还说："姆妈，上海人吃得这么淡，怪不得皮肤好，水灵灵的。"卫老太告诉她："上海人吃得淡是淡，但也不用这么淡，家里又没人得腰子病。"于是第二顿，正宗的江西菜就上桌了，辣得母子俩一把鼻涕一把眼泪的。卫老太倒也不生气，晓得她还是太紧张，分寸把握不好，便亲自下厨示范。从上菜场买菜，到择菜、切菜、配菜，再到烧菜，手把手地指导。一道水芹肉丝，水芹菜是最麻烦的，要一爿爿地剥开，小心地挑去里面的污泥，半斤水芹菜总得择个一阵子，洗个三五遍才行，而肉丝则必须配合水芹菜的宽度，切得极细，头发丝似的，否则装盘不好看。开油锅一炒，水芹菜里的水便出来了，撇去水，盛到盘里才半盘，却是极费工夫的。还有香煎小黄鱼，便宜东西，也是折腾人的，一条条鱼要开膛剖肚，把内脏拿掉，在水龙头下冲洗干净，拿盐腌了，晾个大半日，再放到滚油里煎，一条条地进去，香味顿时出来了。煎的时候不能急，一急受热不均，肉质就不是外脆里嫩了。火也不能太大，否则皮焦了，卖相便差了。卫老太故意烧这两道菜，像新学期给学生上的第一堂思想教育课，把主旨提到一个高度，上海人过日子的意思，精致的简朴，絮叨的讲究，全在里面了。

关于家务活，卫老太对姚虹说："以前在老家怎么干，现在就怎么干，不要有压力。"姚虹记下了，但毕竟是不同的。单说拖地吧。姚虹倒是勤快，趴在地上擦，抹布太湿，像写毛笔字，一笔一画都在那儿呢。卫老太说："你不用这样，拖把不就在旁边，干拖把上稍微蘸几滴水，拖起来又干净又省力。窗户每个月擦一遍，用报纸。冰箱每两个月除一次霜。阳台要每天打扫。还有洗衣服，内衣分开洗是不消说的了，还要分颜色深浅，不能一股脑全扔进洗衣机里，会串色。床单、被套每两个礼拜洗一次，晒干后最好熨一下，服帖。"卫老太自己的衣服是不用熨的，反正老太婆一个，也不用见人。卫兴国的衬衫外套是必须熨的，虽说在工厂传达室上班，算不上什么好工作，但男人的衣服领子要是软塌塌的，精神也会跟着软塌塌的，就不上台面了。

姚虹拿纸笔一字一句地记下来。这个动作让卫老太挺满意，好坏姑且不论，态度首先要端正。态度对了，接下去的事情才好办。卫老太把第一个月的工资放到她面前。她微微一怔，迟疑了几秒钟，随即收下了，脸也跟着红了。这个表情让卫老太有一丝内疚，多少是有些看轻人家了。倘若是上海女人，怕是早扭头走了。卫老太想到这里，话便软下来了：

“也别有啥负担，就当是在自己家里一样——”

姚虹叫卫兴国“阿哥”。卫兴国头次见到她，眼睛里什么东西一闪，倏忽便飘了过去，像道光。姚虹对着卫老太说话没啥，可对着卫兴国，鼻音就出来了，像重感冒。好多音在鼻子里转，每次都要转好几个圈才出来，不肯爽爽气气的。卫兴国被她一通鼻音搞得一愣一愣的，也传染上了，话在嘴里打转，半天才出一个字。卫老太看在眼里，有些不爽，但再一想，也好，儿子喜欢是第一条，否则她老太婆再张罗也没用，到底不是包办婚姻。

弄堂是通风的，还是穿堂风，藏不住事的。几天工夫，谁见了卫老太，都要关切地问一句：

“人来了是吧？”

卫老太点着头，嘴里解释：“先看看，先看看——”那些人还要细问，卫老太已快步走了过去。八字还没一撇，她不想多谈。那些人的嘴，说多了，假的也成真的了，卫老太最怕这样。

姚虹倒是比想象中大方得多，见了人，总是客客气气地打招呼，既不多话，也不装聋作哑。碰到楼上楼下，搭把手帮个忙，买个小菜晾个衣裳，也是没二话的。时间一长，卫老太慢慢看出这小女人的好来——没有小地方人的扭捏，待人接物还是蛮得体的。原先担心那层不上不下的关系，怕彼此尴尬，倒也没有。姚虹嘴上叫她“姆妈”，却也拎得清，并不真把自己当儿媳，还在试用期呢，是学徒。媳妇也要学的呀，学会了，才能真的上岗。人家管吃管住，还给钱，比老家的师傅不晓得好多少倍呢。姚虹这么想着，心里便舒坦些。

临来之前，姚虹把卫家的情况问了又问，大大小小的事，查户口似的。她晓得介绍人是有些烦了，可嫌烦也没办法，这是大事。她问："卫兴国是一生出来就瘸，还是咋的?"介绍人说："生出来不瘸，得小儿麻痹症瘸的。"姚虹问："传达室一个月能挣多少钱?"介绍人说："千把块吧，也就上海最低工资线。"姚虹又问："他家那套房子是自己的吗？有多大?"介绍人说："弄堂晓得吗？就是电视里那种上海老弄堂，东家一个阁楼，西家一个亭子间，你自己想吧。"这介绍人是张阿姨的一个远亲，撮合这事时并不十分热情，而是有些居高临下的，手底握着十来个女人，打扑克牌似的，让谁去不让谁去，这可是天大的恩典。"他要是四肢健全，长得像许文强，家里住别墅，一个月赚几万块——他吃饱了撑的，找你?"介绍人最后这么说。姚虹并不生气，停了停，从桌底下递了个红包过去："您多关照——"

到上海那天，卫老太母子去火车站接她。人群中，卫兴国举了块牌子——"江西上饶，姚虹"，很醒目。姚虹看到卫老太，第一印象便是，这老太把自己拾掇得挺干净，稍稍放了些心，怕就怕碰到那种生活不能自理的老人。再看卫兴国，原地站着看不出瘸腿，鼻子很大，眼睛有些眯缝，不是那种很有男人味的长相，但也不太丑——姚虹又放了些心。火车站离家不太远，回去时叫了辆出租。卫兴国坐前排，她和卫老太坐后排。她是第一次坐出租，有些局促，一路上都紧贴车门，生怕碰着卫老太。卫老太身上有一股淡淡的雪花膏的香气，端坐着不看她，也不说话。她听介绍人说过，卫老太退休前是会计，也算是有文化的人。她只得朝前看，卫兴国的后脑勺有些秃，顶上白花花的一小块，泛着光。姚虹想，这男人原来是个癞痢头。

母子俩专程来接她。这个细节让她觉得挺窝心。后来向卫老太讲起这事时，姚虹用了非常夸张的语气："感动啊，姆妈这么大年纪，阿哥腿也不方便，真是很感动的。"卫老太还要客气："你大老远地跑来上海，总归要接的。这是道理。"姚虹说："所以呀，所以真的是很感动，感动极了。"她一连用了四个"感动"，说到后面，眼圈还红了红。三分好说成十分好，人家听了开心，自己也不吃亏，皆大欢喜，这也是道理。姚虹给家里人写信时，说她叫卫兴国"阿哥"，那边人听了都笑，说："怎么叫阿哥呢？是男人呀，不是阿哥。"

她便解释，"阿哥"其实就是男人，是"情哥哥"的意思，叫"阿哥"也好，不生分也不尴尬，朴朴素素的，是个好称呼。

姚虹到的第二个礼拜，卫兴国就邀她去看电影了，是上午场，半价。走进去，整个场子就他们两个人。电影刚开场，灯一关，卫兴国的手就活动开了。起初像搔痒，不经意似的，蜻蜓点水，是在试探。姚虹朝旁边让，可再让也只有那么点大地方，总不能离开座位。让到不能让的时候，姚虹就不再让了。于是卫兴国动作幅度更大了。姚虹朝他看，见他眼睛盯着电影屏幕，煞有介事的，手却很不老实。姚虹忽然想笑了，但这个时候不能笑，一笑就臊了，没意思了。

关键还是家里房子小。倘若只有两个人倒也罢了，可多了个卫老太，就相当不方便了。这一带的旧房子，老早就说要拆了，可雷声大雨点小，拖到现在都没动静。看早场电影这个法子，卫兴国还是跟厂里几个小青工学的，花几十块钱，坐上两小时，外面点杯咖啡都不止这个数。附近那家电影院搞噱头，每天早上十点场只要十元钱，很划算。

再划算，总归也是笔开销。卫兴国向母亲要钱。他的工资，还有残疾人补贴，都是卫老太替他收着。他不抽烟不喝酒，平常没啥花销，最多是剃个头、买张 DVD 片子什么的。卫老太掏了一百块给他。卫兴国说："妈，再多给点。"卫老太又加了一百，卫兴国还是嫌少。

卫老太朝他看，问："要这么多钱干吗?"卫兴国说："用呀。"卫老太问："干什么用?"卫兴国红着脸，说："看电影。"卫老太其实是明知故问，当着姚虹的面，给他们个钉子碰。隔三岔五便往电影院跑，卫老太看不惯。可儿子这么老老实实地说出来，卫老太又有些不忍了。到底是四十多岁的男人，也作孽。卫老太又多添了一百，至于再嫌少，那是无论如何都不行了。

卫老太说儿子："公园里坐坐不也一样?电影院里坐还要花钱，公园里坐上一天，也没人向你收钱。"卫兴国咕哝一下，没说话。姚虹插嘴说："姆妈讲得有道理，我本来也是这个意思。"卫老太斜她一眼，心想，你倒会充好人。

有了第一次，就有第二次、第三次。数目越要越多，周期越来越短，卫老太的脸色也越来越难看。到后来，卫兴国索性提出——由自己保管工资。厂里工资一千三百块，加上残疾人补贴两百多，一千五出头。“我又不是小孩，老是伸手要钱，傻兮兮的。”

卫老太一口回绝，理由很简单：“没结婚就是小孩，钱放在我这里，要用的时候问我要，你有什么不放心的？”卫兴国说：“不是不放心，是没必要多此一举。姆妈年纪大了，管钱也老辛苦的。”卫老太嘿的一声：“管钱有啥辛苦？多动脑筋，不会得老年痴呆症，多点钞票，手也不容易生冻疮。”卫兴国吃瘪，下意识地朝厨房看。姚虹在厨房烧饭，关着门，房里只有母子俩。卫老太晓得姚虹是避嫌疑，可越是这样，越是露了痕迹。

一会儿，姚虹端着饭菜出来，招呼两人吃饭。她的厨艺最近有所长进，一道葱烤鲫鱼有模有样，只是味精还是放得多，吃的时候还行，吃完便不停喝水。卫老太前年腰椎间盘突出那阵，请过一个保姆，也喜欢放味精。其实这是保姆的通病，毕竟不是大厨，怕东家嫌自己手艺差，只好使劲放味精，吊鲜。卫老太跟姚虹说过几次，她答应了，可临到装盘又是一把味道撒下去，习惯性动作。

卫老太说：“味精不好多吃的，要得肾结石的。”卫兴国说：“姆妈帮帮忙，哪有这么吓人？味精呀，又不是毒药。”卫老太白儿子一眼，说：“凡事都要有个度，过了这个度，就算是仙丹也会吃死人。”姚虹不吭声，心里晓得这话是说给自己听的——卫兴国三天两头要钱，现在又提出自己管账，在老人家眼里，是过了这个“度”了。

收拾完碗筷，姚虹把阳台上的衣服收进来。卫老太拆一件旧毛衣，让她帮着撑线。姚虹问："姆妈，织毛线啊？"卫老太说："给兴国织条围巾。"姚虹说："姆妈眼睛不好，还是我来弄吧。"卫老太嗯了一声，将绕好的线头给她。姚虹把毛线缠在膝盖上，一边绕，一边看电视，是韩剧《澡堂老板家的男人们》。看着看着，卫老太冒出一句："还是韩国好啊，有规矩，老人说一句话，小辈连个屁都不敢放，哪里像中国，都反过来了。"姚虹忙说："中国也是一样的。"

卫老太叹了口气，道："上海有句俗话，叫'若要好，老做小'。我现在就是老做小，小的都爬到老的头上去了。"

卫兴国在一旁看报纸，像是没听见。卫老太讲得激动，呛了一口，顿时咳嗽起来。姚虹放下毛线，到厨房倒了杯茶过来："姆妈，喝茶。"卫老太接过，瞥见她诚惶诚恐的神情，想，搞得跟童养媳似的，扮猪吃老虎。卫老太又朝儿子看，痴痴的模样，跟那小女人相比，真是有些马大哈的。卫老太想到这，更觉得不能把钞票交给儿子，交给儿子便是交给那小女人。好也罢了，倘若不好，那是要出事情的。

卫兴国放下报纸，用塑料袋包了一堆竹片上阁楼了。卫老太晓得他又要搞那些花样了，到外面捡些破竹片，编些小篮头、小车、小人什么的，房里堆得到处都是。卫老太不懂儿子怎么会喜欢这些名堂，劝过几次都没用，只得由他去了。说也奇怪，卫兴国对别的事不上心，唯独对这个例外，中了魔似的，一弄就是大半天。卫老太原先还以为有了姚虹，他会收敛些，谁晓得还是老样子。一次，卫老太向儿子提起这事，说："男人整天搞这些没用的，女人要看不起的。”卫兴国笑起来，说：“怎么会呢？她很支持的。”卫老太倒有些意外了。

“姚虹说了，”卫兴国有些兴奋地告诉母亲，“这是艺术，她老崇拜我了。”

卫老太把“崇拜”这两个字琢磨了半天，觉得这小女人门槛太精，专挑儿子喜欢的话讲，是个厉害角色。卫老太把这层顾虑说给张阿姨听，张阿姨倒是不以为然：“小两口自己开心就好，你想这么多做啥？再说了，她捧着你儿子不好吗？难道你希望他们整天吵架？”

卫老太说自己不是这个意思。“现在是还没到手呢，所以捧着顺着，等将来到了手，谁晓得会怎样？”张阿姨听了直笑：“你儿子是人又不是东西，什么叫到手？你啊，想得太多，自己累，人家也跟着累。她要真有这种手段，又何必——”

张阿姨说到这里笑笑，停住了。卫老太晓得她后半句是什么，想想也是，现在这个世道，上海户口也不像过去那么吃香了，全国上下遍地是黄金，哪里挣不到钱了？何况小女人长得也不难看。卫老太想到这里，稍稍放了些心，可又有些不甘，想儿子又哪里差了，要不是幼时那场病落了残疾，现在怕是小孩都读中学了，唉。

一次闲聊时，卫老太问姚虹：“上饶是什么样子？”她道：“就是个小地方，没上海这么多高楼大厦，马路要窄一点，车子也没上海多。”卫老太有些惊讶了，说：“那里还有车子？”姚虹也惊讶了，随即笑道：“姆妈，上海人是不是都这样，以为除了上海之外，其他地方都是农村？”卫老太给她说得挺不好意思，忙道：“不是的不是的。”姚虹说：“上饶是个地级市，还没有上海一半大，不过绿化挺好的，空气也好，这两年房价涨得很快，市区那块也要一万一平米了。”卫老太啧啧道：“那不是比上海好？绿化好空气好，房价也便宜。”姚虹笑了笑，说：“不一样的，总归还是上海好，有外滩、东方明珠，还有金茂大厦，多漂亮啊——哪里也比不上上海。”

她说到这里停下来，叹了口气。

“姆妈，‘上饶’和‘上海’只差一个字，怎么就差那么多呢?”

卫老太朝她看，半晌，也叹了口气，道：“其实都一样。上海睡大马路的人也多得是呢，外滩和东方明珠又不能当饭吃，小老百姓过日子，其实都差不多的。”

姚虹动作很快，一天工夫便把围巾织好了，交到卫老太手里。卫老太戴上老花镜，看了一遍，让她去给卫兴国。姚虹说：“这是姆妈的心意，姆妈自己给他吧。”卫老太说：“你给我给不是一样？我给又不会多块肉出来。”姚虹便拿去给卫兴国。一会儿，卫兴国戴着围巾出来，兴冲冲地向卫老太打招呼：

“姆妈，围巾老漂亮的，谢谢哦。”

卫老太晓得儿子平常大大咧咧，才不会这么讨喜，必定是姚虹关照的，心里不由得暖了一下，嘴上却道：“谢什么？把你养这么大都没说过一声谢谢，一条围巾有啥好谢的!”

卫老太带姚虹去剪头发。姚虹一头长发毛毛糙糙的，扎起辫子来像把扫帚，还是那种老式的扫帚，硬邦邦的。卫老太建议她剪成短发，清爽些。理发店的人说姚虹这种脸型，剪个 BOBO 头倒蛮合适，就是那种厚厚的一刀平。等剪完了，卫老太一看，说："这不就是蘑菇头吗？"理发店的人笑起来，说："阿婆，你老懂经的，BOBO头就是蘑菇头，是改良过的蘑菇头。"姚虹照镜子，自己觉得蛮好。理发店的人又说："阿婆，你们家阿姨这么一剪，最起码年轻五岁。"

上海人统称保姆为"阿姨"。卫老太听了，忍不住朝姚虹看去，见她抚着刘海在研究，应该是没听见，便问多少钱。回答是四十块。卫老太一边掏钱，一边啧啧道："剪个头可以买三斤大排骨了。"那人笑道："我们这里还算便宜的，外面找个什么沙宣专门店，手艺还不见得比我们好呢，几刀下去，十斤大排骨就没了。"

回去时经过菜场，卫老太说顺便买点小菜，问姚虹想吃什么。姚虹说："随便。"卫老太便开玩笑，说："那就买点大排骨。"姚虹也笑，说："好啊。"卫老太说："兴国喜欢吃油煎大排，味道好是好，就是胆固醇太高。"姚虹说："偶尔吃一顿，没事的。"

小贩拿了几块大排，放在秤上："一斤半多一点，二十块。"卫老太正要拿皮夹，姚虹已抢着付了。"姆妈，我来。"给了小贩二十，又给卫老太二十，"剪头发的钱。"

卫老太一愣："这是做啥？"

"我自己剪头发，不能让姆妈出钱。"姚虹说着，拿了排骨便走。卫老太在原地怔了一会儿，跟上去："计较这个干啥？你出钱我出钱不是一样？"姚虹回头笑道："所以呀，我出钱不也一样？"卫老太要把钱还给她，她让开了："姆妈你先走吧，我找老乡聊聊天，一会儿就回来。"

姚虹的老乡叫杜琴，三十来岁，在隔壁弄堂做保姆。姚虹空闲的时候，会去找她，两个女人一起说家乡话，聊聊心事。杜琴的东家是个孤老，无儿无女的，脾气很古怪，不好伺候。杜琴常向姚虹倒苦水，说死老头子又怎么了怎么了。姚虹劝她："干得不开心就换个人家，哪里不是赚钱？"杜琴很羡慕姚虹，说："天上掉馅饼，恰恰就砸中了她。"姚虹撇嘴道："什么馅饼？你看卫兴国那满脸麻子，倒像个麻饼。"说着忍不住笑。

杜琴说姚虹新剪的发型很不错。"这下真的像上海人了，卫老太要定你了。"又问，"老太婆啥时候给你们办事情？"姚虹说："谁晓得，八字还没一撇呢。"杜琴道："都好几个月了，还没一撇？"姚虹叹道："不是'八'字没一撇，弄不好连我这个'姚'字都没一撇。"杜琴忍不住道："老太婆也太把自己当回事了，房子比鸽子笼还小，儿子还是个瘸子，她就这么吊起来卖？"姚虹嘿的一声。

回家时，在弄堂口见到卫兴国，在跟面粉摊的小英聊天，眉飞色舞的。小英的两只手上都是面粉，聊到兴头上，就往卫兴国脸上一刮，两道白花花的印子。卫兴国笑得牙龈肉都出来了。姚虹待在角落里，等他走了，才跟着上楼。卫老太看到儿子脸上的印子，问怎么回事。卫兴国说是不小心沾了石灰。姚虹拿毛巾给他擦拭。他说："谢谢哦。"姚虹在他脸上抹了一把，幽幽地说："又不在工地上班，怎么沾的石灰？"卫兴国道："就是说啊，奇怪了。"

第二天，卫兴国又说要去看早场电影。姚虹没答应，说要洗被单。卫兴国道："被单什么时候不能洗？明天再洗吧。"姚虹道："天气预报说了，明天是阴天。"她故意说得很大声。卫老太听见了，过来说："去吧去吧，今天天气不错。"姚虹说："就是因为天气不错，才要洗被单啊。”转向卫兴国说，“等哪天下雨再去看吧。”卫兴国哑然失笑，说：“哪有专挑下雨天去看电影的？”姚虹不理，拆了被单去阳台了。卫老太本来还想做好人，没想到竟吃了个软钉子，有些胸闷，想这小女人怪得很，问儿子：“你们吵架了？”卫兴国说：“谁吵架了？莫名其妙的。”

姚虹洗被单时，想着刚才的情景——是杜琴教她的，说也别太低眉顺眼了，有时候也得稍稍摆些谱，耍些小脾气，这才是过日子的样子。“你自己要摆正位置，你是他们家的媳妇，不是保姆。保姆要事事顺着东家，媳妇不用这样，时不时要对男人发发飙，给婆婆点脸色看，这才像是媳妇了——”姚虹听到最后一句，忍不住笑，说：“你懂得倒多。”

姚虹把卫兴国叫到阳台上，让他帮着绞被单。“我没力气，你帮个忙。”卫兴国一边绞被单，一边问她：“好处费呢？”姚虹朝他白了一眼：“是你家的被单哎，还要好处费？”

卫兴国说：“这条是我姆妈的被单，不是我的。”姚虹说：“那你问你姆妈要好处费去。”卫兴国嘿的一声，见旁边没人，凑上去在她脸上亲了一口。“啵！”姚虹忙不迭地躲开，卫兴国一手搂住她的腰，一手在她胸上抓了一把。“下流！”姚虹骂道。

卫兴国笑得贼忒兮兮。姚虹从盆里湿淋淋地捞起一条枕巾，用力一抖，水花溅了他满头满身。趁他睁不开眼时，姚虹抓住他顶上一撮头发，用力一拉。他痛得大叫。与此同时，她凑到他耳边，轻声说了句：

“天气预报说了，明天会下雨。”

（二）

居委会组织市内观光一日游。卫老太早早地便去报了名，一人八十块，包午餐和东方明珠的门票。她问姚虹想不想去。其实也是随口一问，钱都交了，哪有不去的理？姚虹来上海这些日子，除了去南京路逛过一圈，还没怎么出过门，卫老太觉得不妥当。姚虹时常写信回家，猜想亲家那边必然会问——城隍庙去了吗？东方明珠去了吗？金茂大厦去了吗？——来了大半年了，统统没去，总归讲不通。现在好了，一次性搞定，虽说是走马观花，但胜在效率高，短短一天工夫，上海滩该去的地方都去了。

八点钟准时集合，在小区门口的空地。卫兴国原先也想去，被卫老太拒绝了："都是女人家，你一个男人挤在里面算怎么回事?"姚虹对卫兴国说："你要是真想去，我把名额让给你好了。"卫老太道："他要想去才怪。这些地方啊，只有你们外地人才感兴趣。"卫老太说溜了嘴，瞥见姚虹一副干巴巴的神情，忙掩饰道："这个，其实好多地方，上海人自己都没去过，现在外地人一个个混得都比上海人好，有钱的都是外地人。"自己讲着都觉得不伦不类。

姚虹晕车，车子开出不久便说想吐。卫老太问司机要了个塑料袋。一会儿，姚虹便把早上吃的东西全吐了出来，又说胃疼。前排两个女人扇着鼻翼，做厌恶状。卫老太本来也嫌姚虹麻烦，可看她们这样，又不免帮着自己人："晕车呀，有啥大不了的？人是吃五谷杂粮长大的，又不是神仙。"那两个女人嘴里还啧啧作声。卫老太促狭，趁着一个急刹车，把那袋秽物往她们面前一晃，两个女人咿里呀啦地尖叫起来。“做啥啦做啥啦？”卫老太忍着笑：“不好意思哦，刹车实在是太猛。”

午饭是在城隍庙吃的小笼。姚虹说吃不下，卫老太硬塞到她碗里：“你吃吃看，这边小笼很正宗的，来一趟城隍庙不吃小笼说不过去。”又倒了些醋在她碟里，“多吃点醋，胃会舒服些。”姚虹勉强吃了两个。卫老太去找领队，说：“我们小姚不舒服，吃完饭就不玩了，直接回去了。”领队提醒她：“不玩门票钱也不退的。”卫老太说：“我晓得，身体不舒服有什么办法？”

两人坐地铁回去。路上，姚虹抱歉道：“姆妈，对不起哦，害你也不能玩。”卫老太嘿的一声，说：“不能玩就不能玩，有啥要紧的？”姚虹还是第一次坐地铁，启动时没拉好扶手，被巨大的惯性冲得后退几步，亏得卫老太一把抓住她：“小心点。”姚虹拍拍胸口，不好意思地笑笑。

出站时，姚虹的票找不到了，上下口袋掏了个遍，像长翅膀飞了似的，没影了。卫老太摸出三块钱，又给她补了张票。姚虹跟着卫老太出站，窘得脸都红了。卫老太看在眼里，本来还要嘀咕两句，想想算了，只是告诉她，地铁不像公共汽车，票子一定得好好留着，出站还要查票呢。姚虹说：“就跟坐火车差不多。”卫老太说：“可不是，地铁说到底也是火车，在地下开的火车。”

回到家，卫老太让姚虹在床上躺着，烧了水，给她冲了个热水袋，又下了碗面条，热气腾腾地端过去：“怕你胃吃不消，也不敢放浇头，多少吃一点。”姚虹心里一暖，说声“谢谢姆妈”，接过。卫老太在床边坐下来，问她：“胃是偶尔疼呢，还是一直不好？”姚虹回答：“冷天容易疼，或者吃了辣的也会疼。”卫老太又问：“到医院查过没有？”她说：“没有。”卫老太说：“那不行，要查一查。胃病这东西，可大可小的。”

卫老太也是雷厉风行，第二天便拉着姚虹去医院做了个胃镜。结果是胃里幽门螺旋杆菌超标，还有轻微的十二指肠炎。医生说：“幽门螺旋杆菌会传染，中国人不实行分餐制，很容易得这个病，没啥大事，不过还是要吃药。”配了三种药，连吃半个月。

晚饭时，卫老太在每个菜盘里都放了把勺子：“我们也来学外国人，先用公勺把菜舀到自己碗里，再吃。”卫兴国嫌麻烦，照样拿筷子夹菜，半空中被卫老太的筷子拦下了，两支筷子短兵相接。“说了用公勺，”卫老太强调道，“现在不像过去，要讲究些，对大家都好。”

姚虹在一旁不吭声，拿公勺舀了些青菜，就着把整碗饭都吃了，心想，卫老太是怕她传染给她母子俩呢。姚虹读书不多，听医生说幽门螺旋杆菌超标，一颗心便沉了下去，想胃里有细菌，那还了得？不免有些心灰意冷。洗完碗出来，见卫老太在小声跟卫兴国讲话。卫兴国抬头朝她看了一眼，姚虹猜想必定是说自己。

果然，一会儿，卫老太先洗脚睡觉了，只剩下她和卫兴国两人。卫兴国照例又往她身边蹭，上下其手，却不与她亲嘴。姚虹心里哼了一声，把他推开，说：“我累了，要睡觉。”卫兴国说：“才几点啊，你又不是老太婆。”姚虹没好气地说：“我不是老太婆，难道还是青春少女？”卫兴国嘿的一声，拿白天编的小玩意儿给她看——是辆小轿车，用极细的竹片编成，染上颜色，车尾上居然还有个“奔驰”的标志，十分逼真。姚虹原不想睬他的，见了也忍不住拿过来看：“啧啧，手倒是巧——”

卫兴国得意地说：“那当然，你老公嘛。”

姚虹鼻里出气，哼道：“老公？算了吧，我可高攀不上。”卫兴国道：“不是你老公，难道是别人老公？”姚虹道：“早早晚晚的事。”卫兴国讪笑着，又去搭她的肩膀。她皱眉，往旁边躲。他又去搭。来来回回好几趟，卫兴国说她：“怎么跟泥鳅似的，滑不溜丢？”

卫老太其实没有睡着，躺在床上，外面两人的说话声都落在她耳里。她一听姚虹的口气，便晓得这人多心了。又不是什么大病，她再老糊涂，也不会计较这个。卫老太打个呵欠，忽听卫兴国啊的一声，似是吃痛，嘴里嘘着气，直嚷“手断了断了”。又听姚虹压低了声音说：“看你还敢不敢——”跟着，脚步声也有些纷乱了，应该是一个追一个逃。扶梯吱嘎吱嘎直响。一会儿，又嘻嘻哈哈地笑。卫老太晓得两人在耍花枪呢，想，男人天生都是贱骨头，给小女人这么打打骂骂，服帖得不得了。

又想到自己年轻时，和死鬼老头也有过甜蜜的光景，几十年过去了，还会像放电影那样在眼前绕来绕去。卫兴国长得像他爸，尤其是鼻子，简直一个模子里刻出来的。都说儿子像妈才有福气，他要是长得像自己，大概也不会吃那么多苦，得了那该死的病，五岁不到便瘸了腿。又碰上男人工伤丧了命，三十来岁年纪，便只剩下她一人，孤零零地带一个瘸儿子。那时卫老太真是连死的心都有了，硬生生挺了过去，脑子里只存一个念头——“别人怎么活，我便也怎么活”。孤儿寡母，好不容易撑到了今天，伤口早止了血，结了疤，厚厚硬硬的一块，倒比旁人还结实些。卫老太其实也没啥苛求——儿子找个好女人，结婚生子，安安生生地过下辈子，那便足够了。

张阿姨几次来问消息，卫老太都说“不急，再看看”。张阿姨道：“怎么不急？你们兴国都四十好几了。”卫老太说：“那也急不得啊，又不是挑大白菜——是挑媳妇，是大事，要谨慎些。”张阿姨说：“我晓得是大事，可再大的事情，早晚也得拿个主意不是？我倒觉得小姚这人不错。”卫老太笑笑。姚虹隔三岔五便去张阿姨家，跑娘家似的，洗衣拖地做饭，还用自己的工钱给她买脆麻花和生煎馒头——这些她都是知道的。卫老太并不觉得有多么不妥，将心比心，换了谁都会这样，可以理解。再想想，找个有点心计的媳妇也好，儿子那样的傻瓜，是该有个能干些的女人撑着才行。卫老太是想自己说服自己。如今这世道，寻个好媳妇实在不是件易事，卫老太真想两手一摊，答应下来算了，大家省心，自己也省心。

外面一点点静下来，应该是睡去了。卫老太起来披上衣服，走到外面。小间的布帘没有拉严，留道缝，透出些光来。她停下来，朝里瞥了一眼，见姚虹坐在床上写信。被子有些软，她拿本台历垫在下面，微蹙着眉，写得很慢，一笔一画的。纸上密密麻麻已写满了大半。她握笔的姿势有些奇怪，中指抵着笔杆，倒像在写毛笔字，很用力，额头上隐隐都有汗珠了。卫老太还是第一次亲眼见她写信，她白天做家务时是那样，原来写信时是这个模样。卫老太有些好奇了。灯光在她头上镀了一层澄澄的暖色。长发垂下来，遮住了半边脸。

卫老太看了会儿，正要走开，手肘不留神在墙上碰了一记。砰！姚虹顿时察觉了，霍地抬起头，看见她。

两个女人一里一外，对望着。

“姆妈，我、我已经好了，马上关灯。”姚虹很快反应过来，慌乱地把信放在一边，躺下来，伸手去关台灯。

卫老太晓得她误会了，连忙摇手：“不要紧，你写你的，我上厕所。”

从厕所出来，见那道布帘已完全敞开了，灯关了，漆黑一片，里面静得没有一点声响，似已睡着了。卫老太一怔，在门口站了片刻，不知怎的，竟有些心酸。她慢慢地走回房间，心想，要是哪天真的讨了她做媳妇，一定要让儿子好好待她。

元旦时，卫兴国给母亲买了件羊绒衫，原价两千，打六折。姚虹帮着她换上新衣，在镜子前晃了一圈。卫老太觉得挺满意，嘴上还要唠唠叨叨：“啧啧，老太婆一个，花这个钱干啥？”卫兴国说：“老太婆就不用打扮了？你儿子又不是没钱。”卫老太听了这话，心里咯噔一下，忽想起这阵子他竟不问自己要钱了，早场电影还是照看，逛过两次淮海路，上周还去了趟锦江乐园。工资和奖金好端端在抽屉里藏着——他哪来的钱？

卫老太反复想了两遍，竟有些担心了，怕他学弄堂口那些瘪子们——斗地主、二十一点、拨眼子、梭哈，没日没夜地赌。那可是要命的，弄得不好，一家一当都要送进去的。卫兴国骨子里不是个让人省心的东西，读初中时跟一群坏孩子偷工厂的废铜烂铁去卖，那些人腿脚利索倒也罢了，可怜他瘸着腿，被人轻轻松松逮个正着。卫老太气坏了，也吓坏了，把他吊在房梁上，拿皮带往死里抽，一边抽一边抹眼泪，心想，要是真的走歪路，干脆打死干净，也省得操心了——总算是悬崖勒马，生生给扭了回来。

卫老太想到这些，汗毛都竖起来了。当着姚虹的面，卫老太不好开口，待姚虹去阳台收衣服，才做贼似的问了。人家来上海是想找个本分男人，要是卫兴国真做了什么见不得光的，别说上饶女人，就是非洲女人，也不见得肯跟他。卫老太问的时候，声音都有些发抖了。谁知卫兴国听了大笑："姆妈，你想到哪里去了？哎哟，真是天晓得了！"

卫兴国从床底下拖出一个小箱子，打开，里面都是他摆弄的那些小玩意儿。小车、小人、小动物，哗地一下，倒得满地都是。

"姆妈，艺术也可以挣钱的，懂吗？"卫兴国得意扬扬地说。

他说姚虹在网上办了个小店，专卖这些小玩意儿。起初只是抱着试试看的态度，谁晓得还真有人买。客人的意思是，东西做得不错，就是包装太老实，不上档次。姚虹便买来大红色的硬板纸，自己动手做成一只只红盒子，把玩意儿装进去，外面绑上金色的丝绸，再添上"囍"字——现在婚礼上都流行小游戏，拿这个当奖品最合适不过，价格不贵，又别致。事实证明，姚虹的思路完全正确，这么包装一下，销路顿时上去不少，每周能卖出十来件。

"再这样下去啊，存货就不够了，非得再接着做不可。姆妈你老说我不务正业，还说要统统扔掉，嘿，亏得我们小姚识货——"卫兴国唾沫横飞地说。

姚虹从厨房走出来，听见了，接着话头说："我也是随便试试，谁晓得真的行——瞎猫碰上死老鼠了。"卫兴国加上一句："关键还是你老公手艺好。"姚虹朝他白了一眼："少自吹自擂了。"

卫老太本已放下心来，但瞥见两人极有默契的模样，不免又有些酸溜溜的。"做生意啊，"她慢腾腾地道，"好是好，不过也有风险，又不是包赚不赔。"卫兴国说："有啥风险？我们这是智慧投资，不用本钱的。"卫老太嘿的一声："怎么不用本钱？硬板纸不是本钱啊？上网的电费不是本钱啊？脑细胞不是本钱啊？那些小竹片不是本钱?"卫兴国蹬了蹬脚："哎哟，姆妈真是搞来——"

卫老太存心触他们霉头，说完了，心满意足地去厕所了。说到底，心底还是高兴的，不偷不抢，坐在家里便能赚钱，那些搞七捻三的小名堂居然也有人要，这世道是越来越让人看不懂了。卫老太想，忘记问他们挣多少了，想来应该也不会太少，又是看电影又是逛街的，偶尔还要喝杯咖啡上个馆子。谈恋爱就要花销，没有比谈恋爱更让人快乐的花销了。儿子今年四十好几了，比旁人整整晚了二十年才享受到这种快乐——总算是也享受到了。卫老太坐在马桶上，浑身轻松。

卫老太问姚虹："怎么想到在网上卖这个?"姚虹回答："三楼的阿美教的。"阿美在百货公司卖化妆品，碰到商家搞活动送试用装，便悄悄把试用装藏下，对着顾客只说派发完了，然后再拿到网上卖——这已是行业里公开的秘密了。卫老太平常很看不惯阿美，好好一个女孩，头发偏要染成五颜六色，指甲却是乌黑。"那样妖里妖气的人，能教出什么好名堂？”姚虹说，一开始是借她的店做的生意，后来渐渐做大了，自己便也注册了一个小店。“网上做这种生意的人不少，竞争激烈得很，亏得兴国手艺好，才做得下去。”卫兴国白她一眼，得意道：“你才晓得啊？”

卫兴国提议晚上去外面吃饭：“庆祝你儿子发大财。”卫老太不肯，说钱要省着花，又说外面不卫生，家里烧几个小菜，干净又实惠。卫兴国说姆妈是死脑筋。“你当然无所谓了，反正也不用你烧——”卫老太听这话不顺耳，想，还没结婚呢，就已经向着她了。

“我烧也行啊，”卫老太淡淡地说，“让她歇着吧，我来。”

母子俩还在嘀咕，姚虹已飞奔着出去买了菜，回到家开始拾掇，晚饭时摆了满满一桌——香煎带鱼、糖醋排条、蚝油西兰花、咸菜干丝，都是卫老太喜欢的。卫兴国拿起筷子便吃，大赞美味：“我老婆的厨艺真是没话说。”火上煨着鸡汤，姚虹过去盛了一小碗过来，给卫老太：“姆妈替我尝尝咸淡。”卫老太尝了一口，说：“还好。”姚虹道：“我放了点干贝，好像有点腥气。”卫老太便教她，干贝要先拿黄酒发一会儿，再一爿爿撕开，不能这么直接扔进去。“你当是大蒜头啊？”卫老太嘲了她一句。姚虹笑笑，说：“就是，又向姆妈学了一招。”

私底下，卫老太问儿子：“到底能赚多少？”卫兴国还要卖关子，道：“反正不少。”卫老太追问：“不少是多少？”卫兴国说：“不一定，要看货色，差不多一两百元吧。”卫老太吓了一跳，问：“一件吗？”卫兴国嘿的一声，说：“当然是一件，难不成还是一麻袋？你以为是卖给废品收购站？这是艺术，姆妈，你养了个艺术家儿子，呵呵。”

卫老太是真的有些吃惊了。一件一两百元，每星期卖十来件，那要多少钱啊？卫老太不禁感慨，自己在上海住了一辈子，都不晓得还有这种赚钱的门道。姚虹才来了几个月，已摸得清清楚楚，变废为宝，儿子原来还是个摇钱树。卫老太想到这，忍不住好笑。半是炫耀半是担心地说给张阿姨听。张阿姨趁势又说姚虹的好：“多机灵的一个人啊，你挖到宝了。”

卫老太说：“就怕是太机灵了。你看，小两口闷声大发财，就把我老太婆蒙在鼓里。”张阿姨说：“低调点也好，过日子嘛。”卫老太想来想去，还是那句话：“兴国是马大哈，怕是弄不过她。”

张阿姨劝她：“一个愿打一个愿挨，你管那么多呢。再说了，兴国是璞玉，要没有她，你还不是把他当石头？门卫一个月能赚多少钱？现在可好，收入都赶上小白领了。所以说世界上的事啊，都是配好的。你们家兴国拖到这么晚没成家，大概就是在等她，命中注定的。”

卫老太活到这把年纪，也是越来越信命了。张阿姨后面那句话，倒是说到她心坎里去了。本来嘛，好不好都是相对的，只要对儿子好，那便是真的好。儿子自己喜欢，她又是实心实意为儿子打算，那还有什么话说？卫老太心底里舒了口气，嘴上却对着张阿姨叹道：“早晓得兴国有这本事，又何必大老远从外面物色呢？上海女人哪里找不到了？唉。”

张阿姨听了摇头，说她：“一把年纪了，还要‘作’。”

姚虹怀孕了。连着几天都吐得一塌糊涂，起初还当又是胃病，卫兴国陪她到医院一查，欢天喜地地告诉卫老太：“姆妈，有了。”

卫老太高兴得一颗心像刚酿好的果酒，甜汁都快满溢出来了，面上还要装老派，板着脸。“这个，还没结婚呢，你们两个小孩也真是胡闹——”瞥见姚虹羞红了脸，一副无地自容的模样，忙又道，“算了算了，有都有了，总不能把它再变回去，对吧——都是你这个坏小子呀，”卫老太喜滋滋地在儿子身上捶了一下，“这下要命了，出事了，出事了。”

好运气似乎是接踵而来的。没几天，便传出消息，老房子要拆了。这次是千真万确，居委会告示都贴出来了，预计在明年四月，让各家各户积极配合，做好拆迁工作。卫老太心里算了笔账，要是年前给儿子办了婚事，户口迁过来，那就是三个户口两个家，起码能多分十几个平米，折成现金就是好几十万。老天爷帮忙，时机掐得刚刚好，好事成双。

亲自去江西拜访是来不及了，卫老太预备先跟亲家通个电话，或是写封信，商量一下婚事。外地有外地的规矩，时间再紧，该讲究的还是得讲究，不能让人家觉得上海人不懂道理。卫老太问姚虹：“你们那里是不是流行给聘礼？”姚虹说：“不用，我爹妈都不看重这些，只要我自己过得好就行。”卫老太想这是客气话，总归要意思意思的。还有金银首饰，也得赶紧备好了。

卫老太带姚虹逛了趟金店，挑了一副手链，24K足金。又买了一枚钻戒，戒心是用碎钻拼成的，价格不算贵，看着倒也熠熠闪光。姚虹的手指肥肥白白的，手寸快赶上男人的了。售货员夸赞说这是天生的贵妇手，有福气。卫老太想，有没有福气还不晓得，买个戒指倒是多用不少铂金，开销上去了——想归想，心里还是开心的，快七十岁的人了，总算等到给媳妇买首饰了。

穿堂风一刮，左邻右里都晓得卫家要办喜事了。卫老太不怕别人背后议论，说瘸脚儿子找了个外地来的保姆媳妇。无所谓，反正各家过各家的日子，冷暖自知。将来的事情谁晓得呢？四肢健全找个上海老婆，也不见得能白头到老。卫老太是吃过苦头的人，晓得天底下顶顶要紧的，不过是“实惠”两字。兴国爸爸去世那阵，为了多得些抚恤金，卫老太也不是没豁出去过。面子是要紧，但敌不过孤儿寡母两张吃饭的嘴。倘若那时稍有犹豫，只怕就没这个家了——都是几十年前的往事了，隔了这么久，不提了。

卫老太让姚虹给兴国爸爸上炷香。死鬼老头的遗像从抽屉里请了出来，抹了灰，摆在五斗橱上。姚虹点了炷香，鞠了三个躬。卫老太在一旁说：“这是你媳妇，现在肚子里已经有小的了，你在下面要多多保佑他们!”姚虹对着遗像，恭恭敬敬地叫了声“阿爸”。卫老太鼻子一酸，眼泪差点掉下来。

家务是不能再让姚虹做了。姚虹还要坚持，说多活动有好处。卫老太说：“等将来孩子生下来，有你动的时候，现在先歇歇。”朝北的小间阴冷潮湿，卫老太把她挪到大间，宽敞，阳光也好。卫兴国直说“姆妈偏心”，说有了媳妇就忘了儿子。卫老太冲他一句：“那好，今天起你睡下面，让我老太婆爬扶梯睡阁楼。”卫兴国还要摆弄那些小玩意儿，卫老太不许，说竹头木头都有碎屑，吸到气管里，要咳嗽的。“孕妇又不能吃药，万一生病了要吃大苦头。”

闲暇时，卫老太教姚虹说上海话。两个女人待在厨房里，一边剥毛豆，一边进行嘴形和发声的训练。上海话在方言里算是易懂的，入门快，但越是这样，越是难说得正宗。上海话其实是一门学问，掺杂着许多东西在里面，经年累月，像冲了几道后的茶，水浅浅绿绿，清冽得能照见人影，茶叶稳稳地落在杯底，很扎实很干净。卫老太让姚虹先别急着开口，多听别人说，听得久了，厚积薄发，自然而然就出来了。正宗的上海话，呱啦松脆，像一口咬开的小核桃，听得人浑身惬意。上海人说上海话，“人”与“话”是合二为一的。听见洋泾浜的上海话，就像看见西装下面穿球鞋那么别扭。

姚虹道：“姆妈，上海话有点像日本话。”卫老太道：“是吗？我可不觉得，小日本的话哪有我们上海话好听。”姚虹又道：“上海的‘吃饭’和上饶话差不多呢，姆妈我说给你听——”她用上饶话说了一遍，“是吧？”卫老太听了，也觉得像。“怪道‘上海’和‘上饶’只差一个字，原来还真有些讲究。”

姚虹说要教卫老太上饶话，卫老太连忙摇头：“我这把年纪，脑子都生锈了，记不住。”姚虹不依，说：“怎么会记不住？从今天开始，姆妈教我上海话，我教姆妈上饶话，大家一起学习。”她带着鼻音，这么撒娇似的说来，卫老太心里一动，想，嗲啊嗲啊，儿子应该就是这么被她勾了魂，所以连小把戏都勾了出来。

卫老太有些甜蜜地摇了摇头，伸手在姚虹头上轻轻抚了一下。两人还是第一次这么亲昵。姚虹条件反射似的，差点要弹开——总算是忍住了，受了未来婆婆的这一抚，有着里程碑式的特殊意义，划时代的。姚虹竭力让自己表现得自然，心里有什么东西直往上溢，一股接着一股，直冲到头上，先是脸颊，再是眼睛，都微红了一片，慢慢漾开来，浑身上下都是暖的。

除了上海话，卫老太还教姚虹怎么打扮、怎么穿衣——去书报亭买那些时尚杂志，《ELLE》《秀》《瑞丽》等等，让姚虹当成教科书看，看那些模特儿怎么搭配衣服，怎么摆弄发型。这比学说上海话还难得多，要靠天赋，不能生搬硬套。卫老太一门心思要把姚虹培养成一个上海媳妇，倒不是为了自己，老太婆了，不在乎那些虚头。这纯粹是为卫兴国。儿子年纪不大，将来的路还长。上海这个地方，有些讲不清，宽容的时候很宽容，刻薄的时候又很刻薄。许多根深蒂固的东西，像轮船靠岸时抛下的锚，牢牢在海底扎着；又似奶糖外的那层饴纸，看着无关紧要，可真要没了它，又觉得怪。这就是“体面”——锦上添花的玩意儿。儿子体面了，卫老太才能安心。说到底，好像也不全是“体面”，还应该牵涉“尊严”，是自尊心的意思。

卫老太的自尊心，蛰伏在体内几十年，平常没声没息，现在一点点苏醒了，像冬眠的蛇。真正是春天到了，暖意融融的。卫老太本来话不多，现在慢慢放开了。几十年的话匣子，厚实得像本日记，一页页翻过去，都能闻到淡淡的纸香了。详写还是略写，全凭卫老太的心，但到底是写了，开心的，不开心的。话题由近到远，渐渐拉长开去，那些早就淡却的岁月，像暗室里新洗的照片，景物一点点浮现出来，清晰了。

姚虹是个很好的倾听者——原来上海的“日子”是那样的，和姚虹想象中完全不同呢。倒真有些“过日子”的意思了。原先姚虹以为，上海的“日子”是闪着光的，摆在橱窗里的那种，现在看来，好像也是落在实处的。撇去表面那层亮晶晶的东西，上海的“日子”其实是咖啡色的，沉甸甸的颜色，沉甸甸的质地，让人屏息凝神，说不出话来。上海的“日子”初尝是有些苦涩的，可慢慢地，有香甜从里面一点点渗出来。这香甜，也是要尝过苦才能觉出的。苦涩落在舌根，香甜源自心底。苦是甜的先导，没有苦，又怎会有甜呢？这道理，其实到哪儿都是一样的。

两个女人在天井里晒太阳，一个缠线，一个绕团。冬日的阳光落在两人脸上，洋洋洒洒的，很美很温柔。

领证那天，也是个阳光灿烂的日子。卫兴国和姚虹早早地便出了门。卫老太叮嘱他们，办完事就早点回家，孕妇不能多操劳。晚饭在外面吃，已订了座，就在附近新开的本邦菜馆。

卫老太把家里整理了一遍，出去倒垃圾，还没走几步，在拐角处踩到一块香蕉皮，差点滑一跤。垃圾袋脱手飞出，掉在地上。卫老太骂声“要死”，正要去捡，忽地，看到垃圾袋掉出一小包东西，是块卷起的卫生巾，散开了，上面殷红一片。

卫老太一怔，下意识地，又骂了声“要死”。停了停，再去翻那袋垃圾——又发现了两小包同样的东西。卫老太站在原地，认认真真地看了一会儿，像是研究，心直直地沉了下去，秤砣似的，随即把东西捡起来。

卫兴国在民政局接到母亲的电话。

“证领了没有？”

“没，还在拍照呢，有事？”

“那就好。别领了，回家。”卫老太说完，啪地挂了电话。

（三）

姚虹收拾东西，衣服、裤子、鞋子，一件件地往旅行包里塞，头垂得很低，动作却很快。卫兴国在一旁看着，两人都不说话。卫老太出去散步了，临行前叮嘱儿子，把姚虹送到公交车站，也算是尽了情分。卫兴国嘟着嘴，像小孩那样不情不愿。卫老太晓得他心里疙疙瘩瘩，是舍不得小女人走。卫老太装作没看见，想，要是连这种事都不分轻重，那儿子也算白养了。她故意连招呼都不打，径直出了门。

姚虹收拾完东西，朝卫兴国看，眼神像猫咪看主人，泪水在眶里一圈圈打转。她心里清楚这是最后一搏，其实也不抱希望。果然，卫兴国避开了她的目光，拿起地上的包：“走吧。”

两人一前一后，到了公交车站，已是晚上八点多了。这是卫老太的意思，说晚上走，人少，免得大家尴尬。卫兴国干咳一声，摸摸鼻子，很不自然的模样。姚虹想，又何必让他为难？她上前接过他的包：“谢谢你送我，你回去吧。”卫兴国嗯了一声，脚下却不动。

姚虹在旁边长凳上坐下，把包放在膝盖上，朝车来的方向看。卫兴国愣了半晌，“其实——”才说了两个字，便又闭上嘴。姚虹只当没听见，想，这是个没用的男人，心里忽地有些气苦，这样的男人，到头来自己竟也抓不住，难堪得都想哭了。

她又道：“你先走吧。”他说：“我等你上车再走。”她道：“你走吧，你在这里，我反而不自在。”话说到这个地步，卫兴国只有走了。本来就瘸，加上犹犹豫豫，走得一步三顾，艰难无比。好不容易转了弯，看不见人了，姚虹把头别过来，看表，快九点了。等车的人很少，路灯暗得要命，影子模模糊糊的，像鬼。

姚虹没等车来，折回去敲杜琴的门。杜琴的东家老头已睡下了，杜琴在看电视，把声音调得很轻，做贼似的。她说老头子不许她一个人看电视，费电。

她看见姚虹的旅行包，愕然道：“穿帮了？”姚虹点头，随即一屁股倒在沙发上。

假怀孕的办法，是杜琴传授的。“现在万事俱备，只欠一阵东风，托你一把。”她说卫老太这把年纪了，没有比抱孙子更能让她兴奋的事了。老太婆一高兴，事就成了。姚虹还要犹豫，说肚子里没货让我怎么生。杜琴骂她笨：“怀孕要十个月呢，谁能保证当中没个磕磕碰碰？只要生米煮成熟饭，结婚证一开，她能拿你怎样？”姚虹想想也是。她不是黄花闺女，青春谈不上多么值钱，可到底也是个女人，禁不起这么拖拖拉拉。索性搏一把，成了便是一步到位，上饶人变上海人。输了也得个痛快，回老家找个本地男人，好歹总是一辈子。

杜琴内疚得要命：“早晓得就不出这个馊主意——”姚虹手一挥：“没啥大不了的，日子照样过，地球照样转。”她说先不回上饶，再待几天看看。杜琴明白她的意思，不走还有希望，走了就等于彻底放弃了。

夜里，两个女人挤在一张小床上睡。怕吵着隔壁的老头，说话轻得像蚊子叫。姚虹说："家里人本来都欢天喜地的，现在搞成这样，还不知道失望成啥样呢。"杜琴说："先别告诉他们。"姚虹说："瞒得了一时瞒不了一世，早晚会知道。"杜琴说："拖一阵是一阵，还没到绝望的地步。"姚虹听了不吭声，半晌，又道："老太婆受了骗，肯定恨死我了。"杜琴说："她要是个女人，恨归恨，恨完应该会明白的。"姚虹叹道："女人跟女人也是不一样的，只怕她未必明白。"

杜琴又说起自己的事，东家老头查出了尿毒症，情况不大好，医生说要换肾。"肾是多么要紧的东西，平白无故的，你说谁会给他捐肾？居委会干部都找我谈话了，让我无论如何都要挨过这个年，又夸我脾气好能干，我要是不干了，这么'作'的老头子哪里再去找保姆服侍他？嘿，再给我戴高帽也没用，过年我肯定是要回家的，都几年没回家了——"

姚虹说："没儿没女的，也可怜。"杜琴说："可怜的人多着呢，我们不可怜吗？一个个可怜过来，老天爷都来不及。"又说，"本来还想着沾你的光，也搭个上海亲戚，现在没戏了，转了一个圈，还是江西老表。"姚虹叹道："没这个命。"杜琴也叹了口气，说："就是，没这个命。"

这天晚上，姚虹一直没睡着。床很小，躺两个人连转身都难。杜琴倒是睡得挺香，还打着小呼。她男人在工地上干活，夫妻俩咬紧牙关，连着几年没回老家。女儿都快读小学了，一出生便由外公外婆带着，还没见过几回亲爹妈。她男人勤劳肯干，这次升了个小工头，工资翻了个倍，好心情也跟着翻倍——夫妻俩预备过年回家，再把女儿接过来，上海的房子贵是贵，可租间小屋，一家三口住在一起，划得来。杜琴说她女儿小名叫月芽儿，因为出生时一弯月亮挂在半空中，眉毛似的，很俏皮很漂亮。“月芽儿过年就七岁了，天天晚上做梦都梦见她。”

姚虹朝杜琴看，见她熟睡的脸上带着一丝笑意，应该真是梦见了女儿。

卫老太早起锻炼时在弄堂口撞见姚虹。小女人笑吟吟地叫了声“姆妈”。卫老太吃了一惊，像撞见了鬼。“你——没走?”姚虹没直接回答，说了句:“天有点灰，大概快下雨了。”卫老太没理她，径直走了过去。

锻炼完回到家，还没进门，便闻到一股香味，再一看，姚虹在灶台上煎荷包蛋。卫兴国坐着吃泡饭，面前放着一碟生煎，应该是她买来的。卫老太在原地愣了足有十来秒。卫兴国见了母亲，不敢说话，埋头吃东西。姚虹倒是很热情，招呼卫老太:“姆妈，吃生煎，味道不错的。”卫老太看看儿子，再看看她，心里哼了一声，依然是个不理不睬，上了厕所出来，见她还在擦拭灶台。

卫兴国吃完早饭，说:“我上班去了。”姚虹从抽屉里拿了把伞给他，“一会儿怕是要下雨，带上伞。”卫兴国犹豫了一下，还是接了。她又问他:“晚上想吃什么?糖醋排骨好不好?”这回卫兴国无论如何都不敢应声了，支吾两下，开门出去了。卫老太冷眼旁观，想这个小女人也忒皮厚，耐着性子，等她把灶台擦完，说:“你可以走了。”姚虹叫了声“姆妈”，要说话，卫老太手一摆，挡住了。

“说什么都没有用，”卫老太道，“走吧，别再来了。”

姚虹嘴一扁，两行眼泪齐刷刷地落下来：“姆妈，我晓得我做错了，你原谅我，给我一次机会好不好？我保证一生一世对你和兴国好。”卫老太摇头：“不用对我们好，你自己过得好就可以了。”姚虹眼泪没命地流：“姆妈，我承认我有私心，想飞上枝头当凤凰，可我真的没恶意的，我是想早点结婚，好来服侍您老人家……”卫老太打断她：“不敢当，我没这个福气，也别说什么‘飞上枝头当凤凰’，是我们高攀不上，配不起你。我们兴国是草包，你才是凤凰。”

卫老太说到这里，忽想起那天张阿姨的话——“兴国是璞玉，要没有她，你还不是把他当石头？你们家兴国拖到这么晚没成家，大概就是在等她。命中注定的”，不禁有些感慨起来，心口那里被什么揪了一下，唉，可惜了——脸上依然是冷冰冰的，转过身，把个脊背留给她。

姚虹倚着墙，手指在墙上划啊划，眼睛瞧着地上，眼圈红通通的，不说话，也不走。卫老太等了半晌，见她没动静，心里也有些急了，又不能拿扫帚把她赶出去，左邻右舍都看着呢，卫老太丢不起这个人。可拖着也不像话，这算怎么回事？两人暗地里较着劲，屋里安静得都能听见挂钟的嘀嗒声了，一分一秒都是煎熬。

卫老太坐下来，打开电视。姚虹顿时也活动开来，转身便去拿拖把。卫老太坐着，见她这样，头皮都麻了。姚虹认认真真地拖地，拖到卫老太那块，还说：“姆妈，麻烦你抬抬脚。”卫老太抬也不是，不抬也不是，索性站起来，到厨房择菜。一会儿，姚虹也来了，摆个小凳子在她旁边坐下，陪她一起择菜。卫老太朝她瞪眼，脸色难看得要命。姚虹笑笑，说：“两个人干快些。”卫老太心里哎哟一声，想真是碰到赤佬了，又不知说什么好。

两人齐齐择完了菜，卫老太打开房门，努努嘴，示意她离开。姚虹便是有这耐性，只当没看见，笑笑，又拿鸡毛掸子去掸灰。卫老太怔了半晌，只得关上门。姚虹整理房间时看见卫兴国换下的内裤，拿到水龙头下洗。卫老太一把抢过，说："让他自己洗。"姚虹笑吟吟地抢回来："男人哪会洗衣服？再说他下班那么晚，姆妈就别折腾他了。"三下两下便把内裤洗了。卫老太不禁好笑，看情形自己倒像后妈，眼前这位才是亲妈。

晚上卫兴国回到家，看见姚虹还在，大喜过望，也不敢多问，瞥见卫老太脸色不差，更是放下心来。晚饭是姚虹做的，味道没变，吃饭的人也没变，依然是三个人。姚虹本来不敢上桌，犹犹豫豫的，卫老太开口说"一起吃吧"，才坐下了，吃完又抢着洗碗，比之前还要殷勤三分。

洗碗时，卫兴国凑在姚虹身边，问她："好啦？"姚虹笑笑，不置可否。卫兴国又道："姆妈好像心情不错。"姚虹还是笑笑。一会儿，卫老太过来拍她肩膀，说："走，我们出去聊聊。"

姚虹嘴里应着，眼睛却朝卫兴国看，希望他能拦下。谁晓得这个马大哈兴高采烈："出去散散步蛮好，外头空气好。"姚虹只得苦笑，披上外衣，跟着卫老太出了门。

两人走下楼来，遇见几个邻居，打招呼："散步啊。"卫老太便笑一笑，点头。姚虹也跟着笑，心里又多了些底气，晓得卫老太还未把那事说开。两人缓缓走着，路灯把人影拉得一会儿长一会儿短，橡皮筋似的。风不大，却刺骨地冷，脸和手露在外面，冻得通红，都木了。

“待会儿我一个人回去，你别跟着。大家都是成年人，要晓得分寸，别做过头了。”

卫老太边走边说，并不看她。姚虹勉强笑着，脚下不停，紧跟着。

“跟着也没用，我老太婆说话算话。你知趣点，别弄得大家脸上不好看。”

姚虹迟疑了一下，顿时与卫老太拉开一段距离。她咬咬牙，又跟了上去。两人一前一后地走着，卫老太像是没看见。走了一段，到了街心花园，姚虹陡地停下来。

“姆妈，我做错事情，应该要受罚。我罚自己在这里反思。姆妈你不原谅我，我就在这里坐一辈子。”她飞快地说完，一屁股在旁边的长凳上坐下，两手抱胸。

卫老太愣了愣：“你别这样，我这人不受威胁。”

“我这不是威胁。”姚虹摇头，“姆妈，我是真的想好好反思。我要是想威胁你，也不会坐在这里，直接搬张凳子坐到弄堂口了。”

卫老太嘿的一声，心想，说来说去，你这还是威胁。“随你的便。”说完转身便走。回到家，卫兴国凑上来问：“姚虹怎么没回来?”卫老太积了大半天的闷气，一股脑在儿子身上发泄出来：“人家养儿是防老，我养儿是受气。标标准准养了个憨大儿子。我看你生出来的时候一定少了根筋，那种女人你还念念不忘，我真是白养你了，真正气煞!”卫老太捶胸顿足。

卫兴国悻悻地离开。卫老太上了个厕所，洗了把脸，坐下来。

越是不顺的时候，越要保持清醒，这是卫老太几十年总结下来的道理。这当口倘若沉不下气，那就乱了。

一会儿，窗外沙沙下起雨来，雨点密密麻麻，竟真的下雨了。

卫老太猜想姚虹未必真会那样硬气，做戏罢了，怕是一会儿便回家睡大觉了。无非是心理战，谁先撑不住谁便输了。

卫老太想起当年那个晚上——也是个下雨天，她抱着才五岁的卫兴国，去了安徽芜湖，刚下船便直奔厂长家。男人在船上做了一辈子，被一场台风夺了性命。抚恤金是多是少，厂长说了算，轻轻巧巧报了个数目，卫老太无论如何都不能接受。虽说人命不能拿钱衡量，可除了钱，又有什么能弥补失去亲人的伤痛呢？卫老太把这话翻来覆去地同厂长讲，厂长听惯了类似的话，耳朵像长了茧，刀枪不入。卫老太也是绝，抱着儿子，在厂长家门口扑通跪下了。雨哗哗下个不停，她给儿子穿上雨衣，自己无遮无拦地在雨里淋了一夜。厂长倒是无所谓，厂长女人看不下去了，对她男人说，就多给些吧，孤儿寡母也不容易，这么跪着像什么样子。厂长说，我要是答应她了，以后人人都给我下跪，你叫我还怎么当这个家？后来还是警察把卫老太给带走了。卫老太倒没指望这一跪便能让厂长回心转意——这是场持久战，她有思想准备，不指望一击成功，关键要在气势上先发制人，免得厂长不把她一个女人家当回事。卫老太来之前都关照过家里人了：“这一去少说一个礼拜，弄不好两三个月也是有可能的。”她公公还算明理，说：“你就放心去吧。”婆婆承受不了丧子之痛，就有些拎不清，说她是“掉到钱眼里去了”，“人都没了，要钱有什么用”？卫老太不怕被人戳脊梁骨骂“赚死人钱”，嘴长在人家脸上，想骂便骂。天底下最讨嫌的东西便是嘴，骂人的是嘴，吃饭的也是嘴。骂人的时候很痛快，吃饭时却又半分耽搁不得。卫老太也想骂人，骂那场百年不遇的台风，还有铁石心肠的厂长。可她晓得不能骂——男人死了，家里老老少少，都是吃饭的嘴。

卫老太一跪便是好几天。到后来警察都烦了，一个女人加一个孩子，打又打不得，说又说不通。警察也帮着卫老太劝厂长，说差不多就算了，跟个寡妇计较什么。厂长有自己的原则，不为所动。他女人倒是给卫老太送了几次水，还给了卫兴国两块糖。厂长女人有两个儿子，小儿子和卫兴国差不多大。她劝过卫老太几回，晓得没什么用，便也不劝了，又把过年拜祖宗的垫子拿出来，让卫老太垫在膝盖下："地板硬，小心关节跪坏了。"她也替自己的男人讲话，说那么大的单位，一样样得照着规矩来："你要体谅他，他也是没法子，不是存心跟你过不去。"卫老太说："我体谅他，谁体谅我？我也不是存心跟他过不去，实在是没法子。"两个女人绕口令似的说话，絮絮叨叨地，一句又一句。那几天，卫老太跟厂长女人要好得像亲姐妹似的，一个屋里，一个屋外。后来，厂长女人索性也搬张凳子出来陪她，替她抱会儿孩子，聊会儿天，夜深了才进屋。卫老太晓得她是个善人，打心底里感激她。有垫子垫着，到底是舒服多了，否则只怕不到两日膝盖便磨碎了。

卫老太想起往事，便忍不住叹气。眼睛一眨，几十年过去了，如今竟也轮到自己受人威胁了。她想去街心花园看，犹豫着，还是忍住了。不能中小女人的计，她是存心要让自己睡不好。卫老太倒了盆热水，坐下来洗脚。卫兴国在一旁削竹片，削得歪歪斜斜。卫老太晓得他心思不在这上头，魂都掉了。“她在她老乡那里，”卫老太故意道，“就是隔壁弄堂做保姆的那个。”

卫兴国没说话。卫老太嘿的一声：“要是舍不得，就去看看她好了。”说完进房了。卫老太躺在床上，听他在外面看电视，半晌都没动静，便有些奇怪，想他倒也忍得住。又过了许久，听电视声依然不停，卫老太按捺不住，爬起来，走到外面——电视机开着，竟然没人。电视声是掩护，人早走了。卫老太一怔，竟又有些好笑，想这个傻儿子原来也会使诈，关掉电视，重又回去睡觉。

下了一夜的雨。次日吃早饭时，卫兴国都不敢与母亲目光相接。卫老太问他：“见到了？”卫兴国讪讪地应了声“没见着”。卫老太瞥他一眼，晓得不是说谎，心里咯噔一下，想那小女人别真在花园里坐了一夜。这么大的雨，淋出病来，又是她的罪过。“大概死心了，回上饶了。”卫老太说。

买菜时，卫老太故意绕了个圈到街心花园，远远瞥见姚虹坐在那里，一动不动，老僧入定般。她不敢停留，快步走开了——这才担心起来，想，要命，来真的了。

姚虹其实并没有在花园里过夜。卫老太前脚走，她后脚便去了杜琴那里。她猜卫老太会过来查看，果然一会儿卫兴国便来了。杜琴挡在门口，说：“我又不是她妈，怎么找到我这里来了？”姚虹躲在里屋，听卫兴国嗫嗫嚅嚅了半天，想这个男人对自己毕竟还是有些留恋的。等人走了，姚虹便铺床睡觉，养精蓄锐，日子还长着呢。杜琴担心卫老太会去花园。姚虹有把握：“今晚不会，明晚倒是有可能。”

杜琴问："你料得准？"姚虹笑笑。

卫老太买菜回家后，一颗心七上八下，想，这下真是麻烦了，当年厂长还能报警，她连报警都不能，人家好好在花园里坐着，碍你什么事？心里存着万一的希望——小女人在耍花样。晚上，趁儿子睡熟后，卫老太悄悄去了街心花园。

路灯下，见姚虹端坐在长凳上，眼睛微闭，神情恬然，像尊菩萨。

卫老太不由得倒吸一口冷气。

弄堂里的人都晓得姚虹的事了。聪明人一想便明白了，有几个拎不清的，还要问卫老太——你们家小姚天天在花园里晒太阳，倒是蛮惬意。卫老太晓得这话是揣着明白装糊涂，存心逗自己玩呢。索性说开了："她现在不是我家的人了，爱做什么就做什么，我管不着。"

张阿姨没料到事情会成这样。"聪明人做傻事，唉，真可惜了。"卫老太说："我家庙小，这尊佛太厉害，留不住。"张阿姨说："也怪你，早点定下来不就好了？"卫老太心里嘿的一声，想，不是你自己找儿媳妇，所以才说得这么轻松。

"现在怎么办？"张阿姨问，"那尊佛天天在花园里晒太阳，也不像样啊。"

"她喜欢晒，就让她晒去。"

卫老太嘴上这么说，心里还是有些抖豁的。好在姚虹只是坐坐，倒也不来烦她。街心花园离得近是近，但到底隔了几条马路。卫老太气是气的，气她把自己当猢狲耍，骗人时连眼都不眨一下，可平心静气的时候，又觉得这小女人其实还不算太过分，倘若她也在自家门口扑通一跪，那便真是糟了。

又想，她给卫家留了面子，等于也是给自己留了余地。到底不是上门逼债，真做绝了，吃亏的是她自己。卫老太想通这点，稍稍放下些心来。

卫兴国瞒着母亲，悄悄给姚虹送了几次饭，街头买的面包、熟菜之类。姚虹说："你越是对我好，我就越内疚。阿哥你是好人，姆妈也是好人。我骗了你们两个好人，心里难受得不得了。"卫兴国满不在乎："不叫骗，也就是耍点小手段，没啥。你要是不喜欢我，也不会这么做。"

姚虹叹了口气："阿哥你真是太善良了，怪不得姆妈不放心你。我跟你讲，以后别老是把人往好处想，会吃亏的。唉，也不晓得将来哪个小姑娘有福气，能嫁给你。"

卫兴国说："我不要小姑娘，我只要你。"姚虹低下头，眼圈都红了。卫兴国望着她，心疼得一塌糊涂："你真要在这里坐一辈子？"姚虹摇头："过几天我就走了。其实我也想通了，什么样的人，就有什么样的福气，强求不来。等我回去以后，阿哥你要好好过日子，我会经常给你写信的。"卫兴国的声音都有些哽咽了："你真的要走？"姚虹说："我家又不在这里，不走还能怎的？"

卫兴国跺了跺脚，说："我不让你走。"姚虹笑笑："别像个小孩似的。阿哥我跟你讲，你人好，又会手艺会赚钱，到哪里都过得了日子，不用靠人。姆妈也不容易，你要好好孝顺她。"

卫兴国回到家，见到卫老太，第一句话便是："我这辈子不结婚了!"卫老太怔了怔。卫兴国说下去："你要是让姚虹走，我这辈子就打光棍，死也不结婚。"卫老太听了心里一松："走？她自己说的?"卫兴国重重地哼了一声："她说的又怎么样？反正我是不会让她走的。"

卫老太有些好笑："你不让她走？那你把她留下来，你们两个自己买房子单过。这套房子我要留着养老，不会给你们。"卫兴国赌气说："不给就不给，我跟她回江西。"卫老太更加好笑："回江西？也好，好儿女志在四方，只要你们过得下去就行。"

"有啥过不下去的?"卫兴国想起姚虹的话，胸膛一挺，"我有手艺，会赚钱，走到哪里都过得了日子，不用靠人。"

卫老太一愣，瞥见他的神情，不像说笑，这才有些紧张起来："翅膀硬了，会飞了，就不把老娘放在眼里了？姚虹教你的，是吧?"

卫兴国替姚虹说话："小姚真的是个好女人。你对她这样，她还让我好好孝顺你，一口一个'姆妈'，叫得比自己亲妈还亲。"卫老太忍不住了："我对她怎么样了？她假装怀孕骗我，我是请她吃耳光了还是跪搓衣板了？我一句重话也没说，好声好气地送她走，你还想让我怎样？我叫她'姆妈'，跪在她面前，八抬大轿把她请回来，好不好?"卫老太越说越激动，重重地一拍桌子，啪!

卫兴国吃瘪，只有闭嘴。

杜琴给姚虹送饭，姚虹挺不好意思，杜琴这阵子家里出了大事，工地老板拖着几百号工人的薪水不发，她男人是热心人，跑去与老板理论，说快过年了，大家都等着钱回家，不作兴造这个孽，却被老板雇的人打成重伤，几天起不了床。杜琴也是急性子，口口声声要上法院。可老板有人证，说是她男人先动手，最多判个防卫过当，打发叫花子般，扔了几千块钱当医药费。杜琴把钱狠狠摔到他脸上，说这事没完，找了律师正在谈。姚虹劝她算了，拿鸡蛋碰石头，吃亏的是自己。杜琴不依，说争的就是这口气，鸡蛋就算粉身碎骨，拼了命也要在石头上砸道印子出来。

医药费是钱，律师费也是钱，积蓄掏了个尽，连置办下的年货都拿到二手市场卖了，给老爹的烟和酒，老娘的羊毛衫，还有女儿的文具，统统卖了，还是够不着。

杜琴告诉姚虹，她预备把肾卖给东家老头。“老头子缺儿缺女缺个好肾，就是不缺钱。这是笔好买卖。”姚虹吓了一跳：“别瞎说!”杜琴笑笑：“谁瞎说了？都去医院验过了，在排日子。”

姚虹劝她考虑清楚：“你自己也说过，肾是多么要紧的东西，你以为是头发啊，没了还能再长出来?”杜琴说：“我晓得肾是要紧，可这口气更要紧。我要让那王八崽子明白，老娘不是好欺负的。”她停了停，反过来安慰姚虹：“人有两个肾呢，少一个没啥，照样活得好好的。”

卫兴国又来找姚虹，说要和她私奔：“我妈不认你没关系，我跟你回上饶。”姚虹反对：“姆妈把你当成宝，你怎么能这样做？会伤她的心的。”卫兴国坚持道：“我不管，反正我只要你一个，这辈子我只要你一个。要是没有你，我宁可去当和尚。我陪你回上饶过年。”

当天下午，卫老太来花园看姚虹。姚虹有准备，连擦眼泪的纸巾都拿好了。卫老太还没说话，她眼泪便扑哧扑哧掉下来，是那种有些委屈的哭法，三分夸张七分发嗲，只有对着亲妈才会这样。“姆妈!”卫老太被她叫得汗毛倒竖，忍不住朝旁边看去——好几个人对着这边指指点点。卫老太叹了口气，想，方圆十里就数我老太婆最出风头了。她正要开口说话，姚虹又是一声“姆妈”，眼泪下雨似的，止都止不住。卫老太愣了愣，从口袋里拿了块手绢给她。姚虹不接，指指手里的纸巾：“姆妈，我有。”卫老太又是一愣，哎哟一声，把手绢硬塞在她手里。

“用这个，环保些。”卫老太话一出口，就晓得这个回合是自己输了。

“谢谢姆妈。”姚虹趁抹眼泪的当口，偷偷瞥了一眼卫老太，见她也在看自己——两个女人目光相对，都停顿了一下，那瞬间完全是赤裸裸的，把外在的东西都抹去了，是互通的，直落到对方心底。姚虹稍一迟疑，愧疚从心底直逼上来，抹眼泪的动作便有些不自然，少了连贯性。卫老太看在眼里，想，你这个小女人是要我的命哩。两人都在心里叹了口气。

卫老太先开口：“你吃定我儿子了，对吧?”姚虹想，是你儿子吃定我才对。“姆妈，不是吃定，是喜欢……”卫老太一摆手，打断她：“好了，别在我面前说这种肉麻的话，我老太婆吃不消。”姚虹便闭嘴不说。停了停，卫老太又道：“我儿子吵着闹着要跟你去上饶，这下你开心了吧?”说完便骂自己是傻子，沉不住气。果然，姚虹很委屈地说：“姆妈，我也不想这样的，我劝过阿哥的呀，”卫老太嘿的一声：“是呀，你是好人，天底下顶顶好的就是你了。”

姚虹撇了撇嘴。卫老太刹车，不说了。

片刻的沉默。

半晌，姚虹轻声道："姆妈，我不想回上饶，你应该晓得的。"

卫老太想，这倒是句实话。停了停，姚虹又道："姆妈你要是没发现那件事，现在我和阿哥已经领了证了，就算为了我自己，我也不会对你不好。你开心，我也开心，大家都开心。所以，姆妈，有时候晓得真相未必是好事。"卫老太沉吟着，想，这也是句实话。

姚虹问："姆妈，你可不可以当那件事没发生过？"卫老太板着脸，没理她。姚虹说下去："我看电视剧里那些人，当皇帝之前做了许多坏事，可当了皇帝之后，照样是个好皇帝，对老百姓好得不得了。姆妈，我承认我错了，错得很厉害，可我这么做的目的只有一个，就是当你的媳妇。等我当上了你的媳妇，我会对你好、对阿哥好，把家里料理得妥妥当当的。我会成为全上海滩最好的媳妇。"姚虹说到这里，胸口有什么东西直往上漾，心跳也跟着快了，眼圈也红了。

卫老太朝她看。后面这两句话讲得有些煽情了。卫老太没想到她这么会说话，还拿皇帝来比喻。卫老太故意大声哼了一声，显得很不屑。"太阳还不错，坐着吧。"说完，转身便走。

卫老太的背影渐渐远去，转了弯，不见了。姚虹站起来捶了捶背。坐得太久，腰酸背疼，浑身都麻了。下午两三点钟的太阳，倒真是不错，不刺眼，柔柔和和地落在身上，像披了条很轻很薄的毯子。连随风飘来的尘屑都变得很温柔，像情人的手轻轻拂过。

一会儿，手机响了，是卫兴国的短信：晚上好像要下雨，我们去看电影。

姚虹忍不住笑了笑。下雨了才能看电影，是两人之间的玩笑话。她拿出一个保温杯，打开盖子便喝，是中药，一个老中医开的方子，能提高怀孕概率，都喝了一段时间了。姚虹掐手指算日子——今天真是个很适合的日子呢，很适合看电影。杜琴跟她说过一些男女间的偏方，吃什么喝什么做什么，有些还涉及姿势，很露骨了。杜琴都是为她好。谁让女人每个月只有那一两天才能怀孕呢？错过了就要再等一个月。本来等等也没什么，可姚虹等不起。都说时间是金钱，姚虹觉得，时间更像是支票，不能在限期里兑现，便是一张废纸。支票上的数字，倘若不能兑现，看着更像是煎熬了，是讨命的符。

中药还是一如既往地苦。好在喝下去，落到心里，便成了满满当当的希望，一层又一层的。姚虹收好保温杯，长长吐出一口气，给卫兴国回了条短信：

“我听过天气预报了，今天晚上肯定下雨。”

（尾声）

过完年没多久，杜琴的官司总算有了眉目。上法庭那天，她男人坐着轮椅去的。黑心老板站在被告席里，看杜琴的眼神都要冒出火来。初审没定下来，但律师说情况不坏，值得再打下去。姚虹对杜琴说，律师是为了赚钱，撺掇你一直打下去，别上当。杜琴满不在乎，说：“打就打，让那王八蛋难受难受也是好的。”又说，“到上海这么多年，也没长什么见识，现在好歹上了趟法院，回江西都能跟老乡炫耀了。”姚虹说她冒傻气。她满不在乎地笑笑：“我这个人什么都能受，就是不能受欺负，要是受了欺负，肯定没完没了。我男人说了，这场官司就算打赢了，在上海也待不下去了。他吃工地饭的，这一行里谁还敢收他？只好换个地方试试。”

姚虹问她：“准备去哪里？”她说：“还没定，不是北京就是广州。”姚虹说：“都是大城市啊。”她点头：“嗯，在上海待了这么久，都养娇了，非得是大城市不可。”两人都笑。

拆迁小组决定分给卫老太一套两室房，在浦东三林。卫老太不依，说我在浦西住了几十年了，有感情了，浦东住不惯。拆迁小组说再多给她五万块钱补偿，卫老太还是不依。

于是双方陷入僵持阶段。姚虹每天搬个小板凳去拆迁小组门口坐着，一天三餐由卫老太送。原本的计划是，卫老太静坐，姚虹送饭。姚虹觉得，还是由她坐比较合适：“我一个大肚子，谁敢碰我？谁碰我就是自找麻烦。”卫老太一想不错。相比老太婆，怀孕的妇女显然更有优势。

姚虹的肚子一天天显山露水起来。居委会的人都找过卫老太几次了，说这样下去对孕妇没好处。卫老太说：“不会，现在都什么年代了，大肚子不作兴一天到晚待在家里的，外面空气好，晒晒太阳还能补钙，连钙片也省下来了，多灵光。”居委会的人又说她年纪大了，一天到晚出来送饭太辛苦。卫老太说一点也不辛苦：“年纪大的人最怕懒得动，一懒骨头就僵了，散了。你们别看我年纪大，筋骨还是老好的，一天跑个七八趟不成问题。谢谢领导关心。”

补偿金都加到十万了，卫老太眼皮也不翻一下。十万块钱光吃喝是够花一阵了，可放在房子上，只能算是个屁。就算三林那样的地段，十万块也只够买个厕所。卫老太的目标是，再加一套两居室，也就勉强过得去了。卫兴国嫌麻烦，劝姆妈说差不多就算了，别折腾了。姚虹坚决与卫老太站在同一战线："姆妈，你说啥就是啥，我听你的。"卫老太心里骂儿子没出息，房子是多好的东西啊，钞票存在银行里会贬值，可房子不会。房子一天天疯涨，那势头猛得吓人。多争一平米，差不多就是辛苦一年的工资。要是连这个都懒得折腾，那活着还有什么劲？干脆别活了。

天气一天天热起来。姚虹挑个树荫坐着，手里拿个竹片做的小车，在上颜料。卫兴国把雏形做好，她加工——纯手工业转向流水线操作，能省下不少时间。网上的订单越来越多，卫兴国都利用上班空当赶工了，被值班长抓到过两回，弄了个警告处分。卫兴国有些抖豁，姚虹却说："怕个鬼，大不了不做了，你问问你们值班长一个月拿多少钱，我们翻他个四五倍都不止！"卫兴国得了鼓励，顿时豪情万丈，说："有手艺就是好啊，老子什么都不怕。"姚虹说："可不是，马克思都说了，技术是第一生产力。"卫兴国说："乖乖，你连马克思说的话都知道？"姚虹白他一眼，说："你以为我是你啊，除了看电影什么都不晓得。"卫兴国哧的一声，便去搂她，说："晚上好像要下雨。"姚虹一把躲开，啐道："你看看我这么大的肚子，就是下冰雹也没戏。"

姚虹静坐的姿势很笃定，一动不动，极有威慑力。卫老太给她送饭的时候，想起几月前，她坐在街心花园里的情景。"那时是人民内部矛盾，现在是一致对外。”姚虹开玩笑。卫老太想，也好，大家都见识过这个小女人的难缠，谁都不会不当真。

那天，卫老太在花园里亲手扶起她——她的手，搭上她的手背。这一幕是有历史性意义的。扶她之前，她是江西的小女人；扶她之后，她便是上海的小媳妇了。姚虹竭力保持着平静，但也难掩心头的激动，声音都发抖了。卫老太竟也有些激动。

那一瞬，她眼前晃动的，是厂长女人的那只手——亲亲热热地搀起她来。“好了好了，这下好了，都解决了。”厂长终究还是拗不过她，抚恤金足足加了一倍。她在厂长家门前跪了三个星期，站起来时，眼睛都发黑了，脚一软，差点又要跪下去。厂长女人扶住了她。这个好心肠的女人，竟似比她还要开心，欢天喜地地：“好了好了，解决了——”翻来覆去地说着，真心地替她庆幸。卫老太那时还是个少妇，三十出头，颇有几分姿色，皮肤很白皙，一头乌黑的头发。厂长女人不会晓得，她带着孩子回娘家的那个晚上，卫老太从地上爬起来，敲了门，趁势上了厂长的床。天下的事情就是这么凑巧，厂长女人偏偏那晚回娘家，厂长偏偏又是那晚多喝了几杯，醉了。卫老太不是没有犹豫过，可只是一念之间的事，她不会让机会白白浪费。她把儿子放在地板上，盘起头发，一条蛇似的进了房间。片刻后，她从房间里走出来，知道自己完全跨过那条分水岭了。分水岭这边，还是个羞羞怯怯的少妇；到了那边，便成了坚强的女人，比男人还有力。想起厂长女人，卫老太很惭愧，但不后悔。

姚虹的手，有些粗糙。卫老太触到的时候，不由得打了个寒战。有什么东西在心头流转，只一瞬，便似穿越了几千几百个日夜。原来日子竟是流动着的呢——昨天是今天，今天便是明天，明天又是昨天。日子是打着圈过的。卫老太拿自己的心去比照她的心，明镜般清清楚楚，一幕一幕都映在上面，都是不容易呢。为了这个“不容易”，卫老太牵起了她的手，放到自己手心。

“好好过日子吧。”卫老太说。

居委会的人，来了又走，走了又来，来来回回好几趟了。卫老太不会罢休，都预备好打一场持久战了。姚虹的身子越来越重，那一坐的分量也越来越重。拆迁小组成员的头都大了。姚虹坐得稳稳当当，早出晚归，上班似的，很有信心的模样。卫老太也有信心。愈是持久战，女人便愈是有优势。

杜琴终究还是没把肾捐出去。她男人用死来逼她，说要是捐了肾，他就死给她看。杜琴都在同意书上签了字了，结果还是悔约了。她男人坚持说，两个肾完完整整来的上海，走的时候也要两个肾，一个也不能少。杜琴笑说这话没道理，什么都要顺形势而变。她男人说，想想月芽儿——这话触动了杜琴。月芽儿还小，才七岁，少了一个肾的妈妈，怎么能照顾好女儿呢？

老家的房子卖了，东拼西凑，总算是解了燃眉之急。杜琴对姚虹说：“早晓得就不把那几千块钱扔了，收下来多好。”姚虹说：“面子当不了饭吃。”杜琴说：“就是，争口气有个屁用，饿死了两脚一伸，什么气都没了。”她开玩笑说去找那个王八蛋，把钱再要回来。姚虹笑她是十三点。

杜琴把女儿的照片给姚虹看：“我的月芽儿，漂亮吧？”姚虹端详着照片，说：“还是像你多一些。”杜琴得意地说：“那当然。要是像他就糟了，大嘴巴，朝天鼻，将来肯定嫁不出去。”

杜琴夫妇走的那天，姚虹去火车站送他们。杜琴瞥着姚虹的大肚子，问：“是男是女？”姚虹说：“医生不肯说，不过我婆婆说肚子这么尖，像个枣核，肯定是男胎。”杜琴说：“那你就真是好福气了。”姚虹笑道：“上海人不讲究这些的，生男生女都一样。”

回去的车上，姚虹坐在靠窗的位置，想想便觉得好笑。什么肚子尖生男胎，都是胡说——她生头胎时，肚子也是尖的，却是个丫头。生的那天刚好是十五，月亮滴溜滚圆，取个小名便叫“满月”，今年快十岁了。杜琴的女儿叫“月芽儿”，她女儿偏就叫“满月”，也实在是巧。来上海前的那个红包，替她开了路，也封住了介绍人的嘴。有孩子的女人，换了别人，自然是想都别想，可姚虹偏不。路是人走出来的，心一横，遍地荆棘都敢走，那时是豁出去了，现在想来都有些后怕。不知不觉，便已走出这么远了。

眼下自然是不行。姚虹预备再过几年，便把满月接来上海。她的孩子，怎么能不跟着她呢？娘儿俩自然是要在一起的。到那时，满月就是上海的满月了。应该会有些麻烦，但姚虹不着急，还早呢，有的是时间。将来的事情，又有谁能吃得准呢？姚虹有信心。

窗外的风，温润中透着清冽。树叶摇摇摆摆，像微醺的人。阳光淅淅沥沥地洒着，一路留下满地金黄色的印迹。很美很美。

爬在窗外的人

(一)

天气很好，阳光直射下来，落在玻璃窗上，成了无数个耀眼的亮点。水东站在窗台外面，手拿着抹布擦窗。二十四楼，顶楼。脚再往外跨一步，掉下去便是必死无疑了。水东的脚晃啊晃，满不在乎的，嘴里哼着小调。乡下的小调，带着一股泥土气，家乡的味道。水东哼着哼着，便觉得自己不是一个人了，爸、妈，还有姐姐，都在身边。他们笑眯眯地看着他擦窗呢。

“小伙子，留神脚下。”坐在沙发上看电视的胖女人对他说。

水东哦了一声。

“买过保险没，三十块钱那种?”胖女人踱过来，倚着墙问他。

“嗯。”水东把头伸到窗外，对着一块斑渍哈口气。

"哪里人？多大了？"

"安徽人，十八岁。"水东手不停，敏捷地转了个身，猴子似的。

胖女人啧啧两声，又问他要不要喝水。水东摇摇头。胖女人从茶几上抓了一把糖果给他。水东不要，胖女人硬塞在他口袋里。

"这么小就出来打工，我儿子还比你大一岁呢。"胖女人说。

水东朝四周望去，到处是亮晃晃的玻璃，阳光从这扇反射到那扇，再到下一扇，这么一扇接一扇的，似是能看见千道万道光线纵横交错着。水东喜欢站在高处往下看，人像一个个小蝌蚪，树像一根根火柴杆，而他是连着天的，上面就是蓝天白云。这种感觉棒极了。水东上学时最喜欢写作文，老师说他很有语感。什么是语感？就是一种感觉，看不见摸不着，很虚无的一个东西，别人体会不到，可他能体会到。同样是一朵花，别人只看见花美、花香，他却想到花再美再香，也只是刹那的光彩，一转眼便谢了枯了。想得很伤感，也更有诗意了。这就很了不起了。如果不是姐姐出了事，他是准备考大学的。乡下像他这样用功的孩子不多，邻居们都说刘家要出状元了，文曲星下凡，将来要做大事的。

水东离开那天，爸妈和姐姐把他送到县里的汽车站。路费是东拼西凑好不容易凑齐的。家里已经到山穷水尽的地步，他不出来打工，这个家就撑不住了。妈妈给他做了几个玉米饼当干粮，还有二十块钱，防身用的，里三层外三层缝在裤衩上。姐姐眼圈红红的，翻来覆去就是那句——多做事，少说话，别跟人打架。水东鼻子酸酸的，长这么大，他还没出过远门。眼泪是等车开了以后才掉下来的，怕被人看见，头朝着窗外咳嗽几声，拿草纸擤鼻涕，装成感冒的样子。一棵棵树飞快地向后倒去，离家乡越来越远，心也越来越重，沉甸甸的。他身上的担子也是沉甸甸的。家里买种子化肥的钱、姐姐的医药费，还有他自己的学费，都要靠他挣出来。以前是姐姐挣钱养家，现在轮到他了。

水东不能想这些，一想就非常非常地难受，心口那儿像被什么噎住了，堵得很。他使劲擦窗，使出全身的力气擦，擦到后来干净得就像没有玻璃了。胖女人说："行了行了，再擦下去我家那小棺材一头撞上去怎么办?"胖女人咯咯地笑。水东跳下窗台，说："那我走了。"胖女人点头道："我改天要跟你们老板讲，像你这么卖力的伙计，应该加工钱。"水东笑笑，靠着墙穿鞋。胖女人打开门，对他道："下个礼拜还是你来擦，我只要你擦，你擦得干净，别人我不要的，听见没有?"

水东趿拉着凉鞋，赶到小区东面一幢楼。这幢楼是整个小区里最好的一幢，朝向好，间距大，风景也美，底楼出来便是一个很大的池塘，用几块木板搭成桥的模样，金鱼在池塘里游来游去，旁边是一片碧绿生青的草地，几只白鸽在上面踱步，悠闲得很。

水东觉得挺滑稽。村里的有钱人，都喜欢把家布置得富丽堂皇，宫殿似的，恨不得在墙上贴几块金子才甘心。可城里人吧，反而喜欢清清爽爽的布置，弄些小桥流水，种花养鱼，倒有些乡下的风情了。水东觉得还是城里人有水平，乡下怎么能跟城里比呢？每次干活前，老板都要对他们再三叮咛——小心点，别把人家的东西给碰坏了，碰坏你们可赔不起。一次，有个新来的江西女孩打扫卫生间时，摔碎女主人一瓶香水，外国货，八百多块钱。女孩赔了钱不算，还被辞退了，临走时哭得像个泪人，最后说了一句，说那瓶香水可真香啊，下辈子投胎我一定要做城里人，也要用外国香水。水东猜这女孩多半是从没见过香水，好奇地拿起来看，才失手摔碎的。他被女孩的话弄得心里酸得很，一连难过了好几天。

水东上了电梯，按了个“19”。一会儿电梯门打开，他正要按门铃，门已经开了。欧阳菁菁刚洗过头，长发湿淋淋地搭在肩上。她嘴一努，示意他进来。

“我在阳台上看见你了，慢腾腾的，是不是没睡醒啊？”欧阳菁菁从冰箱里拿了罐可乐给他，笑眯眯地说。

水东将桶盛满水，放了清洁剂，拿擦窗器蘸了水，轻轻一跃便上了窗台。

“今天再给我唱支你们那里的民歌吧，我蛮喜欢。”欧阳菁菁走到阳台，背靠着栏杆，身体缓缓向后倒去，张开双臂。她穿一件嫩黄色的纱衫，袖管宽宽松松，张开就像一只蝴蝶。水东觉得，欧阳菁菁就是一只蝴蝶，花蝴蝶。

“小心，别摔下去。”水东忍不住道。

“不会的。”她说着闭上眼睛，“我喜欢这个姿势，闭上眼睛，就像飞一样。”

水东心里笑了笑。飞哪会是这个样子？仰泳还差不多。

欧阳菁菁保持那个姿势一动不动，像是要接住天上掉下来的东西。水东默默地擦窗。城里人就是怪，好端端会生出一些莫名其妙的念头。他还记得上次过来，她居然躺在地板上吃饭，拿勺子一口一口往嘴里送。他说那样会呛着的，她说没关系，病人不都是这样吃的嘛。还有一次，她在房间里摆满各种各样的花，客厅、厨房、卧室、阳台，甚至连浴缸里也放了几大捧香水百合。水东都看呆了。天哪，这该花多少钱啊，拿钱逗乐子呢——过日子不该是这个样子。凌杰对他说过，这女人是嫌日子淡出鸟了，变着法子折腾钱呢。她什么都缺，就是不缺钱。凌杰说，我刚好相反，什么都不缺，偏偏就缺钱。

欧阳菁菁睁开眼睛，对着水东一笑。“别擦得那么卖力，窗户又不脏，哪用得着一星期擦一次啊！”她说，“随便应付下就行了，我不会告诉你们老板的。”

水东嗯了一声。

“你这人话怎么这么少？你张开嘴让我看看，是不是舌头比别人短半截？”她问他。水东没吭声，心里在想凌杰交代的事。凌杰说喜欢欧阳菁菁，让水东给他牵线。其实欧阳菁菁是认识凌杰的，一次她问水东，音像店里那个帅哥，个子挺高，老是穿牛仔衣的那个，是不是跟你很熟？水东说还行吧。她就哦了一声。

欧阳菁菁去过凌杰的音像店。那次水东也在，凌杰故意说些话逗她。他问她：“你喜欢看什么片子？”她一笑，说：“我什么都喜欢。”他道：“我有些私人珍藏，一般人我是绝对不拿出来的，对你可以例外，不过你要叫我三声阿哥。”欧阳菁菁真的嗲嗲地叫了他三声“阿哥”。凌杰就从抽屉里拿了几张片子出来，《乱世佳人》《魂断蓝桥》《茜茜公主》等等，说：“都是正版的，现在市面上根本看不到，你要是喜欢就拿去，算是阿哥送给阿妹的。”凌杰说着拿眼瞟她。欧阳菁菁甜甜地一笑，说：“那就谢谢阿哥了。”她走后，凌杰对水东说："这女人骚得厉害。"水东没吱声。凌杰嘿了一声，说："你说那男的一个月给她多少钱。我觉得最起码也有一两万，你看她身上穿的戴的，没一样是便宜货。"水东还是没吱声。

水东见过欧阳菁菁的男人，个子很矮，五十多岁，头顶全秃了，走路时佝偻着背。两个人走在一起，像父女俩。水东知道他是欧阳菁菁的情人，上海话叫"姘头"。水东到别家擦窗时，常听那些女人说起欧阳菁菁。他这边听一点，那边听一点，也就知道个大概了。那男人开的车是黑色的奔驰，宽敞锃亮，往车位上一停，把旁边的车都比下去了。凌杰说这车要两百多万。水东扳着指头数后面有几个零，妈呀，一辆车够一村子人过好几年的了。

水东擦着擦着，心里便有些异样了。这还不能说出来。憋在心里是情怀，说出来就成冒傻气了。水东对谁都没说过。他朝欧阳菁菁看，只是一瞥，很快便移开了。他在想欧阳菁菁怎么会是这样的人。他对她的感觉和别人不一样，和凌杰也不一样。他看到她，就像看到一件漂亮的衣服被弄脏了，可惜得很，心疼得很。水东这么想着，又觉得自己实在太傻，傻得冒泡。

欧阳菁菁在弹钢琴。水东每次过来，都会听她弹钢琴。水东不懂钢琴，那么一个笨重的大玩意儿，声音倒是挺好听。一会儿像山间泉水叮叮咚咚，一会儿像树林里鸟叫声那样清脆，一会儿又似千军万马在草原上奔腾。她弹琴时，双目微闭，手指灵巧地翻越着，神情恬静，脸上的肌肤像瓷器那样细致——这情景像一幅画。每到这个时候，水东就会想，她其实是个好女孩呢。水东觉得，别人眼里的欧阳菁菁其实都不是真的。弹琴时这个文文静静的女孩，才是真的欧阳菁菁。这些想法他不敢说出来，只是埋在心里。

离开的时候，水东对欧阳菁菁说："凌杰让我告诉你，音像店来了一批新片子，你有空可以去看看。"他把这番话说得飞快——他希望她不要听清。欧阳菁菁眨眨眼睛，问："是不是叫三声阿哥就会送我片子的那个？"水东还没回答，她便咯咯笑起来，说："我知道了，我有空就去。"

水东到凌杰那里，告诉他："我替你说了。"凌杰问："她怎么说？"水东道："她说她有空就来。"凌杰嘿嘿笑道："你看着吧，不出两天，她就会来的。"水东忍不住问："你怎么知道？"凌杰不答，说："你就看着吧。"

果然，第二天下午，欧阳菁菁便来到音像店。她穿着一条粉红色的紧身牛仔裙，马尾辫梳得高高的。凌杰见到她，立刻站起来迎接。他说："怪不得大清早就有两只喜鹊停在门口，原来是有贵客到呀。"欧阳菁菁笑着说："不是你叫我来的嘛。"凌杰连声说："赏脸赏脸。"欧阳菁菁翻着一旁的片子，眼睛却瞧着凌杰。凌杰也朝她看，笑眯眯的。两人你瞧我我瞧你，眼神像皮球，被他们踢来踢去。她踢过来，他再踢过去，越踢越快，越踢越准。不用说话，意思都在里面了。

凌杰送欧阳菁菁出来，水东刚好从旁边一幢楼干完活下来。他看见凌杰的神情，都有些后悔了，不该替凌杰传话。换了别人，他不会那样做的。可凌杰不一样。没有凌杰，他找不到这份活儿。那次也是巧，水东蹲在路边啃冷馒头，被迎面而来的洒水车弄了一身水。来上海好几天了，一直找不到工作，正懊恼着，见不远处几辆摩托车围着一个外地姑娘打转，那姑娘吓得脸色发青，旁边也没人管。水东走过去，愣愣地问他们："你们干吗欺负人?"几个男人下了摩托车，也不说话，便把他推倒在地。其中一个抬起脚，往他头上踩下去，凌杰便是在这个时候出现的。他三下两下，把那小子打得爬不起身，另外几个见势不对，跑了。凌杰救了水东，把他介绍给小区物业保洁部，每月八百块工资，还管两顿饭。水东感激得要命，想，谁说上海人没人情味？凌杰今年二十五岁，高中毕业就在社会上混，不是个本本分分的人。这点水东很快就看出来了。可不管怎样，凌杰是他的恩人。恩人让他帮点小忙，他只有照办。

一周后，凌杰便和欧阳菁菁好上了。几个早上，水东看见凌杰叼着牙签从楼上下来。水东一直朝他看。他长得还真挺精神，眼睛鼻子嘴巴也不见得有多好看，可凑在一起就说不出的顺眼。个子又高，穿件白衬衫，外面套件夹克，有点像《上海滩》里的许文强。水东个子也不矮，长相也过得去，可跟他比起来总像缺了点什么，他应该是女孩喜欢的那种类型。一起干活的几个女孩，空闲下来老是向水东打听凌杰的事，有时候叽叽喳喳挤到音像店，话没说两句，脸倒先红了。

凌杰啧啧咂着嘴，对水东说："这女人还真是个狐狸精。"水东听了不是滋味。凌杰自言自语，要去买点猪腰子补补了，不然吃不消。他得意地笑笑，问水东："你说，哥哥我是不是挺有魅力?"水东随口嗯了一声，走开了。

水东在欧阳菁菁家擦窗。他看着她走来走去，很想问她，你是不是真的喜欢凌杰？犹豫了半天，没说出口。水东手里干着活，都有些恍惚了，脚一个打滑，差点溜下去，吓出一身冷汗。他对自己说，刘水东啊刘水东，你就擦你的窗吧，你来上海是干吗的？爸妈姐姐还在家里等着呢，你个臭小子，整天惦着这些没头没脑的事情，你对得起他们吗？

水东每星期都给家里写信。打长途太贵了，还是写信实惠。在上海这些日子，感触太多了，写都写不完。这完全是另一个世界啊。他要是不出来，怎么晓得天底下还有这么好的地方。念书时，老师让他们写作文：我心中的上海。没人去过上海。村里有电视机的人家不多，即使有，也是黑白的老式机，图像都看不清楚。没人知道上海是什么样子。大家都是在瞎编呢，往好里编总没错。有个同学写："上海到处都是卖冰棒的小贩，上海的冰棒里不放水，只放牛奶和糖，又香又甜。"还有同学写道："上海的学校又宽敞又结实，刮大风下大雨屋顶也不会漏水，学生都背着好看的书包，书包里有铅笔盒，还有练习本。上海的练习本都是新的，纸像面粉一样白。"水东每次想起来，心里就不大好受。上海人谁还吃冰棒啊？好几块钱一个的冰淇淋，几十块钱的也有。水东在街上见过，玻璃橱窗里，用香蕉做成一条精精巧巧的船，中间剖开来盛冰淇淋，上面放各式各样的水果，再插两片饼干，撒些红红绿绿的粉末，乡下人一辈子也想不到世上还有这种东西。上海的学生拿崭新的本子打草稿，字写得斗大，只用两页便一扔，再换一本。乡下孩子一个本子要用一学期，正面反面，橡皮擦了再写，写了再擦。

水东在信里总是让姐姐注意身体，药一定要吃，别因为怕花钱就不吃。现在是农闲时，爸妈尽量少出门，家里没年轻男人，有什么事要忍让，别跟人起冲突。水东说自己在上海挺好的，老老实实干活，老板对他还不错，说干满一年就给加工钱。住的地方也不错，三个人一间，朝南，太阳晒得进来，床铺挺宽敞，能伸得开腿。水东写着写着，眼前就浮现出爸妈和姐姐的脸来。水东使劲憋着眼泪，他还不满十八岁哩。水东躺在床上，望着窗外那轮月亮，就想：乡下的月亮也是这个呢，爸妈姐姐看到的月亮，也就是他看到的月亮。即便隔得再远，月亮只有一个。嘿，这不等于全家人一起在看月亮嘛。水东想着想着，嘴角便露出微笑，同时，泪水也涌了出来。

丁小妹又挨老板骂了。午饭时，客人把挑好的龙虾交给她，叮嘱道，别偷偷换成死的！客人刚走，老板孙麻子就让人进屋拿了只刚死不久的龙虾出来，换了。黄油焗龙虾端上桌，客人问丁小妹："是刚才那只吗？"丁小妹说是的，声音轻得像蚊子叫。客人一见不对，扯着嗓子又问："到底是不是？"丁小妹就朝孙麻子看，抖抖地说："你、你去问他……"客人不吃了，同席的几个男人都站起来，气势汹汹的。孙麻子只好乖乖赔了龙虾钱，转身进去就骂丁小妹："你是猪啊，他问你是不是，你就说是嘛。"丁小妹委屈地说："老板，屋（我）是这么讲的呀。"孙麻子气不打一处来："你那副死样活气的腔调，谁看了都晓得是假的。去去去，给我死远点。我警告你，再有下次，你他娘的就给我卷铺盖走人！"

丁小妹去找水东，同屋那个调皮的青年见了，便叫："水东，你女朋友找你来了！"水东正在看书，一听就知道是丁小妹。他走出来，看到丁小妹两只眼睛肿得像桃子，正抽抽噎噎拿手绢擤鼻涕。

水东听她把经过说了一遍，就劝她："出来做事有哪个是顺顺当当的？哪个不被老板骂？算了，以后机灵点就行了。"

丁小妹就是那天被几辆摩托车缠着的女孩。她老家在苏北农村，也是刚来上海不久，在一家粤菜馆里当服务员。她比水东还小一岁，没读过几天书，勉强会写自己的名字。饭店生意好，活儿累人，这她倒是不怕，乡下姑娘苦出身，这点活儿不算什么。她怕的是应付客人。上海人精明，吃饭时都把脑筋转得飞快。菜上得快了、慢了，东西新不新鲜，账算得对不对，小毛巾算不算钱……丁小妹人老实，说话不会转弯抹角，为这没少挨老板的骂。上礼拜，有个客人点了一份沸腾鱼片，端上来时随口问了一句："这油是不是反复利用的？"其实沸腾鱼片耗油，十家饭店倒有九家是把油回收了再用的，都是公开的秘密了。偏偏丁小妹不会说谎，愣头愣脑就道："是啊，都用了好几回了。"客人一听火了，账也不付就走了。还有一次，客人点一份清炒茼蒿，她脱口便道："茼蒿是前两天的，八（不）新鲜了。"被孙麻子听见，又是一顿臭骂。孙麻子说她："你这个人怎么回事？小时候得病把脑子弄坏了是不是？"

丁小妹每次挨完骂，就去找水东倾诉，顺便再给他带些剩菜。这次她带的是红烧肉和清蒸鳜鱼。她说："屋一直盯着呢，小两口光顾着说话，菜都没怎么动，他们一走，屋就打包藏了起来，呵呵。"水东说："我刚吃过饭。"她急道："吃了再吃点嘛，吃菜又八会饱，你看还是腊（热）的呢。"水东只好吃了几口。丁小妹坐在一旁托着下巴，笑眯眯地看着他吃。水东被她看得不好意思，低下头。丁小妹忽道："水东哥，你教屋讲普通话好不好？我们老板嫌屋苏北话八好听，让屋学普通话。”水东笑起来：“我又不是电视台的播音员，跟我学有什么用？”丁小妹说：“你总归讲得比屋好，求你了，你要是八肯教屋，屋就要被老板赶走了。”

丁小妹的普通话确实糟糕。一个“我”字，她说来说去都是“屋”，还有“算账”的“算”，怎么听都像是“苏”。水东教得汗都出来了。丁小妹说：“水东哥，屋舌头就是转八过来，把你累坏了，是吧？”水东说：“没有。”丁小妹叹了口气，说：“吃口饭可真八容易啊，辣块妈妈的，早知道就八上来了，在乡下又饿八死。”

丁小妹说：“水东哥，有人给屋介绍了个对象，屋明天要去相亲了。”说完脸红了一下。水东一愣。丁小妹说：“他是上海人，在炼油厂当工人。”水东点点头，说：“挺好的。”丁小妹接着道：“他今年三十九岁，离过一次婚。”水东听了朝她看。丁小妹笑笑，说：“要不然他也八会看上屋，你说是吧？”水东正要劝她两句，想想还是算了。丁小妹的父母早就死了，她是叔叔婶婶带大的，婶婶嫌她累赘，逼她嫁给一个瘸腿的鳏夫。她不肯，就逃了出来。水东想，不管怎样，能嫁给上海人，总比打一辈子工要好。

丁小妹朝他看看，似是想说什么，犹犹豫豫的。水东问她：“怎么了？”她脸又是一红，说：“没什么，屋要回去了，水东哥你早点休息，屋看你最近瘦了不少呢。”

水东刚来上海那阵，每晚临睡前总要看会儿书。高中的课本，语文书或是数学书，看会儿才能睡踏实。现在不行了，一整天忙下来，碰到枕头就呼呼大睡，连个梦都不做。水东有时候心里会算笔账，八百块钱一个月，再省吃俭用一年最多也就存个七八千，什么时候才能存够学费啊，还有姐姐看病的钱。那种病只有县里的大医院才有的治，看一次就要上千块，这还不包括买药和打针的钱。水东知道姐姐的病不大光彩，是要让人戳着脊梁说三道四的。姐姐从城里回来时，人瘦成竹竿样，脸色像死人那样惨白，妈把她叫到里屋，让她把衣服裤子脱了，水东在外面听见妈先是一声惊叫，接着就抽抽噎噎哭开了。爸皱着眉，嚷道："哭！哭个鬼啊，让人听见！"从那天起，姐姐就不出门了，只有在看病的时候，才由妈陪着，两个女人天不亮就出发，做贼似的，直到夜深了才回家。姐姐今年二十三岁，村里这个年纪的姑娘早就嫁人生娃了。姐姐其实长得挺标致，瓜子脸，眉清目秀的，早些年村里跟在她屁股后面的小伙不在少数。可现在不行了，谁都知道刘家的大闺女在城里弄了一身脏病回来，躲都来不及。连村头最能说会道的张婶，一天到晚替人做媒的，也从不登刘家的门。

凌杰一直有个想法，找水东说过几次，每次他话没说完，就被水东打断了。水东其实不想得罪凌杰，可这事不行。凌杰说那番话的时候，语气轻飘飘的，水东倒听得心扑通扑通直跳，脸色都变了。凌杰也不生气，拍拍他肩膀，说："你啊，就是这样想不通。"水东怎么可能想通呢？要是想通就糟了。他来上海之前，听人家说过，上海是个花花世界，稍不留神就会陷进去，水东给自己留了个底。这底，是做人做事的底线，拿良心做的底。再怎么样，也不能过了这个底。

（二）

欧阳菁菁给凌杰买了一块劳力士金表。凌杰一转身就卖了，到手两万多块钱。还有衬衫、领带、皮夹、打火机，都是名牌货。凌杰把打火机转送给水东。水东说："我不要，我又不抽烟。"凌杰说："给你就拿着，反正又不要你的钱。"水东坚持不要，放回他手里。凌杰一笑，说："这女人钞票多得就像从天上掉下来一样，既然这样，那我们就帮她用掉一点。哈，你说是不是?"

水东朝他看，忽然有种想打他一拳的冲动，忍住了。

水东每次到欧阳菁菁家擦窗，欧阳菁菁总要问他一些关于凌杰的事情——凌杰喜欢吃什么，喜欢什么东西，喜欢什么颜色，喜欢穿什么款式的衣服，等等。水东说："你不会自己去问他。"欧阳菁菁伸出细细长长的手指，点着他的额头，调皮地说："我不问他，我偏要问你。"水东摇头说："我不知道。"欧阳菁菁又问："他以前谈过几个女朋友?"水东还是摇头。

这天，欧阳菁菁亲手做了个蛋糕。水东在一旁擦窗，她在厨房里和面、打蛋，脸上身上沾的都是面粉。她把蛋糕从烤箱里拿出来，正要上奶油，这时门铃响了。她过去开门。进来一个四十出头的女人，长波浪卷发，打扮得很是华丽。女人扬着眉毛，朝她上下打量，问："你是不是欧阳菁菁?"欧阳菁菁说是。女人劈头就是一记耳光。欧阳菁菁脸上顿时出现一道红红的五指印。

女人是肉里眼，看人眼光很凶。她出口伤人："贱货，不要脸的贱货!”欧阳菁菁捂住脸，没有说话。女人从包里拿出一张支票，朝她头上狠狠扔去。支票在空中飘啊飘，缓缓落在欧阳菁菁的脚下。

“再敢缠着我老公，我就把你的小×割下来喂狗!”女人骂了句脏话。

女人走了。欧阳菁菁在门口愣了一会儿，继而又进厨房了。水东一直看着她。欧阳菁菁拿粉红色的奶油在蛋糕上画了一颗心。手有些抖，那颗心画得歪歪曲曲，奶油滴在桌上，一点一点的。水东从窗台上下来，慢慢走近，说：“我擦好了。”

欧阳菁菁嗯了一声。

水东想走，脚却有些不听使唤。欧阳菁菁从冰箱里拿出一袋草莓，一颗颗嵌在蛋糕上，嵌了一圈。她回头问水东：“好看吗?”水东知道她是做给凌杰的。“好看。”水东说。欧阳菁菁一笑，说：“我给你留一块，明天你来拿。”

水东心里有些难受，为她难受。那记耳光，好像是掴在了他脸上。他想，她为什么要受这种委屈呢？她不该受这种委屈。水东正要走，欧阳菁菁叫住他：

“别把刚才的事告诉凌杰。”她道。

水东点点头。他出门时，不禁又朝她看了一眼。她朝他笑笑，他也笑了笑。

那天晚上，凌杰没有去欧阳菁菁那里。他哼着小曲，大摇大摆已快到她楼下了。这时她给他发了条短信：今天别来了。凌杰看到车位上那辆黑色奔驰，呸地朝它吐了口唾沫。他约水东一块去喝酒。水东平常不怎么喝酒的，那晚居然喝了两瓶啤酒，头晕乎乎的。酒喝多了，话也多了起来。他大着舌头问凌杰：“你、你说，她到底喜欢你哪一点?”凌杰嘿嘿笑着，问：“你真不知道?”水东摇头说：“我真不知道。”凌杰凑近他的耳朵，轻声道：“还不就是床上那点事。”水东一愣。凌杰笑道：“那老头都快六十了，你说，怎么喂得饱她!”水东听了怔怔的，忽地，把杯子往桌上重重一放，酒溅得到处都是。凌杰吓了一跳，问他：“怎么了?”水东看着他，嘴里咕哝了两句，却一个字也没说出来，眼前一黑，便倒在桌上，迷糊中听见凌杰笑着说：“这小子，酒量这么差——”

第二天早上，欧阳菁菁和男人并肩走下楼。男人比她矮了半个头，手揽在她腰间。她笑容甜甜的。男人在她嘴上亲了一下，趁人不备拍了一下她的屁股随即上了车。车开动了，欧阳菁菁不停地挥手。直到车子出了小区门口，她才转过身，水东就在她身后。欧阳菁菁一愣。水东结结巴巴地说：“我、我来拿蛋糕的，你昨天不是说给、给我留一块的嘛。”

水东心怦怦跳个不停。他不知道自己怎么会说这个，后悔极了。她肯定想他是个前世没吃过蛋糕的乡下小子。欧阳菁菁点头说：“好啊，你跟我来。”水东跟着她到了家。欧阳菁菁拿出小半个蛋糕——是吃剩下的。那颗心早已看不清了，成了红糊糊的一团。她拿了副刀叉给他，自己却点上一支烟，慢慢走到阳台上。水东呆呆地站在那里，看她对着天空，呼出一个烟圈。

她穿一条紫色的连衣裙，腰带一束，更显得背影纤细窈窕。她拿烟的姿势挺可爱，像小孩学大人的模样。水东知道她比他大不了几岁，在城里这种年纪的姑娘，一个个都跟长不大似的。她的肌肤白里透红，像刚上市的水蜜桃。水东看着看着，竟有种冲动，想上前抱紧她。他当然不敢。他心里都笑话自己了——人家能看得上你吗？你凭什么？有钱吗？有车吗？有凌杰那么帅吗？水东想起凌杰的话。他恨昨天没揍他一拳。水东以前不是这么没原则的人。他不像别的孩子那样爱打架，他讲道理，不动手光讲道理就能把人家镇住，水东心里是骄傲的。像凌杰这种人，放在乡下，他连正眼都不会瞧他一眼，可这是在上海。水东没觉得自己矮人一等，但就是有什么东西压着他，让他不得不半低着身子畏畏缩缩的。该说的话不能说，该做的事也不能做。水东有时候觉得累得很。这累，不是每天爬高蹿下地干活，他三岁就会上树掏鸟蛋了，这些根本不算什么；这累，是从心里冒出来的，像打了麻醉针，提不起精神，整个人恹恹的。

“你，是不是挺喜欢我？”

欧阳菁菁忽然转过身，似笑非笑地问他。

水东一下子愣住了，思路有些跟不上，傻了。欧阳菁菁把烟头掐灭，看着他，走了进来，水东下意识地朝后退了一步。欧阳菁菁撇嘴一笑。

“你好像有点怕我。”她说。

水东拿起蛋糕，怔怔地咬了一口，没尝出味道来，嘴边都是奶油。欧阳菁菁凑近了，忽地，在他嘴角亲了一下。她嘴唇上立时也沾上了奶油。水东触电似的，浑身一抖，脸涨红了。欧阳菁菁咯咯笑起来，笑得欢快无比。

“为什么是这种表情？”她看着他，“我亲你，你不喜欢吗？”

水东一句话也说不出来。

“看上去有点吃惊啊。其实，我本来就是这样的人，你又不是不知道。”她拿纸巾轻轻擦拭着嘴角，“我本来就不是个正经女人，这附近除了瞎子和聋子，没有人不知道。”她说完笑了笑。

水东想说，我知道你不是这样的。却一个字也说不出口。

“凌杰手上戴的那块劳力士，是在襄阳路买的吧?”她忽然道。

她不待水东开口，又说下去：“你以为我这个蛋糕是做给凌杰的，是不是?”她嘴角一歪，笑容有些不屑，“小弟弟，你可真够傻的。”

欧阳菁菁说着，又走到阳台上，背靠栏杆，像上次那样，身体朝后倒去。大概是阳光有些刺眼，她拿手遮住眼睛，身子微晃了两下，水东抢上去扶住她。

“别、别掉下去。”水东不敢看她，话都不利索了。

欧阳菁菁朝他笑笑，继续朝后倒去。她身子柔软得像没有骨头。水东很想在她背后托一把，可他不敢。

“掉下去就掉下去，”她道，“那才好玩呢。”

一个阳光明媚的下午，凌杰拿着自配的钥匙，打开了欧阳菁菁家的大门。他知道她出去健身了，没两个小时是回不来的。他熟门熟路地从抽屉里拿走她的首饰和现金，塞进自己口袋。他笃笃定定，甚至还上了个厕所，抽了支烟。本来他不至于会这么做，可是早上搓麻将，他手气差到了极点，一下子就输了三千多块，他需要钱，晚上再去翻本。凌杰戴着手套，动作干净利落，不到十分钟就出来了。他锁门的时候，电梯门也在同一时刻打开了。欧阳菁菁和那个男人走了出来。

咣当！凌杰的钥匙落在地上。

欧阳菁菁的情人，一家跨国公司的董事长兼总经理，把凌杰扭送到了公安局。凌杰本来要逃的，以他的身手，老头根本奈何不了他。可不巧的是，隔壁那户人家的男主人也开门出来了，他是跆拳道黑带，三拳两脚便把凌杰打倒在地上。

审讯室里，警察问欧阳菁菁："凌杰怎么会有钥匙？"

欧阳菁菁看了身边的男人一眼。她见到他脸上几处褐色的老人斑，还有眼角细密的皱纹。男人眯着眼朝她看。她知道接下去说的话是一道分水岭，这边是五谷丰登鱼米之乡，那边就是穷乡僻壤狼藉一片了。她很少面临这样关键的时刻。只是一句话，便能改变她的命运，还有另一个男人的命运。

她心里弹着棉花，一下，一下，又一下。心提起来的时候，没着落，掉下去时却又有些跃跃欲试的，很矛盾，前所未有的感觉。

沉默了一会儿，欧阳菁菁说："是我给他的。"

男人张大嘴巴看她。警察也吃了一惊，又问她："你跟他是什么关系？"

欧阳菁菁拿起杯子喝了口水，飞快地说下去：

"他是我的男朋友，我让他来的。我不知道那个人也会来，要不然他们也不会碰到，是我估计错误。"

欧阳菁菁又喝了口水，长长地吐出一口气。她知道从此刻起，一切都不一样了，已经跨出这一步，反倒轻松了。

几天后，凌杰在小区门口碰到拎着大皮箱的欧阳菁菁。她睥睨着他，说：“我现在无家可归了。”凌杰皱着眉，使劲搔头，一遍又遍的。过了一会儿，他道：“你住到我那儿去吧。”欧阳菁菁没动，看着地上的影子，道：“我跟你说，我现在一分钱也没有了。”凌杰把嘴里的牙签吐掉，有些不耐烦地说：“我知道。”欧阳菁菁瞟他：“你想清楚了？”凌杰嘿了一声，上前接过她的皮箱。“你自己也要想清楚，”他大声道，“我也是一分钱没有的人。”欧阳菁菁一笑，露出雪白的牙齿。“这个我早就知道了。”她有些俏皮地说。

这天晚上，凌杰又约水东一块儿喝酒，喝着喝着，他莫名其妙地笑了：“妈的，你说这像不像在拍电影？眼睛一眨，就变了个样。”水东嗯了一声，忽然问他：“你喜欢她吗？”凌杰一愣，随即道：“我不知道。”他似是觉得这个问题很好笑，刚喝的一口酒呛进喉咙里。“咳、咳，我怎么会知道，我连想都没想过，咳、咳——”

凌杰怔怔地望着手中的酒杯，眉心蹙成一个“川”字。

“你说，我养不养得起她？”他叹了口气，问水东。

凌杰在市郊有一套老公房，面积不大，两室户，是他外公外婆留下来的。凌杰的父母都在青海，凌杰也不大住过来。后来凌杰的阿姨提出，反正也是空关着，是不是可以让她儿子借住一阵子。凌杰的表弟读大一，嫌宿舍条件不好，整天吵着要回家住。可阿姨家离学校远，反倒是这套小屋子更近些。凌杰说：“行啊，没问题。”表弟趁机把女朋友也搬了进去，两个人过起了小日子。表弟是个没自制力的孩子，学习成绩越来越差，上半学期居然有两门功课亮了红灯。阿姨知道后大发雷霆，勒令表弟跟女孩分手，表弟不肯，干脆连周末也不回家了。阿姨让凌杰把屋子的锁换了，这下表弟就住不成了。

凌杰收拾房间时，在橱里翻到一包避孕套，就有些惋惜，想，他们怎么不弄个孩子出来呢？那就热闹了。

凌杰带欧阳菁菁去看了房子。欧阳菁菁参观了一圈，说：“挺好的。”凌杰哧的一声，道：“才五十个平米，不能跟你原先那套比。”欧阳菁菁说：“房子小一点好，打扫起来也容易。”凌杰说：“这套房子有年头了，一到黄梅季节墙壁上就全是霉点。”欧阳菁菁说：“老房子才灵光呢，住得窝心，又安全。”

凌杰朝她看，说：“我怎么总觉得你在说反话，像在臭骂人？”

欧阳菁菁扑哧一笑：“我为什么要说反话？我是真的这么觉得，不骗你。”凌杰嘿了一声，道：“我也不管你是说反话还是说真话，反正我就这点条件，你要是后悔现在还来得及。”欧阳菁菁白了他一眼，道：“你这人讲话真没劲。”

很快地，欧阳菁菁把这套房子里里外外整理了一遍。窗帘几年没洗了，拆下来放进洗衣机。水管和煤气管有些老化，她叫人过来修好了。阳台脏得简直迈不开步去，她跪在那里，拿抹布仔仔细细地擦。天花板的角落里结满了蜘蛛网，吊扇上厚厚一层灰，她拿来梯子和扫把，收拾得干干净净。她去菜场买菜，荤素搭配得当，烧出的菜色香味俱全。凌杰都有些意外了。欧阳菁菁有些得意地说：“我十几岁就一个人搬出来住了，什么活儿不会做？”每天中午十二点，她准时拿着饭盒出现在音像店。她说：“外面买的哪有家里烧的新鲜啊，你说是不是?”她脸上带着笑，不化妆，五官清爽得像雨后的百合花。

这么过了一阵，凌杰渐渐有些变了，以前脸上那种不羁的神情，现在看不见了，眉头总是蹙着，话也少了许多。他见到水东总是苦笑。水东不知道他为什么要苦笑。一次，水东问他：“过得开心吗?”他想也不想，便道：“开心个大头鬼!”水东一愣。他摇了摇头，叹道：“压力大啊!”水东还没开口，他又叹了口气，道：“男人都想找漂亮女人，其实漂亮女人有什么好，还不就是那么回事!”

他说到这里，忽然眨了眨眼睛，问水东：“你是不是觉得我有些臭美?”

水东朝他看，不知说什么好，有些搞不懂他。不过水东觉得，其实凌杰还是挺开心的，欧阳菁菁也挺开心。每次她过来，都笑眯眯的。那笑是从心里透出来的，做不了假的。水东都有些糊涂了。他这才发现，原来人嘴上说的和心里想的，真是不一样的，要不就是人变得太快了，连自己都骗过了。

水东最近收到家里几封信，都是不好的消息。姐姐的病恶化了。本来这种病治起来不算太难，可她老是舍不得花钱买药，渐渐就拖出麻烦了。医生让她住院，她不肯。医生说，你这个样子，万一有什么后果我们可不负责。爸妈在信上说，姐姐瘦得只剩下一张皮了。可住院费实在是太贵了，就算不吃药，光住院的钱家里也拿不出来了。还有妈的风湿病，最近也犯了好几回，疼得路都走不成。

信是村东的木头帮着写的。木头的字写得有些潦草，水东看得挺费力。看到后面，心都揪起来了。水东把信塞在枕头下，躺在床上一动不动，怔怔地看着天花板，想了许久，却什么法子也想不出来。最后，他一骨碌爬起来，跑去找凌杰。

水东问凌杰借钱。他说："哥，给我五千块救急，年底就还你。"凌杰叹了口气，说："兄弟啊，我也没钱。"水东朝他看。凌杰说："我没骗你，不信你拿我的存折去看，连一千块也不到，我也是穷光蛋一个啊。"水东急得跺脚，说："这可怎么办好？"凌杰搔搔头皮，慢腾腾地说了句："这个，办法也不是没有。"

他拿眼瞟水东。水东知道他是什么意思。凌杰在他肩上拍了拍，水东让开了。凌杰没有再说话，坐在一旁抽烟，水东也呆呆坐着。凌杰一支接一支地抽，抽到第六支时，水东站起来了。他说："哥，听你的。"凌杰点点头。

"就一次。"水东说。那句话出口，心便一点点沉下去。脑子里嘎嘣一下，似是有什么东西断了，顿时空白一片，像短路的电视机屏幕。

丁小妹给水东拿来蟹粉狮子头和生鱼汤。汤是放在保温瓶里的，蟹粉狮子头只有半个。丁小妹再三向水东解释："那人是拿干净筷子夹开的，不脏，一点都不脏。"丁小妹看着水东吃，两边脸颊红通通的，睫毛忽闪忽闪的。水东问她："相亲的事怎么样了？"她低下头，说："没怎么样。"水东又问："那个人挺好吧？"她说："还可以。"水东朝她笑了笑。她问："你笑什么？"水东说："你普通话大有进步啊。"丁小妹睁大眼睛："真的啊？"她有些不好意思："我最近一直对着《新闻联播》在练。不练不行啊，老板说苏北话最难听了，上海人都看不起苏北人。”

丁小妹看到床头一堆脏衣服，说：“水东哥我帮你拿回去洗。”水东忙道：“不用，我自己洗。”丁小妹把脏衣服装进一个塑料袋，说：“你跟我客气什么？你们男人洗不干净的。”她说着又问他：“你明天想吃什么，我帮你留心。”水东说：“我什么都吃。”

丁小妹一笑，忽道：“水东哥你最近好像不怎么看书呢。”

水东听了一愣。

丁小妹说：“水东哥你是秀才，将来还要上大学的，你一定要多看书。”

水东嗯了一声。丁小妹又问：“水东哥你是不是缺钱？”水东看着她。丁小妹说：“我是听阿中说的，他说你这几天一直不大开心。”水东低着头，说：“嗯，家里有点事。”丁小妹忙道：“我存了一千多块，你先拿去用吧。”水东说：“不用了。我的事已经解决了，谢谢你。”水东朝她笑。

这天凌晨两点多，水东沿着大楼的空调管，一层层爬了上去。天气热，一般家里睡觉都不关窗。他从厨房的窗户爬进去，蹑手蹑脚的，拿走客厅里的包，男人的手机包、女人的小坤包。短短几个小时，从底楼到十八楼，除了两家窗户紧闭，他一共偷了十六户。开始还有些担心，渐渐地就放开了。他整天爬高蹿下地擦窗，练出来了，动作敏捷得像猴子。他用绳子把包一个个传给凌杰。凌杰身边放着一个大麻袋，负责望风。

水东爬到十八楼时，发现这家里没有人。他手插口袋走到阳台上，抬头看。没有星星，也没有月亮，夜里的风凉凉的，拂过他的脸颊。水东长长地吐出一口气，他想，我这是在干什么？天空就在头顶。像平常无数个日子一样，他站得高高的。他朝下看，黑乎乎的，什么也看不见。水头使劲地看，看得眼睛也累了，却始终看不见任何东西。天是黑的，树是黑的，房子是黑的，什么都是黑的，水东忽然有种想哭的感觉。不知道为什么，就是想哭。

天蒙蒙亮时，水东和凌杰把麻袋拿回去，数了数，里面有两万多块钱，还有十来部手机。凌杰数了一半钱给水东。那些手机，他说找个渠道销掉，也能卖个几千块。水东一声不吭地把钱塞进口袋。凌杰说："怎么样？钱来得挺快吧？"

水东朝他看了一眼，站起来。凌杰说："身手不错，是个人才。"水东朝门口走去，手插在裤袋里。忽然，人一下子僵住了。他盯着凌杰，张大了嘴巴。

"我的钥匙……"

凌杰急了："怎么了？怎么了？"水东的一张脸先是涨得通红，随即变成了怖人的死灰色："我的钥匙……大概……掉在了阳台上……"

凌杰也呆住了，死死地盯住他。

水东入狱那天，天空下着小雨。狭长的雨丝细细密密地落下来，无声无息的，编织起一张灰蒙蒙的网，看似中空，却又是严严实实的，劈头盖脸地将你一把兜住。路旁的树，叶片上闪着一点一点的光，零零碎碎，像四分五裂的玻璃残渣。雨点落在屋檐上，溅起小小的花骨朵般的一圈又一圈。

那把钥匙在现场被找到。很快地，警方逮捕了水东。警车停在小区门口时，凌杰躲在音像店不敢出来，水东被几个警察押着上了警车。周围好多人挤着看热闹，水东在人群中看到欧阳菁菁。她拿着一个塑料袋，里面四四方方，水东知道那是她给凌杰送的午饭。她诧异地朝他看，一直看，一直看。水东触到她的目光，不知是该笑呢，还是该哭，便低下头。他的衣服被推推搡搡弄得皱巴巴的，像咸菜，一只手牢牢抓住他领口，拎小鸡似的。

他真不愿意她看到他现在这副样子。上车那一刹，水东回头看了一眼，欧阳菁菁还站在那里，她似是朝他点了点头。水东忽然觉得很不好意思。她一定觉得他不是个好人，平时老实的样子都是装出来的。水东觉得有什么东西从心口那里一直沉下去，失足落水的感觉。

水东向警察解释，那把钥匙是他白天在二十楼擦窗时，不小心掉到十八楼阳台上的——这是他准备好的借口。白天他确实在二十楼擦窗。

警察问他：“事发当晚，你在什么地方？你同屋的人说你一整晚没回去睡觉。”水东说：“我睡不着，到外面遛了一会儿，后来在长凳上睡着了。”警察问：“有谁可以做证？”水东说不出。那个年轻的警察把记录本重重一摔，说：“你给我老实点！”

水东没吭声。他咬着牙想，千万要顶住，随便怎样都不能承认，承认了就完了。他如果完了，那家里也完了，姐姐也完了。

水东在那一刻忽然想起小时候姐姐带自己采蘑菇的情景。那时姐姐十来岁，他才五六岁。两个人颤颤悠悠提个小篮子去林子里采蘑菇。姐姐弯下身子，教他怎么认蘑菇。有些蘑菇颜色很鲜艳，却是有毒的，吃下去会拉肚子。要采那种小小的，看着不怎么起眼的蘑菇，味道特别鲜美，也有营养。姐姐眼睛大大的，笑起来眼睛弯弯的。他什么也不懂，只知道挂着两行鼻涕跟在姐姐后面。姐姐会唱好多歌，他那些歌都是从姐姐那儿听来的。姐姐的声音像黄鹂一样清脆。她一边采蘑菇一边唱歌，林子上空便回响着动听的旋律。虽然家里很穷，可是水东却一直都很开心。姐姐到城里去赚钱，是为了给家里盖套像样的房子。姐姐是个要强的人。她见不得村里好多人都盖上二层的小楼房，而自己一家四口却还挤在破烂的旧屋里。她在城里的那段日子，妈常说，大妞要是个男娃就好了，女娃出去挣钱，总有些让人不放心。没想到妈的话还真的灵验了。

水东被饿了两顿，光喝水。警察说他再不老实就连水都没得喝了。水东忍着，就是不认。第二天一大早，丁小妹来看他。她看见他憔悴的样子，惊呼了一声。丁小妹去找办这件案子的警察。她大概是太紧张，一开口就是苏北话：

“同志，屋（我）有话说。”

警察说：“那你就说吧。”

丁小妹咽了口唾沫：“那天晚上，屋、屋和刘水东在一起。”

警察朝她看看，问：“在一起干什么？”

她脸一红，说：“睡、睡觉。”她说着，低下头。

警察又把水东找来，问他：“你说老实话，你那天晚上到底在什么地方？”水东说：“到外面散步，后来在长凳上睡着了。”警察笑笑，没再说下去，转身又把丁小妹叫进来，说：“做假证要负刑事责任的，你晓不晓得？睡觉？你和他一起睡觉，怎么他会不晓得？嘿，看不出你年纪轻轻，脸皮倒是蛮厚的嘛。”

丁小妹脸红得像番茄。水东诧异地看着她，一句话也说不出了。

警察在水东家里搜出一双鞋，和犯罪现场一只鞋印完全吻合，证据确凿，无可抵赖。水东被判入狱两年。他听到宣判的那一刻，整个人僵住了，脑子嗡地一下，眼前全黑了。就像那天晚上，他站在阳台往下看，也是这么黑乎乎的一片，无底洞似的。没错，他是跌入了一个无底洞。

法庭上，凌杰缩在听证席的一角，都不敢看水东了。水东知道他很感激他。警察用两百多瓦的大光灯照着他，不让他睡觉，要他供出同伙，他就是不说。水东其实对凌杰没多少好感，他知道自己这样做是为了谁。水东觉得自己真的很傻，傻得一塌糊涂。

（三）

两年的时间，说长不长，说短不短。有时很慢很慢，掰着手指怎么数也数不完；有时却又很快，像一阵风，才刚闻到风里夹杂的青草气息，便已过去了。

夏天走了，很快又是秋天了——第三个秋天。夏日里总盼着凉快，每根毛细血管都是藏在身体里的风向标，哪怕一丝半点儿风吹来，也齐刷刷地竖立着，左顾右盼，比头发丝还敏感。到了深秋，西北风一刮，风向标便成了一个个败走的小兵，颓头丧脑，站立不稳。盛夏，到处桃红柳绿，是水彩笔描就的国画；深秋，一派素净瑟然，是硬笔绘成的素描。路上迎风扬起的落叶，踩在脚下吱吱作响。空气清爽舒心，但细细嗅去，却夹杂着些许寒意，是一点一点的，起初还有些沁人，渐渐地，寒意加重了，不知不觉，秋便成了冬。仿佛只是转瞬间，那样的世界，那样的天地，转个弯，回个身，或是换了个心境，便完全不同了。

水东出狱的那天，天空晴朗，太阳照在身上，很暖和。水东脱掉监狱里那套潮乎乎的囚衣，站在路边。他从腋下针脚处摸出一支烟——那还是临走时大老倌塞给他的。大老倌是误杀罪，判了十年。监狱里严禁抽烟，但他总有法子弄到烟。大老倌和水东是同乡，还是邻村的。世上的事就是这么巧。大老倌十六岁进城，在上海待了近二十年，一口上海话说得比上海人还地道。他长得粗粗壮壮的，站起来像座塔，做事又狠，监狱里没人敢惹他。水东沾了同乡的光，这两年里，基本上没吃什么苦。

水东蹲在路边抽烟。一个女孩从远处缓缓走来，一边走一边朝他看，先是不大确定的，到了近处这才认出他来。“水东哥!”她叫了一声。

水东抬起头，看见丁小妹红扑扑的脸蛋。他把烟掐灭，站起身。

“水东哥，真的是你？你变样了，我差点都认不出了。”

“变得难看了，是不是？”水东问她。

丁小妹脸红了一下，说：“不是的，变得、变得更像大人了。”说着低下头。水东发现她还是那么喜欢脸红。

水东说：“你也变样了。”丁小妹问：“怎么了？”水东说：“变得比以前漂亮了，还有，普通话也讲得好多了。”丁小妹听了，脸更红了。水东一笑，说："我们走吧。"丁小妹嗯了一声，却不迈步，让水东先走，她跟在后面。两人一前一后地走着。水东看到太阳下两人的影子，始终隔着一段距离，不由得想起两年前丁小妹为他做假证的情景。水东心里一热，停下脚步，转头忽道："谢谢你。"

丁小妹一愣，问："谢我什么？"水东说："谢你的地方实在是太多了，一声谢谢都不够。"丁小妹红着脸使劲摇手，说："这个、这个，不用——"

水东说："你这两年里寄给我爸妈的钱，我会尽快还你的。"

丁小妹忙道："不着急，水东哥你不用跟我客气，又不是很多钱，你、你别放在心上。"她的脸越发涨红了，倒像做了什么错事似的。

水东问她："凌杰最近还好吧？"丁小妹叹了口气，说："不大好。他那个漂亮的女朋友跟他吹了，又找了个台湾人。"

水东心里咯噔一下，又点上一支烟。

"水东哥你学会抽烟了？"丁小妹问。

"嗯，"水东朝天吐个烟圈，"在里面老觉得心口憋得慌，不抽要憋死的。"

太阳快要落山的时候，水东见到了凌杰。音像店还是老样子，陈旧的货架，老式的电视机和 DVD 机。凌杰比两年前憔悴了不少。男人憔悴倒不像女人那样破败，胡子没刮干净，鬓角长出老多，原先俊秀的五官添了些风霜感。棱角磨了不少，看着反倒比以前顺眼了，更有味道了。凌杰瞥见水东，立即站起来，手抬起来又放下去，大概是想说话，又不知道该说什么好，便那么怔怔地站着，过了一会儿，才走近了，伸手在水东肩上轻轻地一捶。

“小赤佬，总算是出来了！”他笑道。

水东也笑了笑。

晚饭是在音像店里吃的。丁小妹从饭店拿了些剩菜过来，用干净盘子装了，琵琶鸭、清蒸鱼、咕噜肉、虾球……摆了满满一桌子。凌杰去超市买了一箱啤酒，放在桌子下面。两人一瓶接一瓶地喝。丁小妹不喝酒，眼看着他们越喝眼睛越小，越喝脖子越红，丁小妹劝道：“别喝啦，再喝就醉了。”

凌杰说：“醉就醉，老子还怕不醉呢！”

水东嘿嘿地笑，说：“就是，醉了才好呢，醉了最快活！”

很快地，两人将一箱啤酒全部喝完，齐刷刷地奔到厕所，吐得一塌糊涂，抬起头，两人脸色都是一样的惨白，相视一笑。凌杰口齿不清地说：“他妈的，现在这样挺好，老子不晓得多开心！”他问水东：“你呢？你开不开心？”

水东咧开嘴，说：“开心，开心快死掉了！”

凌杰手指着水东的鼻子，说：“我、我发现你和以前有点不一样了。”水东问：“哪里不一样？”他摇摇头，说：“不晓得，反正就是不一样了。”

这天晚上，水东睡在凌杰家。他在卫生间看到几件用剩的化妆品，应该是欧阳菁菁留下的。凌杰打开衣橱，拿了件睡衣给他。水东看见床头柜上的一张照片，是凌杰和欧阳菁菁的合影。两人依偎着，笑得很灿烂。水东只瞟了一眼，便把目光移开了。两人睡一张床，凌杰很快睡着了，水东却一点睡意没有。窗帘掀起一角，月光透进来，落在地板上，一个白白亮亮的影子。

水东脑子里像是有许多东西，塞得满满的。他在想这些年发生的事情，好像只是一眨眼的工夫，他进了监狱，再一眨眼，又放出来了。

一年前，姐姐死了。那天丁小妹把这个消息带给他，他整个人呆住了。可是很奇怪，一滴眼泪也没有，也不知道是什么滋味，竟连哭都忘了。爸妈来看过他一次，告诉他姐姐临死前不停叫着他的名字，水东、水东——爸妈含着眼泪说："我们现在只有你一个了，你可千万要好好的啊，你再有什么事，我们也别活了。"水东那天一句话也没说，只是愣愣地听着。他想，这是不是在做梦啊？怎么回事？他来上海不是要给姐姐治病的吗？不是要让爸妈过上好日子的吗？怎么会莫名其妙坐了牢？姐姐怎么又会死了呢？水东翻来覆去地想着这几句，都傻了。

刚进监狱那阵，水东因为文章写得好，被狱警找去出黑板报。他做得很认真，有一期还得了奖。狱警见他听话，偶尔便会给他开点小灶加点肉菜。同牢房有个人看不顺眼，故意找他的茬，抢他的东西吃，还往他的被子里撒尿，是大老倌替他报的仇。大老倌把那家伙的被子掀开，对水东说："去，解个大手!"水东不敢。大老倌就大摇大摆地上去，真的解了个大手，那家伙只有干瞪眼的份。大老倌把衣服解开，露出胸口上几条横七竖八的刀疤，嚷道："谁不怕死就来找麻烦吧!"

大老倌和水东很谈得来。他告诉水东，他有个同村的女朋友，当初两人是一起来上海的，他搞装修，她给人当钟点工。没钱的时候倒是恩恩爱爱，后来有钱了，大老倌一个没按捺住，弄了个小姐鬼混，结果被女人发现，女人一气之下就离开了。大老倌找了她几年，始终没音讯。大老倌好几次对水东说："我真悔啊，悔得要死。要是她肯回来，我就把赚的钱都给她，要是她肯回来，我就算丢了性命也愿意。"大老倌给水东看她的照片——扎两条大辫子，脸方方的，粗眉大眼。大老倌问水东："她好看吗？"水东说："挺好。"大老倌嘿了一声，说："你别哄我，她要是好看，天底下好看的就多了。"水东不好意思地笑笑。大老倌接着说："可在我眼里，她就是天底下最好看的姑娘，拿个仙女来我也不换。"大老倌说到这里都有些不好意思了，说："你可别笑话我。"水东听了心里潮潮的，也不知是什么滋味。

大老倌托水东出狱后帮着打听女人的下落。"她叫三妮，"大老倌说，"她脖子上有个紫红的胎记，特好认。"大老倌还给了水东一张字条，写上大名"张禄倌"。这是专门请人给起的名，原先他叫张小宝。大老倌说："旁边有地址，你拿着这纸条到我公司，找个姓王的男人，让他给你安排个活儿，他认识我的笔迹。"

大老倌再三叮嘱，找到了三妮，她要是肯来见我最好，要是不肯来，也别勉强。我只要知道她现在过得挺好，就足够了。

水东回了趟老家。先坐一晚上的火车，再坐七个小时的长途汽车。沿途的野菊花开得正艳，望去黄灿灿的一大片，仿佛隔着窗子都能闻到香味。正是收获的季节，水东刚进村口，老远就看见好多人在田里忙碌。水东的妈妈也在，包着头巾弯着腰，额头上的汗让太阳一照，成了亮晃晃的一块，闪啊闪的。

水东爸妈劝儿子这次回来就别走了。他们说：“城里不是我们乡下人待的地方，安安分分留在乡下，种田养猪，饿不死人!”水东没说什么。他只住了两天，第三天就要走。妈眼泪都下来了，说：“儿啊，你可别像你姐那样——”水东心抽紧了，说：“妈我知道。”爸妈送他到村口。不远处，屋顶冒出袅袅炊烟，空气里是泥土的气息，几条狗子摇着尾巴穿梭着，来来往往的人脸上挂着亘古不变的木木的表情。水东看着看着，就想，怪不得那么多人要去城里，怪不得呢。不去没什么，去了就不想回来了，在外面讨饭也比在这儿强啊。

临走时，爸妈忽然问起丁小妹的事情。妈说：“啥时候带人家回来看看?”水东问：“带回来看啥?”妈说：“让咱们看看她呗，也让她看看咱们，看看能不能对上眼。”水东嘿了一声，说：“没影的事!”爸说：“没影的事，人家能隔三岔五往这儿寄钱?”水东笑笑，没接口。

水东没有直接回上海，而是到了邻村小沟村。小沟村原先是有名的贫困村，几年前，村头的一口枯井忽然冒出了汩汩的清泉。乡里来人检验，发现这泉水富含多种人体所需的微量元素，常喝能延年益寿，说得像仙水似的。这样一来，等于挖到个宝藏。外面好多家矿泉水厂都到小沟村来取水，一签就是好几十年的合同，哗哗地数钱。小沟村一下子就富了。小沟村的人长相不好，男的大多是麻脸矮个罗圈腿，女的也没几个周正的，一大半都是歪瓜裂枣。早些时候娶媳妇嫁女儿都没人愿意找小沟村的，这几年倒过来了，小沟村的小伙子大姑娘，只要不缺胳膊少腿，一个个都跟香饽饽似的，有的是人抢。

水东进村就问三妮家住哪儿。那人反问他："你是找三妮的娘家，还是婆家?"水东一愣，说："婆家吧。"那人便一指前面几幢楼夹着的那间草顶矮房，说："就那儿。"

水东走过去，门前两只母鸡正在啄地上的虫。门开着，水东叫了声："有人吗?"

出来一个三十多岁系着围裙的女人。她问水东："你找谁?"水东说："我找三妮——三妮在吗?"女人先是一愣，朝他看了几眼，随即道："我就是三妮，有事吗?"

水东吃了一惊，还当听错了，居然这么容易就找到了。他朝她打量——下巴削尖了，眉毛淡了，头发短了，但细看还真能找到几分照片上的影子。水东瞥见她头颈里一块紫红色的胎记。没错，是她。水东从怀里摸出那张照片，递给她。

"我是张小宝的朋友，他——这些年找得你好苦。"水东说。

三妮先是一怔，随即接过照片。还没来得及细看，就听到一声"谁啊"，一个四十来岁的男人抱着个婴儿从里面走出来。男人大胖脸小眼睛，像面疙瘩上点了两粒芝麻，还长了个朝天鼻子。男人狐疑地瞪着水东。三妮忙把照片藏起来，小心翼翼地接过婴儿。那婴儿像是出生不久，眼睛还没完全睁开。

"是问路的。"三妮回答着，朝不远处一指，"喏，就是那儿，孙技术员就住那幢房子，看见没有?"

水东说："看见了，谢谢大姐。"便退了出去。

水东没想到是这个结果，心里不是滋味。低着头走了一段，听到后头有人叫等一等，回头一看，是三妮。她气喘吁吁地奔过来，站定了。水东看着她，没说话。她从口袋里把那张照片取出来，还给水东。

“你替我还给他，就当留着做个纪念吧。”

三妮轻轻叹了口气，停了停，又问：“他现在还好吧？”

水东嗯了一声，说：“还好，就是一直惦记你。”三妮沉默着。

水东接着道：“他说他很后悔，要是你肯原谅他，他就把赚的钱全给你，他还说，就算为你丢了性命也愿意！”

三妮愣愣地，眼皮耷拉着，半晌才道：“啥都别说了，我已经嫁人了。”

水东点点头。三妮说：“我要回去了——听你的口音，也是这附近的？”水东说：“我是西塘村的。”三妮问：“也去上海打工了？”水东说：“嗯。”三妮笑了笑，又问：“娶上媳妇没？”水东说：“还没。”三妮点头道：“你还小呢，看着才二十来岁。”水东说：“今年正好满二十。”三妮又笑了笑。

临走时，三妮塞了两个饼给水东，说路上吃。水东接过，想起当初第一次离家，妈也是做了这么两个饼子给他，那时姐姐还在，穿件碎花袄子，不说话，就那样一直看着他。那情景透着凄凉，还有离别时的不舍。水东想着想着，心就酸了，鼻子也酸了。

水东在汽车上打了会儿盹，醒来时天已经快黑了。他想，该怎么跟大老倌说呢？要是实话实说，他肯定受不了，还是说没找到算了？水东替大老倌难过。两年相处下来，他知道大老倌对三妮是真心的。那么五大三粗的一个男人，有时讲到动情处，眼圈都会跟着红，小姑娘似的。水东没见过这样的人，要是换了旁人，说不定真会笑话他，可水东不会。水东觉得，人还是该有些情怀的，就像文章里写的那样。人又不是木头。水东在狱中这两年，想明白了一些事情——人不能没有情怀，可更加不能没有钱。文章里的情怀是死的、假的，只有钱能让它变活变真。水东伤心地想，要是有钱，姐姐也不会舍不得吃药，也就不会死了。有了钱，他刘水东就可以上大学。像大老倌那样，有了钱，讲出来的话才有分量。大老倌要是个穷光蛋，他敢说“要是她肯回来，我就把赚的钱都给她”这种话吗？

水东脑子里忽然浮现出这样一幅画面：欧阳菁菁俏生生站在面前，他低着头对她说——只要你回来，我就把赚的钱全给你。水东这么想着，都有些不好意思了，脸都发烫了，心头那里像被什么搔了一把，麻麻的，痒痒的。

水东来到大老倌的建筑公司，找到了姓王的秘书，把字条给他看。那人问水东：“你想做什么样的工作？”水东一愣，说：“随便。”那人又问：“会打五笔吗？WORD 和 EXCEL 熟不熟？”水东摇了摇头。那人说：“你擅长什么？”水东想了想，说：“我作文写得还行。”那人呆了呆，说：“这个——你就去收发室做一阵吧，老李头得了肝癌住院，刚好缺人。”

水东到了收发室。活儿很轻松，每天收收报纸、信件，再按部室分发下去。工钱是每月五百块，还给交两金。

白天，水东像个老头子那样呆呆坐着，闲下来就看报纸；晚上，他到凌杰那儿，把心里的话向凌杰说了。他没事人似的，凌杰倒听呆了，将他从上到下打量一遍，话都说不利索了：“你、你脑子坏了？”

水东笑笑。

“不怕再关进去？”凌杰问他。

水东还是笑笑。

凌杰也不说话了，坐在那儿抽烟，一支接一支地抽。一会儿工夫，地上全是烟蒂。凌杰边抽烟边看水东，斜着眼看，好像他是个怪物。最后，凌杰把烟重重地往地上一扔，再一踩，想想竟又有些滑稽了。

“他娘的，全倒过来了！”凌杰笑着骂了一句。

和两年前的那个深夜一样，两个人影顺着空调管爬上了楼。这次他们挑的是另一个小区，离他们住的地方很远，来回自行车要骑一个多小时。

水东的身手一点也不比两年前差，骨碌一下便爬了上去，一层层地爬，一层层地翻进去。男人的手机包，女人的小坤包……他不再像上次那样哆哆嗦嗦了，心牢牢地吞在肚里，稳稳当当的。

水东一只手攀住空调管，另一只手捋了捋头发。他朝上看，空中刚好飘过一朵云，遮住了月亮和星星，雾蒙蒙的；往下看，除了不远处几盏微弱的路灯，便是漆黑一片了。远远望去，水东像一只蜘蛛，张开手脚爬在大楼窗外。

很快地，他们满载而归，拿回去一清点，比第一次还要丰厚，都出乎意料了。那是一个有钱人集中的小区，住的全是大老板和阔太太，水东老早就瞧好了。

两人回到家，往床上一躺，有点累，有点害怕，又有点兴奋。凌杰提议：“喝点酒怎么样？”水东说：“行，可不能喝醉。”凌杰嗯了一声，把酒和杯子拿来了，放在床头柜上，再弄包榨菜，开个午餐肉罐头。

水东倒了半杯啤酒，浅浅咪了一口。凌杰皱眉道：“又不是喝白酒。”水东说：“啤酒也得这么喝，现在必须保持清醒，你要是想蹲牢子就尽管喝吧。”凌杰看了他一会儿，说：“素质不错啊，像个老手。”

凌杰夹了块午餐肉，问他：“你和那姓丁的小妞，准备什么时候办事情？”水东问：“办什么事情？”凌杰嘿了一声，说：“你他娘的少跟我装蒜，什么时候把她娶进门？你这个年纪放在乡下，老早是孩子他爹了。”凌杰说着笑了两声。

水东反问他：“那你呢？什么时候结婚？”凌杰嘴里嚼着肉，说：“我是上海人，和你不一样。”水东说：“上海人就头上长角啦？”凌杰说：“上海人结婚晚。”水东哧地一笑：“我们公司里好多上海人，二十五六岁也都结婚了。”凌杰骂道：“那么早结婚干什么？神经啊。”水东说：“我们公司还有好多大学生刚工作不久就结婚的。”

凌杰哼了一声，说：“那都是老爸老妈有钱，老早就把房子给他们准备好了。像我表弟，明年大学毕业，女朋友倒是谈了三四年，可他们结得起婚吗？别说房子了，连一个厕所都买不起。嘿，我倒是有套小房子，可又没人愿意嫁给我。”

水东看看他，说：“我们公司……”话还没说完就被凌杰打断：

“你他娘的别一口一个我们公司，弄得像真的一样！”水东笑笑，说：“我是想说我们公司有几个姑娘不错，要不要帮你介绍？”凌杰手一摆，说：“你先给你自己介绍吧，我不用你管。”

凌杰说着，将杯中的酒一饮而尽。

凌杰对水东说：“其实丁小妹这人蛮好，老老实实，心眼也好得没话说。”水东嗯了一声。凌杰接着道：“我跟你讲，找女人最重要的是看心眼，别的都是假的，蛇蝎美人听说过没有？女人长得再好看，心眼不好就不值钱！”水东又嗯了一声。凌杰再要喝酒，被水东一把将杯子夺下。

“你是不是想喝醉？”水东问他。

凌杰朝他看看，拉起被子就躺了进去。

水东想到麻袋里的那些东西，不能放在家里。趁着天还没大亮，他走到隔壁单元，把东西藏在顶楼一个专放旧东西的角落里，上面拿废报纸、废木头盖着，一点也看不出破绽，把晚上穿的球鞋扔了，他不能重蹈覆辙，戴的手套也扔了。一切收拾停当后，他爬上床，准备再睡会儿。九点上班，他还能睡三四个小时。

忽然，凌杰翻了个身，嘴里咕哝着什么。水东以为他和自己说话，再一听，原来是说梦话。“欧阳……菁菁……”他说梦话的声音和白天不大一样，沉着声，有些嘶哑，还带着哭腔。“欧阳……菁菁……欧阳……菁菁……”念叨了几遍，总算是安静了，翻个身，又沉沉睡去。

水东怔怔地看了他一会儿，才冒出的睡意，又不知溜到哪儿去了。

水东还钱给丁小妹，一共是五千五百块。丁小妹拿到钱，狐疑地看着他：

“水东哥，这钱是怎么来的？”

水东说：“挣来的呗。”丁小妹看着他，问：“怎么挣的？”水东说：“这你就别管了。”丁小妹跺脚道：“难不成你又去——”水东摇摇头，说：“没有的事，你别瞎猜。”

丁小妹急了，拽住水东的胳臂，说：“水东哥，你可千万别再做犯法的事了，你要是再给关进去，那、那可怎么办啊？”水东说：“你放心好了，不会的。”

丁小妹怔怔的，把钱往他手里一塞，说：“我不要你的钱。你留着吧，我现在不缺钱。”水东一笑，说：“这本来就是你的钱呀。”丁小妹涨红了脸，说：“偷来的钱我不要。”水东嘿了一声，说：“你怎么知道这是偷来的钱？上面写字了吗？”

丁小妹看着他，恳求道：“水东哥，算我求求你了，你别干那种事好吗？你要是缺钱，我有。上个月老板还给我涨工钱了。我、我存了好多钱，你不够就问我拿。真的，只要省着点花，肯定够用。”

水东在她肩上拍了拍，说：“你放心吧，我心里有数。”说着又把钱塞给她，笑笑，走了。

水东和凌杰每月只做一次，每次都在不同的小区。这次，水东看中一个靠近黄浦江的高档住宅区，里面大多是香港和台湾的生意人，他跟凌杰说了。凌杰先是一愣，随即道：“也行。”

那晚的月色很好。水东挑了靠墙的一幢高层。他看凌杰在旁边若有所思，便问：“你怎么了?”凌杰摇摇头，说：“没什么，爬吧。”

一切都很顺利。很快爬到第七层，从窗口跳进去，水东拿了个女式包，正要离开。凌杰拦住他，轻声道：“这家就算了。”水东一愣，不明白他什么意思。凌杰拿走他手里的包，又放回原处。水东疑惑地看着他。凌杰朝外面一指，示意离开。水东纵身又爬了出去，凌杰却没走，站在那里愣愣的。水东从窗口探出头，挥了挥手。凌杰这才朝外走去，走得有些急，一不留神衣角带了桌上什么东西，只听见咣当一声，像是杯子掉在地上，碎了，在寂静的夜里显得格外刺耳。

凌杰整个人一震，呆住了，水东也呆住了。

房间里传来一个女人的声音：“谁啊?”

水东觉得这声音柔柔的，很熟悉。这让他一时竟忘了逃跑。很快地，客厅的灯亮了，一个女人穿着睡衣从里面奔出来，看见他们，吓得发出一声尖叫。灯光下，水东瞥见她的脸，赫然是欧阳菁菁。他惊讶地张大了嘴巴。与此同时，欧阳菁菁也看清了他们。她怔住了。三个人都怔住了。站在那里一动不动。

这一切发生得太快，都有些像做梦了。

欧阳菁菁看着窗台边的凌杰，还有地上的玻璃碎片。她很快清醒过来，走到旁边，啪！将灯关了。

“你们走吧，就当我没看见你们。”欧阳菁菁在黑暗中说。

（四）

凌杰这阵子常让水东陪他喝酒。说来奇怪，他的酒量比起过去反倒是退步了不少。大概是喝得太快的缘故，酒积在胃里来不及消化，便一股脑地吐了出来。几乎是喝一次吐一次，每回都是酩酊大醉。不像喝酒，倒似在洗胃。凌杰常说水东变得和以前不同了。其实水东觉得，凌杰变得更厉害。说说笑笑的时候还没什么，最明显就是沉默的那一瞬，眼神、表情都大不同了，好像有什么东西被抽走了，又加了些什么进来，捏一捏，搅一搅，变成了另一个凌杰。

凌杰现在老爱说家里的事。他外公外婆以前是地主，"文革"时被斗个半死。他妈妈去青海插队落户，在那里认识了他爸爸。两人结婚生下了他，没满周岁就被送到上海，是外公外婆带大他的。他十岁那年去了青海，十六岁又回上海了。凌杰说他本来读书成绩不错，到上海后因为没人管，才渐渐掉队了，高中毕业连个中专也没考上。"其实我只能算半个上海人，"凌杰说，"我爸爸是青海一个放羊的，身上总带着一股羊膻味，连汉语都说不利落，真不晓得我妈是怎么跟他交流的。"

"很羡慕上海人是吧？"凌杰问水东。

水东嗯了一声。

凌杰笑笑，说："其实上海人也没几个活得开心的。像我阿姨，算是地道上海人了吧，老老小小五口人挤一套两居室，摆一张床、两把椅子就紧巴巴了。我阿姨和姨父省吃俭用攒了十来万，最多也就给我表弟将来买房付个首期，顶个屁用，还有装修和买家具呢！我姨父老跟我表弟开玩笑，说让他找个有钱的小姑娘，将来当上门女婿，就不用买房了。他娘的，大学还没毕业就教他怎么吃软饭了！”

凌杰絮絮叨叨地，又讲到小区里那个按摩院。

“那帮小姑娘，闭着眼睛一个月都有一万块！上海人哪有她们赚得多啊。我跟你讲，不管是上海人还是外地人，只要放得开，都能赚钱。男人嘛，手脚要放得开，女人嘛，嘻嘻，裤腰带放得开，就一切 OK 啦！”

水东想到姐姐，心里一阵难受，将杯中的酒一饮而尽。他想，狗屁的上海，狗屁的上海人。姐姐要是不来上海，就不会出事了。

窗外淅淅沥沥下起了小雨。雨珠落在窗格上，发出叮叮咚咚的清脆的声音。不知怎的，水东眼前忽然浮现出欧阳菁菁弹钢琴的情景——她微闭着眼，神情恬静，美妙的旋律从指尖划出，像流水一般，叮叮咚咚。

水东朝凌杰看，那句话在喉咙口憋了一会儿，终于还是说了出来：

“你，喜欢她吗？”

两年前，水东也问过这句话。凌杰沉思了一会儿，摇头说：

“不知道。”他的回答也和两年前一样。

外面有人敲门。凌杰过去开门，一看，怔住了，是欧阳菁菁。

欧阳菁菁穿着浅紫色的风衣，松松地扎个马尾。比起两年前，她显得更加明艳动人。她面无表情地走进来，问凌杰：“怎么今天没出去当蜘蛛侠？”凌杰哧的一声，也不说话，反手把门带上。

欧阳菁菁看到水东，说：“你也在？”水东点点头，说：“坐。”欧阳菁菁在沙发上坐下。凌杰给她倒了杯水，重重地往茶几上一放。

“有事吗？”凌杰口气很硬。

“到底相识一场，”欧阳菁菁把话说得飞快，“不想眼睁睁看着你坐牢，指点你一条赚钱的门路。”

“嘿，听着像是黑社会大姐大的口气。”凌杰讥讽她。

“我认识一个证券公司的朋友，他消息很准，每次至少能赚个百分之五。你开个股票账户，听我的消息操作，保你赚钱。”

凌杰一笑：“本钱呢？我又不是你，有大把男人排着队往你胸口塞钱。”

欧阳菁菁瞟他一眼，冷冷地道：“本钱我借给你，等你以后赚钱了再还我。”

凌杰摇头道：“算了吧，我不想拿你的钱。”欧阳菁菁不耐烦地道：“说了要还的，又不是送给你。”凌杰哼了一声，说：“借我也不要，你那些钞票不干净，拿了要触霉头的。”欧阳菁菁听了，霍地朝他看，“那你的钱呢？你的钱又能干净到哪里去？快三十岁的人了，小心别哪一天掉下来摔死，连骨头都找不到！”

凌杰眉毛一竖，正要发作，忍住了。他往椅子上一坐，跷起二郎腿，说：“谢谢你关心，一时半会儿还死不了。”他点上烟，吐了个烟圈。

欧阳菁菁从包里拿出两沓厚厚的钱，往他面前一扔。“要付利息的，”她大声道，“三分利息。”凌杰笑笑，把钱又还给她。欧阳菁菁有些窘了，问他："这钱你到底要不要？"凌杰摇晃着脑袋，一字一句地说："不——要——"

欧阳菁菁涨红了脸，随即把钱放回包里，转身打开门出去了。

凌杰兀自坐在那里，腿还抖啊抖的。水东也不知道说什么好，半晌才道："其实她也是为你好。"凌杰像是没听见。水东说："你不该对她那样，太伤她的心了。"

凌杰先是不动，随即猛地站起来，把烟往地上重重一摔：

"到底是谁伤谁的心！"

凌杰嘴唇都有些发抖了，烟头上的火星忽明忽暗。

"你晓不晓得那个时候，我为了攒钱给她买钻戒，连着几个月不抽烟不喝酒不搓麻将，还问我阿姨借了几千块钱。我想找个好点的西餐馆陪她吃饭，像老外那样跪下来向她求婚，帮她把戒指戴上。女人都吃这套的，对吧？可你晓得她做了什么？她瞒着我跟别的男人出去过夜！她说她没办法和我过一辈子，早晚都要走的，还不如早点离开。嘿，我是不是像个傻瓜？其实我早该晓得的，这种女人眼里除了钱，还能看见什么东西！"

凌杰说完，有些呆滞地望着面前的酒杯，深吸一口气，又吐了出来。

"不说了，"他摇头，"说了只有不痛快。喝酒，我们继续喝。"

这天晚上，他一杯接一杯地喝。水东让他睡觉，他像是没听见。过了许久，他才抬起头，眼里全是血丝。他叹了口气，轻声地说了句：

"其实我也没资格那么说她，我自己又是什么好东西了？"

丁小妹给水东带来许多书，都是高中的课本和辅导书，还有练习题。她往水东面前一放，厚厚一摞。水东愣了愣，说：“干吗?”

丁小妹说，“我们老板的儿子去年高考留下的，放着也没用，我就问他借来了。”

水东哦了一声，故意岔开话题：“你们老板现在对你不错呀。”

丁小妹很认真地说：“水东哥你一定要读书。你不是想赚钱吗?等你大学毕业后找个好工作，就能赚好多好多的钱。所以，你现在一定要读书，用功读书。”

水东没说话。

丁小妹说：“水东哥你不用担心你的学费，有我呢，我存钱给你上大学。你只要安心读书，其余的事什么都不用担心。”

丁小妹说到这里一笑，又加了句：“我是你坚强的后盾，呵呵。”

水东被她这一笑弄得心里竟有些不好受。他觉得，丁小妹真是个好姑娘，好得让人心酸。水东想起凌杰的话：女人最要紧的就是心眼好。水东心里动了一下。他看到丁小妹红苹果般的脸蛋，一时竟不知道该说些什么，好像说什么都不合适，索性便什么都不说了。

三妮从乡下到上海来找水东。她说她先去了西塘村，找到水东的爸妈，向他们要了地址，再来到上海，问了许多人，好不容易才找到了这里。水东见到风尘仆仆的她，惊讶极了。三妮朝他笑笑，有些不好意思，低着头说：

“我想通了，我心里还是放不下他。”她声音轻得像蚊子叫，脸上泛起了与她年龄不配的红晕。

水东先是一愣，随即明白了她的意思。

“太好了，”水东激动地道，“哥知道了一定很高兴。”

三妮问水东：“他人呢？”水东犹豫了一下。三妮急道：“他不是出什么事了吧？”

水东告诉她，大老倌喝醉了酒跟人打架，失手打在那人太阳穴上，把那人打死了。三妮脸色登时就变了。水东忙道：“大姐你别担心，他在牢里挺好，没吃什么苦。”三妮呆了半晌，说：“你带我去看他，明天就去。”

当晚，三妮在凌杰家搭地铺，水东让她睡床上，他和凌杰睡地铺。她死活不肯，说打扰你们已经过意不去了，反正就一晚，睡哪儿还不一样。第二天，她早早便起床了，熬粥煮鸡蛋，等水东他们爬起来，热腾腾的早饭已经摆在桌上了。三妮换了件浅蓝底花格子的外套，头发梳整齐了，等水东吃完，便催着说要走。两人八点不到出门，转了三辆公共汽车，到监狱里刚好是九点。

在会客室等了半个多小时，还不见大老倌出来。三妮有些紧张，不停地喝水，把额前的头发往耳后一遍一遍地捋，又问水东，她脸是不是洗干净了，眼圈是不是有点浮肿。水东说挺好的。她还是不放心，去厕所洗了把脸，再从包里掏出一管口红，仔细地抹了嘴唇，见水东一旁看着，都有些不好意思了。

一会儿，大老倌出来了。水东叫了声：“哥！”他点点头，坐下来，瞥见旁边的三妮，一怔。三妮朝他笑。大老倌张大嘴巴，揉了揉眼睛，盯着她看，像是不认识似的，半晌，才疑疑惑惑地叫了声：“三妮？”

三妮说："你倒还认得我。"

大老倌要站起来，被狱警一推，又坐了回去。大老倌被推个趔趄，却一点儿也不生气。他愣愣地说："我是不是在做梦啊?"水东笑道："哥，不是梦，是真的。"大老倌兀自不信，一直盯着三妮看。三妮问他："你干吗这样看我？我是不是老了?"他又看了一会儿，才回过神来，说："不老不老，反倒是显年轻了，看着更漂亮了。"三妮说："你这些年找了多少女人，嘴巴越来越甜了。"大老倌摇头说："没有，一个也没有，骗你我就是畜生。"他喜不自禁地对水东说："来，我给你介绍，这就是我常跟你说起的三妮。"三妮白他一眼："还用你说，是人家带我来的。"大老倌反应过来，一拍脑袋，笑呵呵地说："就是就是。"

大老倌看着三妮，问："还恨我不?"三妮说："怎么不恨？恨得牙根都痒了。"她看到他腕上的手铐，问："重不重?"大老倌说："不重，戴着挺舒服的。"三妮哧的一声，说："都这样了还要贫嘴。"她看着他，说："你胖了，皮肤也白了。"大老倌笑道："那是，天天在里面好吃好睡，能不养得白白胖胖吗?"

大老倌去拉三妮的手。三妮脸一红，挣脱了。大老倌再去拉，这次三妮没动，让他拉着。大老倌看着三妮，柔声说："能再见到你真是太好了，我还以为这辈子都见不到你了。"他笑眯眯地拉着三妮的手，拍了两拍。

水东把三妮送到大老倌公司的招待所，帮她安顿好了再出来。

快到家时，水东在路口遇见丁小妹。丁小妹问他："水东哥你从哪里来?"水东说："出去办点事。"丁小妹哦了一声，问："办什么事?”水东说：“帮个朋友办点事。”丁小妹又问：“哪个朋友?”水东道：“你不认识的，说了你也不知道。”

他朝她看，笑笑：“你问得这么仔细，倒像我老婆。”

话一出口，水东便后悔了。他挠挠头，说：“这个，我是跟你开玩笑呢。”

丁小妹红着脸，没说话。两人都有些尴尬，一起往家里走去。过了一会儿，丁小妹说：“水东哥我不是想管你，我是怕你又出去做那个事。”水东嗯了一声。丁小妹朝他看：“水东哥你生气了?”水东摇头：“没有，我为什么要生气？我知道你是为我好。”丁小妹的脸又红了一下。她扬扬手里的保温瓶，说：“水东哥，我带了红烧鸭腿，还有粉蒸肉，你喜欢吃的，对吧?”水东笑了笑，说：“我喜欢的。”

水东看见丁小妹额前一绺头发落下来，遮住了眼睛。他想帮她把头发撩开，手刚抬起又放下了。丁小妹鼻尖鼓鼓翘翘的，是洋葱鼻，眼睛又黑又圆，睫毛很长，嘴唇红红润润的，除了皮肤有些黑，她就像个洋娃娃。

丁小妹说：“水东哥，我们老板家里还有好多高中的辅导书。你要是看完了，我再去问他要。”水东点点头。他看着她，有什么东西在喉口那里蠕动，应该是一句话。他迟疑了一会儿，像咽唾沫那样，咕噜一下，把这句话咽到肚子里去了。

晚上临睡前，水东拿起一本书看，是语文课本。翻了几页，里面的文章和句子，竟是久违了的感觉——想当初，他是多么用功的一个学生啊，每天清早起来读书，夜深了还捧着书不肯放。他的理想是考中文系。村里几年来没出过一个大学生，可他很有信心。书里的每一个字，都像是他的老朋友。书里有说不出的好，他的未来都在书里呢。水东想到这些，心里就酸酸的，好像有一双看不见的手，把他的生活给搅乱了。水东放下书，一会儿又想到丁小妹，她眼巴巴地望着他，说："水东哥，你一定要读书，用功读书。"她红扑扑的脸蛋，普通话还夹着一丝苏北口音，听着又好笑又感动。他知道，她这是替他着想哩。除了爸妈和姐姐，没人像她这样为自己好。她每次带菜给他，都会笑眯眯地看他吃。看他吃得香甜，她比自己吃还开心。水东想到这里，不知不觉又拿起书，看了起来。

天气一下子就冷了。寒风呼啸，路上行人哆哆嗦嗦的。凌杰发起了高烧，在床上躺了几天。水东劝他去看医生，他说吃点药就行了。到后来实在撑不住了，只好去了医院。医院里排队候诊的人很多，他坐在椅子上，又是咳嗽又是打喷嚏，鼻涕都快流到嘴里了。偏偏没带纸巾，只好拿手背去擦。这时，旁边伸过一只拿着纸巾的手。他一愣，再一看，是欧阳菁菁。

欧阳菁菁似笑非笑地看着他。凌杰眉头一皱，接过纸巾，把鼻涕擦了。

"感冒了?"她问。凌杰哼了一声，说："看见了还问!"他瞥见她脸色有些苍白，忍不住问："怎么了？不舒服?"她点点头。他又问："哪里不舒服?"她看他一眼，说："刚做了流产手术。"

凌杰怔了怔，倒不知道说什么好了，半晌才道："哦。"

欧阳菁菁说："算错了安全期，只好自己吃苦头。"凌杰说：

“干吗流掉？生下来多好。”欧阳菁菁朝他看：“讽刺我是不是？”凌杰耸耸肩，说：“我怎么讽刺你了？我只是随便问问，你犯不着多心。”欧阳菁菁不再说什么。她像是有些疲倦，耷拉着眼皮，神情恹恹的。凌杰看到她这副模样，想说些安慰的话，又不知该怎么说。这时，电子屏幕上打出他的名字。凌杰站起来，说：“轮到我看病了。”欧阳菁菁点点头，说：“你去吧。”

凌杰看完病出来，欧阳菁菁已经不在了。他去药房拿了药，走到大门口，听见后面有人按喇叭，回头一看，欧阳菁菁坐在车里朝他招手。

凌杰迟疑了一下，打开门坐进去。欧阳菁菁说：“我送你回去。”凌杰说：“不用了，你自己身体也不好。”欧阳菁菁说：“没关系，反正是开车，又不是背你回去。”她说到这里一笑，凌杰也笑了笑，两人目光一对视，避开了。

很快到了凌杰家。凌杰说：“上去坐坐吧。”欧阳菁菁问：“方便吗？”凌杰哧的一声：“有什么不方便的？你又不是没去过。”说到这里停住了，好像不该这么说。欧阳菁菁也不说话，过了一会儿，轻声道：“我刚好想上个卫生间。”

欧阳菁菁从卫生间出来，瞥见凌杰在喝可乐过药，便叫起来：“怎么能用可乐过药呢？连这个都不懂。”她夺过他的可乐，走进厨房，拿电热水壶烧了些水，倒了一杯出来。凌杰接过，说：“谢谢。”欧阳菁菁看客厅里乱糟糟的，脏衣服堆得到处都是，桌椅上蒙了一层灰，地板上还有烟头。她走过去，把脏衣服一件件归拢，放到洗衣机里。拿块抹布蘸湿了，擦拭家具，再把地上的烟头扫掉。

凌杰愣愣地看着她，都不知道说什么好了，半晌才道：“放着别动，一会儿我来收拾。”欧阳菁菁头也不抬：“你会收拾什么？这个人我又不是不知道，除了吃饭什么也不会。”她说完还笑了笑。

凌杰看着她忙碌的背影，不知怎的，忽然有些伤感。突如其来的，连他自己都觉得好笑，怎么会有这种感觉？她早就不是他的女人了，她现在的男人比他有钱得多。凌杰有些吃醋，好像也不只是吃醋，还有许许多多说不清的东西在里头。凌杰以前对待女人的方式是很简单的，好就上床，不好就拉倒。起初他也是这么对待欧阳菁菁的，后来渐渐变了，连他自己都不晓得怎么会变的。有些莫名其妙。像无数根线千头万绪缠缠绕绕，不知不觉就陷了进去。他摸不清欧阳菁菁的心，也搞不懂自己的心，都糊涂了。

忽然，凌杰上前夺下她的扫把，往地上一扔，说：“别干了。”他的口气有些生硬，像是发脾气了。欧阳菁菁看他一眼，拿过一旁的手提包，说：“那我走了。”凌杰嗯了一声。她走到门口，脚还没跨出去，又停住了，她回头看他，忽道：

“你还恨我吗？”

凌杰搔搔头，又摸摸鼻子，笑笑，竭力做出满不在乎的样子。过了头，倒显得不自然了，半天都没说出一个字来。欧阳菁菁低垂着眼睑，继续说下去：

“有时候想想，我大概是小时候苦惯了，你晓得，我爸妈都是下岗工人，平常买把青菜都要想半天，一条裤子缝缝补补能穿十年。我实在不愿意像他们那样过一辈子，我想穿漂亮的衣服和鞋子，戴钻石项链，买高级的化妆品，弹钢琴做美容打高尔夫球——我不是个坏女人，顶多是个贪图享受的人。我也不晓得怎么会变成现在这样，你别把我当成是不要脸的女人好不好？我很喜欢你。真的，我自己都搞不懂怎么会这么喜欢你……”

她说完低下头，大颗大颗的泪珠夺眶而出。

凌杰先是愣在那里，随即上前一步，把她抱在怀里。他抚摸着她柔软的头发，那一霎，好像有什么东西决堤而出，几乎都能听见轰隆一声。凌杰心里酸极了。他这才发现这酸原来是酸楚的意思，却不觉得难受，反倒比原先要畅快了。鼻子刚才还塞着，这会儿忽然通了，头也不疼了。他闻到她头发间淡淡的清香，还有她身上散发出的熟悉的味道，竟是说不出的亲近。许多事情在这一刻清楚了——他喜欢她，喜欢得不得了。

“你到底恨不恨我?”她又问了一遍。

“恨，怎么不恨？恨得要命。”他说着，把她抱得更紧了。

水东下班回来，拿钥匙开门，里面却反锁了。他敲门，好一会儿，凌杰才来开门。水东说：“大白天干吗反锁?”话音未落，就看见欧阳菁菁从房间里慢慢地走出来，衣服皱巴巴的，头发也有点乱。她跟水东打招呼：“下班了?”水东瞥见她的神情，笑了笑，有些尴尬。欧阳菁菁拿着包走到门口，凌杰说：“我送送你。”两人一起出了门。

水东倒了杯水，坐在沙发上慢慢地喝。一杯水没喝完，凌杰就回来了。水东一声不吭地朝他看。凌杰从冰箱里拿了罐啤酒，一边喝一边说：“别拿那种眼神看我，看得我都不好意思了。”他说着一笑，还吹了记口哨。

水东想说些什么，话到嘴边却变成一句："下次还干不干？"

凌杰考虑了一会儿，说："先缓缓吧。这阵子好像风声蛮紧，再说，我身体也不好，这个，爬不动。"

水东点点头，说："没错。我也有点担心，万一再关进去我爹妈就别活了。"

接下去的日子里，水东去附近的高考补习班报了名，每星期上三个晚上，一个白天。他学东西还是和以前一样快，交的作业又正确又整齐。老师在课堂上点名表扬他，说他是最有希望的一个。水东坐在教室里，看着外面的梧桐树，夜里的风透着清凉，月亮像姑娘的眉毛那样，弯弯地挂在树梢上。他想起几星期前，他还在做着入室行窃的勾当，只眨眼工夫，便乖乖坐着听课了。水东觉得，人生有时候就像当初他站在窗台上擦窗的情形——往上看，是蓝天白云，往下看，便是死无葬身之地了。其实只是一步之遥，却差了十万八千里，自己都没知觉的。

凌杰天天都去欧阳菁菁那里，好像又回到了两年前，偷偷摸摸却又甜甜蜜蜜。他衣服上总带着一股淡淡的清香，像兴奋剂，把他整个人都点燃了。他哼着小曲，头发梳得油光光，胡子刮得干干净净，衣服穿得山清水秀——过去那个帅气的凌杰又回来了。前几天，欧阳菁菁要给他买一套登喜路的西装，他说："买那个干吗？我又不爱穿西装。"欧阳菁菁说："买双皮鞋好不好？"他也拒绝了。欧阳菁菁给他五万块钱炒股，他坚决不要，说："我如果拿了这个钱，那就没劲了。"欧阳菁菁问："怎么没劲了？"他说："味道就变了，不对了。"欧阳菁菁朝他看，撇嘴说："你这个人啊，真奇怪。"她柔柔地伏在他怀里，说："都不大像你了。"凌杰抚着她的背，说："是啊，我也觉得自己变了，变得傻乎乎的。"他笑着，在她额头上亲了一下。

（五）

三妮每个星期都去看望大老倌。她带着自己做的腊肠和糯米饼，大老倌最爱吃这个，每次都能吃好多。大老倌的衣服破了，三妮就帮他缝。两人隔着一张桌子，三妮在这边穿针引线，大老倌就在那边眼睛眨也不眨地看着她。有什么东西在两人心头涌动，感觉像是回到了当年，很温暖，很窝心。

"三妮。"他叫她。

"嗯。"她回答。

"三妮。"他又叫。

"嗯。"她又回答。

两人这么一来一去的，不厌其烦的，像小孩。

"拧我的脸，"大老倌把脸凑上去，"看看是不是在做梦，使劲拧。"

三妮真的使劲拧了一下他的脸。"哎哟！"他疼得叫起来。三妮呵呵地笑。大老倌也笑了："不是梦，是真的。你手劲还像以前一样大，嘿，真他娘的爽！"

三妮把她这几年经历的事告诉大老倌，她原先做保姆的那户人家，女主人冤枉她偷东西，让她赔钱，她一气之下就不做了。跟几个姐妹合伙卖盒饭，生意好的时候，一个月也能赚个两三千的，后来卫生检疫没过关，也不做了。零零碎碎打了几份散工，最后还是回乡下了，嫁了个男人，是村里最穷的一个。

“我这个年纪，又在外面转了一圈，条件好的男人也不会找我。”三妮说到这里，低下头，笑了笑。大老倌在她的手背上轻轻拍了拍。

大老倌问：“他对你好不好?”三妮说：“挺好的。他人倒是挺老实，就是有时候会发倔脾气。村里小楼房一幢幢盖得像变戏法，只有他还住着老爹留下来的矮草房，他心里不舒服。”大老倌说：“钱多也不见得是好事。”三妮点头说：“话是没错。”

她朝他看，说，“你不怪我吧?”大老倌惊奇道：“怪你什么?”三妮说：“怪我嫁了别人。”大老倌摇头，说：“我要是怪你，还算人吗？你嫁人是应该的，要不是我，你早几年嫁，说不定还能找个更好的。”三妮说：“你别这么说，你这么说，我心里不好受。”大老倌忙道：“我不会讲话，让你伤心了是吧?”三妮摇了摇头。

三妮说：“我明天想回趟乡下，都快一个月了，也不晓得那边怎么样了。”大老倌愣了一下，说：“对，是该回去看看。”三妮朝他看，说：“我去几天就回来。”

大老倌忙说：“不着急不着急，你多待一阵吧，多陪你女儿。你别误会，我不是不要你来。我、我当然希望你来，我怎么会不要你来呢？这个，我都不晓得该怎么说了。”他急了，一遍遍地搔头皮，搔得头屑直飞。

三妮没吭声，看着他。

“我只要你开心，你想去就去，想留就留，都没关系。”大老倌认真地道，“说心里话，我是想你留下来陪我，可我知道你一定想你女儿了，你女儿还没满周岁呢。我——只希望你开心，别的都没关系。”

他说到这里，忽道：“你是不是缺钱？我给你点钱好不好？”

三妮听了，怔怔地朝他看。大老倌给她看得有些张口结舌，说：“你、你别生气，我没别的意思，我只是想让你们过得舒服点——我人在牢里，现在能为你做的也就是这些了，你、你千万不要生气。”

三妮眼圈一红，低下头。半晌，她叹了口气，轻声说：

“要是当初你这样对我就好了。”

大老倌看着她，久久都说不出一句话来。他看到她眼角几道细细的鱼尾纹，鼻尖有些干燥，都脱皮了。两颊密密点点的褐斑，应该是干活时被太阳晒伤的。她的头发也不像当初那样又黑又亮，而是有些枯黄了。

她老了。他也老了。当初从村里出来时，她二十岁，他二十二岁。一眨眼，十几年就过去了，姑娘变成大嫂，小伙也成了大叔。大老倌苦笑了一下。

大老倌让王秘书拿了五万块现金给三妮，说给她女儿买奶粉吃。三妮说：“哪用得了这许多，吃十年都吃不完啊。”大老倌说：“那就买进口的奶粉，吃得好些。”三妮拗不过他，收下了。

三妮回去只待了一个星期，又来上海了。这次她是带女儿来看病。小女婴生下来眼睛晶体就有缺陷，看不见东西。乡里的医生束手无策，说到上海的五官科医院去看看吧，说不定有希望。

大老倌又让王秘书拿了五万块钱给三妮，三妮死活不要。大老倌说："我给我干女儿的，又不是给你的，你瞎嚷个什么劲！"三妮眉头紧紧攒着，鼻子那里红红的，想哭又哭不出来的模样。大老倌问她："你女儿长得像你，还是像你男人？"三妮说："像我。"大老倌点头说："那挺好，长大了就是个小三妮。"三妮勉强笑了笑。

这天，水东从夜校放学出来，看见校门口对面树下站着一个人，身影有些熟悉。路灯太暗，他看不清，走近了才发现是丁小妹。

"你怎么在这里？"水东问她。

丁小妹靠着树，恹恹的。脸色发白发青，辫子有些散落了，眼睛很肿，应该是刚哭过。

"又挨老板骂了？"水东开玩笑说，"你们老板最近不是对你挺好嘛。"

丁小妹没说话，嘴唇发抖——身体似是也在发抖，眼神木木呆呆的，像撞了邪。水东从没见过她这样。他去拉她的手——她的手冰冷冰冷的。

"到底怎么了，发生什么事了？"水东有些急了。

丁小妹哇的一声，扑进水东怀里，大哭起来。她的眼泪流在水东的肩上，很快便湿了一大片。她哭起来像个小孩，一阵接着一阵，却又是闷闷的。过了好一会儿，丁小妹哭够了，霍地抬起头，噙着眼泪说：

"水东哥，这下你更不会要我了。"

水东揣着一把匕首，飞奔着跑去找孙麻子。他想得很清楚——他要把这个畜生脸上的麻坑一个个用刀挖出来，再一刀把他的命门连根拔起。水东要让他变成太监，以后再也碰不了女人。

水东跑得飞快，耳边呼呼的风声像是给他伴奏。路上不少人都朝他看，想这个小伙子怎么疯了似的。水东知道自己的脸色一定很吓人，像刷了层糨糊，套了个面具——都不像平常的他了。丁小妹告诉水东，孙麻子喝醉了酒，把她拉到房里，他的力气大得很，她怎么挣扎都没用。他酒醒了以后，跪下来求她，只要她不报案，就给她十万块钱当作赔偿。

水东跑着跑着，眼前便现出姐姐的模样来——姐姐生病后皮包骨头的模样，人不像人鬼不像鬼的。姐姐是被城里男人糟蹋成这样的。有时水东经过那些发廊，看见里面一个个打扮得粉蝶似的女孩，心里就发酸。她们靠出卖自己的身体赚钱。城里的男人一个个衣冠楚楚，心眼却像煤球一样黑，仗着有几个臭钱，便想糟蹋女孩清清白白的身体。姐姐被他们糟蹋了，现在丁小妹也被他们糟蹋了。

不能饶了这狗日的！水东心里只有一个念头。

水东赶到饭店，孙麻子正在账台上跟服务员说话。水东冲过去，一把拎住他的领子，狠狠一扔，孙麻子当即四脚朝天摔在地上，旁边吃饭的人都惊得叫起来。孙麻子见是水东，一骨碌爬起来说："我们去外面谈，走，去外面谈。"

到了店门外，孙麻子还没等水东开口，便递上一支中华烟，赔着笑，道："那件事是我不对，我喝醉酒糊涂了，自己都不晓得自己做了什么，我真是后悔死了——你们要多少赔偿金就开口好了，只要你们别报案，这个，什么都好说。"

水东二话不说，从怀里取出水果刀，一下子架在他脖子上。

“有、有话好说……别……”孙麻子骇得脸都变形了。

“你放一百个心吧!”水东说，“老子保证不报案，老子只要你的命!”

孙麻子浑身颤抖，话都说不全了：“刀放下……一切都好商量……好商量……求你了……”

“没啥好商量的，你到阎王爷那儿去跟他商量吧。”

水东手上加了力道，孙麻子的脖子顿时便出现一道血痕，血滴滴答答地流了下来。孙麻子白眼一翻，几乎就要晕过去。

忽然，水东握刀的手被另一只手抓住。他回头一看，是丁小妹，她不知什么时候跟了过来。水东沉声道：“你让开。”丁小妹说：“我不放。”水东一挣，居然没挣掉。丁小妹紧紧抓着不松手，说：“你要是杀了他，你会坐牢的。”

水东哼了一声，说：“坐牢就坐牢，我又不是没坐过牢。”

丁小妹摇摇头，说：“你要是为了我坐牢，我会后悔一辈子，比死还难过!”

水东朝她看，丁小妹眼里含着泪，说：

“水东哥，你就当为了我，放了他吧。”

孙麻子趁机说：“就是啊！你想想，你要是杀了我，自己坐牢不算，还把这件事闹大了，你说她一个小姑娘，将来怎么做人啊。”

水东反手一掌，把他打得跌在地上。

“我给你们钱，要多少给多少!”孙麻子不要命地叫起来，“你开个价，十万够不够？不够就二十万！再不够就三十万!”

水东飞起一脚，踢在他裆里。孙麻子一声惨叫。

“别以为你有几个臭钱，就可以欺负人！”水东恶狠狠地说。

孙麻子死死抱住他的一条腿：“求求你，饶了我这条狗命吧。”

丁小妹拽住他的袖管，轻声说：“水东哥，你就算杀了他也没用，事情都发生了，没法子了。”她说着，低下头去。

水东瞥见她可怜兮兮的样子，心里叹了口气。他想起小时候，村里有个女孩，也是发生了这种事，后来那坏蛋是抓住了，可她从此再也抬不起头做人了，走到哪儿都被人戳脊梁骨。水东不怕枪毙，也不怕坐牢，水东豁出去的时候什么事情都做得出，可他不能不为丁小妹考虑。水东一想到丁小妹，心里就像被什么揪着，很难受，粘皮带骨地难受。

水东把孙麻子狠狠揍了一顿，揍得他门牙掉了几颗，满嘴满身都是血。孙麻子倒在地上，似乎只有出来的气，没有进去的气。旁人见了，也不敢过来。水东揍完了，朝他身上吐了口唾沫，整整衣服，往四周看，发现丁小妹已经先走了。

丁小妹住在她一个姐妹那里。那女孩刚熬了点粥，正要劝丁小妹吃，看水东来了，便退出去，让他们两个人说话。丁小妹躺在被窝里，怔怔地盯着电视看。

水东拿起一旁的粥喂她。丁小妹不吃，把头让开。水东劝她：“吃点东西，睡一觉就没事了。”丁小妹说：“我没胃口。”水东说：“没胃口也要吃。”舀了一勺放到她嘴边。丁小妹看着他，忽道：“你——别再去找他了。”

水东在她肩上拍了拍，说：“你放心，我又不会杀了他，我只是想帮你出口气。”丁小妹急道：“我不要你帮我出气。你要是有个闪失，我真的会恨死自己的。”

“水东哥，”她低下头，轻声说，“我看，还是算了吧，反正都这样了。他不是要给咱们钱吗？那咱们……”

“我不会要那畜生的钱。”水东打断她。

丁小妹急道：“有了这笔钱，你就能上大学了。等你上了大学，以后就没人敢欺负咱们了。你要证明给别人看，城里人能上大学，乡下人也能上大学。乡下人一点儿也不输给城里人。水东哥——”她说着，眼圈又红了。

水东看着她。

“你一定觉得我很贱，是不是?”丁小妹避开他的目光。

水东摇了摇头。

“你要不是为了我去借书，也不会出事。你是为了我——是我对不起你。”水东后悔得要命，心里像是有好多毒虫在爬，吸他的血吃他的肉。水东恨不得重重地扇自己两个耳光。

两人都不知说什么好了。过了一会儿，水东放下碗，忽地凑近了，捧起她的脸。丁小妹脸嗖地一下红了，心怦怦直跳。水东凝视着她，想说“我喜欢你”，这句话在嘴里含了半天，总是说不出口。再想想，这时候说这话似乎也不合适，心里别别扭扭的。丁小妹脸上的红晕一点点褪下去，她缓缓地说：

“水东哥，你走吧，我要睡觉了。”

水东愣了愣，说：“嗯，你休息吧，我明天再来看你。”

水东走在路上，路灯把他的影子拉得老长。他踢着脚下的一块小石头，忽远忽近的，心里也不知道是什么滋味。他想他一定是伤了丁小妹的心了。丁小妹一定以为他是因为那件事才犹豫不定。水东想着想着，就有点懊恼。他掉转头，往回走了一段，看见丁小妹窗口灯还亮着，便又上了楼，伸手要敲门，却总是敲不下去，迟疑着，索性在楼梯口坐了下来。

水东从口袋里摸出纸笔，写了“我想和你一起回乡下”几个字。

写完了，他望着这几个字，眼前便呈现出丁小妹那张红苹果般的脸蛋，每次看见自己总是带一点难为情，话说一半留一半的。那一半没说出的话，她其实也都说了，不是用嘴，是用心说的，用耳朵听不见，只有拿心才能感觉到。

水东把纸条从门缝塞了进去，心扑通扑通跳得很快。

那一刻，他仿佛看见家乡的那条小溪，潺潺的溪水，清澈得能看见水底的小石子。夕阳照在麦田里，像是为大地披上一条金黄色的毯子。人站在村口的老柳树下，嗅着空气里带点麦穗芬芳又带点牛粪臭的味道，比城里女人用的香水还好闻。村里的人，一张张老脸黑黑木木，树皮似的，却是说不出的亲切，厚厚实实的。乡下的天空，乡下的路，乡下的土，都是厚厚实实的，像毛笔字里饱蘸浓墨的一画，再一捺，寥寥几笔，便带出了许多东西。

不知不觉，水东坐在楼梯口睡着了，也不晓得过了多久，感觉有人推他。

“喂，你怎么在这里睡着了？”

他睁开眼睛，看见与丁小妹同屋的那个女孩，拎着菜篮子，好奇地朝他看。

水东连忙站起来。他拍拍身上的灰尘，瞥见丁小妹也站在门口。

水东朝地上看去，那张纸条已然不见了。水东再看丁小妹，她手上似是攒着什么东西。水东忽然有些不好意思了，咳嗽一声，说："我要回去了。"

"水东哥！"丁小妹叫住他。

"嗯？"水东搔了搔额头。

丁小妹却不说话了，低着头，拿手指去剥门上剥落的漆。水东看见她嘴角一个圆圆的小窝，微微颤着。她那么专心致志地剥漆，很快地，地上便多了一小堆剥下的零零碎碎的漆。水东忍不住说："别剥了，再剥人家就要找你赔钱啦！"

丁小妹停下了。她朝水东看了一眼，脸很快便红了。她似是想说些什么，嘴巴动了动，却一个字也没说出来。丁小妹鼻子一酸，怔怔地落下两行泪来。

水东伸出手，轻轻刮了一下她的鼻子。

"傻丫头！"他微笑着说。

丁小妹的眼泪流得更凶了。

时间这东西很奇妙。你盯着钟看，它似是一动不动；你别过头去，只一会儿工夫再看时，指针已走了老长一段。时间是长着脚的，走走停停，时快时慢，像是跟你逗着玩，总不让你捉摸到。

每次与欧阳菁菁在一起，凌杰都会觉得，时间是停滞的。即便过了几个小时，也仿佛只是一瞬间的事，快得很。欧阳菁菁的俏脸，像相机咔嚓一下时的定格，美是美的，却不知为什么，总给人一种不真实的感觉，那样的眉脸，那样的笑，好像不是活生生的，而是摆得老远的一件物品，只能看，不能碰，很奇怪。

凌杰每当有这种感觉时，总要摸摸欧阳菁菁的脸，热乎乎、软绵绵的，像刚做好的豆腐——这才放下心来。他怀疑自己是不是在做梦，要不就是年纪大了，脑子里时不时冒出一些乱七八糟的念头，止也止不住。

凌杰想，怎么好像真的变傻了呢？

那天晚上下着雨，凌杰和欧阳菁菁躺在床上看电视。听着外面滴答滴答的雨声，不知怎的，凌杰开了句玩笑：

“要是那男的现在突然冲进来，会怎么样？”

欧阳菁菁嗲嗲地挽住他的肩膀，说：“我就拿扫帚把他赶出去。”

凌杰笑起来，说：“他会生气的。”欧阳菁菁撇嘴说：“生气也没办法啊，谁让他不识趣，打扰了我们。”凌杰点头，说：“没错！亲爱的，你真是太可爱了。”

他低下身，吻她的嘴唇。她钩住他的头颈，用两只脚把他牢牢缠住。他的手，他的唇，顺着她的头颈一直延伸下去。她轻轻叫着他的名字，凌杰、凌杰……她的声音带着摄人魂魄的力量，像仙女手上那根魔棒，轻轻一点，他整个人便燃烧起来了，越烧越旺，是蚀魂销骨的火，烧得两个人都要化了。

他们都太投入了，竟没有听到有人拿钥匙开门的声音。

有人缓缓地朝卧室走来。他们缠绕在一起，根本没有察觉。

卧室门一下子被打开了。

床上的男女不约而同地跳了起来，呆住了。门口的男人也呆住了。空气在那一刻凝结了，冻成了冰。三个人都一动不动，像雕像。

也不知过了多久，好像是几秒钟，又像是几个世纪，欧阳菁菁忽地跳下床，拿一条浴巾围住身体。她敏捷地冲向门口的男人，与此同时，她的眼泪也跟着下来了，大颗大颗地，止不住地往下落。她一边哭，一边大声喊：

“他、他想要强奸我!”她指着凌杰。

凌杰一震，以为自己的耳朵出了毛病。

“他从阳台上爬进来，他要强奸我!”欧阳菁菁扑进男人的怀里。

凌杰眨了眨眼睛。那一瞬，他觉得自己在做梦。他看到欧阳菁菁惊恐万分的脸，像只受了惊的小白兔。凌杰看了她一会儿，忽然觉得有些好笑。不知为什么，反正就是想笑——笑她，也笑自己。

男人掏出手机，飞快地拨了几个数字。

凌杰先是怔怔的，忽地跳下床，冲到阳台上，轻巧地一跃，便翻了出去。他抓住栏杆往下爬——他的身手很好，骨碌碌便下了两层，猴子似的。

欧阳菁菁和男人奔出去，见他已经下到了十二层。男人惊得话也说不出了。欧阳菁菁怔怔看着，忽道：“这人肯定是个惯犯，普通人谁会有这个本事!”

她说完这两句，便觉得心一点点沉下去。她忽然想起几月前她对凌杰说的一句话——“小心别哪一天掉下来摔死，连骨头都找不到”!

她有种不祥的预感，像暴风雨来临前的那一霎，树叶瑟瑟地抖，天空渐渐变了颜色。周围静还是静的，却像是铺垫，为的是让接踵而来的那刻更加惨烈!

凌杰下到第九层的时候，手在栏杆上滑了一下——下雨天，栏杆很湿很滑。他还没来得及反应，手一落空，身体便直直地向下坠去——

身体在半空中的感觉很奇妙，像根羽毛飘啊飘，完全不由自主的。他连着翻了几个筋斗。血液冲上头顶，一会儿掉个头，又齐刷刷地流到脚底，忽上忽下的。凌杰还是喜欢头向上，那样他就能看见欧阳菁菁的脸。凌杰发现此刻他的脑子居然还清醒。他想，我为什么要从阳台下去啊，完全可以从大门冲出去呀，凭那男人的身手，是绝对拦不住他的。凌杰把这个问题想了两遍，想通了。他是要替欧阳菁菁圆谎。欧阳菁菁不是说他是从阳台外面爬进来的嘛，所以他应该再从阳台爬出去，像个真的入室行凶的歹徒，这样男人就不会怀疑她了。她可以继续穿漂亮的衣服和鞋子，戴钻石项链，买高级的化妆品，弹钢琴，做美容，打高尔夫球……凌杰这么想着，居然还笑了笑，心里踏实了。奇怪，他很快就要死了，可一点儿也不为自己难过，他想到的都是她。如果再来一次，他也许还会选择这样做。他满脑子都是她的脸，像相机咔嚓一下时的定格。她的脸，离他越来越远，他只能远远看着，却再也摸不着了。凌杰在那一瞬终于明白了。

欧阳菁菁看到凌杰的笑脸。她应该没看错，他是在笑。他的笑容有阳光般的暖暖的味道。她忽然想起第一次见到他的情形。穿着牛仔服站在音像店门口，笑起来嘴角微微歪着，太帅了。欧阳菁菁一下子就迷上了他。这么帅的男人，谁会不喜欢？起初他是为了她的钱，她心里清清楚楚，可她一点也不在乎，反正又不是她的钱。

他偷她的东西，被抓住差点坐牢，是她救了他。其实那个时候，她自己都不确定是否真的喜欢他，为了他，放弃了那么有钱的一个老头。可现在，她是真的喜欢他，他是她最钟爱的人，却不知为什么，居然那么轻易地就出卖了他。那句话她其实一点儿都不想说的，可嘴一张，便轻轻巧巧地说了出来，是她害死了他。

砰！一声闷闷的撞击声。

欧阳菁菁看见倒在血泊里的凌杰。她眼睛眨也不眨地看着。太快了，快得都来不及反应。几分钟前，他还和她在床上欢愉。她爱死他了。

“太可怕了。”一旁的男人愣愣地说。

欧阳菁菁一句话也说不出来。她想哭，却一滴眼泪也没有，眼前一阵发黑，身体摇摇晃晃。她提醒自己：不能晕，不能晕，一晕倒就完了，前功尽弃了。她不晓得自己原来是这样坚强的人。她想起十九岁那年，高考成绩比分数线低了两分，她压根就没准备复读，想也没想便离开了父母，到外面寻找机会。很快地，她结识了一个驻华的英国小白领，见面不到几天便同居了。天晓得她那口蹩脚英语是怎么跟他交流的。半年后，她把他甩了，投入一个新加坡商人的怀抱。不到两年，她换了五个男人，一个比一个有钱。她年轻的充满活力的身体，是所向披靡的武器，无往而不胜。她曾对凌杰说过，她不是坏女人，顶多是个贪图享受的人。她说的时候没想太多，现在忽然意识到——原来贪图享受也不是件容易的事。她是拿自己榨汁给人喝呢。榨干了，也就成了甘蔗的残渣，不值钱了。唯一一个把她当宝的人，又被她害死了。她是个狠心的女人。

“吓死人家了，我再也不敢一个人睡了。亲爱的，你以后每天晚上都要来陪我，天天陪，好不啦?”

欧阳菁菁听到自己的声音，像加了糖的蜂蜜，甜得都发腻了，自己听了都有些恶心，可她知道，老男人都吃这套。她嗲嗲地搂住男人，像个小孩那样扭来扭去。趴在他肩膀上的那一瞬，她又想，是不是做过头了，女人在这个时候应该尖叫，而不是发嗲。

转眼，冬天就快过去了。春节前一个星期，水东从凌杰家搬了出来。凌杰死后，房子就给他阿姨了。凌杰表弟还有半年大学毕业，工作已经有着落了，在一家证券公司实习。现在股票不景气，证券公司不像以前那么热门，可凌杰阿姨还是蛮开心，读了那么多年书，小赤佬总算要上班了。结婚应该也是不远的事。他女朋友在大学里已经流过两次产了，双方家长都很担心，怕他们将来生育会有影响。房子暂时不买新的，现在房价那么贵，还是先缓一缓。结婚的话，新房就用原先凌杰住的那套。凌杰姨父提出异议：“死过人，做新房是不是不大好?”凌杰阿姨眼睛一瞪：“有什么关系?又不是死在房子里头。我也想儿子住新房子呀，你有钞票吗?有钞票我们就去买新房子。”姨父便不吭声了。

水东收拾屋子时，拿走了床头柜上那张凌杰与欧阳菁菁的合影。他想留着做个纪念。照片上，两人笑得那么甜，像两个洋娃娃，仿佛永不会伤心难过似的。

水东看着，不禁叹了口气。

水东和丁小妹买了回乡下的车票。临走前一天，水东去看了大老倌。大老倌让他有空就去小沟村看看三妮。“她这阵子没来吗?”水东问。大老倌点点头，说：“她女儿大概病得厉害。你让她在那边安心照顾女儿吧，有需要帮忙的地方就尽管开口。”水东说：“我知道了。”

临出发前，水东说有点事要办，让丁小妹先到车站。丁小妹问他什么事。水东说跟个朋友打声招呼。

水东来到欧阳菁菁住的那幢楼。很奇怪，他本来没打算来的，像被什么驱使着，不知不觉就到了这里。他上了楼，按了门铃。门被打开了，欧阳菁菁站在门口。她看见他，只是一怔，说：“是你。”脸上没任何表情。

欧阳菁菁给他拿了罐可乐——就像当初他到她家擦窗时一样的情形。她把可乐放下，走到钢琴前。她弹钢琴，美妙的琴音从她指间飞出。她微闭双眼，神情恬静。水东怔怔地看着——他曾经觉得这像一幅画。现在他更加体会到，这真的只是一幅画，美得出奇的画。在这幅画里面，不仅仅是欧阳菁菁，还有许许多多别的东西——看得见摸不到的东西。不属于画里的人，只能老老实实在外面看着，永远在外面看着。水东是这样，丁小妹是这样，凌杰也是这样。又或许，欧阳菁菁也是画外的人，画里的那个欧阳菁菁，只是个影子，并不是真的她。

水东坐了一会儿，忽道：“我给你再擦一次窗，怎么样?”

水东站在窗台上。天气很好，阳光直射下来，落在玻璃窗上，成了无数个耀眼的亮点。朝四周望去，到处是亮晃晃的玻璃，阳光从这扇反射到那扇，再到下一扇，这么一扇接一扇的，似是能看见千道万道光线，纵横交错着。

头顶是蓝天白云，下面的人一个个像小蝌蚪似的。水东想起那些夜晚，他像蜘蛛一样爬在窗外的情景。他一步步往上爬，越爬越高，心也越来越沉。他只能往上看，上面有星星和月亮；往下看，抖抖的，倘若一个不留神掉下去，便是黑压压的无穷无尽的深渊了。

水东离开了。走到楼下时，他忍不住又往上看去。他看到欧阳菁菁倚着栏杆，身体向外倒去——她一直做这个动作。水东眨也不眨地看着她。她伸开双臂，袖管迎风飘扬，姿势优美——像是一只花蝴蝶。

原来她一直都在往上看呢。水东这么想。

水东和丁小妹回到了乡下。第二天，水东记着大老倌的嘱咐，去小沟村看望三妮。骑自行车半小时就到了。他走到那幢矮草房，正要敲门，却听见里面有人争吵。水东认得是三妮和他男人的声音。

“我不去了，说什么也不去了！”是三妮的声音。

“你不去？你就忍心看着女儿变成个瞎子？”她男人嚷道。

“我要不是为了女儿，我也不会去上海。可是，我这么做，心里真是不好受，我总不能一趟一趟地骗他吧。”

“你就当为了女儿，再去一次好不好？”男人恳求道，“再去一次，弄个三五万回来，这事就算完了。你以为我想你去啊，要不是没法子，嘿，哪个男人愿意老婆去跟以前的情人会面！”

三妮不说话了，两人声音渐渐轻了下来，后面的话水东就听不见了。

水东愣了半晌，往回走。一边走，一边想，大老倌要是知道了，非伤心死不可。水东后悔当初对三妮说那句“要是她肯回来，我就把赚的钱都给她”。

转念再一想，大老倌是什么人？这么些年风里来雨里去的，还能看不出端倪？或许他早就知道了，只是不说穿罢了。他不在乎那些，他只要三妮能常来看看他，带点好吃的东西，陪他说说话聊聊天便足够了。不管是为了什么理由都好，他心甘情愿。

水东想到这里，跨上自行车，骑得飞快。路上，他下了决心——还是得去上海，不能当一辈子乡下人，得把家安在上海。凭什么有些人生下来就是城里人，有些人生下来就是乡下人，得受一辈子苦？水东要去上海读大学，再找个好工作，赚好多好多钱，买套房子，将来再买辆车，让家里人都过上好日子。

到了家，丁小妹正帮妈一起准备晚饭。水东把丁小妹拉到一边，道：“我有话跟你说。”

丁小妹红着脸看了妈一眼，问：“什么话呀？”

“只要你跟我在一起，我就把赚的钱都给你。”

水东说完这句，朝她看。丁小妹愣了一下，低下头，随即便笑了。

她的笑容像初春的桃花，粉粉甜甜的。她点了点头，脸越发红了——桃花开得更艳了。

倾国倾城

（一）

庞鹰第一次看见高丽华，是在崔海和蒋莹的婚礼上。她一出现，便把新娘子的风头给抢了去。按说蒋莹也是个美人，在分行里很有些男人缘，但美人与美人也是有区别的——小美人遇上大美人，眉清目秀遇上倾国倾城，高下立分。加上蒋莹已有了三个多月的身孕，脸肿得很，靠厚厚一层粉撑着，浓妆之下，更少了几分灵气，像是木偶娃娃。

庞鹰和苏圆圆夫妇坐一桌。她并不认识新郎新娘，蒋莹调走的时候，她还没毕业。新郎崔海是佟承志的学长，又是苏圆圆父亲的旧下属，因此，关系比旁人要亲近些。新郎新娘来敬酒时，苏圆圆向他们介绍庞鹰："我们科里新来的小同志，××大学毕业。"崔海便笑一笑，说："哦，高才生，前途无量啊。"庞鹰的脸微微一红，还不及说话，崔海已转了话头，问苏圆圆："老行长最近身体怎么样？"苏圆圆道："还是老样子，天天吃降压药。"崔海道："改天我去看他老人家。"苏圆圆笑道："崔处您现在是新贵，又是新婚，大忙人，怎么好意思劳您的驾？"崔海也笑："别寻我开心了，你们家承志还比我小两岁呢，都当处长好几年了，我眼看是奔四的人了，好不容易才扶正，眼泪水答答滴，伤心啊！"

崔海的一对双胞胎女儿被老人带着，很乖巧地坐在座位上，穿着花童的衣服。客人们大多是认识她们的，见了便上前逗一逗。两个小女孩长得一模一样，手里各捧着一个洋娃娃，粉妆玉琢似的。

高丽华便是这时出现的。婚礼已进行了一半，杯盘狼藉，好多客人都有些醉了，拿着酒瓶吵吵闹闹，乱得很。高丽华悄无声息地走进来，穿一条白色的束腰裙，长发披肩，高跟皮鞋踩在地上发出清脆的叮叮声，风姿卓绝中，还带着些妖气。喧闹的宴会厅一下子安静下来，大家都朝她看。

高丽华径直走到苏圆圆那桌，停下，甜甜地叫了声："阿姐。"

庞鹰闻到一股浓郁的香气。她鼻子过敏，登时便打了个喷嚏。她朝高丽华看，瞥见她长长的睫毛在眼角处投下剪影，鼻子尖尖翘翘，笑起来有些法令纹，很妩媚的模样，一串玛瑙耳环，垂到颈间，同时，一绺长发也垂了下来，差点落进面前的杯子里。庞鹰连忙把酒杯拿开些。

苏圆圆一怔："是你？"

高丽华道："我有个朋友在隔壁厅结婚，刚巧看到阿姐你，过来打个招呼。”苏圆圆哦了一声，随即向佟承志介绍：“老邻居，从小一起长大的。我先生。”高丽华朝佟承志一笑，叫了声“姐夫”。

崔海挽着蒋莹，本已走向下一桌了，却又绕了回来。崔海的目光飞快地在高丽华脸上瞟过——眼睛、鼻子、嘴巴、头颈，再是胸部，倏忽一下，又迅速地收回，无线电波似的。他问苏圆圆：“朋友啊？”苏圆圆嗯了一声。崔海很夸张地叫起来：“哎呀，圆圆的朋友，那是一定要喝一杯的。”

高丽华不待他说完，便在一个空杯里倒满酒，笑吟吟地举起杯：“新郎新娘，白头到老啊！”说着，一饮而尽，“初次见面，我叫高丽华。”她朝崔海微笑。

崔海也把酒一饮而尽，报以微笑：“崔海——‘催命’的‘催’去掉单人旁，‘大海’的‘海’。”高丽华咯咯笑道：“干吗说‘催命’？说‘催促’不就好了吗？”崔海一拍脑袋：“就是就是，高小姐的语文比我好得多，哈哈！”

苏圆圆瞥见蒋莹在一旁脸色有些难看。

婚礼结束后，苏圆圆夫妇有车，顺路捎庞鹰一段。路上，佟承志问妻子：“什么老邻居？我怎么不晓得？”苏圆圆道：“老房子的邻居，你怎么会晓得？”佟承志道：“不是说一起长大的吗？”苏圆圆懒洋洋道：“话是这么说，隔了这么久，早淡了。”说完又加上一句，“她妈以前在我家当保姆的。”

佟承志哦了一声。

过了一会儿，苏圆圆忽道：“崔海前面那个老婆死了还不到半年吧？”佟承志说：“嗯。”苏圆圆道：“升官发财死老婆，中年男人的三大美事，这家伙全摊上了——幸福啊。”佟承志没吭声。苏圆圆侧过身，朝他看，又道：“幸福啊，是不是？”

佟承志把身体坐得直些，干咳两声，与此同时，朝反光镜里的庞鹰看了一眼，有些尴尬。庞鹰察觉了，闭上眼睛，做出很困的样子。

几周后，高丽华调到分行，和苏圆圆、庞鹰一个科室。

高丽华坐靠门的座位。苏圆圆告诉庞鹰——高丽华的这个座位，便是当年蒋莹的。都说靠门的座位最危险，私下里做些小动作，领导进来一下子便发觉了。其实并非如此，看似危险的位置反倒安全，是视觉盲点。那时蒋莹的手机墙纸便是她和崔海的照片，两人勾着脖子，亲嘴。她做得这么张扬，却从没人注意过。最后还是崔海前妻得了胃癌，她大大咧咧地在崔海办公室走进走出，做广告似的，大家才晓得了。半年前，崔海前妻病逝，地下情终于修成正果，蒋莹升格为新任崔太太。

“看着吧，”苏圆圆道，“高丽华总有一天也要走蒋莹的老路。你看着吧。”

苏圆圆说着，朝庞鹰笑笑。

庞鹰坐在座位上，瞥见高丽华那边墙上什么东西闪啊闪的，晃眼得很。庞鹰先是一怔，半晌才看清——她正对着镜子涂睫毛膏。阳光落在镜子上，又反射到墙上，一个亮亮的白点，晃啊晃的。一会儿，高丽华抬起头，两排睫毛像钢针那样齐刷刷的。她拿睫毛夹去夹，小心翼翼的，轻轻举起，轻轻落下，生怕把睫毛夹坏，精细得很。接着是扑粉，拿一把大刷子，向两侧轻扫，颧骨处再点几下胭脂，用手指晕开。庞鹰不晓得化妆原来这么复杂。高丽华从镜子里看见庞鹰的脸，便笑一笑。庞鹰不及避开，有些不好意思，也笑了笑。

高丽华拿到第一个月工资，说要请苏圆圆和庞鹰吃饭。“就在对面的张生记，吃杭州菜——阿姐你说好不好?”苏圆圆道：“别破费了，我们都不讲究这些的。你把钱留着给你妈吧，你妈一把年纪了，还在帮人裁衣服，也作孽兮兮的。”高丽华道：“是我妈让我请你们的，再说又用不了几个钱——阿姐，你把姐夫也叫上。”苏圆圆道：“叫他干什么？又不是一个科的。”高丽华道：“热闹嘛。”

下了班，三人径直来到饭店。佟承志没来，苏圆圆说他晚上有应酬，抽不出空。高丽华订了个小包间，点了菜，又开了瓶红酒。苏圆圆道：“点什么酒呀，就我们三个女人。”高丽华道：“女人喝点红酒对皮肤好。”苏圆圆看她一眼，笑笑：“怪不得你皮肤这么好。”高丽华道：“我这是天生的，不喝酒也好。阿姐你还记不记得，以前邻居都夸我是小外国人，因为皮肤白，头发又黄。”苏圆圆道：“是吗？我记不清了。不过你小时候头发倒是真的很黄。”高丽华笑道：“所以呀，所以他们才说我是小外国人。”苏圆圆道：“你不要以为头发黄好，外国人头发黄是天生的，中国人头发黄就是营养不良。人家说你小外国人，你就高兴成这个样子，你怎么不想想，非洲人也是外国人，中东人也是外国人，是吧?”

苏圆圆飞快地说完，耸耸肩，做出开玩笑的样子。一会儿，酒菜陆续送上。高丽华举起酒杯，说：“谢谢两位赏光，尤其要谢谢阿姐，没有阿姐为我搭线，我也进不了行里。”苏圆圆道：“我只是把你的表格送上去，也没帮什么忙。”高丽华道：“那也要谢，要不是阿姐面子大，我就是削尖了脑袋也挤不进来。”

三人碰了杯。高丽华从包里取出烟，问庞鹰：“抽吗？”庞鹰摇头。高丽华便自己点上火，吐了个烟圈，用食指和中指夹着烟，纤纤长长的。

她问庞鹰：“是不是上海人？”庞鹰微微一怔，反问：“怎么，我不像？”高丽华一笑：“不是，只不过你看着挺老实，现在的上海女孩都滑头得很，不像你这么乖。”苏圆圆道：“小庞的父母都是知青，在安徽工作。”高丽华哦的一声，笑笑：“啊——怪不得。”庞鹰被她这声“怪不得”弄得有些不是滋味，便不说话，夹了块螃蟹，低下头剥。

坐了一会儿，庞鹰站起来说要走。“七点半还要上课。”她道。

高丽华有些惊讶：“上课？什么课？”

“高级口译。”庞鹰脆生生地回答。

半小时后，庞鹰匆匆赶到学校。走进去，已经开始上课了。庞鹰朝老师微微欠身，坐到座位上，拿出书和笔记本。

她本不想读补习班的，未必有效果，还要花钱，可没办法，每晚这个时候婶婶都要叫人过来搓麻将，把个十来平方米的亭子间弄得乌烟瘴气。还有表弟，明年考大学，写字台自然是要留给他的，庞鹰只能躺在床上看书——与其这样，倒不如出来上补习班，还清静些。

庞鹰在眼镜上呵了口气，拿镜布擦拭。这副黑框眼镜戴了六七年了，镜片都磨损了，式样也陈旧。黄昊常笑话她戴眼镜像个大妈，看着像老了十几岁，却从不曾想过给她买副新的。有时庞鹰忍不住想提醒他，再一想，还是算了。庞鹰不大在乎这些，况且黄昊也没什么积蓄，每月还要给福建的老母亲寄钱，也不容易。大学时，是黄昊先追的她。庞鹰不像别的女孩，要让男人反反复复求而不得，她没这个心思。她的心思在别的地方。读书时，她年年拿甲等奖学金。周末，别的女孩谈恋爱，她在图书馆温书，一坐就是一天，老僧入定般，黄昊也只有在旁边陪她。朋友们说她这样是辜负了好时光。她嘴上笑笑，心里却不以为然——她的好时光是在将来呢。

下课出来，黄昊等在校门口，远远地朝她招手："哎，秀才！"

庞鹰走上去，问："你怎么来了？"黄昊道："接你呗。"庞鹰道："也不打个招呼，走岔了怎么办？"黄昊道："大不了等到天亮，直接上班去。"

庞鹰笑笑。黄昊把手里一个纸袋给她："喏。"庞鹰打开一看，是条连衣裙。"给我的？"她问。黄昊嘿的一声："不是给你，难道是给我的？"

庞鹰瞥过裙子上的吊牌，三百九十八元。"发奖金了？"她问。

黄昊道："不发奖金，就不能给你买衣服？"庞鹰道："太阳从西边出来了——"话一出口，才觉得不妥，连忙跟着说了声"谢谢"。黄昊问她："肚子饿不饿？我们去吃夜宵。"庞鹰点了点头。

两人来到路边一家茶餐厅，走进去，点了虾饺和糯米鸡。黄昊把糯米鸡外面那层荷叶撕开，放进庞鹰面前的小碟里。庞鹰觉得他今天格外殷勤，便道："我自己来。"黄昊晓得她不爱吃蛋黄，把糯米鸡里的蛋黄夹掉。“瞧你，脸又小了一圈，是不是又不吃早饭了？”庞鹰道：“有时起晚了，来不及。”黄昊道：“你这样不行，本来就长得瘦，现在就更像个小老鼠了。女人不能太瘦，瘦了显得可怜巴巴，不精神。”庞鹰道：“现在流行骨感美，越瘦越美。”黄昊道：“算了吧，什么骨感美？我妈上次看了你的照片，说这个女孩怎么这么瘦啊，可别——”他说到这里，戛然而止，拿杯子喝了口水。

庞鹰知道他后半句是什么，也不说破，挑糯米鸡里的鸡块吃。

过了一会儿，黄昊忽道：“哎，你那个姓苏的同事，有空请她吃顿饭怎么样？还有她老公。”庞鹰一怔：“干吗？”黄昊道：“她老公以前不是专管员工福利那块吗？跟他吃顿饭聊聊，看能不能把我们公司的冰柜推销给他。你们分行那么多人，一人发一台，我们公司就能舒服好几年了。”庞鹰又是一怔，一口糯米鸡卡在喉咙里，差点噎住。黄昊没察觉，径直说下去：

“我跟我们领导打了包票的，年前至少销出去两百台。我说，我女朋友的同事是银行行长的女儿，这件事有的搞。我们领导答应给我百分之五的提成。不管怎样，跟这种高干子弟搞好关系总没坏处的，是吧？”

庞鹰不说话，目光瞥过旁边那个装衣服的纸袋，有些没劲。她朝黄昊看，黄昊对她笑，笑容里带着讨好的意味，又给她夹了块虾饺。半晌，庞鹰终是没忍住，霍地站了起来，道：“我先走了，这顿饭我来埋单。”

苏圆圆回到家，佟承志躺在床上看报纸。苏圆圆坐下来卸妆。

佟承志道："回来得挺早啊。"苏圆圆道："吃完就散了，三个女人又没什么好聊的。"佟承志笑笑："听这话的意思，要是多个男人就有的聊了，是吧?"苏圆圆道："那是当然。那小女人到底还是不懂事，应该请你一起去的。你是我老公，又帮了她，礼貌上也该叫一声的。"

佟承志道："帮忙的是你，她叫不叫我也无所谓。"苏圆圆嘿的一声："要不是她妈跑去我妈那儿哀求，我也犯不上帮这个忙——白白欠了郭副总一个人情。"佟承志道："人家不是请你吃饭了吗?"苏圆圆道："你以为我想吃这个饭? 讲句老实话，介绍她进来，我是担风险的。她那个人啊，做事要让人捏把汗的。小学时跟男同学打架，硬把人家裤子给扒下来；初中跟男老师到外面过夜，差一点被学校开除——也搞不懂她是怎么上的大学，真是天晓得了。"

苏圆圆把耳环摘下来，放进首饰盒，朝丈夫看了一眼，故作随意地问："你说，她是不是挺漂亮?"佟承志道："还行吧，不难看。"苏圆圆道："男人都喜欢她这种类型的，对吧?"佟承志道："谁说的?"苏圆圆道："明摆着的嘛！你没看见崔海那天的死相样子，口水都快流到地上了。"佟承志道："崔海那个人你又不是不晓得，他代表不了大多数男人。"苏圆圆一笑："那你说，你喜欢哪种类型的?"佟承志道："当然是你这种类型。"苏圆圆问："我是哪种类型?"佟承志回答："温柔贤淑秀外慧中——"苏圆圆在他头上轻轻一拍，笑骂："少拍马屁。"

苏圆圆洗完澡出来，佟承志已睡了。苏圆圆推他："睡着了吗?"佟承志迷迷糊糊应了声。苏圆圆道："我爸让我们这周六过去吃饭。"

佟承志嗯了一声。苏圆圆道："我爸说，最近你都不怎么过去——翅膀硬了。"

佟承志眼睛倏地睁开，问："真的?"苏圆圆笑起来："骗你的。我爸说，你是乖小囡，让我对你好一点。"佟承志舒了口气，笑道："老丈人到底是多年的党员干部，通情达理，也看得透彻。"苏圆圆一笑，拿手指拨弄他的头发，忽道："我说，我们科室的庞鹰，喏，就是婚礼上和我们坐一起的那个女孩，倒是个人才呢。"佟承志道："戴眼镜那个?"苏圆圆道："嗯，性格有点内向，不过人很聪明，大学里就把注册会计师和审证师考出来了。你呀，别像崔海那样，光盯着漂亮女人——身边要放几个做实事的人，将来用得着的。"佟承志翻了个身，道："我心里有数。"苏圆圆又道："明年换届，好几个副总都该退了，提谁不提谁，下面几千几万双眼睛盯着呢。"

佟承志嗯了一声。

苏圆圆伸出手臂，从他的后颈绕过去，到他胸前，又朝他耳际吹了口气，佟承志没动。苏圆圆在他胸前拨拉着，一下，两下，弹钢琴似的。佟承志打个呵欠，道："好困。"苏圆圆兀自不死心，手伸到他胳肢窝，挠他的痒。佟承志呵欠一个接一个，困极了的模样。苏圆圆终于没劲了，躺平了，抱怨道："是犯了毒瘾还是怎的?"佟承志不说话，一会儿，便打起小鼾了。

（二）

星期天下午，庞鹰正在教表弟功课，黄昊给她发了条短信：我在你家楼下。庞鹰放下手机，对表弟说有点事出去一趟，让他自己看书。婶婶在厨房择菜，听了便问：“晚饭回来吃吗?”庞鹰说：“回来的。”

庞鹰下了楼，见黄昊倚在一棵树下抽烟。庞鹰走上前，他便把烟掐了。

两人对视了一眼。黄昊道：“来了。”庞鹰问他：“有事?”黄昊道：“没事，就是想你了。”庞鹰道：“我在教表弟功课呢，他下礼拜模拟考试，要紧关头。”黄昊道：“哦——你倒是关心表弟，就不管男朋友死活了。”他说着笑笑。庞鹰心里叹了口气，没吭声。

过了一会儿，黄昊道：“说出来也实在是丢脸，还要女朋友替我搭桥——可你也不是不晓得我，那种小公司，每个月拿一两千块死工资，够什么用的？光房租就要八百多呢。”庞鹰沉默了一下，道：“我晓得。”黄昊道：“我要是能大把大把地赚钱，也不会做那种无聊事。谁不想有骨气？我也是没办法。再说我妈身体也不好，又没劳保，每个月光吃中药就要好几百块——”

黄昊一边说，一边把脚下的石头踉来踉去。

庞鹰道：“我晓得了。”黄昊朝她看。庞鹰道：“明天上班，我替你约约看。”黄昊喜出望外，道：“真的?”庞鹰道：“不过我跟她也不是很熟的，你别抱太大希望。”黄昊忙道：“没关系。谢谢你了。”

庞鹰回到家。婶婶道：“这么快?”庞鹰嗯了一声，瞥见表弟忙不迭地把PSP（多功能掌机）收好。婶婶见了，骂道：“你就玩吧玩吧，打游戏你保管能拿第一!”表弟兀自嘴硬：“劳逸结合嘛。”婶婶道："等明年考上大学，你就是玩得眼睛瞎掉，我也不来管你。"表弟说："考上大学又怎么样？现在大学毕业也赚不了几个钱——姐姐和黄昊都是大学生，一个月能拿多少钱？我宁可自己去做生意，当老板！"婶婶嚷道："你能做什么生意？卖茶叶蛋啊？"

庞鹰进卫生间洗澡。隔着一扇门，她听见婶婶轻声对表弟道："我跟你讲，你跟姐姐他们不一样的，他们没房子，这就很伤脑筋，可你不一样，这套房子将来总归是你的……"表弟哎哟一声，打断道："鸽子笼一个——"婶婶道："鸽子笼好歹也是房子。你姐姐他们将来结婚，肯定要买房子的，就算一室一厅，最起码也要好几十万吧。你有房子打底，工资少点就少点，问题还不大，可他们就比较麻烦——"

庞鹰洗完澡出来，换了件衣服，对婶婶道："我出去了。"婶婶道："怎么又要出去了？"庞鹰道："上课。"婶婶道："现在才几点啊？你不吃饭了？"庞鹰嗯了一声，砰地关上门，走了。

已经是初秋了，下午却依然很闷热，衣服沾在身上，潮潮的，很不舒服。庞鹰从家里出来，想着时间还早，索性便走过去。到了学校门口，觉得饿了，去附近小饭店吃东西，走进去，人已满了，只有拼桌。服务员领她到一张桌子，桌子旁已坐了一个人。庞鹰坐下来，瞥过这人的脸，不禁一愣，是佟承志。

佟承志看见她，也是一愣："这么巧？"庞鹰道："是啊！我在对面学校上课，顺便过来吃个饭。"佟承志道："对面吗？真是巧了，我也在对面上课。"

"上什么课？"庞鹰问他。

“中级口译。”佟承志道。

庞鹰哦了一声。佟承志问：“你呢?”庞鹰道：“我也是英语。”

吃完饭，两人走进学校。佟承志的教室在二楼，庞鹰的在三楼。两人各自进了教室，上课时，庞鹰想着婶婶的话，整堂课都有些无精打采——连手机也忘了关。课到一半，手机滴滴地响了，很突兀的。她一看，是黄昊的短信：谢谢你，你是好人。

庞鹰叹口气，把手机关了。

下课后，庞鹰走出来，见校门口停着一辆白色的奥迪 A4。她认得这是佟承志的车，怕遇见他还要打招呼，正要走开，忽见一个交警慢慢踱过来，朝这车看了几眼，低头便要开罚单。庞鹰不及思考，急急地上前，便道：“师傅，人在的呀，在的呀。”交警看她，道：“开走。”庞鹰哦了一声，道：“晓得了，司机在上厕所，马上出来。”交警道：“你不要淘糨糊。”庞鹰道：“我没有淘糨糊，司机真的马上出来了。我是跟来的，这个，不、不会开车。”她说着，都有些结巴了。

交警不理，开了张罚单，放在雨刮器上，又朝她瞪了一眼，随即走了。

庞鹰愣了愣，想，这算什么名堂?呆站了一会儿，悻悻地离开了。

苏圆圆答应和黄昊吃顿饭。庞鹰打电话给黄昊，黄昊十分兴奋，很快订好了饭店。吃饭那天，庞鹰说不想去，黄昊说：“你要是不去，我一个人去算怎么回事?我又不认识他们。”庞鹰无奈，只得跟着去了。

苏圆圆和佟承志应邀赴席。黄昊问佟承志喝什么酒，佟承志道：“不用了，我们开车来的。”黄昊便点菜。苏圆圆对他道：“小黄，随便点些菜就可以了，大家以聊天为主。”黄昊一边答应，一边点了鱼翅和东星斑，又叫了最贵的木瓜汁。

说了些客套话，黄昊很快便步入正题，问国庆节行里给员工发什么福利。佟承志说，最近行里主要是发卡，什么联华卡、乐购卡、斯玛特卡啊，比较方便。黄昊听了，立刻道：“这个容易，我们公司也可以做卡，凭卡领冰柜，一样很方便。”佟承志笑笑。黄昊又加上一句：“价钱也有的商量。”

庞鹰的脸烫得厉害，都不敢看人了，低头喝饮料。

佟承志说：“我现在调到信贷处，已经不管这块了，倒是有些旧同事，托托他们是可以，但也不敢打包票的。”黄昊连连点头：“那是那是。”

一会儿，黄昊端起酒杯，偷偷踢了踢庞鹰，庞鹰便也端起酒杯，站起来。黄昊脸上堆着笑，道：“佟哥，苏姐，我敬你们，以后就靠你们多关照了——还有庞鹰，初来乍到的，什么也不懂，你们多提携。”

结束时，黄昊变戏法似的拿出两瓶红酒，道：“我一个朋友从国外带回来的，说是1990年的波尔多红酒，我又不会喝，白白糟蹋了好东西，佟哥就算帮个忙。”佟承志连忙推辞。黄昊硬把酒塞在他怀里，佟承志朝苏圆圆看，苏圆圆又朝庞鹰看。庞鹰张口结舌道：“苏姐，一点心意，你就收下吧。”苏圆圆笑道：“心领了——我先生平常也不大喝酒的。”庞鹰站在那里有些窘，脸也红了。苏圆圆朝她看，改口道：“那就收一瓶吧——谢谢你们了。”

苏圆圆夫妇离开后，黄昊问庞鹰：“气氛好像还行，是吧?”庞鹰嗯了一声，问他：“酒多少钱?”黄昊道：“两瓶一千八百块不到。”庞鹰没吭声。黄昊道：“舍不得孩子套不到狼，要是做成了，就是十瓶酒也值。”

黄昊送庞鹰回家。路上，黄昊道：“下个礼拜去苏州水上乐园玩，怎么样?”庞鹰摇头道：“不去了，又不会游泳。”黄昊道：“不会游泳没关系，水里泡泡嘛。”庞鹰还是摇头：“不去了——小时候被水呛过，有阴影。”黄昊一怔：“真的?”庞鹰道：“四五岁的时候，不小心掉到河里去了，幸好一名解放军路过，把我救起来——要不然，现在就没我了。”她说着，笑了笑。

午休时间，蒋莹找苏圆圆一块儿喝咖啡，约好在分行隔壁的真锅。苏圆圆进去时，蒋莹已先到了，蒋莹替她点好了咖啡。苏圆圆坐下来，见她的眼圈红红的，连忙问她：“怎么了?”

蒋莹道：“还能怎么，你不晓得吗?”苏圆圆一怔，问：“跟双胞胎处得不好?”蒋莹嘿的一声：“那么一点点大的孩子，有什么处得好处不好的?”苏圆圆又问：“跟崔海吵架了?”蒋莹朝她看一眼，道：“我就不信你一点也不晓得，装糊涂是不是?”苏圆圆睁大眼睛：“我装什么糊涂?”

蒋莹端起咖啡，喝了一口，道：“那个狐狸精，不是苏姐你的人吗?”

苏圆圆愣了愣："谁？高丽华？"

蒋莹哼了一声："不是她还有谁？分行里都传得沸沸扬扬的，别跟我说你不晓得。"苏圆圆干咳一声，道："嗯，听是听说过一点——行里爱搬弄是非的人多了，你别放在心上。你们好歹是新婚，他再怎么样也不至于——"蒋莹道："新婚又怎么样？他那个人——我不说你也晓得，不是什么好东西。"

苏圆圆朝她看，笑笑，低头喝了口咖啡。

蒋莹瞥见她的目光，道："我晓得你心里在想什么，你肯定在想，你当年也抢人家的老婆，现在报应来了，是不是？"苏圆圆忙道："我没这么想。"蒋莹道："我和她不一样的——崔海前面那个老婆是农村人，人长得丑，又没文化。崔海跟她没感情的。"苏圆圆没说话。蒋莹又道："再说了，退一万步讲，就算我抢了人家的老婆，总也不希望别人来抢我的老公啊，苏姐你说是不是？"苏圆圆笑笑："我明白的，你别急，怀孕的人不能动气。"

蒋莹从包里拿出烟，要点上。苏圆圆连忙阻止："你疯啦！不想要这个孩子啦？"蒋莹恨恨道："不要了。"苏圆圆道："你这人怎么这么任性？过日子谁没个磕磕绊绊？看开点就没事了。崔海又不是傻子，总不见得为了那个小女人，就和你分开。你们才结婚多久啊？"蒋莹道："人家不是长得漂亮吗？"苏圆圆嘿的一声："漂亮？漂亮的人多了，难道你就不漂亮？再说了，看到漂亮的就把老婆甩了，你把崔海当什么了？花痴啊？"蒋莹咬着嘴唇笑道："我看他就是花痴——"

苏圆圆劝她："你呀，别整天胡思乱想，身体最要紧——以后要是心里不痛快，就来找我聊天。我肯定站在你这边。”蒋莹噘嘴道：“算了吧，她可是苏姐你的嫡系。”苏圆圆哎哟一声：“什么嫡系？她不过是我一个老邻居，不搭界的。我们是什么关系？十来年的老同事！好姐妹！死党！她怎么比得上？毛都不搭一根！”

苏圆圆回到办公室，见高丽华在给庞鹰化妆。高丽华一套化妆品齐全得很，瓶瓶罐罐，摊开来像个小杂货铺。庞鹰起初不肯，被她死死拉住。高丽华说：“你的皮肤其实不错，脸型也好，就是清汤寡水的，你给我半小时，我保管把你打扮成天仙。”高丽华嘻嘻哈哈地往庞鹰脸上涂各种各样的东西。

苏圆圆坐下来。高丽华给庞鹰涂上睫毛膏，又涂了眼影，拿睫毛夹夹了。一会儿，大功告成，高丽华拿面镜子给她，问：“怎么样？”庞鹰看了，皱眉道：“太浓了。”高丽华道：“你觉得浓是因为你从来不化妆，其实一点儿也不浓，刚刚好——不信，你问阿姐。”苏圆圆看了一眼，道：“不错，蛮好。”

庞鹰嘿的一声，戴上眼镜。高丽华叹道：“本来蛮漂亮的，眼镜一戴，一点味道也没有了。”庞鹰道：“不戴眼镜就成瞎子了。”高丽华道：“配副隐形眼镜不是蛮好？现在谁还戴这么老气的眼镜？”

高丽华说着，问苏圆圆：“阿姐，喝咖啡了？”苏圆圆嗯了一声：“就在隔壁，和蒋莹一起喝的。”高丽华道：“哦，那个新娘子。”

苏圆圆道：“跟老公吵架了，找我出来喝咖啡散心——怀孕了还喝咖啡，也不怕生个非洲人出来。”高丽华道：“听说女人怀孕脾气都会变的。”苏圆圆嘿了一声：“她本来就有点作。女人啊，只要稍有点姿色都有这毛病，喜欢生事。”说着，朝高丽华笑笑。

下班后，庞鹰和高丽华走到分行门口。一辆本田雅阁从后面开过来，按了按喇叭。车窗摇下，崔海探出头来。高丽华嗲嗲地说："崔处，我去淮海路买衣服，能不能载我一段啊？"崔海爽快道："上来吧！"高丽华对庞鹰说声"再会"，一扭腚，上了车。

庞鹰到学校时，天已全黑了，匆匆买了个面包奔进去，上楼时绊了一下，踉踉跄跄的，头一抬，竟刚好与教室里的佟承志目光相接。庞鹰一个趔趄还没站稳，很是狼狈，脸一红，急急地上楼了。

下课出来，走到校门口，见佟承志倚在车旁，朝她招手。庞鹰走过去，道："佟处，还没走啊？"佟承志道："上车，我送你。"

庞鹰一怔，忙道："不用，我坐地铁很方便的。"佟承志微笑道："我送你也很方便——上车吧。"庞鹰还想推辞，佟承志已开了车门，她只好上车。

佟承志问她怎么走。她说了。佟承志道："原来是真的很方便，高架下来就到了。"庞鹰道："谢谢您。"话一出口，便觉得别扭，怎么说"您"了。佟承志也察觉了，朝她笑笑。

佟承志道："谢什么？该我谢谢你才对。"庞鹰以为他说的是黄昊请客的事，谁知他说下去："那天怕我被罚款，对交警吹牛了，是吧？"

他朝她看，笑吟吟的。庞鹰这才想起来："哦，那天啊——"

佟承志笑道："看不出，你也会吹牛。"庞鹰忙道："当时情况紧急，来不及多想——"佟承志道："怕我被罚钱。"庞鹰道："就是啊，又不是十块二十块，一罚就是两百。唉，可惜最后还是罚了。咦，你怎么会晓得？"

"门卫告诉我的。他说，有个小姑娘很着急的样子，我一猜就是你。"

佟承志朝她看，笑道："谢谢你啊。"庞鹰不好意思了，道："别客气，我也没帮上什么忙——"车窗开着，灰尘进了眼睛，她拿下眼镜擦拭，一瞥，见他盯着自己的脸，怔了怔，问："我脸上有什么东西吗?"佟承志也是一怔，忙把目光移开，笑道："没有，你今天好像——有点儿不同。"庞鹰正要再问，车已停下了，到家了。

庞鹰回到家，去卫生间洗脸，摘下眼镜，看到镜子里的自己——白天的妆容还在，五官很精致，换了个人似的。她一愣，忽地，想起刚才佟承志的目光——原来是因为这个。

庞鹰不由得脸红了红，又朝镜子里看，随即骂了声"傻瓜"，拿起洗面奶便往脸上抹去。

苏圆圆请了一天假，去看中医。专家门诊排了长长的队，足足等了两个小时才到，看病却只是一会儿，照例是配一大堆药。医生叮嘱她，不能喝牛奶，不能吃虾、杧果，还有清蒸鱼，药性相克的。苏圆圆本来要问他，吃了这么久的药了，什么时候能见效——想想还是算了，问了也是白问。

回到家，包一放，便去煎药。苏圆圆站在灶台边，身体直直的，拨弄着锅里的药。一会儿，水开了，药渣扑扑地朝上涌。她把火关小了，房间弥漫着浓重的中药味。她倚着墙，看微弱的火苗，在那里闪啊闪的。

电话响了，苏圆圆走过去接——是她妈妈，问她去医院配药了没有。她说，刚回来。她妈妈又问，医生怎么说。她说，没问，问了也就是那两句，不能急，急了就更不行，要有耐性——都快背出来了。嘿！

电话那头安慰了她几句，挂了。

一会儿，钟点工来了，问她晚上烧什么菜。她想了想，说，雪菜蒸黄鱼吧，先生喜欢。钟点工答应了，出去买菜了。

到了晚上，佟承志回家了，一块儿回来的竟还有高丽华，两人有说有笑。高丽华道："阿姐，单位发了两箱水果，我给你送来了。"苏圆圆道："交给承志不就行了吗？何必专门跑一趟？"高丽华道："我刚好去这附近办点事，搭姐夫的车，顺便看看你。"苏圆圆哦了一声，道："那就吃了饭再走吧。"

"不用了，我都跟人约好了，你们慢吃。"高丽华说着，对着卫生间里的佟承志甜甜地道声"姐夫再会哦"，离开了。

苏圆圆摆好碗筷，招呼佟承志吃饭。佟承志走过来，见到桌上的蒸黄鱼，道："你不是不能吃清蒸鱼吗？"苏圆圆道："我不能吃没关系，只要你喜欢就好。"佟承志道："没必要的，我也不是特别喜欢——下次还是红烧吧。"

苏圆圆瞥一眼地上的两箱水果，缓缓道："还让她专门跑一趟，怪不好意思的。"佟承志嘿的一声："有什么不好意思的？又不用她搬——她是趁机搭我的顺风车。"苏圆圆看他一眼，笑笑："让她搭顺风车，你好像蛮开心。"佟承志道："她要搭，我总不见得不答应咯。"苏圆圆嗯了一声，道："是啊，没错。"佟承志朝她看。

她笑笑，道："快吃吧，吃了去洗个澡，今天闷热得很。"

佟承志洗完澡出来，苏圆圆躺在床上看画报。佟承志上了床，打了个呵欠。苏圆圆放下画报，朝他看，佟承志连着打了几个呵欠。

“今天行里忙得要命——”他道。

苏圆圆朝他看了一会儿，道：“困了是吧？睡吧。”说着，躺下来，头朝向另一边。佟承志怔了怔，也躺了下来，关掉灯。过了一会儿，他听到她的呼吸声，问：“睡不着？”

苏圆圆没回答。佟承志正要把头别过去，忽地想起什么，道：

“哦，今天是你——”

苏圆圆身体动了一下。佟承志怔了怔，一只手抄过去，搂住她的肩膀，苏圆圆轻轻挣了挣。他摸到她的文胸扣子，解开，另一只手，渐渐滑下去。

苏圆圆道：“你不是困了吗？不用勉强。”

黑暗中，佟承志似是笑了笑，手里不停，窸窸窣窣的。

“讨厌——”苏圆圆轻声骂了句。

（三）

国庆节前，行里给每个员工发了张××公司的领物券，凭券可到指定地点领取豪华冰柜一台。

中午吃饭时，庞鹰拿着餐盘过来，邻桌几人在小声议论什么，见她来了，便闭嘴不说。庞鹰和高丽华坐一桌吃饭。一会儿，崔海也来了，在邻桌坐下。高丽华见了，道：“哟，领导也来这里吃饭呀，与民同乐嘛。”崔海笑道：“楼下美女多，不像楼上小餐厅，都是糟老头，没劲。”高丽华嘿的一声，拿起餐盘，大大咧咧地走到他那桌坐下。

庞鹰听见两人的笑声，毫不顾忌的，忍不住朝他们看去。崔海不知说了句什么，高丽华笑得手似乎都拿不住筷子了，在他肩上轻轻一扶，崔海趁势便抓住她的手。庞鹰不好意思看下去了，转过头。

这时，蒋莹变戏法似的出现了——面无表情地径直走了过来。

周围的声音顿时轻了下去。崔海和高丽华却兀自没察觉，一个笑得前仰后合，一个说得眉飞色舞。

蒋莹走到两人边上，停下。崔海看见她，一惊，道：“你怎么来了？”蒋莹道：“来看你呀。”她朝高丽华瞥去。高丽华端起餐盘，道：“我吃完了，你们慢聊。”说着便要走。蒋莹脚往旁边一钩，高丽华没提防，被她一绊，整个人向前倒去。“咣当!”餐盘倒翻在地上，人也随之跌倒，摔个结结实实。

周围一阵哗然。

蒋莹一动不动地站着。崔海扶起高丽华，问她：“没事吧？”高丽华摇头，道：“没事。”蒋莹嘴一撇，道：“不好意思哦，我不是故意的。”

崔海朝妻子看，道：“走吧，去我办公室。”也不待她回答，拉着她便往外走。蒋莹经过高丽华身边，冷冷地扫了她一眼。

高丽华拿起餐盘，一瘸一拐地放到回收处。庞鹰跟上去，道：“你膝盖受伤了。”高丽华道：“没事，回去贴张创可贴就行了。”庞鹰道：“去医务室看看吧。”高丽华笑笑，道：“哪有那么严重。”

高丽华走出餐厅，到电梯口，崔海和蒋莹也等在那里。高丽华缓缓地走上前。崔海瞥过她膝盖上的乌青，惊道：“你受伤了。”高丽华道：“小事。”

蒋莹朝她看，高丽华也朝她看。两个女人目光相接——蒋莹脸上的妊娠斑，淡淡的一块一块，像白衣服穿久了，泛黄了，体型因为怀孕而变得臃肿，虎背熊腰，全然不复往日的窈窕，整个人像是吹足了气。她瞥见高丽华的目光，在自己脸上身上一圈圈地打转，挑衅似的。很快地，高丽华把视线移向前方。她站得笔直，挺胸收腹，更显得身材曼妙无比。她拨弄着头发，手指雪白。

蒋莹有些泄气。她觉得，现在的自己，活脱儿是崔海的前妻。

不知怎的，她肚子剧烈地痛起来，像有什么东西在里面绞，突如其来地。

“啊——”蒋莹捂住肚子，尖叫起来。

苏圆圆要去医院看蒋莹，高丽华听了，也说要一起去。苏圆圆道：“你就算了，别添乱了。”高丽华道：“阿姐，天地良心，我可没惹她，是她自己流产的，在场的人都可以做证的。”苏圆圆嘿的一声，道：“我晓得，你是好人。”高丽华道：“我算是好说话了——她绊了我一跤，我都没跟她计较。”苏圆圆道：“是呀，所以才说你是好人嘛。”

苏圆圆说完径直走了。高丽华悻悻地坐下来，问一旁的庞鹰：“你也看见的，是吧？我是无辜的。”庞鹰嗯了一声。高丽华又道：“这女人早不流产，晚不流产，偏偏在我面前流产，存心让我难堪。嘿，跟她老公多说几句话，就要吃醋——她在她老公身上拴根绳子该多好。”

庞鹰忍不住道：“换了你，你不吃醋？”高丽华道：“我老公不会像崔海那样——我是谁啊？有了我，别的女人看都不要看了，一个个都像白板一样，木笃笃的，没啥看头。”庞鹰觉得这人倒也有趣，忍不住笑了笑。

苏圆圆赶到医院，蒋莹正在午睡，崔海在一旁陪着。苏圆圆坐下，把带来的补品放在一边，对他道：“这跟坐月子差不多，要好好调养。”崔海哦了一声。苏圆圆朝他看，崔海道：“别这么看我，吓咝咝的，搞得我像个罪人一样。”苏圆圆道：“你这是风流罪过。”崔海叫起来：“什么风流罪过？我可是清清白白的，你要相信我。”苏圆圆道：“我相信你有什么用？要蒋莹相信才行。”崔海叹了口气，道：“她啊，倔脾气，说什么也不听，怀孕了还七想八想——好了，现在孩子没了，太平了。”

蒋莹醒了。崔海要给她削苹果，她板着脸说不要。苏圆圆让他先走。“你回去上班吧，这儿有我呢。让我们姐妹俩聊聊。”

崔海走了。苏圆圆扶起蒋莹，拿了个枕头，给她垫在腰后。蒋莹哭丧着脸，道：“苏姐，孩子没了。”苏圆圆道：“没了就没了，你还年轻，还有机会。”蒋莹恨恨道：“他是无所谓的，反正他已经有两个小孩了，这个有没有都无所谓。”苏圆圆道：“他越是无所谓，你越是要好好地生个小孩，否则将来三比一，吃亏的总归是你——怪你自己，自己不晓得珍惜自己。”

蒋莹带着哭腔道：“苏姐，那现在怎么办？”

苏圆圆沉吟着，道：“想办法快点再怀上一个——崔海这个人啊，不是我在你面前说他，确实也有点那个。你要是不快点生个孩子，巩固一下地位，形势对你真的不大有利——该闹的时候也该闹一闹，但是要注意分寸，别把自己搭进去了，就像这次，多不划算呀，是吧？”

苏圆圆拿了一个苹果，朝她看了一眼，说下去：“反正还是那句话，苏姐肯定站在你这边，有什么事情就跟苏姐说，苏姐帮你出主意，嗯？”

苏圆圆说完，在她肩上轻轻拍了拍，很贴心地把苹果递给她。

佟承志把一台新的冰柜搬到老丈人家。家里发了两台，老丈人家恰恰又没有冰柜，两全其美。佟承志进去时，崔海也在，灰头土脸的模样，似是刚被训过。苏父在泡工夫茶，见佟承志来了，道：“承志来得正好，坐下来喝茶。”

苏父喜欢喝茶，餐边柜里都是今年的新茶，上品。一套茶具也是上品。茶壶是宜兴紫砂的鼓形壶，茶杯是潮州枫溪的白果杯，茶洗、茶盘、茶垫、水钵、龙缸、红泥小炉、砂跳……一应俱全。苏父先烧开水，把茶壶烫了，茶叶放进茶壶，再烧水，沿着茶壶的边沿倒进去，高冲低洒，再接着是刮沫、淋罐、烫杯，茶杯一字排开，转着圈地斟茶。

崔海拿了茶杯便要喝。苏父说：“别急，喝工夫茶可急不得，要先闻一闻，再啜一口，含在嘴里一会儿，最后才喝下去——你当是可口可乐啊？”

苏父说着，自己拿了一杯，拇指和食指按住杯沿，中指托住杯底：“含汤在口中回旋品味。一旦茶汤入肚，口中咂。咂回味，鼻口生香，咽喉生津，一碗喉吻润，二碗破孤闷，两腋生风，回味无穷。”他双眼微闭，端着茶杯在鼻下轻轻一闻，一副陶然的模样。

崔海笑道：“老行长是雅人，我是老粗，要这么个喝法，早渴死了。”

苏父道：“喝工夫茶不是为了解渴。古人登山浮水，临流漱石，林墅深幽，席地小坐，烹茗啜饮，是人生一乐。”说着，他朝崔海看，忽道，“你啊，做人就是太浮了。当年你去安徽当兵的时候，我就跟你说过，做人要沉得下去，稳得住。尤其是男人，不沉稳就别想有出息——你啊，要多静下心来喝喝茶。”

崔海忙点头道：“是，是。”

三人又喝了会儿茶，崔海说还有事，先走了。佟承志继续陪苏父喝茶。

苏父问他：“最近工作还顺利吧？”佟承志道：“挺好。”

苏父将茶壶里的茶倒进杯中，道：“其实，不光是崔海，你们年轻人啊，有空都应该多喝茶——喝茶能让人静心。现在这个社会，有些事情，不静下心来就做不好。”佟承志嗯了一声。

苏父瞥了一眼角落里的冰柜，道：“小夫妻俩最近还好吧？”

佟承志忙道：“挺好。”

苏父道：“我这个女儿啊，缺点优点我都晓得，缺点就不说了，优点扳手指头也数得过来，但至少一点，对老公是没话说的，你自己也该晓得，她为了你，算是尽心尽力了，对吧？”佟承志点头。

停了停，苏父道：“孩子的事情，别急，总归会有的。你们还年轻，啊？”佟承志依然是点头。

苏父道：“做父母的，都希望子女好。女婿好了，女儿才能好。你是个怎么样的人，我和圆圆妈妈都清楚，所以才放心把女儿交给你。你们开开心心地过日子，我和圆圆妈妈也开心——听说你在读中级口译，很好嘛，现在英语很重要，做什么都离不开英语。有时间的话，再读个行政管理什么的。过几天，你跟我去见见几位长辈，都是行里的老前辈了，跟他们多聊聊，没坏处。圆圆常说你书生气太重，我倒觉得这也不是坏事，蛮好。不过有时候也得随机应变，适当地变通一下。人嘛。”

苏父说着，把手中的茶杯给他。佟承志恭恭敬敬地接过。

国庆节，黄昊到庞鹰家吃饭，带了两条烟一瓶酒，还给表弟买了双耐克球鞋。表弟试穿了，尺寸有些小。黄昊说没关系，到店里去换一双就行了。

吃饭时，婶婶问黄昊：“老家要翻新房子啊？”黄昊闻言，朝庞鹰看了一眼。婶婶又问：“那要多少钱啊？”黄昊道：“差不多四五万吧，那里不比上海。”婶婶哦了一声，笑笑，说：“贵倒是不贵。”

吃完饭，庞鹰送黄昊下楼。

到了楼下，黄昊问她：“你跟你们家人说了？”庞鹰道：“嗯。”黄昊皱眉道：“你的嘴也真是够快的，我前脚跟你说，你后脚就跟他们说。”庞鹰道：“又不是见不得人的事——再说早晚也会晓得。自己人，有啥好瞒的？”

两人缓缓地朝前走去。黄昊叹了口气，道：“这下你婶婶更加不喜欢我了。”庞鹰道：“不会的。”黄昊沮丧道：“算了吧！本来六十分勉勉强强，现在肯定不及格了。”庞鹰道：“他们喜不喜欢有什么用？只要我喜欢就行了。”

黄昊停下脚步，在她脸颊上亲了亲。庞鹰一抬头，瞥见楼上表弟在窗口偷看，忙不迭地让开，道：“走吧。”

庞鹰走上楼，表弟在门口贼忒兮兮地笑：“姐姐，你们老保守的，也不来个吻别什么的，真没劲!”庞鹰在他头上打了一记，道：“小鬼头!”

庞鹰走进去，婶婶在收碗筷，叔叔在沙发上看报纸。庞鹰上前，帮忙把剩菜放进冰箱。叔叔抬头问她：“国庆节不回去了?”庞鹰嗯了一声，道：“他妈妈说，跑来跑去浪费路钱，算了。”婶婶在一旁道：“他妈妈这是门槛精，让你们把路费省下来给她盖房子。他这个妈妈呀，花样也实在是多，前阵子是生病吃药，每个月成百上千地寄钱，现在又要翻新房子，一下子又是好几万。她怎么不想想，她儿子在上海连个卫生间也买不起，她倒是蛮笃定。”

庞鹰道：“不是她要翻新房子，是老房子被政府收回去了，不翻新房子就没地方住了。”婶婶道：“你怎么晓得？他说你就信了？人民政府又不是黑社会，还能让老百姓睡大马路?”叔叔咳嗽一声：“你不要多事。”婶婶道：“我不是多事，我是在讲道理给庞鹰听。小姑娘太年轻，有些事情还不太懂——你们将来总归是要结婚要买房子的，钞票呢？天上掉下来？抢银行？这个黄昊啊，我横看竖看都没觉得他哪里好……”

表弟插嘴道：“我看他蛮好。”

婶婶道："好你个大头鬼，一双鞋子就把你收买了。你妈我养了你十几年，也没见你说我一声好。"

庞鹰洗了澡，躺在床上看书。布帘拉上，外面就是表弟的床。表弟偷偷地在打游戏，把声音调得很轻。庞鹰听见了，隔着布帘劝他："要么就温书，要么就睡觉，小心又挨你妈妈的骂。"表弟道："我再打十分钟，马上睡觉。"

过了一会儿，表弟忽道："姐姐，要是把你的脑子给我一半就好了。"庞鹰一怔："干吗?"表弟道："其实也不用一半，三分之一也够了，我肯定就能考上大学了。"庞鹰道："别这么说，你只要肯努力，一定行的。"

庞鹰说着，躺下来。月光从窗外透进来，落在墙上，一个白亮的点。庞鹰怔怔地看着，觉得它似在微微颤着。明明隔得那么远的东西，这么看着，又似是触手可及，软软薄薄的，像吹出来的气泡。这么看着，不一会儿，便睡着了。

苏圆圆买了点燕窝，送到蒋莹家。双胞胎被保姆带出去玩了，家里只剩她一个人。苏圆圆问她："崔海呢?"她答道："出去了。"苏圆圆道："国庆节，小夫妻俩也不去近郊找个地方玩玩?"蒋莹嘿了一声："他才没心思跟我玩呢，宁可跟酒肉朋友打牌搓麻将。"

苏圆圆将燕窝浸下了，叮嘱她发好后挑去杂毛，用椰汁炖最好，别贪方便拿牛奶——牛奶跟燕窝冲的。蒋莹说："苏姐，还是你最好，最想着我。"

停了停，蒋莹问她："苏姐，你那个——怎么样了?"苏圆圆摇头，道：“老样子，没花头。”蒋莹道：“要不要我介绍个老中医给你?”苏圆圆道：“算了吧，我现在看的这个，已经是全上海最好的了，据说八十岁的老太婆要是想生孩子，也能让她生得出来。”她说着一笑，随即低下头。

蒋莹道：“其实也不用急，苏姐你还年轻，好多人四十岁都能怀上呢。”苏圆圆道：“我现在也不急了，都这么多年了，老早麻木了。”蒋莹道：“佟承志呢？他急不急?”苏圆圆道：“他急又有什么用？他又不会生孩子。”

蒋莹道：“所以说啊，佟承志这个人还是不错的，对你又温柔又体贴。”苏圆圆嘿的一声，道：“他那个人啊，就算发火也是软绵绵的。”蒋莹道：“这才是谦谦君子嘛！行里一批处长里头，就数他口碑最好了。”苏圆圆笑笑：“温暾水一个，有什么好的?”

蒋莹道：“温暾水才好呢，稳稳重重的——都说你们家佟承志最有官相，将来肯定能做大。”苏圆圆摇头道：“算了吧，人家是表面温度低，里面滚烫滚烫，像保温瓶，这样才有戏。他是里外温度都差不多，真正是杯温暾水。”蒋莹道：“那也比我们崔海好——他是开水一杯，里外都滚烫，手都拿不住。”苏圆圆道：“做人热情也不是坏事。”蒋莹撇嘴道：“就怕他是热情过了头，变成热昏了，把自己都烧焦了。”

蒋莹说着，咯咯笑起来，没心没肺的。

苏圆圆也跟着笑，拿过旁边的茶喝了一口。茶杯放下时，笑容还在脸上，只是有些走样，变得硬了，凌厉了，看着竟像是冷笑了。

（四）

黄昊拿了一张超市的提货单给庞鹰，让她交给苏圆圆，说是凭单可以提一对正宗阳澄湖大闸蟹，公的半斤，母的四两。庞鹰说：“不用了吧。”黄昊好笑，说：“又不是给你的，你客气什么？”

上班时，庞鹰怀里揣着提货单，犹犹豫豫的，好几次手已摸着提货单了，终是不好意思拿出去，加上高丽华在旁边，也找不到合适的机会。

晚上下了课，庞鹰等在校门口，旁边是佟承志的车。庞鹰想这人怎么罚不怕，万一又被交警抓怎么办。正想着，见佟承志从里面走出来，便上前，叫了声“佟处”。

佟承志笑着问她：“是不是想搭车？”庞鹰忙道：“不是的不是的。喏，这个给你。”拿出提货单交给他。佟承志接过，问道：“是什么？”庞鹰道：“大闸蟹。我男朋友单位发的，让我拿给苏姐尝尝鲜。”佟承志道：“你们自己留着吃吧。”说着要还给她。庞鹰忙不迭地让开，一身轻松地说：“我不吃螃蟹的，会过敏。佟处长再见。”说完，快步朝前走去。佟承志愣了一下，道：“我送你回家吧？”庞鹰脚下不停，回头道：“不用不用。”一不留神，撞上旁边的垃圾箱，绊了一下，重心顿时不稳，朝旁边倒去。

佟承志上前扶住她，道：“你怎么老是跌跌撞撞的？”庞鹰一怔，随即明白他说的是上次学校楼梯口的事，脸一红。佟承志道：“撞疼了吧？”庞鹰摇头。

佟承志打开车门，道："走吧，我送你回家。"庞鹰忙道："不用——"佟承志道："你都受伤了，让你一个人走有点说不过去。"庞鹰道："只是撞了一下，没事的。"佟承志道："上车吧，又不是十万八千里。"

庞鹰推辞不过，只好上了车。

车子驶上高架。佟承志道："你男朋友太客气了。"庞鹰笑笑。佟承志道："下次有机会我请你们吃饭，又吃又拿，怪不好意思的。"庞鹰忙道："没关系，其实都亏佟处——"她说到这里停住了，硬生生把"帮忙"两字吃进肚里，有些窘，笑了笑。佟承志朝她看了一眼，也笑了笑。

过了一会儿，佟承志道："又要上班，又要上课，辛苦吗？"庞鹰道："还好，现在上课不比从前，没什么压力。"佟承志道："圆圆常在我面前夸你，说你是个用功的姑娘——这样挺好。"他说完，觉得这话有些老气横秋了，长辈似的。庞鹰道："那你不是更用功？已经是处长了，还在读书——你也挺好的。"

佟承志忍不住朝她看了一眼，见她神情一本正经，不禁有些好笑。

送完庞鹰，佟承志回到家。苏圆圆坐在沙发上看电视。佟承志脱下外衣，把提货单给她："喏，你们科室的庞鹰给的。"苏圆圆一怔："咦，她怎么会给你？"佟承志道："谁晓得？大概不好意思给你吧。"话一出口，便觉得不对。果然，苏圆圆奇怪道："不好意思给我，倒好意思给你？"

佟承志道："可能是单位里人多，不方便。说起来也好笑，她像扔手榴弹似的，往我手里一放就走了，话也不多说两句。这姑娘有点傻乎乎的。”

苏圆圆道：“老实孩子一个。你也不送送人家。”佟承志迟疑了一下，道：“我是要送她，她说不用。”苏圆圆道：“大家都是同事，不碰到也就算了，既然碰到了，礼貌上也该送送的。”佟承志道：“她说不用，我又不能硬拖她上车。”苏圆圆笑着看他一眼：“要是换成高丽华，肯定就硬拖了，是吧？”佟承志皱眉道：“你这个人——”苏圆圆道：“好了好了，跟你开玩笑的。”

佟承志拿了衣服，到卫生间洗澡，泡在浴缸里，想起刚才对妻子说谎的事，自己也觉得纳闷，隐隐又有些不安。一会儿，他眼前呈现出庞鹰的脸，微红着，很难为情似的，说“你也挺好的”。佟承志想着，忍不住微笑了一下。

星期天，高丽华拖庞鹰一块儿去逛街。庞鹰本不想去的，实在拗不过，只得去了，是恒隆广场。两人进去逛了一圈，高丽华试穿了几件衣服，见庞鹰站着不动，问她：“你不试试吗？”庞鹰摇头，道：“试了有什么用？又不会买。”

高丽华笑笑，轻声道：“谁说要买了？”庞鹰奇道：“不买你试什么？”高丽华把试穿的衣服还给售货员，走出来，道：“看看式样而已。我一个月才赚多少钱，还吃不吃饭了啊？”

高丽华说认识一个很好的裁缝，问庞鹰想不想试试，比买的实惠。庞鹰说好啊。两人便买了几块布料，叫了辆出租，来到普陀区的一个裁缝铺。说是裁缝铺，其实不过是自家住的公房，隔出一小间，放了架缝纫机，布料堆得到处都是，头顶上还挂着几件衣服，拿塑料纸蒙着，怕落灰。裁缝是个五十来岁的女人，瘦瘦的，烫个老式的卷发，戴两个袖套。高丽华拿出布料，比画着告诉她，领口怎样，腰身怎么收，褶怎么打——其实就是刚才恒隆广场里的衣服式样。一会儿，高丽华又向庞鹰介绍："我妈。"庞鹰吃了一惊，叫了声"阿姨"。高丽华接着道："我妈手艺好得很，自己人，还可以打折的。"庞鹰有些窘，便也拿出布料，把要求简单说了。女人连连点头，说："妹妹，你放心。"

庞鹰见那些做好的衣服袖口都有个淡青色的图案，像条小鱼。便问高丽华："这是什么？"高丽华告诉她："我妈姓俞，她在衣服上绣条小鱼，是标记，是我妈的LOGO。"

一会儿，两人走出来。高丽华说："要是感觉好，下次可以介绍朋友过来。"庞鹰哦了一声，想原来被她利用了。两人边走边聊，高丽华告诉庞鹰，她爸爸很早就去世了，靠妈妈一边做保姆，一边做裁缝才把她拉扯大。"我妈总嫌屋子太小，束手束脚的，我跟她说，等再过几年，就买个正正经经的店铺给她，让她过把瘾。"她说着，取出香烟，点上，问庞鹰："抽吗？"庞鹰摇头。高丽华道："真的不抽？我还以为上次你是在苏姐面前装样呢。"庞鹰道："我为什么要装样？"高丽华道："苏姐是领导呗，装得乖一点，讨她喜欢。"庞鹰嘿的一声："没这个必要。"

高丽华看她一眼，笑笑："小姑娘蛮有傲气的。"庞鹰道："别老气横秋的——你也大不了我几岁。"高丽华道："我出道比你早好几年呢。"庞鹰道："什么出道？搞得像黑社会一样。"高丽华道：

“涉世——懂吗？出道就是涉世。你还涉世未深，我已经是老江湖了。”庞鹰忍不住笑道：“帮帮忙，真的老江湖会这么说吗？一听就是涉世未深。”

高丽华也笑了笑，看看表，道：“时间还早，我请你唱歌好不好？”庞鹰道：“双休日唱歌很贵的。”高丽华道：“有什么关系。要不，我找个冤大头——”庞鹰正要阻止，她已取出手机拨通了，嗲嗲地道：“喂，是我呀——出来唱歌好不好——好，那就说定了，复兴公园钱柜，嗯，待会儿见哦。”

半小时后，高丽华和庞鹰赶到钱柜，崔海已等在包房。庞鹰早猜到“冤大头”是他，便叫了声“崔处”。崔海笑吟吟地道：“两位美女好啊。”

庞鹰坐下来。崔海问她们：“喝什么？”高丽华说：“啤酒。”庞鹰点了可乐。崔海道：“怎么不点些贵的？今天有大户请客，机会难得，不敲白不敲。”

庞鹰听了一愣，正诧异间，见苏圆圆和佟承志双双走了进来。

崔海笑道：“说曹操曹操到——大户来了。”高丽华和庞鹰忙都站起来。苏圆圆道：“坐呀，又不是上班。点了喝的没有？”崔海道：“喏，她们替你省钱，光点啤酒、可乐。”苏圆圆白了他一眼：“那你还想点什么？XO 好不好？”崔海笑道：“好啊，我没意见。”苏圆圆道：“好人你做，埋单我们来——良心大大地坏！”崔海嘻地一笑。庞鹰忙道：“不用不用，我们 AA 制好了。”苏圆圆在她肩上拍了拍，笑道：“开玩笑的。今天让我们佟处长埋单——他十几年没为女孩子埋单了，今天给他这个机会。”

庞鹰抬起头，与佟承志目光相接，两人都微笑了一下。

唱到一半，庞鹰到外面接了个电话。高丽华问她："跟男朋友约好了？"她嗯了一声。

高丽华点了首男女合唱的歌，与崔海一起唱。崔海声音又粗又哑，像公鸭。庞鹰道："苏姐，你和佟处也唱一个吧。"苏圆圆便点了首《明明白白我的心》。她唱得一般，佟承志唱得倒是不错。高丽华说："姐夫，唱得真棒——是不是瞒着阿姐，天天在外面练啊？"佟承志耸耸肩，道："天生嗓子好，一点办法也没有。"崔海道："这话听着像在挖苦我。"佟承志笑道："你多什么心？我晓得你是故意唱得不好，让人家以为你是老实孩子，从来不进KTV。"崔海哈地一笑，道："被你看出来了。"

唱完歌，高丽华搭崔海的车去做脸，苏圆圆便让庞鹰搭自己的车。佟承志发动车子，问庞鹰："你家怎么走？"庞鹰一愣，随即说了。苏圆圆道："喝喜酒那次不是去过吗，怎么就忘了？"佟承志笑笑："我这人不记路。"

刚上高架，苏圆圆手机响了，是蒋莹，约她聊天。苏圆圆挂掉手机，说声"烦人"，对佟承志道："要不你先送我过去——不好意思哦小庞。"

一会儿到了。苏圆圆下车后，佟承志问庞鹰："你要不要坐到前排来？"庞鹰道："不用。"佟承志笑笑："你这样坐在后排，我感觉自己像是出租车司机。"庞鹰只得坐到前排，一路上都不说话。佟承志问她："很累吗？"庞鹰摇头。佟承志停了停，道："你不要觉得不自在，其实刚才我那样对圆圆说，是不想她误会，没别的意思

——她这个人比较敏感。”

庞鹰听他这么说，倒有些窘了。“哦。”她道。

很快地，车到庞鹰家了。庞鹰道：“谢谢你啊，佟处。”便要下车。佟承志忽道：“你不去约会吗？”庞鹰一怔，才晓得刚才和高丽华说的话被他听见了，脸红了红。佟承志道：“我送你过去。其实刚刚你就该说了，我们可以直接过去，节约时间。”庞鹰想说，你不是知道嘛，为什么刚刚不问，终是说不出口，嘴上道：“我坐地铁过去吧，也省得浪费你的时间。”话一出口，竟觉得像在撒娇，忙又加了句，“不麻烦你了。”——竟是越听越别扭。

佟承志笑了笑，道：“不麻烦。”说着，踩下油门。

庞鹰赶到餐厅，黄昊已到了。一会儿，菜上来了。黄昊道：“我点了你最喜欢吃的鸭舌头和银鳕鱼，还有纸火锅。”庞鹰问：“这么殷勤——是不是又想让我约人家吃饭？”她是随口一说，谁知黄昊竟真的道：“我女朋友实在是聪明——你去帮我问问，看他们这礼拜有没有空。”庞鹰一怔。黄昊接着道：“我们公司想申请贷款，可现在银行卡得要命——她男人就是管这个的，批个几百万应该不难吧？”庞鹰摇头：“说得轻巧，人家凭什么批给你？万一坏账，人家要担责任的。”黄昊道：“所以才说约他出来吃饭谈谈嘛！我们老板说了，要是这事搞定，就给我升一级，薪水涨三成。”

庞鹰不说话，拿起筷子便吃。黄昊朝她看了一眼，道：“一回生二回熟嘛，朋友就是这么交上的。”庞鹰道：“人家未必想和你交朋友。”黄昊道：“你怎么晓得？多给点好处，你看他们想不想交我这个朋友!”庞鹰嘿的一声。

蒋莹在家里炖燕窝。她说燕窝有股怪味，闻着就想吐，又道：“在家里闷了几个礼拜，都快闷出病了。”苏圆圆问她：“那刚才怎么没过来唱歌?”蒋莹一怔，道：“唱歌？你们刚才在唱歌?”苏圆圆也是一怔，道：“他没跟你说啊？在钱柜，高丽华、庞鹰，还有我和佟承志。”蒋莹放下燕窝，恨恨道：“他现在把我当成黄脸婆了，什么地方都不带我去。”

苏圆圆道：“他大概怕那里环境太闹，对你身体不好。”蒋莹道：“苏姐你不用替他说话。他是个什么货色，我还会不知道?”苏圆圆笑笑。蒋莹又道：“他呢，是不是跟那个小女人走了?”苏圆圆点头道：“高丽华去做脸，搭他的车。”蒋莹哼了一声，道：“再做也是一张狐狸精的脸。”

两人到附近的日本料理吃饭。蒋莹吃到一半，忽道：“苏姐，我想离婚。”苏圆圆吓了一跳，道：“你疯啦，才结婚多久啊?”蒋莹气呼呼道：“不开心，待在一起有什么意思？还不如离了算了。”苏圆圆道：“你现在要是离婚，就等于白白地把崔海送给别的女人。你舍得?”蒋莹道：“有什么舍不得的？他又不是威廉王子。”苏圆圆道：“你呀，嘴硬骨头酥——真要离婚了，你有什么好处？他是无所谓，离一次离两次没啥区别，可你呢？房子车子一样也捞不到，再说女人离过婚就不值钱了。你自己算算，划得来吗?”

蒋莹皱眉，不说话。苏圆圆喝了口茶，朝她看一眼，又道：“我要是你啊，轻易不说离婚，可一旦下定决心要离，就弄他个死去活来、天翻地覆的，让他身败名裂倒足大霉，这辈子永远翻不了身，呵呵，开玩笑开玩笑，你这个小十三点，可别真的听进去了。”她说着抿嘴一笑，在蒋莹肩上轻轻一拍。

庞鹰出了地铁站，并没直接回家。她在路边长凳坐下，拿出手机，翻出佟承志的号码，发了条短信过去：“佟处，我可以麻烦你一件事吗？”

苏圆圆回到家，佟承志已经睡了。苏圆圆走过去，推了他一把，道：“这么早就睡了？”佟承志睁开眼睛，道：“回来了？”

苏圆圆坐下来卸妆，嘴里轻哼着歌。佟承志朝她看一眼，道：“心情不错啊。”苏圆圆道：“还好。”佟承志停了停，又道：“跟蒋莹聊得开心吗？”苏圆圆道：“有什么开心的？我只有和老公聊天才会开心。”说着，朝佟承志一笑。

佟承志也笑了笑。苏圆圆道：“她说想和崔海离婚。”佟承志一怔：“不会吧？”苏圆圆道：“我也觉得不会，说说而已。”佟承志道：“那你怎么说？”苏圆圆道：“还能怎么说？当然是劝合不劝离了。”佟承志摇了摇头，道：“你们这些女人啊，真是作天作地。”

苏圆圆卸了妆，去卫生间洗澡。一会儿出来，佟承志在看画报。苏圆圆道：“怎么又不睡了？”佟承志道：“老婆回来，就睡不着了。”他说着，一只手伸到苏圆圆腰间，另一只手去解她睡衣的带子。

片刻后，两人平息下来。苏圆圆把头枕在丈夫臂弯里，笑道：“今天吃过虎鞭了？”佟承志在她额头上轻轻砸个毛栗，道：“胡说！你老公用得着吃这种东西吗？”苏圆圆道：“是天生神力？”佟承志笑道：“那当然。”

苏圆圆看着天花板，忽然叹了口气，道：“你说，要是我们一直没有小孩怎么办?”佟承志道：“没有就没有吧，二人世界也蛮好。”苏圆圆道：“你不在乎?”佟承志道：“只要两个人在一起开心，比什么都好。我不是这么封建的人。”苏圆圆在他脸颊上亲了一下，道：“你真好！结婚时我就跟你说过，只要你对我好，我也会对你好——你会越来越好的，我保证。”佟承志也在她额头上亲了一下，道：“我晓得。”

苏圆圆忽地想起什么，道：“哦对了，庞鹰刚刚给我打了个电话，问我们下周有没有空，想请我们吃饭。”佟承志道：“怎么又请吃饭了?”苏圆圆道：“好像是她男朋友公司要贷款，外面批不出来，想请你帮忙。”佟承志皱眉道：“这人事情倒也多。”苏圆圆道：“庞鹰是老实头，弄不过这男人的，将来结了婚，肯定都听他的。”佟承志道：“那我们去不去吃饭?”苏圆圆打个呵欠，道：“怪烦人的，算了，不去了。”佟承志又问：“那贷款的事呢?”苏圆圆道：“你自己看着办吧——要是还过得去就给他办，差得太远就算了，别出什么岔子。”佟承志嗯了一声。

两人关灯睡觉。一会儿，佟承志起身，走进卫生间，关上门，拿出手机，发了个短信：“要是办成了，你怎么谢我?”很快地，回信来了：“我请你吃饭——你想吃什么?”佟承志发短信：“我喜欢吃越南菜。”

回信随之而至：“没问题。”

佟承志忍不住微笑了一下，关掉手机，随即冲了冲马桶。

（五）

行里有几个去香港疗养的指标，科里分到一个。苏圆圆原先想让庞鹰去的，上面没通过，结果还是高丽华去了。苏圆圆劝庞鹰：“不过是个吃吃玩玩的指标，不值什么，眼光放远些，听说明年要在欧洲设分行，那才是抢手的香饽饽。”庞鹰笑笑。苏圆圆又道：“上头有人，弄不过她！”这话是学《武林外传》里的一个段子。庞鹰道：“没关系的，谁去都一样。”

临走前一天，高丽华问庞鹰：“要带什么东西？”庞鹰说：“不用。”高丽华道：“香港买名牌很划算的，你不买些吗？”庞鹰摇头。高丽华又问苏圆圆：“阿姐，我去香港给你带支欧舒丹的护手霜好吗？我晓得你手一到冬天就容易皴。”苏圆圆道：“不用了，我用国产的蛮好，还便宜。”高丽华道：“一分价钱一分货，国产到底质量还是差些——我送给你好了，还有庞鹰，一人一支，算是圣诞老人提前发礼物了。嘻！”苏圆圆嘿的一声，转过头，低声嘀咕了句“骨头轻得来”。

星期天，庞鹰来到陆家嘴的“夏龙湾”——一家越南餐厅，走进去，佟承志已到了，坐在靠窗的位置上，朝她招手。

庞鹰坐下，问他：“点菜了吗？”佟承志笑道：“主人没到，我哪敢点菜？”庞鹰叫来服务生，点了梅子炒蟹、越南春卷、鸡翅、海鲜汤，还有新鲜椰汁。一会儿，服务生送上菜和饮料。庞鹰举起杯，道：“佟处，贷款的事情，真是太谢谢你了。”佟承志也举起杯，碰了碰，道：“别客气。”庞鹰道：“可惜我男朋友今天有事不能来。不好意思哦。”佟承志道：“没关系，圆圆刚好也有事。其实就我们两个也蛮好，人少清静些。”说着一笑。庞鹰瞥见他的神情，道：“我男朋友是真的有事——”话一出口才觉得忒傻。果然，佟承志笑道：“我知道，大家都比较忙。”庞鹰说声“是啊”，拿起椰汁喝了一口。

吃完饭，两人走出来。庞鹰抢先道：“我坐地铁回去。”怕他又要送自己。佟承志点头道：“好，我也坐地铁，今天没开车。”说完便朝她笑。庞鹰哦了一声，脸微微一红。两人并肩朝地铁站走去。

庞鹰比佟承志早两站下。到了站，她走下地铁，佟承志叫她：“哎——”庞鹰回头看他，佟承志竟也跟着出来了，地铁门随即关上，庞鹰有些惊讶。佟承志道：“时间还早，出来散散步——送送你。”庞鹰朝他看了一眼，低下头。佟承志咳嗽一声，搓着手。两人都不说话。

佟承志又咳嗽一声，道：“走吧。”示意她上电梯。庞鹰揣测他是什么意思，是到此为止呢，还是要送她回去。她停了停，上了电梯。佟承志跟在后面，庞鹰倒不知如何是好了，想让他停下，话一出口竟成了句“出站再进来还要花钱，不划算”。佟承志笑笑，道：“还好。”说完，拿出皮夹，刷了卡。

出了站，刚才还是阳光明媚，突然下起雨来，庞鹰包里有伞，但瞥见他两手空空，料他必定没带伞，便也不拿出来。两人冒雨走着。佟承志瞥见她前额刘海淋得精湿，雨水沿着额头滴下来，眼镜都花了，便伸手把她眼镜摘了下来：“看都看不清，小心别撞墙。”

庞鹰朝旁边一让，条件反射似的，随即捋了捋刘海，笑笑。佟承志道：“女孩子不是都爱在包里放把伞？”庞鹰只得把伞拿出来，装作刚刚想起的样子：“你不说我都忘了。”撑开伞，道，“一块儿撑吧。”佟承志摇头道：“这么小的伞，两人撑都淋湿了。”于是让到一边。庞鹰独自撑伞走了一段。雨越下越大，庞鹰见他身上都湿透了，便把伞也给他撑些。佟承志笑笑：“谢谢。”

两人走着。庞鹰问他：“会不会搓麻将？”佟承志道：“不怎么会——干吗问这个？”庞鹰道：“有人想请你玩几局——我是负责传话的，去不去随你。”佟承志哦了一声，道：“再看吧。”

一会儿，到家了。庞鹰收起伞，道：“要不要上去擦一擦？”——是客套，心里盼他别答应。佟承志问：“方便吗？”还没等她回答，又笑道：“算了不麻烦了，我回家洗个澡就好了。”庞鹰哦了一声，道：“那么——再见了。”佟承志道：“再见。”庞鹰转身上楼，刚走几步又下来，把伞交给他，道：“我真是糊涂了。伞借给你用。”佟承志道：“谢谢。”

楼道灯光有些昏暗，佟承志瞥过庞鹰的脸，下巴那里圆圆润润，线条很柔，老人家都称这种是“木鱼下巴”，很是娇俏。他见过一次她没戴眼镜的模样，那次他便有些惊讶，原来摘掉眼镜会有这样的效果——很不一般了。她是非常耐看的那种女孩子，五官细细巧巧的，很精致。

庞鹰瞥见他的目光，有些不好意思，又说声“我走了”。刚要走，佟承志提醒她：“你是不是忘了什么？”庞鹰一怔，随即明白是眼镜，伸手去接。佟承志把眼镜放在她手掌上，另一只手在她手背上轻轻一拍——这个动作有些亲昵了。庞鹰忙不迭地把手缩回去，受惊似的。佟承志也有些察觉，手插进裤袋，朝旁边让了一步，两人都有些尴尬。佟承志摸了摸头，道："其实你不戴眼镜蛮好——小姑娘不是都流行戴隐形眼镜嘛。"庞鹰哦了一声。佟承志又道："那，再见。"庞鹰也说声"再见"，转身上楼了。

回到家，婶婶坐在沙发上叠衣服。庞鹰叫声"婶婶"，正要去洗手，婶婶问她："刚才那个男的，风度翩翩的，是谁啊？"庞鹰一怔，随即道："单位同事，住在附近，没带伞，问我借伞呢。"婶婶狐疑地看她一眼，道："你有同事住在附近，怎么没听你说过？"庞鹰道："你又没问过。"说完，心念一动，走到阳台上，佯装摸摸早上洗的袜子干没干，朝下望去——见佟承志竟真的还站着，撑着伞，正朝楼上看。庞鹰慌忙把头缩回来，只觉得一颗心跳得飞快，咚咚的，都快蹦出胸腔了。婶婶在屋里道："黄昊打过电话，问你去哪儿了，我告诉他，你们单位有活动。"庞鹰哦了一声。

佟承志回到家，把庞鹰的伞晾在阳台上，苏圆圆见了，问，"谁的伞？"佟承志道："地铁里买的，十块钱一把。"苏圆圆道："怎么挑了这么一把花伞？"佟承志道："都卖完了，只剩这一把。"苏圆圆嘿了一声，道："让你别去，你非要去，现在狼狈了吧？"佟承志道："老同学几年才聚会一次，不去不好意思。"

趁苏圆圆洗澡的时候，佟承志拿出手机发短信，先打了一行字："谢谢你的伞。"想了想，删了，重新打了一行字："明天上课吗？"按下发送键，竟有些惴惴不安。一会儿，回信来了："上的。"佟承志忍不住露出微笑，把短信删了，钻进被窝。

蒋莹告诉苏圆圆她又怀孕了，电话里兴奋得一塌糊涂。苏圆圆拿着手机，脸上冷若冰霜，语气却是热情似火："真的啊？恭喜恭喜，真替你开心！这次可要当心哦！"挂掉电话，苏圆圆把手机一扔，上厕所了。一会儿出来，她见手机上有条彩信，打开，是一张照片——崔海和一个女人搂在一起亲嘴，两人都衣衫不整。苏圆圆端详了半天，皱起眉头，拨了个电话。

"这是什么呀？"她斥道，"模模糊糊，脸都看不清楚，你怎么办事的？你干脆打上马赛克算了。我问你，你脑袋是不是不好使啊？"她心情不好，劈头盖脸骂了一通，重重地把电话挂了。

过了会儿，她又把照片看了一遍——其实也不算太差，至少崔海的脸是清楚了，这就够了。苏圆圆撇了撇嘴，把照片拷进电脑，接着，上了行里的内网。

星期天，苏圆圆带着半斤燕窝，来到蒋莹家。她本不想买燕窝的，贵得很，半斤就要好几千块，可那天蒋莹说不喜欢燕窝，闻了想吐——她记在心里。按中医的理论，身体本能排斥的东西，肯定吃了没益处。她看了六七年的中医，多少懂一些。她想，贵就贵吧，值得的——苏圆圆这么想着，又有些感慨，怎么都到了这种地步了？走火入魔了。

蒋莹穿着防辐射背心在做瑜伽。苏圆圆坐在沙发上，看她缓缓吸气，又缓缓吐气，扭腰转颈。苏圆圆道："小心点，我都替你捏把汗。"蒋莹道："没事的，孕妇也要运动，光坐着不动，对生孩子没好处。"

一会儿，蒋莹做完了，站起来，苏圆圆拧把毛巾给她。蒋莹说声“谢谢”，坐下来。苏圆圆问她：“崔海什么时候回来？”蒋莹道：“大概后天吧！我倒希望他晚点回来，也清静些。”苏圆圆嘿的一声，朝她看，欲言又止的。蒋莹察觉了，问：“怎么了？”苏圆圆一怔，道：“没什么。”

蒋莹道：“不对，肯定有事。苏姐你别瞒我，是不是崔海有事？”顿时紧张起来。苏圆圆忙道：“不是不是，你别瞎猜——小事情，我本来不想说的，可再想想，你早晚会晓得。”蒋莹声音都发抖了：“什么事啊？”

苏圆圆叹了口气，道：“你晓得高丽华也去香港了，是吧？”蒋莹一怔，脸色倒是安定了些：“这事啊——我不晓得，又没人告诉过我。”苏圆圆道：“本来轮不到她去，也不晓得怎么回事，最后的名单上有她。”蒋莹阴沉着脸，问：“结果呢？出什么事了？”苏圆圆叹了口气，道：“有人把他俩的照片挂到内网上，幸亏发现得早，影响还不算大。”蒋莹愣了愣，问：“什么照片？”苏圆圆咂了下嘴，又叹了口气。蒋莹有些明白了，不说话，过了一会儿，道：“我上网看看。”苏圆圆忙道：“早被管理员删了，谁还存到现在——不过我倒是拷了一张在 U 盘里。”蒋莹急道：“拿给我看。”

苏圆圆把 U 盘插入电脑，一会儿，照片出现在屏幕上。蒋莹见了，倒抽一口冷气，眼睛倏地睁大，又倏地变小。苏圆圆在一旁道：“看完就删了吧，我本来也不想拷的，可再一想，我们是什么关系，不能像别人那样藏着掖着。现代女性呀，又不是旧社会的祥林嫂。”

蒋莹站起来，走到阳台上，手扶着栏杆。苏圆圆也走过去，见她脸色苍白，扶着栏杆的手有些微微发抖——整个人都在发抖。

半晌，蒋莹回到客厅，在抽屉里拿了烟，点上火，要抽。苏圆圆急急地拦下，道：“你傻了？”蒋莹哧的一声：“我都傻到现在了。”苏圆圆把烟掐灭，扔进垃圾桶。蒋莹坐下来，涩然道：“看来不离不行了。”

苏圆圆劝她，为了肚里的孩子也要忍一忍。蒋莹道：“怎么忍？再忍就真成傻子了。”苏圆圆沉吟着，道：“说句实在话，你不要生气，想想崔海前面那个老婆，要不是短命，崔海肯定跟她做一辈子夫妻。崔海这个人，花是花的，老婆也不会不要……”蒋莹不客气地打断：“我跟她一样吗？她是川沙农村种田的，一张脸长得像屎一样。我是什么人，我是上海人？大学生！才貌双全！她能跟我比吗？她可以忍气吞声，我不行！”

苏圆圆想，你自我感觉倒是蛮好，便又道：“我不是跟你说过吗？现在离婚对你一点好处也没有。女人最忌讳的，就是一哭二闹三上吊，结果什么也捞不着。我问你，你只不过想闹闹出口气呢，还是真的想离？”蒋莹道：“真的想离。”苏圆圆道：“不后悔？”蒋莹道：“保证不后悔。”苏圆圆点了点头，道：“那也好，反正现在不比从前了，在一起不开心干脆离婚，对大家都好，劝合不劝离那套早过时了，我们是好姐妹，才这么设身处地为你考虑，你可别到头来反咬一口，说我劝人家夫妻分开伤阴骘。”蒋莹哎哟一声，道：“苏姐，你就放心好了，我才不是这么没良心的人。谁对我好谁对我不好，我心里清清楚楚。”苏圆圆道：“那小孩呢，你还要不要？”蒋莹一怔，道：“小孩是我的，当然要的。”苏圆圆点头道：“那办法就来了。”

苏圆圆喝了口茶，朝蒋莹瞥了一眼，见她一脸急切，忽地想起当年她刚进单位时的情景——有些土气地烫了个长波浪，把前额挡个严严实实，一张脸却是稚气未脱，还有些婴儿肥，不懂什么人情世故，却格外地相信自己，整天小尾巴似的跟着，苏姐长苏姐短。苏圆圆想到这里，便有些愧疚，不该这么做。但只是一念之间，很快地，她微微一笑，说下去：

“不要急，先装作不知道这件事，一点风声也不要露，顺着他，让他一点儿也没防备。等孩子生下来，以孩子的名义到法院告他，打他个措手不及，说他生为人父人夫，在外面与别的女人通奸。照片就是铁证，最好之前再收集一些他与那个女人通电话、外出的证据。我敢保证，这场官司你赢定了。到时候再跟他离婚，他是过错方，家里的财产大半都归你——你好处有了，气也出了，想怎么搞臭他就怎么搞臭他。”

苏圆圆一边说，一边在心里算日子，孩子生下来还有七八个月，时间刚刚好。她想笑，生生地忍住了，做出义愤填膺的模样。

分行工会举行了一场英语风采大赛，庞鹰得了青年组一等奖。颁奖那天晚上，所有得奖的同志到饭店聚餐。庞鹰被设在主桌，与行里几位领导坐在一起。她不会交际，旁边人与领导推杯换盏，她只觉得浑身不自在。佟承志坐在邻桌——他是中年组三等奖。庞鹰被几个人撺掇着去敬领导酒。她只得站起来，端着大半杯红酒，傻乎乎地道：“我敬各位领导。”领导不满意了，说：“我们这么多人，你得一个一个敬。”庞鹰僵在那里。好在其中一个领导厚道，说：“一起就一起吧，不过你得喝干。”庞鹰只好笑笑，把酒一饮而尽。

庞鹰一杯酒下肚，便觉得头晕，红着脸坐着。最后一道菜是大闸蟹，端上来，大家各自拿了一个，庞鹰没动，旁边一位领导替她拿了。庞鹰说声谢谢，便去剥蟹脚。

佟承志凑过来，在她肩上一拍，轻声道：“别嘴馋，会过敏的。”庞鹰先是一怔，随即想到上次向他说“吃螃蟹会过敏”，当时只是随便说说，没想到他竟记下了，倒有些感动了，道：“吃点蟹脚没关系，蟹黄给你吃好不好？”佟承志说：“好啊。”庞鹰把蟹壳掰开，蟹黄给他，忽地意识到两人不该亲昵到这个地步，但也不便缩回去，只得硬着头皮给他了。佟承志接过，道：“谢谢。”

酒席还没结束，佟承志便先走了。剩下的人嚷着要去酒吧，庞鹰吓得连忙拒绝，说：“我不能多喝酒，要过敏的。”说到“过敏”两字时，心头竟升起一丝暖意，一个人的脸在脑子里晃啊晃的。她想，真是要命了，疯了疯了。这时手机响了，是佟承志发来的短信：我在地铁站一号口等你。

庞鹰走下楼，犹犹豫豫的，在饭店门口停着不动，服务生还以为她要叫车，一挥手，一辆出租停在面前。庞鹰不好意思，便坐进去。车子启动，司机问她去哪里，庞鹰心不在焉，没听见。司机问了几次，她才回过神来，支吾了半天，道：“嗯，就前面那个地铁站。”说完脸都红了。司机还以为听错了，嘀咕着：“小姑娘派头老大的，一百米的路都要叫差头。”

到了地铁站，庞鹰下了车，远远看到佟承志站着，一米八几的身高，休闲西装牛仔裤，站在人群里很显眼。那天婶婶说他“风度翩翩”，的确如此。庞鹰想着，便骂自己“十三点”，人家的老公，再风度翩翩，又关你什么事。她走上前，叫了声“佟处”。佟承志道：“你来了。”她道：“嗯。”佟承志又道：“没和他们去喝酒？”庞鹰心想，要是去喝酒，你不是白等了？——摇了摇头。

两人都顿了顿。佟承志朝她看，笑笑，其实是心里没底。庞鹰也笑笑。两人这么面对面站着，挡了旁边人的路。有几个行人从他们中间穿过去。佟承志道：“我们进去吧。”庞鹰道：“好。”两人并肩朝里走。走了几步，庞鹰问他：“今天又没开车吗？”佟承志嗯了一声，停了停，忽道：

“坐地铁比较慢，和你待的时间长。”

话一出口，他心里怦地一跳——这么张嘴便说，不经大脑似的。语气还那么淡定，像是理所当然。他想，真是要命了，疯了疯了。好在周围嘈杂得很，把尴尬减了几分。

庞鹰自然是听见了，却装作没听见，动也不动，脸却喜不自禁地红了。她想，脸红真是个坏习惯，让心躲无可躲。她听到自己的心跳声，一下两下，跳得飞快，手和脚都不协调了，像顺拐。

佟承志说要送她回家。庞鹰没吭声，默许了，倒不是希望他送，而是怕一开口，声音都发抖，那便更糟。下了地铁，两人慢慢朝庞鹰家走。路上行人不多，零零星星的。庞鹰微低着头，怕被熟人看见。路灯把两人的影子越拉越长，橡皮筋似的。一会儿，到了门口，庞鹰道：“我上去了。”

佟承志哦了一声。庞鹰转身便走，有些仓皇的，做贼似的。脚在楼梯上绊了一下，哎哟一声，连打了几个趔趄，心想着又该被他笑话了。她听见佟承志在身后叫了声“庞鹰”，便回头，问：“怎么?”

佟承志清了清喉咙，咽下一口唾沫，道：“我——”恰恰这时一辆卡车在面前停下，按了几记喇叭，把后面几个字生生吃掉了。卡车门上印着“某某搬家公司”，陆续有人卸下桌椅、冰箱什么的，也不晓得怎么回事，居然晚上搬家。佟承志便有些懊恼，心倒是定了些，朝庞鹰看，猜她应该是没听见。

佟承志咳嗽一声，道：“这个，我走了，再见。”几人搬了张八仙桌过来，嘴里叫着“借过”。佟承志往旁边让了让。庞鹰撑住防盗门，让他们进去。楼上又下来两个人，嚷着“这么晚，真是碰着赤佬了”。吵吵嚷嚷的。

佟承志朝旁边退去，心想这算什么名堂，又有些好笑。庞鹰抵着门，朝他笑。他也笑。两人对视着，那些人陆续从两人中间搬东西进去，粗声粗气地说着话。佟承志看见庞鹰的脸红扑扑的，想这姑娘真是很爱脸红。

忽然，庞鹰说了句话。佟承志没听清，问她：“什么?”庞鹰红着脸，停了停，道：“我用英文讲好不好?”佟承志怔了怔，道：“好啊。”

这时又是几下喇叭声。楼上有人开窗骂：“几点钟了，你脑子坏掉啦?”佟承志没听见庞鹰的话，正要再问，最靠近他的那个人忽地咧嘴一笑，对他道：“小姑娘说‘I love you’——以为我们乡下人听不懂英文是吧，嘻!”他说完，扛着冰箱上楼了。佟承志愣了愣，头像被什么打了一下，有那么几秒钟没回过神来，再一看，庞鹰已上楼了，砰的一声，防盗门被重重地关上。

佟承志呆呆站着，一动不动，长长地叹了口气，嘴角却又带着笑意，傻了似的，一会儿，又摇头，心想，疯了，真是疯了呢。

（六）

很快便是元旦，没几天又是春节。噼里啪啦鞭炮放过一阵，紧接着便冷清下来。三月里淫雨霏霏，湿嗒嗒地落了一阵，总不见停，天地仿佛都长了绿毛。好不容易挨到了四月，才转晴些，太阳却总是羞答答，遮遮掩掩的，像是跟谁捉迷藏，只露了个小脸，又倏忽没了踪影。

过完年，庞鹰便开始戴隐形眼镜了，说是黑框眼镜坏了，懒得再配，索性便戴隐形眼镜了。高丽华说她早该这样了，黑框眼镜太老气，早过时了。庞鹰到卫生间补妆，苏圆圆在一旁瞥见庞鹰的脸，微微一怔，想这姑娘原来这么秀气。庞鹰在镜子里看见她的神情，便笑笑，说："我男朋友给我买的隐形眼镜——苏姐你说我戴着好不好?"苏圆圆也笑笑，道："蛮好。"

下班时，外面突然下起雨来，庞鹰和高丽华、苏圆圆走出来，手已触到包里的伞，心念一动，手停在那里。佟承志开着车过来，苏圆圆上了车。庞鹰待车开远了，才把伞摸出来撑开。

晚上下课后，庞鹰在二楼碰到佟承志，却不停步，两人一前一后地到了校门口。庞鹰继续往前走，一会儿，佟承志开着车从后面赶上来，庞鹰上了车。佟承志把一捧玫瑰送到她手上，庞鹰说声“谢谢”，接过。佟承志叹口气，道：“像特务接头，累啊。”庞鹰道：“我这是为你好。”

佟承志一笑，道：“我晓得。”

车子驶上高架。佟承志一手握方向盘，一手搭在庞鹰肩上。他问：“你猜，我第一次对你有好感是什么时候？”庞鹰想了想，摇头道：“猜不出。”佟承志道：“就是那次，我告诉你我在读中级口译，问你读什么，你说‘也是英语’。后来我晓得你在读高级口译，就觉得你这个小姑娘为人很低调，也很懂事，不让人难堪。”庞鹰道：“我倒没想那么多。要是我说高级口译，你会难堪吗？”佟承志道：“多少会有一点，我是你上级，又比你年纪大。”庞鹰嘿地一笑，道：“是不是感觉像留级生？”佟承志轻轻捏一下她的鼻子，道：“是啊，我是留级生，你是大队长。”

分手时，庞鹰把玫瑰还给佟承志：“拿回去给苏姐吧。”佟承志朝她看，庞鹰脸一红，道：“总觉得很对不起她。”佟承志开玩笑道：“那就把我还给她。”庞鹰轻声道：“那我也舍不得。”说着脸又红了一下。佟承志一笑，从中抽了几枝。

佟承志回到家，把玫瑰给苏圆圆，道：“路上一个小女孩硬缠着我买，实在不好意思，就买了几枝。”苏圆圆嘿的一声，把花插进花瓶，道：“你啊，脸皮薄，人家吃死你了。”忽地又道，“你开车回来的，在哪里买的花？”佟承志心里一跳，嘴上道：“加油的时候——也真是厉害，生意居然做到加油站去了，那些小女孩也实在是本事大。”苏圆圆道：“越做越精了。”

庞鹰在小超市买了把伞，回到家，把原先那把花伞给了婶婶。婶婶问她，还好好的，怎么就不要了？她笑笑，没说话。

黄昊换了个工作。金融海啸来势匆匆，中小企业纷纷倒闭。他原先那家小电器公司，资金链一断，立刻便没了生路，一点还价也没有。黄昊去人才市场找工作，可现在经济不景气，哪有合适的位置，幸好一个朋友推荐他去做保险，说他脑筋活络，口才也不错，做保险是把好手。黄昊没法，只得先做着。

他连着几个星期，都不敢找庞鹰。庞鹰晓得他是没脸。公司关门了，七百五十万的贷款，成了坏账。黄昊给她发过几次短信，她都没回。婶婶有一阵子见不到黄昊，问她："你们俩最近怎么了？"她说："没怎么。"婶婶便嘿的一声，道："我老早晓得——长不了。"

庞鹰给佟承志买了根登喜路的皮带，两千多块。她从不买名牌，这是第一次。佟承志拿到皮带，问她："多少钱？"她回答："没多少。"佟承志去看价格牌，却被她拿掉了。佟承志怔了怔，说："其实没必要买这么贵的东西，都经济危机了。"他这话是开玩笑，但庞鹰听着有些刺耳，道："我晓得，所以补偿你一点。"佟承志听出她的意思，微笑道："要补偿什么？能够遇到你，就是最大的补偿了。"说着，握住她的手，轻轻捏了捏。庞鹰低下头，道："我心里很不好意思。"佟承志温言道："小事情。"

佟承志送庞鹰回家，车子停在小区门口。庞鹰走进去，在楼下遇到黄昊，靠着一棵树站着。他道："回来了？"庞鹰嗯了一声。黄昊手插在裤袋里，道："好久不见。"庞鹰又嗯了一声，便要上楼。黄昊伸手拦住她。庞鹰朝他看，黄昊把手缩回去，讪讪地道："你是不是不准备理我了？"庞鹰没说话。黄昊又道："我晓得让你难做人了，可我也不是故意的，金融危机又不是我搞出来的。"庞鹰先是不语，停了停，道："当初你就不该开口，七百五十万啊，不是七块五毛——你晓得给人家添了多少麻烦？"

她说完，扔下他，噔噔便上楼了。

佟承志一路上都在想那笔贷款的事。几个负责信贷的处长里，就他这笔坏账最大，金融海啸是借口，但总归是个麻烦，陈述报告也得费一番心思。苏圆圆倒没怎么说他，但娘家连着跑了好几次，气氛有些沉重。佟承志晓得她是找她爸爸商量对策。老丈人也是个喜怒不形于色的人，话说一半留一半的。佟承志猜他心里必定骂了一千遍"扶不起的刘阿斗"。

佟承志暗暗叹了口气。把车停在路边，摇下车窗，点了支烟。抽完一支，又点上一支。两支烟下肚，才好受了些。苏圆圆不许他抽烟，说万一怀孕怎么办。他嘴上称是，心里却想——要是能怀老早怀上了。不抱希望的事，早不放在心上了。他父母前些年还隔三岔五地问，现在也死心了，倒是劝他去抱一个，说家里总归要有个孩子才像样。他也不去多想，反正苏圆圆那边不提，他提了也是白提。

庞鹰到家时，婶婶和几个牌友还在搓麻将，表弟已经睡了。庞鹰放下包，去卫生间洗澡。一会儿出来，听婶婶打发那些人走："最后关头，我儿子再过两个月就要高考了，等他考好我们再玩个尽兴。”庞鹰拿电吹风吹头发。婶婶送那些人出去，走进来，打个呵欠：“年纪大了，麻将也搓不动了。”庞鹰见桌上狼藉一片，便帮着收拾。婶婶说尿急，进卫生间小便，刚进去又匆匆出来，问庞鹰：“你是不是和黄昊分手了？”庞鹰说：“没有。”婶婶道：“你别瞒我，刚才刘家姆妈说，前天晚上，看见一个男人开车送你回来，两个人有说有笑的。”庞鹰道：“是同事。”婶婶追问：“什么同事？”庞鹰道：“说给你听你也不认识。”

婶婶一扭腚进卫生间了。庞鹰上床睡觉，隔着帘子，听见表弟在打鼾，很有节奏，心想这小子年纪不大，呼噜声倒挺大。又见他被子踢开一角，掉在地上，便拉开帘子，替他把被子掖好。庞鹰重新躺下，侧身向外，却是一点睡意也没有，脑子里乱糟糟的，像缠成一团的毛线，总也找不到头。一会儿，好不容易理齐了，倏忽一下，变戏法似的，又整个的没了，空荡荡的，什么也没有，更叫人彷徨了。

佟承志走进办公室，刚坐下，还没来得及泡茶，电话铃便响了，是苏圆圆，让他过去一趟，声音很低沉。她上班历来是不与他联系的，这就有些反常了。佟承志预感到什么，一颗心顿时提到嗓子眼。

他开门出去，在过道里遇见崔海，边走边打手机。佟承志跟他打个招呼，他点头，在佟承志肩上拍了拍，过去了。佟承志走到苏圆圆办公室门口，还没进去，苏圆圆已出来了，脸色不大好。“走，去郭副总那里。”她说完，转身便走。佟承志心里更没底了，也不敢多问，紧紧跟在后面。

到了郭副总办公室，两人敲门进去。郭副总表情很严肃，也不让座，拿出一张照片，啪地扔在桌上：“你们自己看吧。”佟承志拿起来，一瞥，吃了一惊——照片上，他和几个男人坐着打麻将，桌上散乱地堆着许多钞票。图像不太清楚，似是被烟雾笼罩，朦朦胧胧的，人影也有些变形，显得很诡异。

苏圆圆也是一怔，朝他看。郭副总道：“还没完呢。喏，再看这些。”又拿出两张纸，一张是借条的复印件，上面清楚地写着欠佟承志十万元整；另一张是封电脑打印的举报信，说佟承志违反银行信贷制度，收受贿赂，将七百五十万巨额贷款批给一家不够资格的小公司，情节十分恶劣，信件下方没有署名。

佟承志倒抽一口冷气。

当天晚上，两人去了苏圆圆娘家。老丈人把佟承志狠狠训了一顿。结婚以来，佟承志还是第一次被他这样训斥，一点情面也不留。丈母娘在一旁叹气，苏圆圆则面无表情。老丈人到后来是真的激动了，他问佟承志：“你很缺钱吗？你要是缺钱就跟我说，十万块钱我还是拿得出来的。”佟承志低头不语。苏母推了推女儿，轻声问：“他怎么还会搓麻将？”苏圆圆哼了一声。

老丈人说：“亏得郭副总是自己人，半路把东西截了下来，否则你就等着撤职处分吧！我真没想到，你这个人竟然这么糊涂！”老丈人激动地挥动着双手。丈母娘打圆场：“承志也只是一时糊涂，谁没个犯错的时候……”丈人大声打断道：“那也要看犯什么错，他在外面杀人放火，法官会因为他一时糊涂而不判他死刑吗？”丈母娘碰个钉子，不说话了。

佟承志夫妇回到家。苏圆圆把包一丢，问他："你为什么事先没跟我说？"佟承志愣了愣："怎么没跟你说？你不是晓得？"苏圆圆嘿的一声："我晓得什么？你搓麻将收贿赂什么时候跟我说过了？睡觉的时候，还是做梦的时候？"她冷冷地盯着他。佟承志被她的目光压得抬不起头，便不说话。

苏圆圆停了停，忽问："你在外面是不是有女人了？"佟承志吓了一跳，脱口而出："胡说八道！"

苏圆圆朝他看了一会儿，摇摇头，对着梳妆台卸妆。佟承志站起来，佯装到包里掏东西——其实是掩饰，手足无措的。两人都沉默着，听到墙上那口西洋挂钟当当响了几下——夜已深了。又过了一会，两人相继上床了。

佟承志一夜都没睡着，早上起来，看见苏圆圆深黑的眼眶，晓得她也没睡着，一晚上翻来覆去的，脸色也晦晦涩涩的。两人胡乱吃了些早饭，一前一后出门，佟承志先去发动车，在车上等了一会儿，还不见她，下车去找，却发现她坐在台阶上抱着腿——原来是扭到筋了。佟承志蹲下身，问她："疼吗？"她道："你试试扭一下，看疼不疼！"佟承志劝她别去上班了，请个假。苏圆圆叫起来："都什么时候了，还请假？我恨不得一天二十四小时都待在行里，免得再出麻烦！"佟承志无言以对。苏圆圆朝他看，又道："算了，我没事，反正上班也是坐着，又不用跑来跑去——上车吧。"佟承志哦的一声，转身便走，苏圆圆一把拉住他，一只手伸到他手里，让他握着。佟承志朝她看。苏圆圆不看他，却把他手握得更紧些。佟承志心里一暖，也握紧她的手，捏了两捏。

事情终于还是闹开了。一模一样的照片、复印件、匿名信，摆到了老总的桌上。前后相隔还不到一周——不过也好在隔了这一周，总算是有了应对的空隙，不至于太狼狈。老总是个做事顶真的人，查是查的，但碍着老行长的面子，尽量低调地进行。苏圆圆找了个公安局的鉴定专家，出来证明说，照片清晰度太差，一看就是 PS 的，至于借条，没凭没据的，又是复印件，更是笑话一桩——明摆着是栽赃陷害。专家在鉴定书上签了字，板上钉钉，有法律效应的。专家的父亲是苏父的老同学，交情很好。苏圆圆拉着佟承志去他家跑了一趟，带了台夏普的液晶电视，56 英寸高清的，三万多四万不到。人家刚搬了新房，总要意思意思的。

分行里自然是传开了。佟承志吃饭时遇见同事，大家待他的态度多少都有些异样，不是低头避开去，就是热情得过了头，很不自然。

晚上和庞鹰一起吃饭，庞鹰的眼圈都是红的，说："是我害了你。"佟承志经过这阵子的折腾，倒变狠了，也豁出去了，犟犟地说："有什么害不害的，我不后悔。"

庞鹰朝他看，道："真不该去搓那场麻将，你又不喜欢。怪我，不该替你答应下来，更不该让他们写那张借条。"佟承志嘿的一声："有心要害我，就算没这件事，也有别的事冒出来。我不怕，随他们闹去，反正我也无所谓，大不了就是撤职，难不成还让我下岗?"他说着，有些激动了。庞鹰先是不语，继而在他背上轻轻抚了两下。

庞鹰劝他早点回去："苏姐现在也着急，走吧，别让她担心。"

佟承志不动，看着她，问："你赶我?"庞鹰晓得他是撒娇，把他按进车里。佟承志说要送她，她说还有事要去亲戚家一趟，就住这附近。她替他系上安全带，说："越是这个时候，越要爱惜自己，日子还长着呢。"

她说完，朝他笑了笑，是充满鼓励的。佟承志嗯了一声，说："只要有你，我什么都不在乎——我是大观园里的贾宝玉，没出息。"他原是想开个玩笑，话一出口，竟觉得悲凉了，又有些瞧不起自己，心想，你再怎么自暴自弃，也不该在她面前说这话，都是可以当她叔叔的人了。庞鹰撇嘴道："你是贾宝玉吗？我看你倒像贾琏，贼忒兮兮的。"这话放在平时，佟承志是要不舒服的，现在因有那件事打底，反倒不介意了，还排解了些。佟承志一笑，在她头上轻轻一拍："小姑娘!"

佟承志踩下油门，反光镜里，庞鹰微笑着朝他挥手，他也朝她挥了挥手。车子转弯后，庞鹰没有停留，叫了辆出租，径直来到静安寺附近一家茶室，走进去，里面人不多，空荡荡的。角落里坐着一个人，昏暗的灯光下，跷着二郎腿在抽烟，面前是一杯泡得酽酽的茶。茶叶厚厚地浮在水面上，像冬天马路上密密实实的那层树叶，泛着黄，很沉，又有些萧瑟的感觉。

庞鹰走近了。这人抬起头，灯光在他额头上镀了一层锈黄色。"我替你叫了杯龙井。"他道。庞鹰说："太晚了，喝茶睡不着觉。"这人嗯了声，道："喝茶有好处——有位老同志告诉我，现在这个世道，要想做大事，一定要多喝茶。"他说着一笑，"喝茶能让人头脑清醒，沉得下心。"服务员送上茶，他拿了，递给庞鹰。庞鹰双手接过，说了声："谢谢崔叔叔。"

（七）

欧洲设分行的消息传出来了，连领导有七八个人，照例先是填表格报名。全国几十家分行，成千上万个人里挑选，谁都晓得背后要有别的东西撑着才行，否则填了也是白填，可谁也不愿落后，反正试试又不用花钱，不试白不试。

庞鹰去人力资源部拿报名表，高丽华托她多拿一份，两人各自填表格。其中有一项要求用英语写简历，高丽华问庞鹰借汉英字典，折腾了半天，才写了几行。庞鹰填完了，在一旁等她。她不好意思了，说："你先去交吧，一会儿我自己去交。"

黄昊买了两张林忆莲的演唱会门票，他晓得庞鹰顶喜欢林忆莲。票子交到她手上，他道："三百八一张，两张票子我要做整整一个月的保险。你要是不去，我就直接把票扔垃圾桶。"这话有些耍无赖。庞鹰朝他看了一眼，道："好吧。"

周六看完演唱会，两人坐地铁回去，庞鹰问他："保险做得怎么样?"他嘿的一声："现在这个世道，饭都要吃不起了，谁还来买保险？我也想开了，再做一阵，实在不行就算了，反正天无绝人之路，大不了回老家种地去!"庞鹰听了，不说话，一会儿，又道："那就换个工作。"黄昊笑笑："你给我换?"庞鹰停了停，道："再看看吧，兴许有机会。"

临别时，庞鹰拿出八百块钱给他，道："演唱会就算是我请的。"

黄昊瞥她一眼："看不起人啊。"庞鹰道："我不是这个意思，等你手头宽裕了，再请我看贵的。"说着，把钱塞在他手里。黄昊一把拿过她的皮夹，又把钱放回去。庞鹰朝他看，他把手插进裤袋，耸了耸肩。庞鹰心里叹了口气。

蒋莹怀孕五个月了，肚子很大，医生劝她该注意饮食，否则到时生起来困难。苏圆圆隔一阵便去看她。一对双胞胎今年上幼儿园了，长高了些，更乖巧了，见了苏圆圆便叫"阿姨"。苏圆圆笑吟吟地从包里拿出糖果给她们吃。崔海陪着坐了一会儿，便说有事要出去，苏圆圆道："怎么，我一来你就走?"崔海笑笑，道："我走了，你们姐妹俩才方便说话呀。"苏圆圆也笑，道："你在也一样方便，又不是外人。"崔海笑道："有些你们女人的悄悄话，我们男人不方便听，听了就没趣了。"

崔海说完，在双胞胎女儿的脸上亲了亲，出门了。蒋莹待他出去，便忙不迭地让保姆把双胞胎带走。"两个小鬼头，吵得我脑袋发胀。烦人!"她道。

苏圆圆瞥一眼她的肚子，问："宝宝还好吧?"蒋莹道："好得很！这可是我的本钱，拼了老命也要养得好好的。"苏圆圆一笑："别说得那么夸张。"蒋莹道："本来就是嘛。苏姐我跟你说，我算是想通了，这个世道啊，什么都是假的，只有自己好才是真的。加上现在经济又不景气，要是再不为自己打算，就真是傻子了。"保姆带一对双胞胎到楼下去玩。门一关，苏圆圆便问蒋莹："他有没有看出来?"蒋莹嘿的一声："我是谁啊！谁要真的惹了我，保管让他吃不了兜着走。苏姐，我这次是真的铁了心了，他不仁，别怪我不义，不把他弄臭，我怎么样也咽不下这口气。”

苏圆圆下了楼，见一对双胞胎在不远处玩滑滑梯，爬上去又溜下来，来来回回的。苏圆圆走近了，蹲下来，逗她们玩。双胞胎咯咯地笑，一模一样的脸，笑起来也是一模一样的酒窝，甜得很。苏圆圆想，也活该那女人倒霉，一点母爱也没有，还当妈妈呢。她想到这里，不由自主地酸了一下。

回去的路上，苏圆圆到菜场买了一斤南美白虾。这种虾适合剥虾仁，比外面买的实惠，味道也好。佟承志最喜欢吃腰果虾仁。钟点工是四川人，不会烧这道菜，她自己烧。回到家，把虾仁剥出来，撒上盐，倒上料酒，再敷一层蛋清。锅里倒下油，先炸腰果。火不能太旺，否则腰果就焦了。再是炒虾仁，急火快炒，最后放腰果，少许倒些蚝油吊鲜，一道菜就算烧好了。

苏圆圆本来是没心思下厨的，但想着佟承志这阵子的神情，是该安慰安慰他了。男人毕竟是男人，有自尊心的，真要一棍子打瘪，便一点意思也没有了。苏圆圆按捺着，这阵子反倒比平常更体贴些。老公是自己的，是自己的脸面——脸面就是颜面和体面，是顶顶要紧的东西。看着老公，便如同照镜子，镜子里的人倒霉，镜子外的人也体面不到哪里去——这番话，苏父跟她说了几千几万遍，她记在心里。

佟承志请了两个礼拜的年假，苏母建议他去普陀山烧香，去去晦气。他不好直接拒绝，便说去玉佛寺烧香也是一样的。苏圆圆也请了几天假，陪他去三亚玩了趟，散散心。回来时，苏圆圆给高丽华和庞鹰各带了一副贝壳做的耳环。高丽华隔天便戴了，接电话时，不慎把一只耳环掉在地上，自己却没察觉。庞鹰一旁见了，悄悄捡了起来。

佟承志借口说老同学聚会，晚上陪庞鹰去看电影，是《梅兰芳》。演少年梅兰芳的那个演员长得很俊，上了装后风情万种。佟承志看了，便道："这男人怎么比女人还漂亮。"庞鹰笑道："你去试试，说不定也行。"佟承志道："我这么大块头，要是扮女人，只能演顾大嫂、孙二娘什么的。"两人都笑了。

佟承志要送庞鹰回家，庞鹰不肯，道："今天我送你回家。"佟承志逗她，道："怎么送？你来开车？"庞鹰道："你开车，我送你。"佟承志一笑，在她鼻子上轻轻刮了一下，两人上了车。庞鹰又道："真的，今天我送你回家。"佟承志朝她看，笑笑。

一会儿，车到了佟承志家，佟承志却不下车，叹了口气，道："我又想送你回家了。"两人相视而笑。庞鹰低声道："那就送我回家吧。"佟承志道："真的？"庞鹰道："送我回家，我再送你回家。"说着一笑。佟承志捏了捏她的下巴，伸手揽她入怀，两人紧紧拥在一起。庞鹰闻到他身上淡淡的衣服清香，心里一荡，暖暖的，似有什么东西融化了，变轻了，在那里飘啊飘的——但只是一瞬，很快地，又一点点沉下去，直落到底，冷了，硬了。

庞鹰回到家，见表弟在翻看以前的相册。他指着一张照片问庞鹰："姐姐，这就是那个把你从河里捞上来的解放军吧？"庞鹰瞥了一眼，道："嗯。"表弟又问："他人呢，还在安徽吗？"庞鹰道："复员后就回上海了。"她看向那张照片——十几年前的老照片，都有些发黄了。那时她还是个小女孩，剪个《城南旧事》里小英子的发型，被一个穿军装的男人抱在手里。男人是二十出头的年纪，剃着平头，对着镜头咧嘴笑，有些青涩的模样，当然现在完全不同了——崔海现在发福了不少，前额还有些微秃。

这时，手机响了，是佟承志的短信："到家了没有？"她回道："平安到家。"一会儿，短信又发过来："早点休息。晚安。"她回道："晚安。"庞鹰握着手机，怔怔的，佟承志那张脸在眼前晃啊晃的，带着笑，来来回回的，像被什么牵着，怎么也挥不去——不知过了多久，外面似是下起雨来，淅淅沥沥地落在窗棂上，听着又急又密。

第二天早上，苏圆圆开佟承志的车去上班。她开收音机听新闻，一瞥，见地上有什么东西亮闪闪的，捡起来，是一只耳环。苏圆圆认得是她买给高丽华的，淡粉色的，做成海豚的形状，很别致。苏圆圆拿着耳环，认认真真地看了一会儿，放进口袋里。

庞鹰走进办公室，苏圆圆和高丽华已先到了，两人似在说话，见庞鹰来了，便闭嘴不说。庞鹰说声"早啊"，坐下来，桌上那面镜子，清清楚楚地映出苏圆圆的脸——面色很不好。庞鹰只看一眼，便把目光移开。

中午，庞鹰拿出手机，按下录音键，放在桌上，起身去卫生间。一会儿进来，把手机收好，问两人："去吃饭吗？"两人都说不饿，她便一个人走出来，到角落边戴上耳机，听刚才那段录音。高丽华坐得远，声音很模糊，苏圆圆的声音勉强能听清，只是忽高忽低：

“——我去营业厅一查就晓得，只要拿他的身份证打份账单，电话号码都在上面，别想赖得掉——”

庞鹰愣了愣，暗骂自己弄巧成拙了，远远地看见苏圆圆走过来，便摘掉耳机，朝她笑。苏圆圆道：“打电话啊？”庞鹰嗯了一声。苏圆圆道：“男朋友是吧——继续继续。”随即走了过去。

晚上，苏圆圆向佟承志要身份证：“填什么女职工表格，要配偶的身份证复印件。”佟承志哦的一声，去包里拿皮夹，一摸，吃了一惊：“我的皮夹呢？”急急地在包里翻了一通，随即一脸沮丧，“皮夹没了。”

苏圆圆朝他看。佟承志哎的一声，又去衣服口袋里摸，把口袋一个个摸了个遍。苏圆圆看了一会儿，去卫生间刷牙，出来时，见他还在找，忍不住道：“实在找不到就别找了，再找也不会变出来。”佟承志懊恼地道：“钱丢了倒也算了，可还有身份证和那些银行卡呢，补办起来麻烦得很。”苏圆圆嘿的一声：“谁让你不小心——话说回来，你自己开车，又不是挤公车地铁，皮夹怎么丢的呢？”佟承志悻悻地一拍脑袋，道：“天晓得了！”苏圆圆笑笑，说声“糊涂蛋”，拿遥控器开了电视。

半夜里，苏圆圆轻轻起床。旁边，佟承志已睡熟了，打着鼾。苏圆圆在床头柜上拿了他的手机，走到阳台上。她翻看他的电话记录，都是空的，还有短信，收件箱和发件箱也都被清空了。苏圆圆心里哼了一声，找出高丽华的号码，发了条短信过去：“我身份证不见了。”一会儿，高丽华回道：“姐夫，你是不是发错了？”苏圆圆沉吟着，在阳台上站了一会儿。忽地，心念一动，找到庞鹰的手机号码，把刚才那条短信又发了一遍。

很快地，庞鹰回了个短信："你真聪明。"

苏圆圆一看，整个人愣住了。她握着手机，反反复复地想了一遍又一遍。夜深了，远处灯光大多已暗了，只剩下一星半点的，似是给这黑夜留些亮，可以把一些东西看得清楚些。

第二天上班，苏圆圆约了人力资源部的小赵一起吃饭。小赵是她中学同学，同一年进的单位，关系很好。苏圆圆问她："欧洲分行的那些竞聘表格是不是还在部里？"小赵说："是。"苏圆圆便笑笑，道："可不可以帮我个忙？"

苏圆圆回到办公室，坐下。一会儿，庞鹰也吃完饭进来，问她："苏姐，我去拿咖啡，要不要帮你拿一杯？"苏圆圆道："好啊。"庞鹰转身出去，拿了两杯咖啡进来。苏圆圆说声"谢谢"，接过，手一抖，整杯热咖啡倒在庞鹰身上。庞鹰啊的一声，烫得跳起来。苏圆圆说声"对不起"，拿纸巾给她擦拭，道："烫坏了吧？真是不好意思。"庞鹰说："没关系，我去卫生间洗洗就行了。"她一抬头，瞥见苏圆圆盯着自己，神情有些古怪，像是幸灾乐祸，隐隐地，又透着些凶狠，不由得一怔。两人目光相接，眼里有什么东西倏地闪过，只是短短几秒时间，便似隔了几千几万重山，庞鹰感到一股寒意，从背上一点点冒出来，起初是冷汗，慢慢地，又结成一粒粒的冰珠，直渗到体里。她心里咯噔一下，似有什么东西断了，直落下去，猝不及防的，却微笑了一下，从苏圆圆手里接过那只倒空的杯子扔进垃圾桶。

欧洲分行的第一批候选名单出来了，只剩下报名人数的四分之一，筛去了一大半。接下来是复试，也就是领导面试，每人三分钟的自我陈述。

庞鹰接到通知，周四下午两点半在大会议室，还有高丽华。庞鹰放下电话，对苏圆圆道："苏姐，后天下午我和高丽华复试，就是欧洲分行那件事，跟你说一声。"苏圆圆哦的一声，淡淡地道："好事啊，恭喜你们了。"

复试那天，庞鹰和高丽华去大会议室，进去时已坐满了人。领导坐第一排，面前放着评分表。抽签决定顺序，庞鹰抽了第十号，高丽华是二十一号。一会儿，复试便开始了。复试者一个一个地上去，大多先介绍一下自己的学历、能力，还有就是抱负、理想什么的。很快轮到庞鹰，她上台去，把学历和证书简单说一下，接着便是自己的想法。她不说空话，列了几条实际而精准的构思，一针见血，态度又谦逊，台风也好。她瞥见下面人的神情，便晓得自己一番准备没有白费。结束时，掌声很热烈。庞鹰走下来，高丽华道："你要是去竞选美国总统，奥巴马一定输给你。"她笑了笑。又过了一会儿，轮到高丽华。她上台去，鞠了个躬，接着开始讲——竟然是英语。庞鹰不由得一怔。她的英语发音很好听，也很流利，显然功底不一般。换了庞鹰，也未必有一口这么漂亮的标准牛津音——庞鹰是真的吃惊了。

庞鹰眨也不眨地看着台上的高丽华，像看着一个陌生人。听她介绍自己，有注册会计师证、审计师证、微软计算机证书、高级口译证书——忽地想起前阵子，她问自己借汉英字典填表格的事，当时还觉得可笑，想，这么简单的单词都要查字典，还欧洲分行呢——现在想来，可笑的竟是自己，有眼不识金镶玉了。又想起她坐的那张桌子当年是蒋莹的，靠着门，都说靠门的座位最危险，其实不然，反倒是视觉盲点，做些什么别人都看不见。谁也想不到，这么爱打扮，整天只谈化妆品、衣服的女人，原来这么优秀，还真是视觉盲点。

高丽华讲完了，下台来，问庞鹰："我讲得还行吧?"她这么随意地问来，庞鹰便也笑笑，道："好极了，你才该去竞选美国总统呢。"两人都笑。

晚上，庞鹰下了课，走出来，佟承志等在校门口。她见了他，便道："去酒吧喝两杯怎么样?"佟承志有些意外，道："怎么想喝酒了?"庞鹰道："也不晓得怎么回事，反正就想喝两杯，酒瘾上来了。"她说着一笑，拉着佟承志上了出租。两人到了茂名路上的一个酒吧，走进去，里面有几个外国调酒师。灯光很暗，影影绰绰的，两人到角落的位置坐下。庞鹰拿着酒单看了半天，问他："别人来这里都喝什么酒?"佟承志笑道："随你，喝什么都可以。"庞鹰便点了杯鸡尾酒，叫"玛格丽特"。一会儿，端上来一杯深蓝色的东西，像海的颜色。她喝了一口，顿时呛得咳嗽起来。"这么辣——"她道。佟承志笑笑，告诉她，这酒是拿龙舌兰、橙酒和青柠汁调的。"因为有龙舌兰，所以入口很辣，你喝慢一点，会觉得有果味，很清新的。"庞鹰依言，慢慢地喝了一口，果然好多了。

庞鹰喝完，又要了一杯。佟承志说："鸡尾酒有后劲，小心别喝醉了。"庞鹰道："喝醉就喝醉，反正有你在。"佟承志笑道："不怕我把你卖了？”庞鹰问：“怎么卖？卖多少钱？”佟承志道：“你这么瘦，反正不会论斤卖——拿到多伦路，当宝贝卖，心肝宝贝。”庞鹰一笑。两人边喝边聊，不知不觉，便到了十二点。佟承志看表，道：“走吧，我送你回去。”庞鹰脸红红的，拉住他的衣角，道：“再坐一会儿。”佟承志在她头上轻轻一拍，道：“好女孩不可以这样。走，回家。”他搀起她，走出酒吧。到了外面，凉风吹来，庞鹰忍不住咝的一声，把衣服裹紧些。佟承志伸手把她揽在怀里，问：“这样是不是好些？”庞鹰嗯的一声，也抱紧他。佟承志抚着她的头发，开玩笑道：“今天很嗲哦，是嗲妹妹。”庞鹰把头埋在他怀里，轻声道：“不想回家了——”佟承志闻言一怔，朝她看，庞鹰也朝他看。月光下，她的肌肤像细瓷那样无瑕，五官都似泛着光，很美。佟承志望着她，半晌，再次把她拥入怀里。

两人进了附近一家宾馆。走进房间时，庞鹰的身体微微抖了一下。佟承志察觉了，问她：“怎么了？”庞鹰不说话，踮起脚，在他唇上吻了一下，脸立刻红了。佟承志钩起她的下巴，回吻她，吻她的鼻尖、嘴唇、头颈。她的唇有点冷，她的头发像丝缎那样又柔又滑，她的眼睛，黑珍珠似的，闪着光，里面有他的影子，完完整整的。夜很静，静得只听得见心跳的声音，一下，两下，三下，竟是越跳越快，像戏台上的点鼓，又急又密，催着演员上场；又似是选手的脚步声，快到终点了，冲刺的那刻。这样的一个夜，是该发生些什么了。

他抱起她，走向床。庞鹰一手钩着他的头颈，另一手拿着微型摄像机——做成润唇膏的模样，日本货。倒在床上时，她把它放在床头柜上，按下开关，对着床——昨天，她从崔海手中接过这东西，很有些不情愿，脸色也变了。崔海劝她，小庞啊，你是鹰，早晚要飞上天，叔叔借你一阵东风，让你飞得更快更高。庞鹰没说话，心里很乱，线头缠成一团了。崔海告诉她，她的表格被苏圆圆偷偷撤了下来，要不是他，她根本进不了复试。“苏圆圆是多精明的女人，现在肯定在怀疑你是我的人了，过不了多久，佟承志也会晓得——小庞啊，你没退路了，后面是悬崖，是绝路，往前走，前面就是金光大道，向着太阳的，你爸妈都在老家等着呢，等着享晚福。”庞鹰知道，这番话每个字都是双刃刀，两边都被擦得雪亮，碰一碰便要受伤，不是这边受伤，便是那边受伤，血会顺着刀刃流下来，一滴一滴，还没觉出痛来，已是奄奄一息了。

佟承志的吻，温柔而深情。已婚男人的经验，让他沉稳、循序渐进，却又不失意味。他是很懂得心疼人的，小心翼翼地进入她的身体，让她几乎没感觉初夜的不适。两人似是有一种与生俱来的默契。庞鹰闻到他身上的味道，忍不住落泪。他的微笑，像五月里阳光那般和煦。他讲话的声音，有着某种磁性，让人说不出的舒服。她对自己说，他其实算不上好男人呢，背着老婆偷情，坏家伙、坏家伙、坏家伙。可不知怎的，她的心里有他，很深的一块印记，也不知是什么时候烙上的。她试过想把它抹去，可它连着心连着肉，一碰就要伤筋动骨，一点办法也没有，认命了。

庞鹰伸手到床头柜，摸到那东西的尾部，是开关。她按下它，关了——那一瞬间，她晓得，她不止关了它，还关掉了一些别的，眼前的将来的，一生一世的，永永远远的，也许再也开不了了。只是那么轻轻巧巧的一下，便似亲手拉上了那道幕布，戏下场了，演员谢幕了，幕布后的世界，这辈子该是再也触不到了。她鼻子酸酸的，像是伤心，又像是激动。自己也说不清，心倒是一点点平静下来。她看向窗外，树叶的影子微微晃动，远处似还有蛙鸣的声音。已过了立夏了，时间过得真快，转眼，大学毕业就快一年了。

佟承志觉出，身下的女人扭动着身子，有些疯狂，那样文静的女孩，原来还有这么一面，他倒成被动的了。他觉得诧异，又有些喜欢。她缠着他，一次又一次地。她的汗，与他的粘在一起，炽热得很，都快成沸水了。人也要融化了。

也不知过了多久，庞鹰搂紧他，在他耳边说了句："我喜欢你。"

佟承志在她唇上亲了一下，柔声道："小傻瓜，上海人不说'喜欢'，说'欢喜'。"

"我——欢喜你。"她道。与此同时，眼泪悄无声息地流了下来。

（八）

分行年底的尾牙酒会，在某五星级酒店的宴会厅举行。

蒋莹的儿子已满月了，崔海夫妻带着他参加酒会。小毛头长得白白胖胖，很可爱，大家见了都争着抱。苏圆圆一身盛装，钩着佟承志的臂弯，笑吟吟地到处敬酒。敬到崔海那桌时，蒋莹到卫生间喂奶去了，崔海一见佟承志，便笑道："佟副总来了。"佟承志忙道："还是叫名字吧，都是老同学——叫得我脸都红了。"崔海道："该叫什么就叫什么，这是体统，我们不能乱了体统，啊？哈哈！"伸手在他肩上拍了拍。

旁边有人叫佟承志，他过去了，只剩下崔海和苏圆圆。崔海朝她看，笑道：“副总太太，今天很漂亮啊。”苏圆圆道：“没你们蒋莹漂亮，人家都说，初为人母的女人是最漂亮的。”崔海道：“都是托您的福，母子平安。那几斤燕窝补得到位，我儿子皮肤白得像刚磨好的豆腐。”苏圆圆道：“平安就好，恭喜你有儿有女，事事顺利。”崔海道：“谢谢、谢谢。顺利倒还算顺利，亏得我老婆傻归傻，关键时刻还晓得分寸，你教她的那些好方法，她都一五一十告诉我了。你也晓得她那个人，傻大姐一个，也分不清谁好谁坏，老巫婆给她个烂苹果她就当成仙女了，哈——”他说着一笑，苏圆圆也跟着笑。

庞鹰拿着酒杯，从面前过去。苏圆圆见了，对崔海道：“你啊你，放了只老鹰在我身边，我还一直以为是只小鸡，差点被她啄一口。”崔海道：“你不也弄了个高美人给我？大家彼此彼此。”苏圆圆道：“老崔，你很有艳福。”崔海道：“你们家佟承志也不差，老牛啃了回嫩草，啧啧。”旁边人走过，见两人笑容可掬，都当他们在闲话家常。苏圆圆又道：“听说她要辞职？”崔海嗯了一声，道：“好像跟男朋友去福建。嘿，也不晓得干什么，难不成去当蛇头？”苏圆圆叹口气，道：“很聪明的一个人呢，可惜了。”崔海道：“是很聪明，可惜没有聪明到家——已经蹚了浑水了，就别想干干净净的，嘿，又要讲心讲情，又要名利双收，天底下哪有这样的便宜事，是不是啊，副总夫人？”苏圆圆道：“你这话该早跟她说呀！你这个老师啊，满肚皮为人处世的道理，却不会教学生。”说着，抿嘴一笑。

高丽华款款走来。她已接到调令，年后就派去欧洲分行。她与苏圆圆碰杯，道："苏姐，我敬您——没有您，就没有我。"苏圆圆道："到了欧洲，要好好干。"高丽华嗯的一声，又转向崔海："崔处，我也敬您。"崔海与她碰杯，道："恭喜你了，前程似锦。"她甜甜一笑，道："谢谢崔处。"

高丽华与庞鹰坐在一起，说起她母亲的裁缝铺："我妈在火车站那边租了家门面，比以前大多了，有空去光顾，可以打折的。"她说着，拿出一张名片，店名叫"小鱼"，旁边印着一条小鱼，便是那些衣服袖口上的图案。庞鹰接过，说声"谢谢"，又道："还没恭喜你呢。"高丽华一笑，道："有什么好恭喜的？是去工作呀，又不是移民。"

庞鹰起身去卫生间，在走廊里遇到佟承志。两人停顿了一下，佟承志没说话，转身便走。庞鹰呆了半晌，缓缓地走进去。洗手时见到镜子里的脸，有些憔悴。她想，不晓得他看出来了没有。这么想着，又觉得自己实在忒傻。一会儿出来，她到餐台上走了一圈，拿了些姜葱炒蟹，回到位置上坐下，正要吃，耳边听见有人说："别吃，会过敏。"她霍地抬头，却是空空如也，没有人。

她拿起筷子，夹了一块蟹，正要往嘴里送去，一瞥，见佟承志在不远处望着自己。她筷子一松，蟹掉在盘子里。再看去，佟承志还站在那里，动也不动的。庞鹰鼻子一酸，忙把额前的刘海往后捋去，怕人看见，想想还是不妥，索性站起来，换了个角落里的位置，坐下来，怔怔的，夹了块蟹放进嘴里，嚼了几口，只觉得木木的，一点味道也没有。

忽地，一块蟹壳卡在她的喉口，她大声咳嗽起来，一边咳，一边拍打着胸口。真是卡得很厉害呢，她不住地咳嗽，涨红了脸，一会儿，竟连眼泪也跟着流了下来，大颗大颗的，像珍珠断了线，止也止不住，一边咳一边流泪——亏得是坐在角落里，不甚起眼。偶尔走过一两个人，见了她，还以为她真的哭了，想这女孩哭得这般伤心，也不晓得是怎么回事，傻了似的。

四人行

谢宁

谢宁的坐姿很漂亮，腰挺得笔直，双臂自然地呈“八”字形。面前一杯茶、一张报纸。旁边，同事们大多趴在桌上睡着了。

谢宁看手表，三点三刻。

食堂每周四下午的点心是菊花松酥。两个月前，她对他说，菊花松酥真好吃——其实她根本不爱吃菊花松酥。但她不能说小笼、麻球，或是双档什么的，因为那些东西每天都有，唯独菊花松酥每周只有一天供应，数量又少，一会儿便卖完了。谢宁放出了饵——是姜太公的饵，愿者才会上钩。结果，每个星期四，他必然会送来两块菊花松酥。其实是桃酥，四只角用糖熬焦，卷起来做成菊花的形状。谢宁显得喜不自禁：“我只是随口说说的，亏你放在心上，谢谢了。”她伸手到皮包里掏钱，他连连摇手，脸都红了——谢宁有些好笑，看着他，就像一个憨憨的玩具熊，真想拍拍他的脑袋，再捏上几捏。

四点半。

今天是怎么了？谢宁急归急，脸上还是若无其事的，抿一口茶，稳稳地看报纸，一个字也没看进去。感觉没底，空荡荡的，很揪心——他是食堂的临时工，高中毕业，比她小四岁。谢宁不能想这些，一想就烦，还有些丢脸。她二十九岁，过年就三十了，却在为一个小男生心神不宁。

五点时，下班铃声大作。同事们互道再见，匆匆而去。谢宁最后一个离开办公室，走出来，走廊空荡荡的。忽然，楼道里响起一阵急促的脚步声。一个人飞奔过来，高个子，发白的牛仔衣，手里拎着一个塑料袋。他在她面前停下，一笑，露出雪白的牙齿。

“不好意思，来晚了，”他喘着气，“幸亏你没走。”

冯佑

冯佑吃坏了东西，整个下午都拉肚子。他在马桶上给要好的同事发短信：替我留两块菊花松酥。

第一次见到谢宁，她坐在桌前看文件。冯佑瞟她一眼，又一眼。这大概是缘分吧，他后来这么想。谢宁是财务科长，不漂亮，年纪也比他大。如果不是他答应了老爸，要安定下来好好过日子，放在从前，像这样的女人他看也不会看。人真是奇怪的东西，一旦决定换一种生活方式，品位就会跟着改变。那时他喜欢的是穿超短裙松糕鞋的辣妹，丰乳肥臀走路一扭一扭的那种。半年前，他打架弄断六根肋骨，老爸拿菜刀对准胸口，说：“你要是不改，我就死给你看。”

冯佑称呼她“阿姐”，心里清楚，她和他是两条平行线，永远不搭界的。真正的转变其实是那次他到财务科领工资，办公室只有谢宁一个人。她手指很灵巧，数钱时像兰花那样好看。她把钱给他，手指轻轻触到他的手掌，软软的，指甲划过，麻麻的，痒痒的——钱不多，只是薄薄的几张。她很郑重地交到他手上。他看着她的手，不知怎的，竟想起老爸的话：找个过日子的女人。

每到阴雨天，冯佑的胸口隐隐作痛，便想，真该找个过日子的女人呢。他觉得谢宁就是这种女人。她是那样恰到好处，不美也不丑，有些世故，又有些可爱——很适合当老婆。他第一次把菊花松酥放到她面前时，她要给他钱，他怎么可能收她的钱呢？其实他做得还是很明显的。他完全可以再拿些点心，说请大家吃，但他没有这么做。他故意显得很紧张，说话都口吃了。

今天，冯佑来到财务科，刚好是下班时间，办公室只剩下谢宁一个人。冯佑见她站起身来，便轻手轻脚地跑到楼梯口，下了一层楼，接着，咚咚咚，重新迈开大步上楼来，喘着气，来到她面前。

冯佑说：“拉肚子，所以来晚了。”谢宁说：“噢，我倒忘了，原来今天是星期四，有菊花松酥的。”冯佑说：“阿姐的事，杀了我的头也不会忘。”谢宁笑笑。冯佑故意走得很慢。公司的班车是五点一刻开，现在是五点十分。他算好时间，到五点十三分，看表，叫起来：“糟糕，阿姐你要赶不上班车了。”谢宁也看表，吃了一惊，奔过去，但还是晚了，眼看着班车的尾巴在那里冒黑烟。冯佑把摩托车推过来，说：“我送你。”谢宁有些犹豫。冯佑笑道：“上车吧，总比叫出租方便些。”

谢宁

摩托车开得飞快。谢宁原先只是轻轻抓住冯佑的衣服，后来车身一个急转弯，不得不抱住他的腰。她感觉冯佑的身体微微一动，似是在笑。谢宁心里骂了句：小赤佬。甜甜的很受用，随即，把脸轻轻靠在他背上。

刚才，不晓得他看出来没有。现在想想，她戏做得过头了。人家身体不舒服，还惦着给她送点心，无论如何都应该表现得更感激些的，她居然连“谢谢”都忘了说。谢宁想着想着，就有些懊恼。他会怎么想？看穿了不好，不看穿也不好——伤脑筋啊。

谢宁暗暗叹了口气。

第一眼见到他，他在窗口打菜。一米八五的身高，穿白色的工作服，剪个平头。大家都说，食堂来了个帅哥。女孩们争着排在他那队，挤眉弄眼。谢宁觉得很好笑。轮到她了，她看他——他五官俊朗，周身洋溢着青春的气息。她把目光移开，很快又落到原处，微笑着说：“噢，新来的同志。”

这个人，让她想起多年前的那个人。

——高三开学，转来一个插班生，与她同桌。他叫刘鹏，双眼皮，薄嘴唇。谢宁给他抄笔记，督促他做作业。那时她还小，喜欢读岑凯伦、琼瑶的书。一天，他邀她到海边玩。两人坐在沙滩上，他告诉她，他父母早年离婚，他跟着改嫁的母亲过活，家境不好，继父同他商量，让他高中毕业就上班，省下钱来供同母异父的弟弟读大学。

刘鹏弹吉他。悠扬的琴声，和着海边的风声，远处隐约有船的影子，夕阳浮在海面上，映红天边的云彩。

谢宁不能想象刘鹏的生活——从小到大，父母把她捧在手心里，她没吃过苦。刘鹏因为作弊受过处分，学习成绩也不好，这些她不在乎。相反地，还有些新奇，跃跃欲试。天色一点点暗下去，刘鹏脱下外衣给她披上，接着，小鸡啄食般地，在她唇上吻了一下。

高中毕业，就各奔东西了。那天的情景，像一张老照片，偶尔拿出来翻看，日子久了，渐渐泛黄，几乎已模糊了——很奇怪，见到冯佑，竟又想了起来。

吃饭时，谢母又提起相亲的事。男人，三十多岁四十不到，台湾人，未婚，在大陆做生意。谢母一边说，一边偷瞟女儿的脸色。谢宁不吭声，拿勺子舀汤。谢母说：“去还是不去，你倒是表个态呀。”谢宁说：“去，为什么不去？去看看又没关系。”谢母便转向谢父，气呼呼地说：“你女儿大概是个怪胎，不想结婚了。”谢父好脾气地笑笑：“她又没说不想结婚。”谢母道：“都老大不小了。”谢父朝妻子使了个眼色，阻止她说下去。谢宁装作没听见，一口一口地喝汤。

相亲挑在一个阳光明媚的星期天。谢母一遍又一遍地叮嘱女儿：

“要认真对待，要诚恳，要耐心。”谢宁赶到咖啡厅，刚刚好是下午五点。按照约定，那人手里应该拿着一份《新民晚报》。谢宁环顾四周，在窗口座位找到了目标。那人也看到了她，急急地站起身来。两人隔着六七米，对望了几秒钟。

谢宁走上前，道：“你好，我是谢宁。”伸手与他相握。男人个子很矮。他大约感觉到身高上的差距，挺了挺腰，脸上原本带着笑，这样一努力，笑容显得勉强了——比谢宁矮半个头。他说：“你好。”

男人眼角皱纹很深，嘴角耷拉下来，有些苦相。后面头发很短，涂了摩丝服服帖帖，前面却像小孩那样留着平平的刘海儿——他看上去有四十多岁。男人帮谢宁拉开椅子，谢宁坐下。男人问她：“喝点什么?”谢宁回答：“橙汁好了。”男人傻傻地说了句：“怪不得你皮肤这么好。”谢宁一笑：“谢谢。”

男人把手摆在桌上，像小学生在听课，整个身体是僵的，一会儿，慢慢向后靠去。椅子太大太宽，而他上身又太短，这样一来，脸上陡然出现失足落水的惊恐神情——他终究觉得不自在，依旧朝前坐着。

这样一个人，没什么指望，谢宁倒是心定了。她准备把他的一举一动都记下来，回家好说给父母听。不是她挑三拣四，实在是这人条件太差了。

“我叫吴根水。”男人带着浓重的闽南口音，递上名片。

“噢。吴先生是做玩具生意的?”

“对。谢小姐喜欢玩具吗?”

谢宁笑了笑。

“一般吧，我又不是十六七岁的小姑娘，再整天抱个洋娃娃就不像样了。”

“不是啊，谢小姐看上去很年轻，顶多——呃，二十出头。”

“噢，是吗？谢谢你。”谢宁端起橙汁，喝了一口。

半小时后，谢宁提出要走。她道：“谢谢你的款待，我还有事。”说完站起来。男人猝不及防，也跟着站起来。他像是有话要说，谢宁看着他，他又说不出来了，神色尴尬，许久才憋出一句：“再联系啊。”

谢宁笑笑，朝他挥挥手，相亲结束了。走出咖啡店，吸一口新鲜带着凉意的空气。那一霎，失望像潮水那样铺天盖地地袭来，她翻来覆去地想：完了完了，嫁不出去了——谢宁觉得挺难为情。从口袋里取出名片，揉成一团，准备扔到垃圾桶。再一想，还是放进包里了。

吴根水

吴根水老家在台湾花莲。父母都是农民，上面有三个姐姐。“吴根水”这个名字，花了父亲不少心思。一来，他是吴家唯一的根；二来，根有了水，才能从小苗长成大树。吴父找人为儿子算过命，说他五行缺木，还缺水。“吴根水”里又有木，又有水，齐了。吴根水出生没几年，父亲便病死了。母亲辛辛苦苦把四个孩子养大，却在一起车祸中意外丧生，那年吴根水才十五岁。三个姐姐都出嫁了，大姐、三姐不管他，唯独二姐心肠最好，带他回家，给他买衣服买书。二十岁时，吴根水向二姐借了点钱，去了台北。

吴根水在一家玩具公司打工。他读书不多，话也很少，但干起活来扎扎实实、漂漂亮亮。两年后，升级做工头。

真正改变他人生的一件事，发生在他二十四岁那年——有一天，他救了一位心脏病发作晕倒在路边的老人，将他送进医院，并垫付了医药费。没想到，老人居然是公司董事长的父亲。老人直截了当："有什么要求尽管提。"吴根水没有狮子大开口，仅仅是希望参加公司的玩具设计。他如愿以偿。一连几周，他每天只睡两三个小时。起初大家以为他不过是痴心妄想，但最后，当他把设计呈上来时，每个人都不得不承认，他天生就该是做这行的。十年后，吴根水有了自己的玩具公司。

吴根水回到家乡，买一幢别墅送给二姐。对于大姐和三姐，他也没有记恨，照样有求必应。吴根水说："爸妈在天上，不就指望着我们四姐弟和和睦睦吗？我能做到的一定会做。"吴根水说的都是真心话。那天夜里下了很大的雨，他听着屋檐上滴滴答答的雨珠，回想这十几年发生的事，自己其实真好运啊。"吴根水"是个好名字，就是因为太好了，所以一开始要遭点劫受点灾。爸妈把坏的都受了，留下好的给他。吴根水一想到这些，就觉得心酸。

吴根水的女秘书姓任，三十出头，未婚，很漂亮，也很能干。好几次在吴根水的住所里，两人做了越轨的事。任秘书偶尔会向他提出一些要求，但绝不过分。吴根水觉得这样很好，哪个女人不爱珠宝首饰啊？无欲无求的女人也会让男人觉得无趣，关键是分寸要把握好。吴根水从没想过要和她结婚。他躺在床上，抚摸着任秘书纤细的头颈，道：“我跟你说，我想要找个处女。”这些话他只好意思跟任秘书说。他道：“我跟你说，我要找处女没别的意思，就是图个单纯一点简单一点。我是个传统的人啊。”

谢宁是任秘书介绍给吴根水的。吴根水见到谢宁第一眼，便有一种强烈的预感，眼前这个女人或许会成为他的妻子。他告诉任秘书，说他以前好像见过谢宁。任秘书调皮地学越剧《红楼梦》里的对白：“咦，这个妹妹我见过的。”吴根水很肯定地说：“真的，我见过她，要不就是在梦里。”

相亲时，吴根水很紧张。他问谢宁喜不喜欢玩具，她说一般。他懊恼极了，为什么要问这个呢？他应该主动提出送她一只玩具，或许就能多一次见面机会。他还夸谢宁年轻，这是任秘书教他的，说赞美女人年轻总没错。可事实上，谢宁并不年轻，吴根水担心马屁拍过头了，她反而不高兴。其实他真的不很看重女人的长相，相反，谢宁身上那种端庄娴静的气质，倒是他所喜欢的，但这些话又不方便说给她听。吴根水是真的手足无措了，短短的一个小时，他背心不停地冒汗。

后来，吴根水仔细想了想，觉得谢宁的长相有一点像他妈妈，这就怪不得有似曾相识的感觉了。吴根水对任秘书说，谢宁的眼睛和他妈妈的一样，都是肉里眼，但又不像别人的肉里眼那么凶，而是很灵气很秀丽的。任秘书听了，说：“原来你有恋母情结。”吴根水笑了笑，说：“这大概是缘分。”

谢宁

谢宁回到家，往沙发上一躺，伸个懒腰。谢母很紧张，凑过来，问怎么样。谢宁说："妈，你其实应该跟去看看的。"谢母问："什么意思?"谢宁说："我要是实话实说，你一定会怀疑我没诚意，故意糟蹋人家，把人家讲坏。"谢母泄气了，一屁股坐在沙发上。过了一会儿，不死心，又问："真的不行?"谢宁说："年纪看上去比爸爸小不了多少，个子比你都矮，模样像个小丑，你说行不行？"

谢宁双手一摊，做出无可奈何的样子。

不一会儿，电话铃响了，是吕贝贝打来的。

吕贝贝是去年分进财务科的大学生，苏北人，工作很勤恳，整天谢姐长谢姐短，跑前跑后——上海女孩子是不屑这样的，背地里骂她"马屁精""乡下人"，还嘲笑她的苏北口音。

吕贝贝常常打电话找谢宁聊天。她说："谢姐，我在上海没亲人，你就像我的亲姐姐一样，我有什么心里话只能跟你说。"这几句话她翻来覆去地说。谢母对谢宁道："这个小姑娘门槛很精，可别小看她。"

吕贝贝告诉谢宁，她很喜欢冯佑。

谢宁听了心里一动，不吭声。

吕贝贝道："我也不晓得为什么会喜欢他。他家里条件很差，我家里条件也不好，我父母都希望我找个有钱的男朋友。有时候我觉得自己真是不像话。男人光长得好有什么用啊？还得有本事。我应该替家里着想，我哥哥到现在还没结婚呢，对象倒是谈了六七年了，人家父母不同意，说我家没的钱，女儿嫁过来会受苦。我到上海来工作，爸妈都对我抱了希望，家里翻身全靠我了。可没办法，我就是喜欢他。”吕贝贝有些不好意思。

“那你约他出来玩啊。”电话里，谢宁给她出点子。

“嗯，多不好意思啊。”

“这有什么？都 21 世纪了，既然你真心喜欢他，就不要胆怯，抓住机会，免得将来后悔。”

“那也得找个借口啊——要不然，谢姐你陪我一起。”

“嘿，我才不要做电灯泡呢。”

“帮帮忙吧，谢姐。”吕贝贝恳求道，“后天星期六是我生日，我请他过来，你也来，替我壮壮胆，好不好？”

“那，好吧。”

挂掉电话，谢宁有一点内疚——利用了这个女孩。她想到下个月科室有个到香港培训的名额，决定让吕贝贝去。

吕贝贝

吕贝贝从手机里找出冯佑的电话号码，打了过去。

冯佑问：“有事吗?”吕贝贝说：“后天是我生日，想请你过来。”冯佑问：“就我们两个?”吕贝贝说：“不，还有谢姐。”冯佑想了想，说：“好啊。”又问她喜欢什么礼物。吕贝贝甜甜地说：“只要你能来，我就很高兴了。”

吕贝贝住在公司的集体宿舍里，原本是两个人一间，后来同屋的女孩嫁人了，变成她一个人住。宿舍里的女孩们都不做饭，去外面买现成的，或是半成品，放进微波炉一转就好。吕贝贝不这样。她买来新鲜蔬菜、活鸡活鸭，自己弄。她杀鸡的本事一流，牢牢抓住鸡的翅膀，露出鸡的脖子，手起刀落，温热的鸡血准确无误地滴落到碗里，还不会弄得鸡毛满天飞。管宿舍的阿姨常拿她来教育那些上海女孩："喏，学一点啊，免得将来嫁不出去。"

吕贝贝出生在江苏盐城的一个工人家庭。父母早年下岗，生活很艰苦。吕贝贝大学毕业后留在上海工作。她非常节省，每月的工资拿出一大半寄回家。她还在外面帮人翻译资料。白天上班，晚上翻译，虽然辛苦些，但她很高兴，每个月多赚几千元，一年就是几万——这些钱，是给自己备下做嫁妆的。她不像那些上海女孩，可以吃光用光。她没这个福气，一切都要自己来，谁也靠不了。

吕贝贝打完电话，才发现心跳得很快，扑通扑通，像是要跃出胸腔来。

她知道，冯佑是喜欢她的。

要不然，他为什么老是到财务科来呢？他给谢姐送菊花松酥，不过是个借口罢了，目的是想看看她。吕贝贝一想到这，就有些不好意思。谢姐是领导，放出话来说喜欢吃菊花松酥，他当然得照办。吕贝贝猜想，冯佑其实也想给她买的，但没办法，办公室里有那么多人，光给她买不给别人买，影响不好。如果都买，那花的钱就多了，他又不富裕，吕贝贝是很能体谅他的。其实她只要能经常看到他，就很开心了。菊花松酥什么的，她一点儿也不在乎。

生日那天，吕贝贝很早便起床了，趁着人少，赶到菜场，小菜又多又新鲜。回到宿舍，她随便吃了点午饭，换了一身衣服，坐在梳妆台前，很精细地化妆。先是粉底，均匀地抹上一层；画眉，淡淡的；再是眼影，薄薄地涂一点；搽粉，拿粉扑蜻蜓点水般地扫上几扫；涂口红，轻轻地用纸巾一按，很自然很清新。

冯佑和谢宁陆续到了。冯佑捧着一束花，谢宁拎着蛋糕。两人都是第一次来，先参观了一遍房间。谢宁说："我们贝贝就是能干，屋子收拾得这么干净，将来哪个男人娶到她，真是有福了，对吧，冯佑?"冯佑道："是啊。"

吃饭时，谢宁举起杯，说："来，祝贝贝生日快乐!"三人干了杯。谢宁很感慨地说："二十三岁，风华正茂，真是令人羡慕啊！我二十三岁的时候在干什么呢？眼睛一眨，快三十了，自己都吓一跳。"吕贝贝说："我三十岁时要是能有谢姐现在一半好，就开心死了。"谢宁笑道："我有什么好？你要是像我就糟糕了。"吕贝贝说："谢姐什么都好，就是太谦虚了。"她一推冯佑，"哎，你说是不是?"冯佑说："是啊。"谢宁笑着问他："什么叫'是啊'？你是说我谦虚，还是说像我就糟糕了?"冯佑刚喝了一口可乐，听她这样说，顿时呛进喉咙，咳嗽起来。

吕贝贝拿来纸巾，递给他。冯佑一边咳一边道："阿姐欺负我不会说话。"谢宁道："你要是不会说话，天下就没人会说话了。公司里谁不知道，小冯的嘴巴最甜，最会讨女孩子喜欢了。"冯佑问吕贝贝："我嘴巴很甜吗？很会讨女孩子喜欢吗?"吕贝贝笑道："谢姐说是，那肯定就是了。"谢宁说："这是大家公认的，可不是我说的。”冯佑忽地凑近她，问：“那么，阿姐我讨不讨你喜欢?”谢宁微微一笑：“我这个年纪已经不能叫女孩子了，你讨我喜欢也没用。”冯佑说：“没结婚就是女孩子，别说三十岁，四十岁也是女孩子。”谢宁笑着对吕贝贝说：“对领导讲话这么没规没矩，贝贝你说怎么罚他?”吕贝贝说：“罚他待会儿洗碗。”

吃完蛋糕，吕贝贝本以为谢宁会找借口先走，谁知她竟聊个没完，吕贝贝有些后悔让她来。后来，她一下子想到，谢宁是老姑娘，公司里传说她从来没有谈过恋爱，连男人的手也没拉过，根本没有经验——这样一想，吕贝贝倒又内疚了。年龄是最让女人敏感的东西，将心比心，她一定不好受。

九点多，谢宁提出要走。吕贝贝说：“这么晚了，谢姐你一个人走不安全。”冯佑也站起来，道：“听这话的意思，像要赶我走。”吕贝贝笑道：“是又怎么样?”

冯佑

冯佑和谢宁走在马路上，慢慢的，像散步。风掠过鼻尖，能闻到草木清新的香气，带着微微的潮气——大约快要入梅了。路灯把两人的影子拉得又长又直。谢宁说：“贝贝是个不错的女孩。”冯佑说：“是啊。”谢宁说：“贝贝烧的菜味道很好。”冯佑说：“是啊。”谢宁说：“贝贝待人也好。”冯佑说：“是啊。”

谢宁忽然停下脚步，看着他，道：“贝贝说她喜欢你。”冯佑说：“不会吧?”谢宁说：“怎么叫不会吧？人家就是喜欢你。”冯佑摸摸头，笑了笑。

谢宁说："其实我觉得，你们两个人挺配的。"冯佑说："是吗？我怎么不觉得？"谢宁看他一眼，笑道："别装。"冯佑耸了耸肩，道："我装什么了？"谢宁道："人家小姑娘是真心真意的，如果你也有意思，那我就当个媒人好了。你看怎样？"

冯佑笑笑，说："我送你。"谢宁摇头："你家住得远，送完我回去就晚了。"冯佑道："我高兴送你，再晚也没关系。"

出租车停在谢宁家门口。谢宁掏出皮夹，要付钱，冯佑抢着付了。下了车，谢宁又问："哎，你到底觉得贝贝怎么样？"冯佑说："没怎么样。"谢宁有些不高兴了，说："我可是好好问你呢。"冯佑说："我也是好好地在回答啊。"

谢宁道："我要回家了。"说完拿钥匙开防盗门。冯佑叫住她："阿姐。"谢宁转过身，问："还有什么事？"冯佑说："你——要回家了？"谢宁说："对，我要回家了。"冯佑停顿一下，说："再聊会儿好吗？"谢宁问："有什么好聊的？"

冯佑看看表，说："其实还早，十点都不到。"

晚风柔柔地吹在身上，像一双手拂着，轻轻的，又似在撩拨些什么。有东西堵在他喉口，难受得很，一张嘴，便迫不及待地蹦出来：

"阿姐，我喜欢你。"

突如其来的，他自己也吓了一跳。

周围静悄悄的，只有风撩动树枝发出窸窸窣窣的声音、远处隐隐约约的几声蛙鸣。冯佑习惯性地伸手摸摸鼻子，咳了一声。

“我知道，我配不上你。你读过大学，又是领导，我不过是个临时工。我是痴心妄想，癞蛤蟆想吃天鹅肉。阿姐，我没什么奢望，只要每周给你送一次菊花松酥，能看看你，就很满足了，真的。”

冯佑的一双眼睛，黑暗中显得很亮，只是不停地眨。

他在等谢宁的回答。偏偏，谢宁不说话。

“阿姐，你生气了?”他问。

过了一会儿，谢宁说：“我真的——要回家了。”

她在包里找钥匙，翻了半天，才找到。钥匙不留神落到地上，发出细碎的金属碰击声。她低下身要去捡，冯佑抢在前头捡了起来，递给她。

冯佑说：“你上楼，我看到你灯亮了再走。”

嫩黄色的灯光。冯佑在楼下等了好一会儿。他猜想谢宁也许会拉开窗帘，跟他打个招呼。一刻钟，半小时，三刻钟——灯熄灭了。

冯佑回到家，快十点半了。烟纸店还没关门，冯干巴坐着，露出半个身子。隔着一扇窗，他道：“回来了?”冯佑嗯了一声。冯干巴问：“吃了饭没有?”冯佑说吃了。冯干巴又道：“早上的茶叶蛋还剩下几个，我给你热一热，当夜宵。”冯佑不耐烦道：“吃不下了。”冯干巴便不说话了。

冯干巴是土生土长的上海人，结过两次婚。第一个妻子是病死的，冯干巴抱着不满三岁的儿子又结了婚，生下女儿露露。不久，第二个妻子也因意外去世了。冯干巴又当爹又当妈，硬生生把两个孩子拉扯成人。退休后，他用积攒下的钱开了一爿烟纸店。其实就是自己家，窗子打开，算是个柜台。左邻右舍不愿跑远，便到他这里买些日用品。近年来超市、便利店越开越多，烟纸店生意不好做，冯干巴把价钱压低，又兼卖早点小吃，咬紧牙关挺着。他不做饭，卖不完的茶叶蛋和葱油饼，拿来当一日三餐。

冯佑问他："露露还没回来?"冯干巴说："跟同学玩去了。"冯佑问："男同学还是女同学?"冯干巴说："我盯着呢，是女同学。上次张老师打电话来说，露露这阵子还算老实。"冯佑道："你当心点，别让她跟不三不四的男孩在一起。"

冯干巴答应着，又问他想不想吃茶叶蛋。冯佑无话可说，进房间了。这个十平方米不到的房间，用布隔成里外两间，他睡里面，冯干巴睡外面。家里只有两个房间，父子俩一间，露露一间。家具都是旧的，二十一英寸的金星彩电，单门的双鹿冰箱，墙纸用了多年，早已呈暗黄色。客厅小得不能再小，摆满了商品，窗前是方凳。头顶一架吊扇，斑斑驳驳褪了色，一年四季都不拆。

冯佑看了一会儿电视，睡了。

也不知过了多久，他迷迷糊糊听见有开门的声音，接着，是冯干巴高八度的嗓门："这么晚才回来，干什么去了?"露露的声音毫不示弱："不是说了嘛，和同学去玩，真是的!"冯干巴说："怎么有酒味?你喝酒了?"砰!敲击桌子的声音。冯干巴吼道："说了不许喝酒，你把老子的话当放屁啊?!"

墙那头传来两声咚咚——半夜三更，隔壁邻居在抗议。

冯佑一点睡意也没有了。

冯佑现在思路与过去完全不同了，他会认真地考虑一件事情，会设身处地为自己打算，为家人打算。二十岁那年，他迷上一个舞厅里的小妞，为了追她跟别人动刀子，还偷老爸的钱包去一家西餐厅，跟她共进烛光晚餐。其实他连一丁点娶她的意思都没有，那时他还太小，自己都不知道自己想干什么——放到现在，他是绝对不会的。老爸骂他，他嘴巴犟，其实心里后悔得要命。

冯佑知道吕贝贝喜欢他，可惜吕贝贝没钱，又是外地人。冯佑想得很远。结婚要买新房子，钱是个大问题。老爸没钱，自己也没钱，全得靠老婆。婚后多半要和爸爸、妹妹住在一起。将来有了孩子，家里没一个读书人，孩子也得靠她管教。谢宁性格温柔，收入稳定。这些都是优势。

第二天，他拨通谢宁家里的号码。一个女人接的电话，她问："找谁?"冯佑猜测她应该是谢宁的母亲，便道："您好，我找谢科长。"女人说："等一会儿。"电话搁下了。冯佑咽一口唾沫，握电话的手上都是汗。

很快地，谢宁拿起电话。她问："哪位?"冯佑又咽一口唾沫，说："是我。"电话那头停顿了一下，问："有事吗?"冯佑道："也没什么事。"说完直骂自己是猪。谢宁果然说："没事你打来干吗?"冯佑说："阿姐，你有空吗？我想和你谈谈。"谢宁道："你说。"冯佑道："我们找个地方谈谈，好吗?"过了一会儿，谢宁才道："去哪里?"冯佑道："就你家楼下的咖啡馆。"

二十分钟后，冯佑骑摩托车赶到咖啡馆。谢宁已经等在里面了。

两人点了咖啡。冯佑道："昨晚我说的那些话……"谢宁打断他："我知道你是开玩笑，我没当真。"冯佑说："我不是开玩笑。"谢宁捋了捋头发。冯佑说："我昨晚说的每句话都是真心的。"

谢宁低下头，喝了一口咖啡。

冯佑说："阿姐，你知道我家的情况吗？"谢宁说："我为什么要知道？"冯佑说："你不知道没关系，我可以告诉你。"谢宁道："我又没问你。"冯佑笑笑，道："是我自己想告诉你。"

冯佑道："我家一共三个人，我、我爸爸，还有我妹妹。妹妹比我小六岁，跟我不是一个妈生的。我爸快六十岁了，在家门口开个小烟纸店，妹妹明年职高毕业。我家住在一套旧房子里，有机会阿姐你可以过去玩玩。"

谢宁不作声。

冯佑道："我说这些没别的意思，就是想告诉你，我家很穷，穷得叮当响。凭阿姐你的条件，能找到比我好一千倍的对象，比我有钱也比我有出息。如果你不喜欢我，喜欢别人，我一点也不会怪你。阿姐你结婚的时候，有什么需要我的地方，吩咐一声，杀了我的头也给你办到。"

谢宁低着头，像是一句话也没听进去。

过一会儿，她缓缓地抬起头来，道："我不要听那些乱七八糟的话，我只问你一句，"她放慢了语速，"你的心，你能确定吗？"

冯佑一愣，随即重重地点了点头。

谢宁道："我只在乎别人的心。别的，我一点儿也不在乎。"

说完，她就笑了，嘴角微微翘起，是她这种年纪绝少的一种俏皮的笑容。笑得很媚，又是一点一点露出来的，缓缓的，淡淡的，由浅入深，像清晨的露水那样饱满甜美——幸福几乎满溢出来。

起初冯佑还在发呆，及至看到她的笑容，心上陡然似被什么顶了一下，先是挤得胀胀的，后来，又慢慢地松懈下去。空了，轻了，像要飞起来似的。

谢宁说："以后别叫我阿姐了。"

冯佑不知该说些什么，心里有许多话，滑到嘴边，却只是简单的一句：

"阿——我真的喜欢你。"

谢宁

谢宁完全陷在一种梦幻般的感觉里了。

依稀便是刘鹏。一样的家境，一样的气质，都有同父异母的弟妹——是老天注定。她等了十年的东西，像迷路的人那样姗姗来迟。

冯佑带她来到一个歌舞厅。老板是个头发染成金黄的男人，三十多岁，跟冯佑很熟。他问冯佑："女朋友啊？"冯佑看谢宁一眼，回答："是啊。"谢宁朝男人笑笑，道："打扰了。"男人说："冯佑来还有什么好说？老朋友了。"

老板领他们到 KTV，就出去了。

冯佑点了一支歌。

"我把你紧紧拥入怀里，捧你在我手心，谁叫我真的爱的就是你，在爱的纯净世界，你就是我唯一，永远永远不要怀疑…… "

冯佑一边唱，一边看她。谢宁也看他，仔仔细细地——看他的五官、他的眼神、他的表情、他嘴角的酒窝。他是那么帅气、亲切，还有些可爱。她从未这么近距离地看他。她几乎要晕眩了，窒息了。

她问自己：为什么会爱上他呢？她认识他不过才两个月。

“我唯一爱的就是你，我真的爱的就是你。”他看着她。

在公司里，两人表现得若无其事，还跟以前一样，没人发现他们。下班时，谢宁坐在靠窗的座位——这是他们约好的。冯佑骑摩托车，靠她这边。他掌握着车速，与班车并排而驶。班车上的人们大多在打盹。两人你看着我，我看着你，只用眼神交流，还有心——这是一段美妙无比的路程。

公司举行歌唱比赛，冯佑得了二等奖。他在台上又唱又跳，还脱掉衣服，露出肩膀上的肌肉。喝一口矿泉水，把剩下的水连瓶子朝台下扔去，女孩子们激动得尖叫。谢宁是评委之一。比赛结束，她告诉他，她给他打了满分。可惜没用，最高分被去掉了！她大笑。

谢宁仿佛看到，一种崭新的生活方式正慢慢地走来——很奇妙，很有趣。她已经做好准备迎接它。

星期天，谢宁提着水果和补品，来到冯佑家里。冯干巴在门口迎着，两只手放在前面反绞着，脸上的笑容因时间太久，早僵了。谢宁叫：“伯父。”冯干巴说：“坐，坐。”露露没有叫人，斜倚着墙，朝谢宁看了看，走开了。

谢宁环顾四周，真如冯佑所说，一个简陋的家，几乎没一件像样的家具，房间里弥漫着一股不清不楚的腐旧的气味。她看到冯干巴端来的茶，杯内积了一层黄黄的陈年茶垢，而端茶的那双手，指甲缝里黑乎乎的。谢宁笑眯眯地接了过来，说：“谢谢。”冯干巴说：“房间乱，连个好好坐的地方都没有，招呼不周啊。”他不敢靠谢宁太近，倒完茶便立即退开，站在墙边，也不敢看她，只望着儿子，不停地笑。

谢宁要到厨房帮忙，冯干巴死活不肯，她才不坚持了，坐着看电视。冯佑问她："吃不吃瓜子？"她说不吃。冯佑又问："吃不吃话梅、巧克力？"她还是摇头。冯佑说："你想吃什么自己到货柜上去拿。"谢宁笑道："我又不是小孩。"冯佑也笑道："我是怕你客气。"谢宁道："在你家里，我不会客气的。"冯佑笑道："你的意思是，我的家也就是你的家，对不对？"谢宁用手指轻轻弹了一下他的额头，道："你这个人啊，很不老实。"

吃饭时，露露才走出来，慢腾腾地坐下。她长得又高又瘦，像根芦柴棒，轮廓和冯佑有点像，但五官不如她哥哥好看。她头发很长，披到腰间，穿一条有好几个洞的牛仔裤。谢宁问她："头发留了几年？"露露说："三年。"谢宁很羡慕道："留得这么长，发质还能保持得这么好，真不容易啊，换成是我，早就开叉了。"谢宁又问："明年要毕业了，对吧？"露露嗯了一声。谢宁说："用功读书，毕业了阿姐送你一件礼物。"露露不屑地笑笑。冯干巴指责女儿："好好跟你说话呢，别死样活气的。"他转向谢宁赔笑道，"小姑娘就是这样不懂事，刚才她要出去玩，我说今天有客人，不许她出去，她就不高兴了。"谢宁笑笑："我像她这么大的时候，也喜欢玩。小姑娘都是这样。"

冯干巴的手艺不怎么样，鱼煎得掉了尾巴，猪手没有炖烂，鸡汤又太咸。他没有意识到，还一个劲地叫冯佑为谢宁夹菜。谢宁硬着头皮把油腻腻的猪手全吃下去。冯干巴又让冯佑给她夹菜。冯佑看看谢宁，说："爸，她自己会夹的。"冯干巴到厨房里又拿来一双筷子，笨拙地夹下半条鱼，抖抖地，放进谢宁的碟里。他再三解释："喏，你看，筷子是干净的。"他不停地说"招呼不周，招呼不周"，谢宁见到他鬓角的白发，非常不好意思，说："伯父，你自己也多吃点。"

过了一会儿，冯干巴说："有点闷嘛。才五月份，天气就热了。"他把吊扇打开。头顶上响起吱嘎吱嘎的声音，叶片有气无力地转起来。

冯佑说："爸，该换个吊扇了，别哪天掉下来。"

冯干巴说："掉不下来，放心吧。"他喝了点黄酒，略微有些醉意，对谢宁说："我家的情形，你也看到了。我只有这么一个儿子，儿子不争气，老子也没花头，委屈你了。这爿烟纸店，再加上这套房子，虽然破破烂烂，多少还值些钱，将来都是你们的。我也不怕露露生气，她是女孩，总归要嫁人的。你看，我身体还结实，以后帮你们带小孩、做家务，绝对都没问题。"

冯佑道："爸，你说这些干什么?"冯干巴张口结舌道："我、我没说错啊，我大概老糊涂了。小谢，你生气了？"

谢宁微微一笑，道："没有。"

吃完饭，冯佑送谢宁回家。两人手搀手，静静地走了一段路。冯佑忽道："你很好，比我想象中的还要好。"谢宁道："我没那么好。"冯佑坚持道："不，你很好，真的很好。"谢宁一笑，说："傻瓜。"

旁边驶过一辆红色的宝马，谢宁忽然咦了一声，冯佑问："怎么了?"谢宁说："车里那个人，有些面熟，好像是认识的。"冯佑问：

“是谁?”谢宁道：“想不起来，也许认错了。”冯佑道：“走吧，回家。”谢宁道：“不叫出租，我们坐公共汽车。”冯佑在她嘴上亲了一亲，笑道：“老婆，你真是体贴。”谢宁斜他一眼：“不许这么叫我。”冯佑又亲了一下，说：“我偏要叫，你就是我的好老婆。”

回到家，谢宁一下子想起来，那人是吴根水——他应该也看到她了。

吴根水

谢宁没有看错，那人的确是吴根水。

吴根水最近很忙，白天开会，晚上应酬，好不容易签了一笔大合同，人瘦了一圈。任秘书劝他：“何必这么拼命呢?让底下人去忙好了。你看大陆的那些董事长、经理，谁不比你潇洒?你啊，天生的劳碌命。”吴根水被这几句话说得很惬意，公司里也只有她会这么说。他接过任秘书端来的热牛奶，说：“我是白手起家，一分一厘都是自己赚的，血汗钱，潇洒不起来啊。”

晚上，任秘书在他的别墅里，为他煲汤——雪蛤煨人参鸡汤。她把碗端到他面前，一勺一勺地喂他。她问：“味道怎么样?”他说：“好喝。”任秘书嗲嗲地说：“你啊，真该找个女人照顾你。”吴根水说：“是啊，可哪个女人比得过你呢?”任秘书把头靠在他怀里，说：“那你就娶了我吧。”吴根水笑起来：“我要是娶了你，全上海的男人都来找我决斗，我怎么吃得消?”

吴根水心里想的是谢宁。

他不知道谢宁旁边那个男人是谁，那一霎，他几乎要叫司机把车停下来。他看到谢宁在笑——她的笑容，像极了他母亲。她的笑容里有一种敦厚宽怀的味道，像陈年老酒那样醇香。吴根水想，漂亮有什么稀奇？年轻有什么稀奇？他要的，是一种味道，母亲的味道，亲人的味道，让他一看到她，就会想起老家门口那条小溪，心也立刻变得像小溪那样平静。

第二天，吴根水忍不住给谢宁打了电话。

他问她："最近好吗?"她说："挺好的。"他说："到公园走走好吗？聊聊天。"谢宁说："好啊。"

吴根水比约定的时间早到了一刻钟，买好门票，等着。谢宁准时赶来。

两人找了个亭子，坐下。吴根水说："今天天气不错。"谢宁说："是啊。"吴根水说："这样正好，不冷不热，再下去就要热了。"谢宁说："是啊。"吴根水又问："你渴不渴？我去给你买饮料。"谢宁摇头，道："我不渴。"

吴根水一挪屁股，换了个坐姿。他说："前几天，我看见你了。"谢宁问："哪一天?"吴根水想了想，说："好像是上个星期天，晚上九点多钟，你旁边还有个男的。"谢宁说："噢，我想起来了，那天我们同事聚会，他是我同事，送我回家的。"吴根水笑笑："你们好像挺熟。"谢宁道："是啊，关系不错，平常总是阿姐长阿姐短的，这个小朋友人挺好。"吴根水笑道："在我眼里，你也是小朋友。"谢宁摇了摇头，笑道："不行了，都三十了，老了。"

吴根水说："待会儿赏脸一起吃顿饭，怎么样?"谢宁没有拒绝。

吴根水抑制不住心头的喜悦，脱口而出一句闽南话："太好了！"谢宁笑了笑，问他："最近忙吗？"他道："忙，所以才没和你联系。"谢宁又笑了笑。

吴根水问谢宁喜欢吃什么菜。谢宁说随便。吴根水开玩笑："随便最难办了。"谢宁说："我真的无所谓，吃什么都可以。"吃饭时，吴根水细心地为她把鱼骨剔去，贝类拆了壳放进她碟里。他为能替她服务感到高兴。他不时偷瞟她的脸。她安静地吃着东西，不发出一点声音。她的嘴很小，眉毛也淡淡的，脸上肌肤像瓷娃娃那样细腻。吴根水看着，心里暖洋洋的。

两周后，吴根水又约谢宁吃饭。电话里，谢宁问他："介不介意我带个朋友？"吴根水一愣。谢宁说："是个女孩子。"吴根水说："行啊。"

约在西餐厅。谢宁带来一个年轻女孩，叫吕贝贝。席间，谢宁不住地夸奖吕贝贝，说她如何能干如何聪明，还说谁娶到她，真是走运。谢宁笑眯眯地问吴根水："我朋友不错吧？"吴根水觉得很别扭，不明白谢宁为什么要说这些。

女孩二十出头，烫着长波浪卷发，穿着时下流行的波西米亚裙。吴根水觉得这是个很大众化的女孩，街上到处都是。这不是他欣赏的类型。

吴根水有些慌，他想谢宁不会是要把这个女孩介绍给他吧。

吕贝贝

吕贝贝不知谢宁找她有什么事。中午吃完饭，谢宁就把她叫到一边，脸色郑重得让她惴惴不安。她说：“谢姐，什么事?”谢宁说：“我下面说的话，每一句都是真心真意为你好，哪怕你听了不顺耳，也不许生气。”

吕贝贝道：“谢姐，你说。”

谢宁说：“我想介绍个男人给你。”

吕贝贝一怔。

谢宁接下去说：“这个男人是台湾人，很有钱，人也老实，就是年纪大了点。不瞒你说，我跟他相过亲。你别误会，我不是因为自己不喜欢他，就把他推给你。除了他，我不认识别的有钱男人。请你相信，我是真的为你好。”

吕贝贝前几天接到父亲的来信，告诉她哥哥的厂已经关门，现在待业在家。他女朋友的父母坚决反对他们来往。母亲的哮喘病又发作了，整天咳个不停。父亲在信中说：“有空就回来看看吧，只有见到你，我才会开心些。”

吕贝贝请假回家了一趟，带着两万元钱。母亲不肯看病，舍不得医药费，被她硬逼着去了医院。父亲抽两元钱一包的烟，吕贝贝劝他：“干脆戒了吧。”父亲无奈地说：“戒不掉啊，我也想省点烟钱啊，辣块妈妈的。”哥哥是个木讷的人，话很少，这次居然把她叫到一边，恳求道：“你本事大，又在上海，认识的人多，给我找个工作好不好？”哥哥说话时脸涨得通红，声音压得低低的——吕贝贝比他还要难堪。她受不了家里的气氛，提前两天回到上海。

她说：“谢姐，年纪大就大点吧，台湾人也好香港人也好，见见面又没关系。我知道你是为我好。”

吕贝贝去找冯佑，直截了当地问他：“你喜欢我吗？”冯佑愣住了。她道：“说真话没关系，反正就我们两个人。”

冯佑摸摸鼻子，又摸摸脑袋，告诉她：“我们是好同事，仅仅如此而已。”

吕贝贝眨了眨眼睛。她以为他在跟她开玩笑——他居然还会说“仅仅如此而已”那样文绉绉的话。她觉得很滑稽。

“你，不喜欢我？”她问。他点点头。

她定定地看了他一会儿。

她问他：“你有女朋友了吗？”他回答：“是的。”

吕贝贝笑笑，干咳一声。她说：“谢姐给我介绍了一个男的，我要去相亲了。这个人挺有钱，是台湾人。”

她看到冯佑如释重负的神情。分别时，吕贝贝一直站在原地，望着他的背影，抱着一丝希望，他会突然回过头来，促狭兮兮地笑：“我是跟你逗着玩的。”可惜没有。他头也不回地走了。

这样也好。吕贝贝想，如果他说喜欢，那又该怎么办呢？

她一遍又一遍地想：“没关系，没关系，也许那个台湾人真的不错。”

吕贝贝买了一条新裙子，见面时穿。她特意请谢宁替自己化妆。她说：“谢姐，我是乡下人，不会化妆。”谢宁说：“别瞎说，哪有这么漂亮的乡下人?”吕贝贝看着镜子里的自己，怔怔地发呆。她说：“我喜欢冯佑。”谢宁说：“我知道。”吕贝贝说：“谢姐我想哭。”谢宁严肃地说：“不许哭，一哭妆就花了。”

吃饭时，吴根水话不多，吕贝贝也没怎么吭声，只有谢宁絮絮叨叨，说着一些无关紧要的话。吕贝贝朝吴根水看去——他低头切盘中的牛排，用力过猛，一块肉飞了出去，汁水溅到衬衫上。他拿餐巾纸擦拭，然而擦不干净，衬衫胸口处留下一摊咖啡色的污渍——吕贝贝听见他轻轻地叹了口气。

吕贝贝喝了不少酒。结束后，谢宁让吴根水送她回家。

车上，吴根水还是不说话，两只手平放在大腿上，眼睛直视前方。

窗半开着。风挺大，吕贝贝的几绺长发飘起来，在吴根水眼前晃荡。她把车窗关上，将头发拨到耳后。车里更安静了。

“我是苏北人。”她忽道，“苏北话听过吧？辣块妈妈没的命，乖乖隆地咚。”

她笑眯眯地看他。他有些不明白。她道：“你一定觉得很无聊对吧？莫名其妙多了一个人出来，其实我也很没劲。”

吴根水有些尴尬。他说：“对不起。”

她道：“没什么，反正我也无所谓，顶多有些不好意思，硬塞给人家，人家还不要。”吴根水道：“不是这样的。”她摇手，道：“没关系，真的没关系。”

她道：“坐着太闷了，我们聊聊好吗?”吴根水点头，道：“好。”

吕贝贝道："从小到大，我爸妈不怎么管我读书，可我学习一直很棒。我对爸妈说，我要让你们过上好日子——我觉得这是十拿九稳的事情。后来到了上海，我才发现光读书好是不成的，你得有后台，我资格证书早就考出来了，可到现在连个屁也没聘上，名额全让给那些关系户了，还有，你要会打扮会发嗲。小姑娘不会打扮，一口苏北腔，没人瞧得起你。艰苦朴素早就不流行了，没钱就只能被人笑话，被人骂成乡下人——吴先生，我说的这些，你大概不会明白。"

吴根水说："都差不多，差不多。我以前也很穷。"

吕贝贝打着酒嗝，道："呃，做人真累啊。有时候我想，干脆就这样混下去算了，反正总有人比你还惨，可不甘心啊！我怎么就不能过上好日子呢？呃！我又不想傍大款，也不偷也不抢，大家凭真本事总可以吧？妈的，不公平，这个社会真他妈的不公平！呃！"

她说完笑了笑，道："真不好意思，说粗话了。"吴根水说："没关系。"吕贝贝说："我平常不是这样的，今天大概酒喝多了。"吴根水说："噢。"

吕贝贝说："没人喜欢我。"吴根水一怔："嗯？"她又问："我很丑吗？"吴根水说："当然不丑。"吕贝贝瞪着他："真的？"吴根水很郑重地点了点头："真的。"

吕贝贝停下来，对他道："我想哭，怎么办？"

吴根水还没说话，她就哭了，眼泪大颗大颗的，夺眶而出。吴根水手忙脚乱地从口袋里摸出纸巾，递给她。忽地，吕贝贝一下子靠在他肩上，大哭起来。吴根水吓得不敢动，吩咐司机开得稳一点。

吕贝贝闻到他身上淡淡的烟草味道。他的手在她背上轻轻拍了两下。他说："不哭，不哭。"

谢宁

谢宁向吴根水道歉。她说："吴先生，请你不要见怪，如果我预先告诉你，你肯定是不会答应的。贝贝是个好女孩，比我好多了。"

吴根水看着她，忽道："你长得真像我妈。"

谢宁一愣。

吴根水叹了口气，说："你的眼睛太像我妈了，像极了。我妈辛苦了一辈子，到死也没享过一天福。她死的时候我才十五岁，什么也不懂，整天就知道吃，胃口还特别好，一顿饭要吃几碗。我老家是种田的，没钱，小孩又多，我妈把好吃的让给我和姐姐，自己只吃一点点，结果越来越瘦，身上一点肉也没有。"

他说："那时候我老想给我妈买蹄髈，红烧蹄髈。乡下没什么好吃的，蹄髈算是好东西了，一年到头也吃不到两回。我瞒着她到工地里帮别人扛水泥，扛了半个月，赚钱买了一只蹄髈，兴冲冲地拿回去。我想，这只蹄髈一定要全部给妈吃掉，让她吃得胖乎乎的。我保证一口也不吃，三个姐姐也不许吃。"

谢宁道："你妈肯定舍不得自己一个人吃的。"

吴根水苦笑："我回到家，就看到她躺在床上一动不动。她骑脚踏车摔到河里，淹死了。我妈到死也没吃上我给她的蹄髈。她躺在那里，好瘦啊，脸凹下去，就一张皮包着骨头。她一定是饿得没力气，才会连脚踏车也骑不动。谢小姐，你也太瘦了，你要多吃点，胖些会更好看。”

谢宁点点头。

吴根水沉默了一会儿，最后道：“如果你真的喜欢我跟那个女孩好，那我就跟她好。”

谢宁把前额的一绺头发朝后捋去，鼻子痒痒的，为了掩饰，便打个哈欠。吴根水见了，道：“我不会说话，听了想睡觉，是吧?”她忙说不是。吴根水朝她笑笑。她想解释说不是这样的，张嘴却说了句：“昨晚没睡好。”吴根水点头道：“女人一定要睡好。”

吴根水给了她一种前所未有的感觉，淡淡的，像水彩，一点一点晕开来，不知不觉，只一会儿工夫，周身便暖洋洋的。

“你有男朋友了对吧?”他问她。

“没有。”她脱口而出。

晚上，冯佑让谢宁去他家。她在附近的马路上遇见了露露，露露和一个男生在角落里拥吻，旁若无人。谢宁呆了呆，径直朝另一边走。露露看见了她，高声喊道：“喂，阿姨!”

谢宁被这声“阿姨”叫得很不是滋味，但还是停了下来，挤出笑脸，说：“你好。”露露朝旁边的男生嘴一努：“这是我同学，这是我哥哥的女朋友。”男生长得很白净，戴一副眼镜，大方地对谢宁道：“你好。”谢宁也道：“你好。”

男生先走了。露露对谢宁道：“我有件事想和你商量。”谢宁说：“什么事?”露露道：“我想跟你借点钱。”谢宁有些意外，道：“你要钱干什么?”

露露爽快地说：“流产。”

谢宁吃了一惊，问她：“你爸爸和哥哥知道吗?”露露嘴一撇：“我要是敢告诉他们，会问你借钱吗？这没什么大不了的，班上女同学有好几个都打过胎呢。”谢宁问：“是刚才那个男孩的吧，你们在一起多久了？他父母知道吗?”露露不耐烦地道：“你问那么多干吗？一句话，借还是不借?”

谢宁拉她手臂，道：“走，我跟你一起回家。”

露露使劲一甩，挣脱了，道：“不借拉倒。真是的，我哥以前那些女朋友，都比你好说话。你不借，我去找别人。”说完，扭头走了。

谢宁来到冯家，才发现家里只有冯佑一个人。他告诉她，冯干巴去看望一个亲戚，露露到同学家庆祝生日，都要很晚才回家。冯佑说这些话的时候，手很不老实，伸到谢宁衣服底下。谢宁一颤，起了一身鸡皮疙瘩。

“谢宁，谢宁。”他叫着她的名字，把她按到床上。他在她耳边喃喃低语着，指尖划过她的颈部，冰冷的，落到她衬衫的纽扣上。他试图解开它们。

谢宁推开他，说：“不可以。”冯佑问：“为什么?”他以为她只是害羞。谢宁坐了起来，用一种平静但坚决的口气，说：“真的不可以。”

她说：“我不是随便的人。”冯佑说：“我知道。”谢宁说：“知道你还这样?”冯佑看了看她，问：“你生气了?”谢宁说：“没有。”

哪儿不对劲？谢宁觉得，好像有哪儿不对劲——冯佑的脸离她很近，能看到脸上新冒出来的一颗青春痘。他皮脂分泌非常旺盛，前几天她刚帮他挤了一颗。她的手，软软的，用纸巾抵住两头，一挤，带血的脓水就出来了。她说："你呀，真脏。"他抓住她的手，放到嘴上亲了一下。

她仔细看他的脸。当年她也曾这样看过刘鹏的脸——虽然五官都淡忘了，但应该还剩下些什么——她以为冯佑会让她想起来。浪花，海风，夕阳，帆船——冯佑的手，又在蠢蠢欲动。隔着衣服，这双手不安分得很——他的脸，棱角分明，很硬朗很帅气，但他的手，却在偷偷摸摸，得寸进尺。

她凝视着他的脸，感受着他的手，忽然间觉得很恶心，他的手，像他脸上那颗青春痘一样，很脏——她像吃了个死苍蝇那样别扭。

头顶上的吊扇，有气无力地转着，发出刺耳的吱嘎声。

谢宁又一次重重地推开他。她说："不许这样。"

冯佑有些诧异地看她。他说："你怎么了？"她摇摇头。

房间里灯光昏暗，她还是一眼便看到他床头那本皱巴巴的旧杂志，封面是一个半裸的妖冶女郎。房间里弥漫着一股霉味——他的被子，不知有多久没有晒过了。地上有一些瓜子壳，一片狼藉。

谢宁说："我要回家了。"冯佑要送她，她道："家里没人，你待着吧。"冯佑还想再说些什么，谢宁笑了笑，说："到家给你打电话。"

谢母坐在沙发上看电视，见女儿开门进来，便问："去哪儿了？"谢宁说："到同学家玩。"谢母问："哪个同学？"谢宁随口说了个名字。谢母狐疑地看着她。谢宁见到母亲的神情，干脆道："你不信就打电话去问。”谢母白她一眼，进房间了。

谢宁一直瞒着父母。她完全可以想象母亲听见这件事的反应——猛地从沙发上跳起来，神情激动，唾沫横飞：“给你介绍了那么多你都不满意，现在居然看上一个小混混，你昏头了。”他们无论如何都不会接受这样一个女婿的。谢宁觉得这很正常。她第一次去冯佑家的时候，也是吓了一跳，居然会有那么破烂的家。“破烂”这两个字，像长了翅膀，扑腾飞着进了谢宁的大脑。

谢宁不是没有犹豫过。冯佑家很阴很潮，墙壁上有一些黄黄绿绿的霉点；还有冯干巴的手，结了厚厚的一层茧，又黑又粗，似是也发霉长毛了——那个地方，是怎样一种不洁的感觉啊！让她一想起便倒胃口，想吐。但谢宁很快说服了自己，她要的，是一种感觉——完全透明的感觉，浪花、海风、夕阳、帆船。穷一点苦一点有什么关系？越是困难重重，越可以证明爱情的坚贞。

吕贝贝与吴根水正式交往了，速度比谢宁想象的还要快。吕贝贝手里有许多调休单，都是以前积下的，不怎么用，近来一连用了七八张，都是快下班的时候，躲着别人，羞答答地问她：“谢姐，我明天可以不来吗?”谢宁微笑地答应：“好啊。”吕贝贝脸上洋溢着幸福的神采，这谁都能看出来。大家私下里议论，小苏北有男朋友了。谢宁想象吴根水和吕贝贝在一起的情形，总有些奇怪。两个原本都心有所属的人，竟会这么快进入状态。

吕贝贝手腕上多了一条亮闪闪的白金手链。在食堂吃饭时，她脱下来给谢宁看，说这是吴根水买给她的，镶钻的，五千多块。她道：“我把吴根水的事跟爸妈说了，他们都挺高兴，要我好好珍惜。”

吕贝贝又戴上手链，在阳光下晃了晃。

“吴根水对你好吗？”谢宁问她。

“挺好的。”吕贝贝道。

“那就好，真替你高兴。”

“嗯。”

谢宁见她欲言又止，猜她是想问自己为什么不接受吴根水——大概觉得这个问题比较尴尬，又不问了。谢宁想，是啊，干吗要把吴根水介绍给吕贝贝呢？好像只是一时冲动，就这么做了。其实这真是一件尴尬的事情。

谢宁喝了口水，朝吕贝贝笑笑。吕贝贝也朝她笑笑。

旁边几张餐桌的人在小声聊着什么。吕贝贝道：“谢姐，你知道吗？这阵子公司里传得沸沸扬扬，说老总有经济问题，上头要派人来查。”谢宁当然知道。总经理的丈人原先是市人大的领导，去年刚退休。谢宁很清楚，这件事非常复杂，弄不好会牵扯进一大片，但她不愿意去想那些。

她对吕贝贝说：“好好把握吧，别像我这样，三十岁了，还嫁不出去。”话刚出口，她自己便吓了一跳——即使在父母面前，她也从未说过这样丢脸的话。她是怎么了？谢宁笑一笑，把头发朝后一捋，耸耸肩，做出开玩笑的模样。

吕贝贝说：“谢姐，吴根水好像是个挺传统的男人。”谢宁说：“大概是的。”吕贝贝忽然凑近她，轻声道：“谢姐，我跟你说，以前读大学的时候，我谈过一个男朋友。”谢宁点点头，不明白她为什么要说这些。吕贝贝接着道：“他是上海人，在校外租了一套房，我们同居过大半年。”

谢宁有些吃惊，嘴上说：“噢，是吗?”

吕贝贝道：“你说，他会在乎这个吗?”谢宁道：“应该不会吧。”吕贝贝道：“我也觉得不会，现在还有谁会在乎这个？谢姐你说是吧?”谢宁说：“是啊。”吕贝贝道：“他是台湾人，不管怎样，台湾总归比大陆开放些，对吧?”

谢宁答应着，装作不经意地，看吕贝贝。她脸上有几颗雀斑，眉毛许是有一阵没修了，有些乱。她的眼睛很大，说话时更是习惯性地往上翻，露出大片眼白。鼻尖上有黑头，除了“T”字部位，其余的皮肤偏干，微微有些脱皮，嘴唇上有淡淡的茸毛——她朝谢宁笑笑。

谢宁也朝她笑笑。

谢宁想：这也没什么，连露露都要去流产了呢，这算什么？

冯佑

歌舞厅的黄毛老板叫张华，以前跟冯佑一起做过摩托车载客生意。他也没结婚，冯佑常去他那里，两人一聊就是半天。张华对冯佑说：“你和你女朋友是两种人。”冯佑说：“我知道。”张华问：“你喜欢她吗?”冯佑笑笑，说：“你他妈别问这种无聊的问题。”张华说：“这不是无聊的问题，你要是喜欢她，就要抓紧。你小子，找个良家妇女不容易。”冯佑笑道：“我找良家妇女不容易，我算是什么人？流氓？无赖?”张华道：“你以为你不是？你过去那些乱七八糟的事情，打群架，讨赌债，白刀子进红刀子出，这些她知道吗？别看你现在穿得规规矩矩，整天笑眯眯装得像个乖小孩，档案一辈子都记着呢，抹不掉的。”冯佑听了不说话。张华道：“说真的，既然决心要安定下来，就别拖拖拉拉的，爽快点，把她搞定。”

张华说到“搞定”这两个字的时候，朝冯佑眨眨眼，道：“你懂的，对吧？”冯佑说：“我不懂，什么意思？”张华哈哈一笑，道：“喝酒，喝酒！”

那天下午，冯佑支走了冯干巴，还有露露。冯干巴没说什么，露露很鄙夷地丢下一句：“有本事你就到宾馆去开个房间。”冯佑说：“你听听，这是女孩子说的话吗？”露露哼了一声：“你自己又是什么好人了？”冯佑没心思理她，关照一句：“不到十点不许回家。”

冯佑准备了避孕套，放在枕头下。他还买了一瓶红酒。他原先的计划是，先聊一会儿，说些情意绵绵的话，再来点红酒，水到渠成。

那天，他打开门，谢宁站在面前。她的脸很光洁，像剥了壳的鸡蛋，眼睛清澈得能照见人影——他在她的瞳孔里看到了自己。她是有些稚气的，虽然她年纪不轻了，但冯佑清楚，她跟他以前那些女人不同——他反倒有些局促了。谢宁没有一丁点意思，连一个眼神也没对上。冯佑甚至找不到借口喝红酒。有那么一瞬间，他觉得无可奈何，好像使不出劲。他干脆直奔主题，存着一个念头：大不了吃耳光。结果耳光是没吃，但，依然是使不出劲。

后来冯佑想，这样也好，这就说明谢宁是个好女人。没一个男人不希望找个正正经经的好女人当老婆的。冯佑后悔听张华的话，他是流氓痞子，狗嘴里吐不出象牙——冯佑曾经也是流氓痞子，但今后不再是了。他要找个好女人，好好地过日子。

冯佑打电话向她道歉。他说：“我是一时冲动，你别放在心上。”谢宁问：“你喝酒了？”冯佑道：“没有啊。”谢宁道：“喝酒倒也算了，没喝情节就更恶劣，不值得原谅。”冯佑道：“你在我身边，我是酒不醉人人自醉。”他听到谢宁在电话那头骂了声“无聊”，嘻嘻一笑，道：“你不生气了？”谢宁道：“我才没空跟你生气。”

冯佑这阵子不怎么见到吕贝贝，据说她找了个有钱的男朋友，还是台湾人。一次他在窗口里打菜，一抬头，就看到吕贝贝对着他笑。她头发剪短了，拉得笔直。冯佑道：“越来越漂亮了。”她问他：“最近怎么样？”他道：“挺好的。”

吕贝贝要一份鱼香肉丝，他给她满满一勺。她道：“不怕领导看见了说你？”冯佑笑道：“说就说吧。”他干完活，坐到她那桌，和她聊天。吕贝贝问他：“女朋友谈得怎么样？”冯佑说：“还行。”吕贝贝道：“漂亮吗？几时带来让我看看。”冯佑道：“有机会吧。”他看看她，一笑。吕贝贝问：“有什么好笑？”他道：“没什么，就是想笑。”吕贝贝白他一眼：“神经病！”

冯佑不禁想起过去，每次到财务科送菊花松酥，别人都不怎么睬他，只有吕贝贝给他泡茶，还搬椅子给他坐。两人很快便混熟了，吕贝贝常骂他“神经病”。其实也不是骂，讲到兴头上，带着笑，嘴一噘，眼睛朝上一翻：神经病！如果财务科没有吕贝贝，冯佑找不到一坐就是半小时的理由。冯佑嘴里和她敷衍，一颗心却系在谢宁身上——每次想到这，冯佑就有些内疚。

冯佑是真心为吕贝贝高兴。“还是贝贝你有本事啊，上海滩上多少女孩子费尽心思想钓大户都钓不到。哪像你，轻轻松松手到擒来。”

吕贝贝笑道：“不瞒你说，那是谢姐让给我的。”

冯佑一愣：“嗯?”吕贝贝道：“讲给你听也没关系，谢姐跟他相过亲，觉得不合适，就介绍给我了。”冯佑摸摸鼻子。吕贝贝问他：“是不是觉得我挺皮厚，捡别人不要的东西还在这里沾沾自喜?”冯佑忙说不是。吕贝贝笑起来：“跟你闹着玩的。说句实话，吴根水这人不错，我真担心谢姐后悔，又来跟我抢。”

张华打电话叫冯佑出来喝酒。冯佑告诉他晚上约了谢宁。

冯佑开摩托车抄小路，先到，靠着车抽烟。几分钟后，公司班车也到了。谢宁从车上下来，其实已看见了冯佑，照例是装作不在意，等同事们走散了，才慢慢向冯佑走来。冯佑把安全帽递给她，道：“你应该去当特工。”谢宁不明白：“嗯?”冯佑笑笑：“没什么，夸你聪明呗。”

吃过晚饭，两人去看电影，美国片《谍影重重》。冯佑盯着大屏幕，脑子里乱糟糟的，什么也没看进去。谢宁推推他，问：“怎么了?”冯佑先是不吭声，随即没头没脑地说了句：“你像那个女主角。”谢宁对着女主角看了一会儿，道：“我没人家漂亮。”冯佑缓缓地说：“让人琢磨不透啊。”谢宁不禁好笑：“你吃错药了?”冯佑摇摇头，不说话了。

看完电影，下起雨来，偏偏摩托车又熄火了，叫不到出租，两人在车站上等着。旁边是几个卖雨伞的小贩，对着冯佑不停地问：

“要伞吗？要伞吗？”一会儿又过来个小男孩，拿着几束玫瑰，黏膏糖似的缠着冯佑。放在平时，冯佑是不会买的。今天也不知怎的，居然掏出钱买了一束。“小家伙下雨天还出来，蛮可怜的。”他道，把玫瑰给谢宁。谢宁接过，看了看冯佑。“我总觉得你今天有点怪。”她道。

好不容易叫到了出租。车上，冯佑问她：“吕贝贝的男朋友是你介绍的？”谢宁说是啊。冯佑问：“你怎么会认识那个台湾人？”谢宁说：“跟朋友吃饭时认识的。”冯佑道：“没听你提起过嘛。”谢宁道：“普通朋友，有什么好提的？”

她看他一眼：“为什么要问这个？”冯佑耸耸肩：“没事，随便问问。”

把谢宁送回家后，冯佑去修车，接着，又到了张华的舞厅。这阵子全国闹“非典”，舞厅生意不好。老板张华坐在角落里抽烟，愁眉苦脸，看见冯佑，顿时来了精神。“你小子不是不来嘛。”他笑道。两人开了一瓶洋酒，你斟我饮起来。

张华问他：“怎么样了？”冯佑道：“什么怎么样了？”张华笑得不怀好意：“别跟我装糊涂。”冯佑没理他。张华看看他，道：“不会吧？还搞不定？”冯佑皱眉道：“别说得这么恶心，我是在找老婆，又不是玩玩就算了。”张华道：“对呀，就是因为找老婆，才要花点心思。”冯佑说：“干什么？我他妈的又不是找不到老婆。”张华在他肩上拍了拍：“老婆嘛，我知道你是肯定找得到的，不过像谢宁那样的，错过了，你就未必能再找一个。”冯佑不吭声，过了一会儿，说：“这我知道。”张华给他杯里倒满酒，道：“光知道不行，还得用心，必要时还得要点手段。女人心海底针，谁也摸不透，说不定她哪天就改变主意了。她是有恃无恐，你不一样啊，不是每个女人都肯跟着男人吃苦的。我觉得谢宁这人还不错，真的。”

冯佑把杯中的酒一饮而尽。

第二天是周末，下班时，冯佑穿了一套新买的西装，皮鞋被擦得锃亮，还喷了点古龙香水，站在财务科门口。大家先是闻到一股香气，接着看见他，一愣，都笑：“小伙子今天样子很好的嘛。”吕贝贝提醒他：“报销吗？下班了。明天再来吧。”冯佑笑着摇头：“不是，我来接我女朋友的。”他把“女朋友”三个字说得很大声。吕贝贝一怔。几个人原本已走出办公室了，听见这话，又退了回来。

谢宁慢慢地整理桌上的东西。

冯佑上前一步，道：“谢宁，我们可以走了吗？”

他没有叫“谢科长”，也没有叫“阿姐”，而是直呼她的名字。

周围有小声议论的声音，很快又低了下去。

谢宁看也不看他，把桌上的钥匙、手机、圆珠笔逐一放进包里，随即站起来，说：“走吧。”冯佑接过她的包，亲切地说：“我来提。”

一时间，办公室变得很安静。大家饶有趣味地看着，让出一条通道。

“再见啊。”冯佑笑着对他们道。

走到公司门口，冯佑坐上摩托车，把安全帽递给谢宁。谢宁拿了，却不上车。冯佑道：“上车啊。”谢宁问他：“你什么意思？”冯佑笑了笑，道：“干吗呀？上车再说。”谢宁把安全帽朝他身上一丢，径直朝前走去。

冯佑追上她，抓住她手臂。谢宁甩不掉，气道：“让人家看见像什么样子？”冯佑道：“看见了又怎么样？男未婚，女未嫁，又没做犯法的事。”

路过的人都停下来，看他们。谢宁只好上车，说：“走吧。”

很快地，摩托车到了冯佑家门口。谢宁说：“我不想去你家。”冯佑说：“为什么不想？”谢宁道：“有话我们换个地方说。”冯佑道：“不，我就要在这里说。”

谢宁一言不发，跳下车要走。冯佑把她拉进屋，反过身关上门。谢宁脸一沉，道：“你干什么？”冯佑道：“不干什么。”谢宁道：“你发什么神经？我们不是说好了吗？在公司里不让别人知道，为什么又跑来我办公室？”冯佑道：“我接自己的女朋友下班，不可以吗？”谢宁道：“你应该事先跟我说一声。”冯佑道：“我为什么要跟你说一声？你跟那个台巴子相亲的事，又跟我说过吗？”

谢宁一怔。她道：“贝贝告诉你的？”冯佑说：“你别管。”谢宁道：“这是认识你之前的事了。”冯佑道：“为什么不告诉我？”谢宁皱眉道：“这有什么好说的？你以前也有女朋友，是不是也要向我一一汇报？”

谢宁拿起包，说：“爸妈在等我吃饭，我要回去了。”

冯佑拦住她，道：“别走。”谢宁道：“还有什么事？”冯佑看着她，用一种恳求的口气，道：“今天别回家了，好吗？”

他放在她腰间的手，一下子握紧。他牢牢地抱住她。谢宁惊道：“不许这样！”冯佑道：“你是我老婆，我偏要这样。”他把她推倒在床上。

谢宁叫道："你干什么?"冯佑不再说话，飞快地脱她的衣服。他把她压在身下。谢宁使劲地挣扎，叫喊。冯佑像是失去了理智，狠狠地用嘴堵住她的嘴。他口齿不清，一遍又一遍地说："你是我的老婆，我的老婆。"

谢宁叫道："放开!"他似是没有听见。

谢宁在他手臂上死命一抓，指甲很尖，顿时抓出一道血痕，鲜血淋漓。冯佑啊的一声放开了她。谢宁爬起来，喘着气，用力打了他一记耳光，声音清脆响亮。她看着他，从齿缝里迸出："流氓!"

冯佑呆了呆，忽地叫起来："是啊，我是流氓。你终于把这句话说出口了。我知道，你一直看不起我，我比不上你有文化，也没有你上档次，我是流氓，小混混！我配不上你。"谢宁看了他一会儿，道："我没想到你这么不讲道理。"冯佑冷笑："奇怪了，你跟一个流氓有什么好讲道理的?"

两人沉默了一会儿。谢宁说："冯佑，别闹了，我们平心静气地谈一谈。"

她的声音非常温柔，一点儿也不像刚刚生过气的样子。谢宁脾气很好，两人在一起的日子里，她不像别的女孩那样喜欢无理取闹，她像姐姐，又像老师，有时反而是冯佑会为点小事闹情绪，她也不计较。一次冯佑对她说："你能不能对我发发嗲？哪怕发发脾气也可以。"她笑着戳了一下他的额头："你这个人啊。"好像他真是她的弟弟或是学生，那时他听着很舒服。现在回忆起来，他觉得她的表情是很丰富的，有许多东西包含在里面。就像她第一次去他家，她很客气，客气得过了头。没有人看到这个家，还会笑得那么甜的。

冯佑曾经为谢宁的温婉懂事而欣慰。现在，一切都变了味。他觉得，应该把事情想得复杂些。他是真心想找个好女人的，可她呢？忽然之间，他没信心了。

谢宁的耳环因为刚才的纠缠弄掉了。她在床上找到它们，重新戴上——很别致的仿钻耳坠，是她自己买的。她从不要冯佑送她东西。她说，没关系，她不在乎这些。冯佑有时想，结婚后，她大概还会像现在这样，买名牌服饰和手袋；他做不到，只能穿普通得不能再普通的衣服。婚后夫妻的钱财，应该是放在一起的。他厚着脸皮，吃她的用她的，还有老爸和露露的开销——这些问题，本来都只是一个个影子，一晃而过。现在，突然间变得具体了，清楚了，很难堪，很丢人。

他看她。她轻轻抿一下嘴唇，对他微微一笑。

居高临下的微笑。冯佑忽然想起少管所里那个女教官——那时他十七八岁，因为偷工厂里的铜管，被劳教两个月。女教官三十出头，个子高高瘦瘦，总是站得笔直，笑眯眯地对他讲道理。一次又一次，他被她的目光压得抬不起头来——好像他是一只小蚂蚁。后来他听人说女教官有不孕症，结婚六年还没小孩，老公正准备跟她离婚。于是，当她又一次来到他面前时，他嬉皮笑脸地问她："生不出小孩挺没劲吧？在吃中药还是西药？"女教官的脸抽筋似的突然扭曲，仓皇而去。以后的日子里，她见了他，腰板再也挺不直了，也笑不出来了。

冯佑从谢宁脸上看到了女教官的笑容。他不再是个孩子了，这笑容比当年更让他羞愧、自卑，越发地难以忍受。张华对他说过，谢宁跟他是两种不同的人。谢宁跟那个台湾人相过亲，也许她还跟很多人相过亲，条件都比他好得多。他向她示爱那天，说自己是“癞蛤蟆想吃天鹅肉”，说这话的时候很难为情，现在，他更加深刻地意识到了这一点。

生什么气呀？他听到自己笑了笑，声音比平时尖刻了许多，高了八拍。

“除了我，还有谁会要你?”他笑嘻嘻地问她。

“老女人。”他说。

谢宁睁大了眼睛，惊愕无比地看着他。

“没人要的老女人。”他一字一句道。

谢宁像个傻瓜那样愣住了，脸上全是不敢置信的表情。忽地，她抓起桌上的皮包，头也不回地打开门，冲了出去。

冯佑呆呆地从抽屉里取出香烟，叼上一根，却不点火，用嘴抿着一上一下地动。他走到窗前，看着谢宁快步渐渐走远，点上火，吐了一个烟圈，接着，长长地吐出一口气，把烟掐灭，一屁股倒在床上。

怎么会到这一步？他傻傻地想了一会儿——居然就这样吵翻了。

头顶上的吊扇依然不知疲倦地转着，吱嘎吱嘎——

谢宁

谢宁到家门口的时候，才发现脸上全是泪珠。她掏出纸巾，把眼泪擦干净，听见里面的锅铲声，想必是母亲在做饭——终究还是不敢进去，又轻声轻脚地走了下来，来到小区里一个僻静的角落，在长凳上坐下。

风很轻很柔，吹在身上暖暖的。刚哭过，眼皮很重，竟有了些倦意。闭上眼睛，心跳得很快，怦怦怦。刚才的情景，像一场噩梦——他居然叫她“老女人”。他的表情真可怕，两只眼睛射出来的都是阴冷的光。谢宁从来没想过自己会被人骂成“老女人”。这是他的心里话吧？她年纪比他大，长得也不美。

她怔怔地发了一会儿呆。

坐了很久，直到天黑了，谢母打手机催她回去，她才慢腾腾地站起来。

抬头看，天上的月亮很圆很白，挂在那里，像菊花松酥，热乎乎香喷喷的菊花松酥。她笑了笑，其实一点儿也不像。不知怎的，竟会有这种感觉。

第二天上班，她坐着，感觉到周围异样的眼神。她装作没看见——财务科长和食堂临时工搞姐弟恋，够人们聊上十天半个月了。谢宁有心理准备，说去吧。她只是觉得挺对不住吕贝贝，怕她想歪。

然而，吕贝贝没事人似的，依然一口一个“谢姐”。谢宁倒不好意思了，想对她解释一下，又不知该怎么开口，怕越抹越黑。不久公司人事调整，准备在财务科增设一个副科长，公开竞聘。谢宁找吕贝贝谈了，劝她参加，吕贝贝有些犹豫。谢宁说怕什么，试试又没关系，这是个好机会。吕贝贝同意了，谢宁心里才好受了些，对她说：“别担心，我会尽全力帮你的。”

中午，谢宁到食堂吃饭。每个窗口前都排着长长的队，以往总有人殷勤地要替她带饭菜，今天破例没有。谢宁知道他们是想看好戏——她排在了冯佑这队。吕贝贝道："谢姐你坐一会儿，我帮你打菜。"谢宁说不用。很快排到了，谢宁像往常一样，环顾一下四周的菜肴，说："番茄炒蛋，油煎小黄鱼，青菜。"

冯佑看也不看，动作熟练地把菜打好，递给她。谢宁却不接，问他："怎么不戴口罩?"冯佑瞟她一眼。谢宁道："现在是什么时候? 公司刚开过会说要加强预防'非典'，这种特殊时期，谁允许你不戴口罩的?"

谢宁控制着语气，完全是上属对下属的批评，不重也不轻。

"按照规定，平常就应该要戴的，更何况是现在?"

冯佑戴上口罩。旁边几个窗口的职工也急急地戴上口罩，谢宁没有再说话，拿了饭菜，慢慢地从队伍中走了出去。

周围的人都朝她看，没人说话。谢宁强自镇定，心跳得很快。

她猜，冯佑也许会将口罩一摔，眼睛一瞪，破口大骂。说不定，后面还会飞过来一盘菜，砸在她脑门上。他挑最难听的话骂她——比那天还要厉害。今天人多，如果骂起来，效果会出奇地好。谢宁想，他再怎么骂她，她也不能跟他计较，她年纪比他大，身份也跟他不同——她不能真的让人看好戏。她最多是冷冷地瞟他一眼，一切就尽在不言中了。

谢宁有些恶毒地想着，鼻子却酸酸的，想哭。

不久，冯佑辞职了。

合同没到期，他要赔一笔钱。

冯佑来到财务科办手续。谢宁坐着，钢笔在表格上唰唰写着，很快便写完了，空出最后一块地方给他。“喏，签字。”他从口袋里拿出一个信封，交给她——就像当初她把工资交给他一样，也是这样一个信封，只是现在的信封比那时的要厚。谢宁把钱拿出来，数了两遍。她没什么精神，整个人松松垮垮的，手指也是懒洋洋的。

谢宁知道，她数钱的样子肯定不如上次好看——上次，她是故意的，把手指弄得像兰花那样纤巧，一根一根伸展开，很夸张。她的手指相当漂亮，又白又细又长，所以她要把他的注意力移到她的手上来——她要把她最好的一面给他看。她每次想到这，就有些不好意思，像故意勾引他似的，但现在，无所谓了。一幕一幕，像放电影，在眼前掠过。

冯佑站着，不说话。谢宁知道他在看她的手。她想把动作做得再优美些。可惜，她一点心情也没有。她的手和心一样，都僵了。

她希望他说几句话，哪怕是骂她也可以。偏偏，她只听见他的呼吸声。

过了一会儿，冯佑说：“我走了。”

谢宁点点头。她抬头看他，他也看她，就这么对视了一会儿，两人居然还笑了笑。冯佑说：“再见。”谢宁说：“再见。”

合同上写着冯佑进公司的日子。到现在，还不满一年——时间过得好快啊。谢宁听着冯佑的脚步声渐渐消失在走廊尽头。熟悉的脚步声——她想起那一个个星期四，都是盼望的星期四。吃过午饭，她便坐着，等待着，每分钟都像一个世纪那样漫长。但因为有了盼望，便不觉得枯燥，是苦中带甜的盼望。她盼望着他的脚步声。当那有节奏的咚咚咚响起，她心乱了，想笑，强忍着，低头看报纸，眼睛却偷瞟着门口。

一样的脚步声。那时，忍着不笑；现在，忍着不哭。

究竟是为了什么——谢宁拼命地想。

好像不觉得悲伤，只是，空荡荡的。

这空荡荡，不全为了冯佑——前两天，老总找谢宁谈过话。老总的脸色很差，黑里发青。五十来岁的人，本来红光满面的，没几天工夫，白头发和皱纹全出来了，苍老无比。他用一种凄凉的口气对谢宁说："我和你爸爸是老朋友了，这个公司里，你是我最信任的人。"

其实老总平时说话不是这样的，很严厉，六亲不认。这大概就叫"人之将死，其言也善"。当然老总不一定死，就看法院怎么判了，也许只关个十年八年。谢宁知道自己也很麻烦。她是财务科科长，老总在经济上的问题多多少少都与她有些关系——谢宁并没得到什么好处。她向来不屑理会那些乱七八糟的事情。然而，有些事情想躲也躲不了。谢宁不是个中高手，缺乏让自己立于不败之地的能力。

谢宁被调查小组叫去问话。几个人都是认识的，以前老总请他们吃过饭，让她作陪。她不会说场面上的话，也不兴说，傻傻地坐着，看他们拼酒说荤段子搞笑起哄。此刻，几张脸变得异常严肃。当初谢宁没有在酒桌上跟他们建立交情，现在他们也无须给她面子，口气很硬，完全是审问的形势。到后来，谢宁竟有些害怕了。似是有一只手在推着她往前走，完全不由自主。只一会儿工夫，周围的世界都变了。就像小时候第一次去幼儿园，她看不到爸妈，眼前只有老师和同学，一个完全陌生的环境，竟吓得哭了。现在，她也想哭——谢宁终于意识到，原来自己是个没用的人。

公司里草木皆兵，人人自危。谢父利用仅有的那点人际关系，使出浑身解数，替女儿上下打点。十几天过去了，最终结果是：老总因贪污挪用公款，数目巨大，被开除党内和行政一切职务，入狱十五年；谢宁被撤去财务科科长一职，并做出深刻检讨。

谢父谢母放下心头大石，到庙里烧香还愿。他们一遍遍地提醒女儿：你算是运气好的了。那些日子，谢宁请了长假，整天躲在房间里睡觉。

一月后，再回到公司，原先的那张办公桌，有了新主人——吕贝贝。接任的老总，也就是以前的副总，要在公司建立自己的力量，首先便要培植一批心腹。财务科大多是旧老总的人，于是，新老总看中了吕贝贝，年纪轻，能力强。她在竞聘中成绩突出，有目共睹。新老总当即拍板，提拔了这个女孩。

吕贝贝烫了头发，把发梢卷起一些，往外翻，很职业化，整个人显得成熟了。口红的颜色以前没见过，大概是新买的。她看见谢宁进来，本来是想站起来的，屁股已离了椅子，稍一犹豫，依旧坐着，只是点了点头——她整了整裙子，借以掩饰刚才的变化。“谢姐。”她道。

谢宁叫她“贝贝”，随即苦笑了一下，说：“不对，该叫吕科长了。”

吕贝贝道：“谢姐，别这样，还是叫我贝贝吧。”

谢宁从吕贝贝脸上看到志得意满的微笑。她应该是想忍住的，却还是忍不住，流露出来——她好年轻啊，二十三岁，比谢宁当科长还早了几年。

吕贝贝说：“谢姐，待会儿我请你吃饭。”她抬高了嗓门，又笑道，“也请科室的所有同事吃饭，吃海鲜。”大家欢呼一声，低下头做自己的事。非常时期，又是新官上任三把火，没有人敢怠慢。下午两三点钟，大家精神抖擞地工作，没一个打瞌睡的。谢宁看他们，回忆当初这些人四仰八叉趴在桌上睡觉的情形，她忽然有种预感，吕贝贝会是个很厉害的领导。

当然了，吕贝贝原本就比她能干得多。

谢宁低下头看报表。嗒！一滴眼泪落到纸上。

谢宁从 ATM 机里取工资，屏幕上打出的数字让她呆了呆。虽然早就知道，可还是有些难过——怪不得那么多人想当官，只不过是个科级，便能多出一大笔。谢宁从来不把钱放在眼里，现在她知道了，不是她不在乎钱，而是她向来不缺钱。平常的薪资，加上年底的红包，明的暗的，够她能经常到恒隆广场去买上一件名牌衣服。

她觉得自己好天真。许多东西早该知道的，她却要像个小孩那样，从头学起——三十岁了，什么都没有。

朝四周看去，景物依然，却像是镀上一层陌生的颜色，硬生生地把她挡到老远，毫不留情。今后的日子会怎样？她问自己，心底空落落的。

皮夹里掉出一张名片，拿起来一看，是吴根水的。

皱巴巴的，像咸菜——那次，她把名片捏成一团，原本是想扔进垃圾箱的，后来不知怎的，又放进了皮夹。

她将名片拿在手里，看了一会儿，捏得很牢，连汗都捏出来了。掏出手机，拨了上面的号码。通了。那头刚拿起电话，便道：“是谢宁吗？”语气非常激动。谢宁明知故问：“你怎么知道是我？”吴根水道：“你的电话号码我背得比谁都熟。”他问她：“有事吗？”谢宁说：“没事，打个电话问候你一声。”停了停，吴根水道：“你声音好像不对。”谢宁不说话。吴根水很焦急，追问道：“你怎么了？”

谢宁还是不说话。忽然间，她哭了出来，吓了吴根水一跳——连谢宁自己都有些奇怪，演戏似的，居然说哭就哭，眼泪像开了闸的洪水，到后来已是泣不成声。吴根水急急地说：“你在哪里？我要跟你见面。”

一刻钟后，吴根水赶到。谢宁坐在商场门口的花圃边。她这阵子明显消瘦了，下巴那里削尖了，没化妆，眼圈发青，嘴唇白得像死人。吴根水一看到她，便叫了出来：“天哪！发生了什么事？”

谢宁没说冯佑，只告诉他公司的事。吴根水听了，皱眉道：“贝贝怎么没跟我说？”谢宁说：“她刚上任，大概是太忙了。”吴根水道：“你脸色不好，要不要去看看医生？”谢宁说不用。她道：“不好意思，让你担心了。”

吴根水摇摇头，关切地看着她。

“你越来越瘦了。”他道，“人一瘦就显得没油水，很憔悴。”

他问：“有什么地方需要我帮忙吗？你现在这个样子，我很不放心。”谢宁说：“我没事，回去睡一觉就好了。”

坐了一会儿，谢宁道：“我想喝水。”吴根水连忙买来饮料。谢宁接过，喝了一口，问他：“最近忙吗？”吴根水道：“还行。”谢宁又问："你和贝贝挺好吧？"吴根水道："挺好的。"谢宁道："我说过，贝贝是个好女孩。"吴根水道："嗯——"停了停，忽道，"不过没有你好。"谢宁听了，看他一眼。吴根水有些尴尬，低下头。两人沉默着。

忽然，谢宁道："别动。"吴根水一愣："怎么？"谢宁凑近了，在他头上拔下一根白头发，递到他面前，道："你看，白头发。"吴根水说："我一直有白头发的。"谢宁说，"才不是呢，我记得你以前头发像黑芝麻一样又黑又亮，一定是最近不注意营养。"吴根水咧嘴笑了笑。她在他头上摸索着，又发现一根白头发，问他："还拔吗？"吴根水爽快地说："拔。"她用一只手按住发根，另一只手轻轻一拉，又拔下一根。她凑近了，问他："疼吗？"吴根水说："一点儿也不疼，你看看还有没有？"谢宁把拔下的头发衔在嘴里，一会儿工夫，拔下十来根。

"人家说，白头发会越拔越多的。"她道。

"没关系，"吴根水道，"多就多吧。"

谢宁把白头发一根一根向他展示——她的手柔若无骨，优美地伸展着。吴根水的目光随着她的手在动——她的手像兰花。

吴根水请谢宁吃晚饭。他提议喝点酒，谢宁说："我不会喝酒的。"吴根水道："喝一点红酒没关系。"谢宁没有再坚持，结果两人都喝了不少酒，走出餐厅，脚下一个劲地打飘。吴根水送她回去，在车上，他道："现在还早，去看看我的别墅怎么样？"谢宁打了个酒嗝，道："好啊。"

吴根水的别墅在郊区，足足开了一个小时才到。谢宁摇摇晃晃地走进去，在客厅里那个壁炉面前停下，看了一会儿。吴根水扶着她。谢宁手指几乎快点着他的鼻子了，她说：“我现在才意识到你是一个有钱人。”吴根水笑笑。

谢宁到吴根水的卧室参观。她坐到那只宽大的水床上，蹦了两蹦。吴根水坐在她旁边。他把手伸到她背后，拉裙子的拉链，谢宁不让他拉，吴根水抓住她的手，谢宁挣扎了两下，不动了。

裙子脱下来，扔在地上。

谢宁仰天躺着。天花板上有一盏很大的吊灯，造型很奇特，像古时候的酒杯。它似是微微晃着。不知怎的，谢宁想起了冯佑家那只吊扇——她眨也不眨地看着它。

“我真是喝醉了呢。”她喃喃道。

“我也是。”吴根水说，“你的眼睛真像我妈。”

起风了。窗开着，窗帘吹得微微扬起。吴根水左胸有一颗又圆又大的红痣。他身上都是肌肉，比穿着衣服的样子要好。“我以前是做体力活的，练出来的。”他道。谢宁的头发垂下来，长长的，绕到他的脖子里，很痒。他伸手将她头发向后拂去。他的手很大很暖。

“我喜欢你。”他道，“你会喜欢我吗？”

谢宁眯着眼，看他的脸——不太清楚。他是谁？她想了一会儿。渐渐地，有些清晰了，是冯佑。他似笑非笑地看着她，眼里闪着光。

谢宁说：“我喜欢你。”

他紧紧地抱住她，抱得她喘不过气来，几乎要窒息了。他热烈的吻，雨点般地落在她身上。谢宁忽地打个战栗。

“你是处女吗？”他口齿不清地问她。

谢宁愣了愣。天花板上那盏吊灯射出柔和的光线，她看清了吴根水头顶上的几根白发。她倒吸一口气，声音像是从某个很遥远的地方传来，幽幽的，又或许是房间太大，竟带着回音。

“是的。”她说。

他听清了她的话，大脑却还来不及反应。几秒钟后，他点点头。

“我喜欢规规矩矩的女人。”他说，“你很好。”

吕贝贝

吕贝贝给苏北老家寄去一笔钱，随后又写了一封信。信中她说：哥哥的工作我会想办法，不用担心。爸妈要注意身体，别再老是买落市的便宜菜，吃得好些。现在，我完全有能力让你们享福，和上海人一样。

吕贝贝写信时脸上带着微笑，充满着自豪。

早在老总倒台之前，副总就找她谈过话。三言两语，她便明白了他的意思。副总说：“小吕啊，现在公司缺的就是你这样有能力、工作又积极的年轻人啊。”吕贝贝说：“副总您过奖了，我做得还很不够。”副总说：“江山代有才人出啊，只有不断推陈出新、新老交替，公司才会进步，这也是社会发展的总趋势嘛。”

吕贝贝心里清楚，老总已经没戏了，跟着他的那些人迟早都要完蛋，包括谢宁。副总让她把财务科的账看一下——她知道“看”是什么意思。长期以来，财务科是一盘散沙，没人理也没人查。吕贝贝当然晓得问题出在哪里。这是一个传统的国有企业，制度上存在着太多的弊端。财务科是张薄纸，一戳一个洞。吕贝贝想到和谢宁的关系，有些犹豫，但很快就下了决心。这些年，她紧跟谢宁亦步亦趋，却没得到任何实质性的报酬。谢宁是科长，只要她一句话，评职称的事是小菜一碟。吕贝贝不好意思开口求她，以为她心中有数的，可实际上她云里雾里，甚至到后来连一句安慰的话也没有，好像无所谓似的。吕贝贝有时候想想也挺伤心，不是伤心谢宁这样，而是想不通，大家都是女人，偏偏她能活得那样潇洒，自己却什么都要斤斤计较。

那天，冯佑到办公室接谢宁下班。她惊呆了——她觉得这两个人在捉弄她，不过她没有发作——她想的是副总交代的任务。那才是大事。吕贝贝在心里对自己说了一千遍一万遍：机会就在眼前，要抓牢抓紧。那阵子，她小心翼翼，对谁也不露口风，包括吴根水。谢宁被撤职时，吕贝贝已是副科长了，但她没料到，会这么快升作正科长。她本以为会安排一个资历深的人坐这个位子的。对于新老总的知遇之恩，她很感激，也很意外。庆祝新领导接任的酒宴上，吕贝贝以一个乖巧可人的女孩形象出现，相比谢宁，她更像是一朵带着晨露的鲜花。她酒量很好，也会插科打诨，把奉承话说得像真心话，那酒便成了迷魂汤，哄得领导们眉开眼笑。他们说，这么可爱的小姑娘，怎么以前一直没留意到呢？还有人说，财务科前后两个科长都是女的，不过新科长做人更道地些。吕贝贝拿定主意，不能重蹈谢宁的覆辙。表面上不妨傻些，心里却要清清楚楚。她到任第一天，便要求科员把所有账目都整理一遍。吕贝贝不会像谢宁那样，落下把柄让人家来抓。老总的话要听，老总交代的事要照办，但要给自己留一条退路。

吕贝贝仿佛看见前面的路，又宽敞，又明亮，是朝着太阳的。她不再帮人翻译资料了，也不去襄阳路淘便宜衣服了，有时睡得晚了，也不买菜，打个电话给附近的“必胜客宅急送”，让他们送个比萨上来。她以前不买比萨，因为价钱贵，味道又怪。她宁可自己煮一碗面条，再加个荷包蛋。她懒洋洋地躺在床上，抓起比萨往嘴里送。她吃得很慢，细细地咀嚼，味道还不错。

她越来越舍得花钱了，买两千元一套的化妆品给自己，一千元一双的皮鞋给父亲，五千元一部的按摩椅给母亲。很多人羡慕她有个有钱的男友，可吕贝贝觉得，花自己的钱更舒服。她后悔那天，就是吴根水送她钻石手链的那天晚上，稀里糊涂陪他过了夜。好像她是为了他的钱，才跟他上床似的。吕贝贝想澄清这个误会，又不知怎么说，幸亏吴根水没有在意。她想，反正我对得起自己的良心。现在好了，她用事实向他证明：她和那些肤浅的女孩不同，她是有实力的。没有他，她照样可以改变自己的生活。

吕贝贝对吴根水说，最近外面不干净，我们不出去吃了。她让他在沙发上坐着看报纸，一个人在厨房忙碌，用不了多久，香喷喷的菜便端上桌，清蒸鳕鱼，香酥鸭，蟹粉豆腐。浸着几颗生蒜头，她硬逼着他吃下去，说杀菌的。另有一锅鸡汤，能增强免疫力。吴根水吃饱了，便往沙发上一躺，她凑近了，伏在他怀里，陪他看电视，眼前忽然呈现出嫁给这个男人，身披婚纱的情景。吕贝贝觉得，如果真有这么一天，倒也不错。

冯佑走的那天，吕贝贝本来想送他，后来又没去，只站在窗前看他——她不想多生枝节。目前为止，她是幸运的，所以更要珍惜，要稳，要心如止水。

一切，都在往好的方向发展。

吕贝贝没料到，任秘书竟会约她吃饭。这个女人，吕贝贝老早就看出她跟吴根水的关系不一般。她见了谁都笑眯眯的，又精明，吴根水离不开她。吕贝贝嘴上亲热地叫她“阿姐”，心里打定主意，等她跟吴根水结婚了以后，无论如何都要把这个女人开掉。

她故意晚到一刻钟，说是路上塞车。任秘书说没关系。

侍者送上菜单，吕贝贝让她点，说：“这顿我请。”任秘书说：“不用客气。老板叮嘱我把发票拿回去，公司报销。”说着，她从包里掏出一份文件递过去。吕贝贝打开一看，墨绿色的封面上写着“房屋产权证”。

“房子在浦东，两室一厅，价值八十万，老板让我交给你的。”任秘书道。

吕贝贝一愣，有种不好的预感。她问：“什么意思？”

任秘书耸了耸肩。

吕贝贝的心怦怦地跳。她道：“我不明白。”

任秘书把产权证往她面前一推，道：“请收下。”

吕贝贝还是说：“我不明白。”

“老板不好意思亲自跟你说，这是一点补偿。你还不明白？”

吕贝贝的一颗心沉了下去。

“开玩笑！”短暂的沉默后，她叫了出来，“他人呢？干吗不自己过来？开什么玩笑？以为是小孩子过家家吗？真是的，玩笑开过头就没意思了。”她又大声说了一遍，“让他过来!”

任秘书很平静地说：“说实话，我也很尴尬，如果不是老板的吩咐，我是不会来的。吕小姐，我好心劝你一句，男人不喜欢你了，说什么也没有用。”

吕贝贝停下来，愣愣地看着她。

任秘书说：“我对你表示同情。希望这件事不至于对你的打击太大。”

吕贝贝还是不说话，像做梦，她想到吴根水那张黑黑胖胖的脸，小眼睛，塌鼻子，大嘴巴。她忽然感到很滑稽——真是的，到底怎么回事?

她去公司找过吴根水几次，吴根水都不在。她又去看了那套房子，在浦东世纪公园旁边，房型、装修、小区管理，都不错，周围环境也过得去，交通也方便。她站在宽敞的客厅里，环顾四周，想，再过一阵子，这房子应该还会升值。现在，她的身价至少值八十万。

父亲写信问她什么时候带毛脚女婿回家看看。她怔怔地呆了一会儿，随即写了回信，说她把他甩了，因为没感情。她在信里说：现在想想，其实我一直都没有爱过他，真是浪费时间，他硬是要送我一套房子，我想推掉。很快地，父亲在回信中劝她：房子既然是他送的，好歹也是一片心意，收下就收下吧，做人不要太绝。吕贝贝其实没想过要把房子给吴根水，只是不想让家人看轻才这么说。她还担心父亲会强迫她还掉房子——看来，担心是多余的。

父亲还说：你哥哥女朋友的爸妈终于同意了。他们听说你找了个有钱的男朋友，都很高兴。你回来可千万别说你们吹了，啊?

吕贝贝邀任秘书喝茶，问她吴根水去哪里了——她带着恳求的口吻，连自己都觉得奇怪，为什么要这么低三下四呢？任秘书告诉她老板出差去了。吕贝贝问："大概几时回来?"任秘书说："我也不清楚。"吕贝贝有些怅然。任秘书看看她，忽道："说句不该说的话，其实吕小姐你不觉得吗？你并不适合我们老板。"吕贝贝问："怎么说?"

任秘书道："我们老板喜欢的女人，是那种让人一看就觉得很平静的女人，不要很漂亮，也不要很能干，长相淡淡的，说话也慢腾腾的，有一双像他妈妈那样的眼睛，就像——"她说到这里，停了一下，"谢宁。"

吕贝贝睁大了眼睛。

任秘书道："其实，我也喜欢他。"她笑了笑，眉毛朝上一扬。

"因为我们都是失意人，我才说这句话的，不至于太丢面子。"她接着道。

吕贝贝有些惊讶，不知说什么好，跟着笑了笑。

"你知道吗?"任秘书道，"我们老板喜欢处女。我不知道你是不是，反正我肯定不是。"她大概觉得这很好笑，放下茶杯，拿纸巾抿着嘴笑。

她道："人家说，只有没自信的男人才喜欢找处女。"

"你是喜欢他的钱吗?"她问吕贝贝。吕贝贝想了想，说："我也不知道。"

"你真可爱，小妹妹。"任秘书笑道。

不久，公司里许多人都收到了谢宁的喜帖，吕贝贝却没有。谢宁像是故意躲着她，见了面也不说话，只是笑笑。吕贝贝坐在位子上，对自己说：吕贝贝，没什么了不起的，上去跟她打招呼，要一张喜帖——腿却像灌了铅那样重。她头也不抬地工作。一会儿，有人在笑：“新郎官的名字真够土的。”

“吴根水——”不知是谁，念了出来。

冯佑

冯佑又开始抽烟了。当初他花了半年戒烟，吃了几十斤话梅、几打口香糖，现在，只短短几天，便又吞云吐雾了。他坐在小板凳上，佝偻着身子，一根接一根地抽。烟雾把他的脸遮得严严实实。

冯佑以前做过装潢生意，后来搁下了。现在重操旧业，招来几个民工，托朋友在附近揽些生意。他要价比正规公司低，却总在最后关头要些手段，让人家不得不多付个三五千。他穿一条紧身背心，露出一块块肌肉，鼓鼓的，横的竖的，剪个平头，叼支烟，腰里插把尺许长的刀。往往是快要完工了，告诉人家，预算超了，要加钱。别人看他这副模样，不敢硬碰硬，只好乖乖地付钱。

冯干巴劝儿子，做生意还是正正当当的好。冯佑朝老爸冷笑：“我哪里不正当了？你看见我打人还是杀人了？”冯干巴无话可说，又问他这阵子怎么谢宁不来了。冯佑淡淡地丢下一句：“死了。”冯干巴吓了一跳，道：“胡说八道!”冯佑说：“是啊，我是胡说八道，她没死，是我死了。”冯干巴斥道：“不许触自己霉头!”冯佑笑笑，说：“其实死了也蛮好，活着没意思。”冯干巴听了有些难受，不知说什么好，只好摸摸儿子的头发，其实也不是摸，只是轻轻一抚，怕他发火，很快又把手放下了。

冯佑的肌肉和刀也不是百试百灵的。很快地，遇上一个难缠的，这人姓王，四十出头，只是个坐办公室的小文员，却有着不屈不挠的精神，硬是到法院把冯佑给告了。起初因为没有正式合同，法院不受理，王先生铁了心要告倒冯佑，一级一级上去，又找到原先几个雇主，联合起来做证，总算是成功了。法院判冯佑退还多收的款项，冯佑当然不肯，耍起了赖皮，不露面，连睡觉也不回家。其他人倒也不在意，唯独王先生单位效益不好，上班也是闲坐，索性请了长假，到冯家住了下来，一日三餐拿烟纸店里的茶叶蛋充饥。冯干巴拿他没办法。王先生每天搬张凳子坐在门口，旁边一沓报纸、一瓶矿泉水。两人一个窗内，一个窗外，大眼瞪小眼。一个说，让你儿子回来吧，他不回来我就不走了。一个说，我也想儿子啊，可他去了哪里我也不知道。一个说，我这人没别的优点，就是有耐性，高兴起来住上个半年你可别嫌我。一个说，你住吧住吧，反正我儿子那张床也空着，你爱住多久就住多久。

几周后，冯佑摸透了王先生的规律，这人每周六晚上都要回去看老婆儿子，星期天下午再过来。冯佑便趁这个机会，回家一趟，拿点换洗衣服和必需品。

星期六吃过晚饭，冯佑先打个电话回家问，知道人走了，骑着摩托车急急地过来。刚进小区，他就被一个人拦住了，抓住车把。冯佑一惊，定睛一看，原来是吕贝贝。冯佑拍拍胸口，叫起来："大姐你帮帮忙，人吓人会吓死的。"吕贝贝白他一眼："谁吓你了？没做亏心事你怕什么?”

冯佑一笑，问她：“你怎么来了?”吕贝贝道：“来看看你。”冯佑道：“我有什么好看的？还是老样子。走，到我家坐会儿。”吕贝贝道：“不了。”她从皮夹里拿出一张存折，递给他，“喏。”冯佑道：“干什么?”吕贝贝塞到他手上：“三万元，算是我借给你的。你拿去还给那个阴魂不散的男人。”冯佑摸摸鼻子，道：“这么多钱，我怕我还不了。”吕贝贝爽快地道：“不还也没关系，就当我送给你的。”

冯佑笑了笑，把钱还给她：“我不要。”吕贝贝急了，道：“为什么不要？收下来吧！就当为了我。”冯佑摇摇头：“你别这样。”吕贝贝道：“我不想看到你整天躲来躲去像只过街老鼠一样，老老实实找个工作，太太平平过日子不好吗?”

冯佑把摩托车停好，坐在后座上，拿出一支烟叼在嘴里。

他笑道：“没什么，我本来就是这样的人。那种老老实实的工作不适合我，我这种人天生就要做点偷偷摸摸见不得光的事，让人追来追去才舒服。你别以为我这样很累，其实我心里快乐得不得了。我是贱骨头，你明白吗?”

吕贝贝看着他：“你这样说话，是存心想让我难受，对不对?”

冯佑点上烟，吸了一口。他道：“你不用难受。我也不晓得该怎么说，反正我现在说的每一句话都是心里话。真的，我为什么要让你难受？我知道你是为我好——怎么说呢，你赚钱也不容易。”

他吐了一个老大的烟圈。

过了一会儿，吕贝贝问他：“还跟她有联系吗?”冯佑说：“没有。”吕贝贝道：“其实再想想，你和她也不合适，晚断不如早断。我这样说，你不要生气。”冯佑笑道：“你不说我也知道。我早想通了，这种事情不能强求，也不能痴心妄想。芝麻配绿豆，王八配蛤蟆，老天都帮你配好了。前几天我找了个瞎子算命，他说我的姻缘在往南十里处，我看了，那正好是个理发店，里面有几个洗头的小妹挺漂亮，我想我的老婆大概就是其中一个了。”

他笑起来：“小流氓跟洗头妹是不是绝配？我现在老婆也有着落了，心里别提有多踏实。等躲过这一阵，我再把人重新召集起来，别的不敢说，一个月千八百，混口饭吃不成问题。”

吕贝贝说：“挺好的。”她怔怔地发了一会呆，告诉他：“我被台湾人甩了。”冯佑一愣。她又道：“他马上就要跟别人结婚了。”

冯佑摸摸鼻子，停了停，他问：“你喜欢他吗？”吕贝贝道：“有时候喜欢，有时候不喜欢。”冯佑笑笑：“这么神奇？”吕贝贝道：“是真的。刚见面的时候肯定是不喜欢的，接触久了，觉得好像也不错，现在又不喜欢了。”

冯佑又笑了笑。

吕贝贝道：“我这人就是这样。人家说爱情是盲目的，莫名地就会喜欢一个人。我不同。我会先考虑这段感情会不会成功，如果会，我才会去喜欢。就像那时候我觉得你是喜欢我的，所以我才喜欢你。吴根水一开始对我很好，我以为会跟他结婚的，所以慢慢就喜欢上他了。现在他不要我了，我也就没感觉了，我这个人很功利，你觉得呢？”

冯佑想了想，说：“不是功利，是比较实际。”

吕贝贝一笑。“他送给我一套八十万的房子。”她道，“本来不想要的，把房产证往他头上一扔，转身就走。后来想想，又何必争这口气呢？八十万，在苏北可以买好几套房子了，我哥哥结一次婚，也不过才花了十多万，够他结六七次婚了。我每个月工资不吃不喝，要攒到哪一年才有八十万啊。人哪，跟什么过不去，也不能跟钱过不去。”

吕贝贝说完笑了笑。冯佑闻到一股酒味，问她：“喝酒了？”她用手比画着：“不多，就这么一点点。”她脸泛着红光，鼻尖那里亮亮的。冯佑说：“很晚了，我送你回家。”她皱起眉头：“不好，我是专程来找你聊天的，你怎么能赶我走？”冯佑没办法，道：“那就继续聊吧。”

吕贝贝反而不说话了，停下来朝他看。冯佑说：“你别这么看我，我全身发毛。”吕贝贝嗔道：“稀奇死了，看看也不行吗？”冯佑只好道：“行，随便看。”

吕贝贝伸出一只手，在他脸上摸了一把。冯佑笑道：“怎么，吃我豆腐吗？”话音刚落，他啊的一声，叫了出来——原来吕贝贝竟用指甲在他脸上重重掐了一下，血立刻流了下来。吕贝贝问他：“疼吗？”冯佑摇摇头：“不疼。”吕贝贝道：“不疼你为什么叫？”冯佑道：“舒服了我才叫的。”

吕贝贝一笑，取出纸巾按住伤口，止血。她道：“会留疤的。”冯佑道：“男人脸上有疤很帅气。”吕贝贝道：“以后别的女孩子见了这条疤，问你，你怎么回答？”冯佑道：“我就说，是一个又漂亮又可爱的小姑娘抓的，她要让我永远记住她。”

吕贝贝看着他，忽然，把纸巾往他脸上一扔，道：“你这人真讨厌。”

她转身便走，已经走出几步了，又回来，抱住冯佑，飞快地在他脸上亲了一下。她把那个装钱的信封给他，说：“如果你不收，我就杀了你。”

吕贝贝走了。

冯佑在她离开的那一瞬间，又把信封放在了她的包里——他以前当过扒手，吕贝贝没发现。

冯佑早知道了谢宁和吴根水的事。吕贝贝没提，他也装着毫不知情。

那天，他在一家婚纱店门口看见谢宁和一个男人。有那么几秒钟，他脑子转不过来，有些不适应，很快地，他坐到摩托车上，戴上头盔。两人走进婚纱店，冯佑隔着大玻璃，看他们和店员在交谈。一会儿，谢宁站起来，走到里面去，大概是换衣服，再出来时，果然已穿上了一套婚纱。镜子正对着外面，谢宁站在那里，冯佑看见的是镜子里的她，婚纱很漂亮。她依然站得笔直，身材挺拔，只是脸略有些苍白——冯佑眨也不眨地看着她。男人四十多岁，又矮又胖，像个熊猫，也和冯佑一样，看着她。他的手，揽在谢宁腰间。他的笑，带着得到幸福后的满足，相当动人。谢宁与他目光相接，便也微微一笑。两人出来时，店员恭敬地送到门口，冯佑听到她叫男人“吴先生”。

他应该是吴根水。

谢宁挽着吴根水。门前停着一辆红色宝马，冯佑是见过的。司机下车为他们开门，谢宁缓缓地坐进去，吴根水再进去，门关上。接着，车开动了。

好像是有些预感的，冯佑并不觉得十分吃惊。再一想，世上很多事其实早就安排好的，当事人还在浑浑噩噩，不知不觉，便已水到渠成了。

什么样的人，就有什么样的命。冯佑这样想。

已经快十一点了，他这才想起要回家。这个破烂小区，连路灯也舍不得多装几个，很暗。

忽然，近处有人咳嗽了一声。冯佑一惊，前面居然站着一个人，黑乎乎的看不清模样，走上几步，再一看，竟然是那位王先生。他神情呆呆的，赤着膊，胸口绑着一圈爆竹似的东西，手里拿着火柴。

“是雷管。”王先生道，“我在黑市买的，今天你要是不还钱，我们就同归于尽。”

冯佑先是吃了一惊，随即笑笑，满不在乎地：“我没钱，要点就点吧。”

王先生矮矮的个子，手短脚短，脸上的表情却惨烈无比：“工作没了，老婆又生病，小孩要读高中，拿不到钱，大家一起死掉拉倒！”他抖抖地，点燃一根火柴。

冯佑从口袋里掏出一个打火机，不慌不忙地递给王先生，道：“用这个吧，火柴容易灭。”果然，他才说完，那根火柴就熄灭了。冯佑朝他笑笑：“我没说错吧？喏，拿着。”他把打火机塞在王先生手里。“你干什么？”王先生叫起来，退后一步，打火机掉在地上。冯佑捡起来，又交给他。

“钱我是没有的，要命有一条，你高兴就拿去。”冯佑道。

王先生的嘴唇在发抖。“你不要逼我。”他道。

冯佑哧地一笑。

“我敢担保，你这排雷管绝对是大兴货，”他道，“没人会把雷管卖给你，你这个傻子，被人家骗了还不知道。”王先生叫道：“胡说!”冯佑道：“不信你就点，如果点不燃，我们的钱一笔勾销，怎么样?”王先生大叫：“放屁，放屁!”

“你点吧，能点燃我就是龟孙子。”

王先生拿打火机的手抖个不停。

“点吧。”冯佑微笑。

啪！王先生真的打亮了打火机。他全身都在发抖。慢慢地，他把打火机移近。雷管的引线，像毒蛇的芯子，长长的，很怖人。

冯佑还在笑。

忽然，身后有人叫了一声，接着，一桶水浇在王先生的身上，像晴天里的一场雨，突如其来的。王先生还没反应过来，身上已经湿透，打火机灭了，雷管湿了。冯佑朝后看——冯干巴拎着空桶，直直地站着，喘着气。

“多少钱?”他涩着嗓子，问王先生。

王先生还在发愣。他又大声说了一句：

“这小赤佬欠你多少钱?”

“两万三。”王先生咽了口唾沫说。

“我来付。”冯干巴道。

“你干什么？这事我会处理。”冯佑不耐烦地对父亲说。

“你怎么处理?”冯干巴问他，“你有钱吗?没钱你怎么处理?啊?”冯干巴第一次在儿子面前拔高了音量。

冯佑有些意外。他看着父亲。

冯干巴缓缓地说：“你有本事，胆子大，喜欢拿命跟人玩。我老了，吃不消了，心脏也不好，我只有你这么一个儿子，我玩不起。我不指望你将来给我养老送终，只要你平平安安，你能做到吗?”

冯佑摸摸鼻子，不说话了。

冯干巴见儿子软了，本想语气再狠些，趁热打铁，谁知话到嘴边，居然声音嘶哑了，再也说不出话来，两行浑浊的老泪从眼眶里滑出。冯干巴重重地捶了冯佑两拳，他抽抽噎噎地道：“儿子啊，至少，你别死在我前头，行吗?哪怕我今天死，你明天再死，我也瞑目了，儿子啊——”

不久，冯干巴便退休了，烟纸店交给冯佑管。冯佑坐在方凳上，旁边是装零钱的饼干盒。他干活很有一套，商品摆放得有条有理，什么时候该进什么货，进多少货，心里清清楚楚。更难得的是，他每隔几小时便消一次毒，还在窗外挂了一块小黑板，上写着“预防‘非典’，人人有责”。居委会给他发了一面锦旗，鼓励他这种自发的抗“非典”行动。

冯干巴剥茶叶蛋吃，汁水滴滴答答，落在衣服上。他吃得很香甜。烟纸店的生意一天比一天好。他看着儿子乖乖的样子，非常欣慰。

吊扇在头顶上转着，吱嘎吱嘎——

谢宁

谢宁试婚纱时，看着镜子里的自己，才意识到真的要结婚了。

那天，她想自己是眼花了，居然在镜子里看见冯佑，转过头去，哪有半个人影？吴根水就在旁边，握着她的手。他的手永远是那么暖，握着很舒服。婚纱是请法国设计师量身定制的，谢宁问吴根水：“很贵吧？”吴根水道：“再贵也没关系，只要你穿上漂亮就行——确实很漂亮。”谢宁在镜子前转了个圈。旁边几对新人都被吸引了，纷纷过来看。吴根水像个孩子那样问他们：“怎么样，我老婆漂亮吧？”

婚礼订在一家五星级酒店，办了三十几桌。谢宁问吴根水：“你在上海哪有这么多亲友？”吴根水笑道：“管他呢，凡是认识的都叫来，热闹热闹。”

吴根水的姐姐姐夫从台湾赶来参加婚礼，每人都有一份见面礼。大姐另外给了谢宁一只玉镯，说是吴母生前留给儿媳妇的。谢宁戴上手镯，挺合适。三个姐姐拉着她问长问短，谢宁渐渐地便有些累——眼前竟浮起第一次到冯佑家去的情景，与现在不同，那次，她是花了些心思的，讨他家里人的喜欢。

吴根水的胖脸泛出红光，喜滋滋地把她介绍给每个亲友。他挽着她，轻轻柔柔的，好像她是一件珍宝，太用力就会弄坏。

“老婆。”他叫她。

她朝他笑了笑。

“叫我老公。”他道。

她道：“老公。”

“嗯，真乖。”他在她脸上亲了一下。

婚礼上，谢宁看见了吕贝贝。她刚进来，谢宁便感到一丝寒意，好像有某种不好的事情发生。吕贝贝没有停顿，径直向他们走来。她的神情很可怕。谢宁的心怦怦直跳，嘴巴发干。

吕贝贝一字一句地说：“冯佑死了。昨天，他家的吊扇掉下来，正好砸在他脑门上。医院都没去，尸体直接送火葬场。”

谢宁一动不动，似是呆了。

吴根水问什么事。吕贝贝说：“公司里一个同事出意外死了。”吴根水看看谢宁，拍了拍她的肩膀。“多大年纪?”他问吕贝贝。“二十多岁。”她道。

“真是不幸。”吴根水叹了口气。

谢宁盯着吕贝贝的脸，希望她说这是场恶作剧，目的是报复她，让她在结婚喜宴上失态出丑。她甚至希望一会儿，冯佑就会从外面走进来，穿着西装礼服，冷笑着说：“没有你，我照样活得好好的。”

她是那么渴望，他活得好好的。

她使劲地摇了一下脑袋。

奇怪，竟然一滴眼泪也没有。她只是呆了一会儿，便又继续敬酒，一桌一桌地敬，说着重复的话。她穿着绛红色的旗袍，勾勒出美好的身材，仪态万千。她听到有人说：“新娘子气质很不错啊。”

她不用伴娘，来者不拒，喝了很多酒。宾客们惊叹：“新娘子酒量好得很啊。”

谢宁到卫生间补了几次妆，化妆师是一流的，三下两下，走出来又是唇红齿白。化妆师说："你肤质不错，注意保养的话，到四十岁也差不到哪里去。"

"谢谢。"她道。

新房里，天花板上那盏吊灯，她看着看着，眼花了。

那次，冯佑说吊扇时间长了，该换一台了，别哪天掉下来。冯干巴说不用。她想，其实早该送他一台吊扇的，吊扇又不贵，还有什么比生命更宝贵呢？她真该送他一台的，新吊扇不会掉下来，他也不会死。

她很后悔。不为什么，反正就是后悔。

伤心像冬眠的虫子，一开始蛰伏着，没知觉，慢慢地苏醒了，一点一点袭上心头，扩散到全身，鼻子酸了，心酸了，五脏六腑都是酸的。

冯佑的头发长得很快，一个月要剃两次。他说剃一次头要五块钱，倒不如自己动手来得合算。于是有一次，谢宁帮他剃，她拿着剪刀，像狐狸吃大饼那样，这里短了剪那里，那里短了剪这里，结果越剪越短。他照镜子，大笑说："都快成光头了。"她看着他的头发，也跟着大笑。

每次约会，她总是先给他几百块钱，让他埋单用。他不要，她硬塞在他口袋里。她靠在他肩膀上，柔柔地说："等你将来有钱了，我就不塞了。"说完她有些懊悔——伤了他的自尊心。通常他都不用她的钱，回家前又把钱还给她。她上楼，打开窗，他站在树下——这是他们约好的位置，视角最好，看得最清楚。她朝他招手。从上往下看，他笑得有些腼腆，像个大男孩。有时候，他们就这样互望，能看上半小时。她舍不得，他也舍不得。

一会儿，他弹起吉他来。他和她，坐在了海边，海风将他们的头发吹得微微飘起。悠扬的琴声，和着风声，远处隐约有船的影子，夕阳浮在海面上，映红天边的云彩。她侧头看他——双眼皮，薄嘴唇，是刘鹏。

“我教你弹吉他。”他道，抓住她的手指拨动琴弦。她一缩，有些不好意思——那时她才十几岁呢，扎个小马尾，脸颊红红的，喜欢看言情小说。

“阿姐。”她听到他在叫她。一转眼，又成了冯佑。

他捧着菊花松酥，笑眯眯地看她。他摸摸鼻子——这是他的习惯动作。

他好帅啊。他在台上唱歌，女孩子们叫着他的名字，疯了似的。她坐在前排，不动声色，偷偷地笑，幸福从嘴角、眉梢那里流露出来——他是喜欢她的。他是帅哥，那么多人喜欢他，他谁都不要，只喜欢她一个。

他拍胸脯保证：“有什么需要我的地方，吩咐一声，杀了我的头也给你办到。”

他的眼睛很亮，像天上的月亮。她现在才想起来，那天好像是十五，月亮又圆又大。人家说，这是团圆的时候。她的钥匙掉在地上，他帮她拾起来，手指触到她的手指，她一缩，钥匙险些又掉在地上。

“我真的喜欢你。”他道。

谢宁终于哭了出来。吴根水惊愕地看着她。

她顾不得那么多了。

新婚之夜，她哭得比谁都伤心，眼泪落在衣服上，地板上，他的手上。

她想叫“冯佑”，在冲出喉口那霎时间，忍住了，只是含含糊糊的两个字，吴根水听不清，也不好意思问她在叫什么。他一句话也不说，静静地看着她。她也看他——她忽然想起几月前，吴根水打电话约她出来，其实那时她已经和冯佑交往了，可不知为什么，她居然接受了邀请。那时不觉得，现在想想，其实一切隐隐约约早就在那儿了。有样看不见的东西能摆布人的心，把真心遮住了，却牵着另一颗看不见的心走——或许，那颗才是真心，只是自己不知道罢了。

过了好久，吴根水才道：“别哭了，睡吧。”

吴根水

谢宁怀孕五个月时，从前读书的那所高中举行校庆。吴根水的意思是，还是别去的好。谢宁不听。吴根水拗不过她，只好陪她一起去。

谢宁和以前的老同学聊天。吴根水找不到话题，便在旁边看着妻子。谢宁这阵子胖了很多，脸色红润润的，吴根水喜欢富态一点的女人。他对谢宁说：“你太瘦了，要胖一点才好。”怀孕前，谢宁吃得很清淡，最近大概是有了孩子，居然也爱吃油腻的东西了。吴根水亲自下厨，给她做蹄髈，红烧蹄髈，她吃得嘴上都是油。他笑眯眯地看她吃——去年这个时候，她还离得他远远的，他只能在心里偷偷想她；现在，她的肚子里竟已孕育着他们的孩子。吴根水觉得很踏实，很满足。

他听到有人在叫“刘鹏”，接着，谢宁浑身一震——只是很轻微的，旁人根本不会注意，但吴根水不同，始终都关注着她。

走过来一个身材魁梧的男人，穿黑色皮夹克，系领带，走路四肢摆动得很厉害。他朝几个同学打招呼。他的声音和身材一样粗壮，笑起来眼袋毕露无遗。

谢宁几乎是直直地看着他。吴根水觉得奇怪，谢宁很少会这样失态。

男人跟别人大谈股票，言辞间，他透露自己赚了不少。他分析起最近的行情，滔滔不绝，声音很响亮。有人朝他看看，皱起眉头表示不满，他却丝毫没有意识到。他说：“要赚就要趁现在，晚了世道就不对了。”他的口气很急吼吼，还有着巫师般的诡异。后来，渐渐就没人听他说了。他拿一张报纸，坐在角落里看，随手抓一把桌上的瓜子嗑起来。

吴根水问谢宁说：“那人也是你同学吧？”谢宁说：“是啊，不过不太熟。”

她的声音涩涩的。

又坐了一会儿，谢宁说想回家。吴根水道：“这么早？”

谢宁显得有些乏力。她长长地呼出一口气，说：

“是啊，我累了，走吧。”

回家的路上，谢宁买了半斤点心——味道是桃酥，但样子又很怪，四只角卷起来，有点像菊花的形状，吴根水以前没吃过。他问妻子：“这叫什么?”

谢宁告诉他，叫菊花松酥。

这无法无天的爱

（一）

临下班时，我给曾伟强发了个短消息："哥儿们，我加薪了，请你吃饭。"

曾伟强很快回了消息："这么巧，我也刚做成一笔十六万的生意，晚上的饭我请吧。待会儿我开'宝马'过来接你。"

五点半，曾伟强准时等在我公司门口。这小子穿一件白色衬衫，最上面三个扣子松着，露出结实的胸肌，低头抽烟的样子很有男人味。经过的女人们都忍不住朝他看，他一个个地回敬以口哨，一笑，露出雪白的牙齿，在太阳下闪着光。

我走过去，接过他抛来的头盔，坐上他那辆锈迹斑斑的老式霸伏——他嘴里的"宝马"。至于那笔"十六万的生意"，我知道其实是一千六百块，一张星级酒店会员卡的价格。曾伟强习惯把金额扩大一百倍。这份工作他上个月刚刚找到，某个跨国企业在上海的办事处，推销一种名叫“钻石联盟”的酒店会员卡。每销出一张卡，他拿一百块钱的回扣，没有底薪。

我们来到吴江路上的一家火锅店，点了羊肉、鱼丸、粉条、菠菜，啤酒免费畅饮。“先来四瓶啤酒清清嘴!”曾伟强上完厕所出来便叫服务员。

系着围裙的小妹两手各拿两瓶啤酒过来，重重地往桌上一放，手一掀，熟练地开了盖子，给我们各倒了一杯。

“干杯!”我们碰了杯，然后一饮而尽。

“郭启明，”他擦了擦嘴，问我，“最近在忙什么呢?”

我说：“能忙什么？还不就是上班、下班？不值一提。”

“感情生活呢?”他问。

我笑笑，告诉他：“我在追一个在航空公司上班的女孩。”

“空姐?”他睁大了眼睛。

“不是空姐，是地勤，”我说，“搞配载平衡的。”

“什么配载平衡?”他不大明白。

“这个，一两句话也不说不清。喏，简单说，就是把飞机的重心调到一个最佳位置，让飞机保持平衡不掉下来。”我向他解释。

“高科技啊!”他肃然起敬。

“一般一般，”我谦虚道，“也就是个普通技术人员。”

接着，曾伟强告诉我，他想找个人合租他那套两居室的房子。“一个人住怪浪费的，租一间出去，能弄个三四百。”他坏笑道，

“我在网上登了，要个女的，年纪在二十五岁以下，超过二十五岁或者是男性均不考虑。”

我先是摇头，随即笑：“哪个小姑娘租了你的房，就是羊入虎口。”

曾伟强是我的初中同学。初中毕业后，他便没再读书了，很早从家里搬了出来，他父母也不大管他，只当没生这个儿子。曾伟强和我是完全不同的人。我是一般人眼中的“乖孩子”，一帆风顺地考上大学，再找到个不错的工作，对父母温和，对老板恭敬。而曾伟强则是个吊儿郎当的家伙，或许用“吊儿郎当”这个词来形容他还太客气了些。天晓得我和他是怎么成为哥儿们的，而且还是特别铁的那种，为这事我没少挨我妈的训。我妈常说：“近墨者黑，你跟他走得这么近，当心也变成小流氓!”

当火锅烧得只剩下一堆残汤时，曾伟强的手机响了，是短消息。他看了一眼，然后笑眯眯地告诉我：“有‘羊’上门了。约好明天上午见面。”

单还是我埋的。这小子皮夹里只有一张一百元，我实在不好意思。

他送我到附近的地铁站。我住浦东张江，他住普陀。临分手时，他说：“让我们都加把劲吧。工作，还有女人。”

我笑着点头：“頑張れ。”“頑張れ”是日文“加油”的意思，听着像上海话“戆巴子”。

“宝马”突突地开走了。我走入地铁站，给谭心打了个电话。谭心就是航空公司的那个女孩，她今天值晚班。电话通了：“你好，平衡室！”

我说：“麻烦叫一下谭心。”

电话那头轻笑了一下：“我就是啊。”

我问她：“明天有没有空？你说过要教我画A320的平衡图。”

她又笑了一下：“好吧，我说话算话，明天见啊！”

挂掉电话，我花了好一会儿回味刚才那番话。她习惯在话尾加个“啊”字，轻轻柔柔的，像拖个小尾巴，俏皮得很。她爸爸是航空公司的一个副处长，妈妈以前是空姐。谭心从民航学院毕业后，很自然地分到了航空公司。一家三口都是吃航空饭的。我认识她是在一次大学同学聚会上，她和我们班上的刘英子是好朋友，跟着来的。那天，我们一帮男人都表现得格外安静，说话秀气得像蚊子叫，连干杯都有气无力的，像被人抽了筋。所以说男人真是贱，看到漂亮女孩就骨头轻。趁她去厕所的当口，我们迅速地摸出一副牌，说好谁的牌最大谁就可以送她回家。我第一个抽，抽到个黑桃“A”，我笑笑，那帮家伙都恶狠狠地朝我看。

那天，我很荣幸地得到了谭心的手机号码。临分别时，我小心翼翼地问她：“我下次可以约你出来吗？”

她朝我一笑，露出嘴角的两个酒窝。她的眼睛，和天上的星星一样明亮，她的笑容，像是世界上所有的花朵都开了似的那么美丽。那一刻，我觉得自己有些晕了，脑子里嗡嗡地响个不停，几乎要休克了。

谭心果然把A320的平衡图拿来了，还有一系列配套工具：三角尺、铅笔、橡皮、计算器……我们吃完饭，让服务员把桌子收拾干净，随即便把平衡图铺开。她把所有的数据都写在一张白纸上：某航班，机组8人，前3后5。客人163人，其中男人100人，女人63人，还有儿童2名、婴儿3名。货物1000公斤，邮件500公斤，行李1500公斤。空机重量45103公斤，指数51.1。先填开装机单，再完成平衡图。她还给我提了个有点难度的要求：为了省油，请把最终的起飞重心控制在27到32之间。

我故意皱着眉，做出沉思的模样。事实上，之前我已经做过波音737、757、747、A300等多种机型了，虽然无法完全了解其原理，但依样画瓢还是不太难的。我绝不笨，相反地，我还很聪明，无论是抽象思维，还是形象思维，我都不差。我相信此时此刻，面对着这样一个美女，如果谁像完成作业那样飞也似的搞定，然后说声“再见”走人，那他一定是个傻子。

我把货物、邮件、行李一股脑儿都配在后舱，像个真正的傻子。其实我一看空机指数，就知道应该压前舱。谭心看着我微笑，我也报以微笑，随即人来疯似的把旅客座位也统统往后排。“你说过，重心偏后飞起来比较舒服。”我响亮地说道。

她又笑了笑：“没错啊。”

这份平衡图我足足做了一个小时。我像小学生那样把数字写得工工整整，橡皮被我擦得只剩下一个小团，铅笔削了三次。我长长地吸了口气，又长长地吐了出来，眉心那里紧紧地蹙成一个“川”字。“真难啊，”我感慨道，“我做一份就这么难，真不晓得你平时上班是怎么过来的。不可思议，简直太神奇了！”

邻桌的人都朝我看，几个服务员远远地对着我们指指点点。

最终我还是没能完成，因为重心太偏后，都超出图上所能显示的范围了。谭心看得咯咯直笑。“你真是个天才，”她说，“郭启明，你怎么这么可爱啊！”

我沮丧地向她表示愿意重做一张。“不是我笨，实在是因为这项工作技术含量太高了，我需要时间慢慢体会。”

这天我们一直到饭店打烊才离开。我拿着厚厚一沓纸，再三向她担保：“我会加强练习的，下次一定让你满意。”她一直笑，说：“不会做又有什么关系呢？反正你也不干这行。”

我说：“可我就是想把它学会——幸亏你不是开飞机的，否则我还得向你学开飞机，那就真的麻烦了。”她嘴角微微一歪，露出甜甜的笑容。“郭启明，”她看着我，“你真的是个很可爱的人。”

我送她回家后，在地铁里一直琢磨她的话。她连夸了我两遍“可爱”，口气倒像在说一只小狗：“小狗，你怎么这么可爱啊。”我认为夸一个男人“可爱”未必是件好事。“可爱”等同于“滑稽”“好笑”，多少有些不值得尊重的意思。

我想到这里，有些懊恼了。分寸很重要，尤其在追女孩的时候，就像秤杆上那些星星点点，少一些不够，多一点则太过。我不晓得她是真的这么想呢，还是随口一说。正伤脑筋时，手机响了，一看，是曾伟强。

“喂！”他似是很兴奋，“什么时候有空，过来看看那只‘羊’。”

我愣了愣，才明白他的意思。

“不错，真的不错，是只很棒的‘小绵羊’。”

我怀疑这家伙的口水大概快要下来了。“我这两天有点忙，再说吧。”我道。

他还是不依不饶：“下班时过来看一下就行了，不会耽误你很多工夫。”

“好吧，等我有空时打电话给你。”我说完，便挂了。

曾伟强的家位于普陀区和嘉定区的交界处，20 世纪 80 年代末造的老房子。出了门再走一公里不到，隐约便能看得见农田了。小区附近乱糟糟的，什么都有——发廊、洗脚店、租片店、五金店、小饭馆。城乡接合处，总是照例地以外地人居多，走来走去，耳朵里听到的多半是外地口音，苏北话、四川话、东北话、福建话……夏天，一些男人赤裸着上身躺在树荫下乘凉，脚下是被扔得乱七八糟的西瓜皮。

我来到曾伟强家门口，敲了敲门。

很快地，门开了。一个二十出头的女孩站在门口，马尾梳得高高的，穿件粉红色的 T 恤。她看见我，一愣。我说：“曾伟强在吗?”

她哦了一声，随即道：“请进来吧，他在厕所。”

我进了门，女孩拿了双拖鞋给我换上。我发现这间屋子比以前干净多了。地板显然刚拖过，还有些湿。茶几下没有脏袜子和废报纸，相反地，还摆上了一盆文竹。窗玻璃被擦得很亮，阳光照进来，整间屋子显得亮堂堂的，空气清新。

我觉得曾伟强实在是聪明，多笔租金不算，还有人打扫屋子。

女孩给我端来了一杯茶：“请喝茶。”她应该不是上海人，听口音好像是江浙一带的。我说声“谢谢”，接过茶，偷偷打量面前的“羊”。谈不上很漂亮，脸稍圆了些，身材也有些偏矮，大概不到一米六，但五官很秀气，尤其是眼睛，像两颗黑珍珠。她注意到我在看她，笑了笑，走开了。

随着厕所里一声抽马桶的声音，曾伟强懒洋洋地出来了，拖鞋踢踢踏踏，一只手还在拉裤子拉链。

我说：“你也注意点，还有女同志在呢。”

曾伟强嘿了一声，对着那女孩说道：“对不起哦。”

女孩说：“没事。”随即去厨房拿了盘刚洗净的葡萄出来。“吃水果，”她说，“下午刚买的，挺新鲜。”

我犹豫了一下，曾伟强却老实不客气地接了过来。“晚上请你吃小龙虾。”他朝女孩眨了一下眼睛，神情有些轻佻。女孩却不以为忤，笑着点头：“你说话可得算话。”“那当然，我是谁啊。”曾伟强嘿了一声。

“介绍一下，”曾伟强说，“这是我哥儿们，郭启明。这是卢晓红。”

卢晓红对我说：“你好。常听他提起你，你跟我想象中差不多，文质彬彬的。”曾伟强在一旁插嘴道：“现在老早不流行文质彬彬了，要粗犷，像我这样。”

卢晓红在他身上拍了一下：“去你的！”这个动作让我看了有些发愣。我说：“你好，你好，很高兴认识你。”

不到五点，卢晓红拿着包出门了。临走时，她朝我甜甜地一笑：“多坐会儿啊。”我礼貌地站起来向她告别：“再见。”

门关上后，我问曾伟强，这女孩是干什么工作的。

曾伟强说不知道，女孩自己不说，他也不好意思问。“管她干什么的，反正只要按时交房租，年轻漂亮就行。”曾伟强说到这里，推了我一下，“怎么样，还可以吧？”

我笑笑，没理他。

曾伟强又问我和谭心的进展：“到什么地步了？抱了？啃了？上了？”

我道：“别说得这么恶心，又不是狗。”他听了笑道：“郭启明，这方面我比你有经验，男人不能太拖拉，该下手时就要下手，否则时机错过了，后悔的还是你自己。”

我推了他一把：“我们还没到那个地步呢。”

他问：“那你们到哪个地步了？”

我想了想，告诉他：“刚起步，还停留在套近乎的阶段——嗯，我在向她学平衡表。”曾伟强先是一怔，随即看了我一会儿，忽地哈哈笑道：“郭启明啊郭启明，你真是太可爱了！”

我又一次被人说成“可爱”，心情顿时变得有些糟糕。我借口晚上还有事，匆匆走了。临走时，曾伟强又劝我要“当机立断，有魄力”，我没心思睬他，丢下一句“这些招数你自己留着用吧”，便走了。我眼前闪过谭心那张清秀的脸，便觉得跟曾伟强谈这些真是亵渎了她。谭心是山顶上那朵最洁白的雪莲花，要小心翼翼地一步一步靠近，虽然艰难，但途中别有一番滋味。这些，曾伟强怎么会懂呢？

我路经小区门口那家新开的足浴店时，听见里面有人吵架。一个女孩的声音传出来：

“你妈×，昏了你的头了，敢抢老娘的生意！”

另一个女孩也骂：“放你妈的臭狗屁！你也不看看你那只爪子按在人家脚上就跟搔痒似的，谁会找你？你倒贴也没人找你！”

我觉得这声音有些熟悉，一看，昏暗的店堂里，两个女孩站着互骂，一个稍矮的女孩抢起柜台上一本账簿便朝另一个女孩扔去，账簿碰到天花板的吊灯，吊灯晃了几晃。旁边过来几个人劝，那矮个儿女孩却还不罢休，兀自骂骂咧咧的。

借着灯光，我看见这个女孩赫然便是卢晓红。

我愣了愣，还没反应过来，卢晓红一侧身，已看到了我。我只好朝她笑笑，有些讪讪的。她却很热情地走了出来，向我打招呼：“咦，这么早就走了啊——要不要进来做个脚？自己人，我给你打八折！”

我谢绝了：“我还有事，下次——这个，下次再来。”

她笑眯眯的，两个眼睛弯得像月牙儿，一点也不像刚刚吵过架的模样。“那就说定了，下次你一定要过来哦！”她说着，在我肩上一拍，我下意识地朝旁边让了让。她一点儿也不在乎，依然笑吟吟的。

“下次一定要来哦！”她嗲嗲道。

（二）

夏天很快过去了。两个月内，谭心把所有的平衡表都给我做了一遍。我开玩笑地跟她说："我到你们平衡室来打工吧，还能再赚份外快。"她咯咯直笑。其实我说这话的时候，心里在叹气，又有些为自己着急——该做的都做了，下一步要怎么办呢？总不见得真去她那儿打工吧。依着我的想法，都谈了几个月了，差不多该见家长了，把事情敲定下来，可谭心的态度多少有些让我摸不着边。她笑得很甜，像个漂亮的洋娃娃，可惜这个洋娃娃是放在橱窗里的，不能碰也不能抱，只能看。好几次我的手都已经到她背后了，只差一丁点便能把她揽在怀里，可偏偏她脑袋后面似是长着眼睛，总能不早不晚地让开，让我扑个空。

我问她："下次我们玩点什么呢？平衡表都做得差不多了。"

她睁大眼睛，有些诧异地对我说："怎么会差不多？还差得远呢。你要想学平衡，这只是开始。你不晓得，现在我们都不用手工画平衡表了，全是电脑操作——下次我教你电脑指令。"

我愣了愣："可是这里没有电脑啊。"

她说："没关系啊。你要是真想学，我就想办法拷一套系统出来，再给你建个模拟航班。你想不想学啊？"她朝我看。

我微笑地表示很有兴趣。

"我老早就发现你是个非常好学的人，"她伸出纤长的手指，一下两下地点着，"其实我觉得你挺适合干我们这行的，你做事挺仔细，人也蛮聪明。"

我又笑了笑，心想，这姑娘不会真以为我想改行吧。

曾伟强对我的情况表示不能理解。"哪有你这样谈恋爱的啊？自讨苦吃！"他在电话里说，"郭启明，本来我还觉得你是个人才，从小到大读书就跟吃饭喝茶似的，一点不费力。这点我不如你。可说到对付女人，你不是这块料——你还太嫩。”最后这四个字他加重了语气。

我听了没有生气，相反地，向他讨教对策。

他说：“约个时间带她出来，让我看看这女人什么路道，对症下药，因材施教。”

我想了想，同意了。后来每当我回忆到这天，便觉得自己是欠考虑了，带谭心去见曾伟强，正应了我以前说过的那个词——羊入虎口。这绝对是我这辈子做得最傻的一件事。

周末，我带谭心到曾伟强家吃饭。本来想在外面吃的，可是曾伟强说外面太贵。“反正家里现在有个保姆，不用白不用。”他说。

我不明白，他告诉我，是卢晓红。

“这女人付不出房租了，就拿身子抵债，”曾伟强说到这里，坏笑了一下，“别误会，不是那意思，就算她肯我也不肯啊，一个做脚的，手上全是癣，我才没胃口——她说把家务全包了，每周再给我做两次脚，当是房租。我答应了。”

我摇了摇头，说：“你这个人啊。”

我们聊了一会儿，卢晓红才从外面回来，手里拎着菜篮，一只活鸡的脑袋还伸在外面。曾伟强皱眉说：“买什么活鸡啊，别把我的厨房给弄脏了。”

卢晓红说：“脏不了，我保证擦得干干净净。这鸡是正宗土鸡，烧汤最鲜了。”

我朝她点头示意，并介绍了谭心：“我女朋友。”我本来想说“朋友”的，犹豫着还是说“女朋友”了，偷偷朝谭心看去，见她并没什么异样，才放下心来。

“你女朋友很漂亮啊，你真是好福气。”卢晓红笑着道。

曾伟强说：“快去做饭吧，别废话了，待会儿到了钟点吃不上饭，你得给老爷我多做一次脚。”这话完全是对保姆的口气了。卢晓红却毫不在乎，笑笑：“知道啦！给你多做两次脚都没问题。”说着，进厨房了。

谭心轻声问我：“这女孩是谁?”曾伟强在一旁回答：“房客，兼保姆。”声音不小，卢晓红应该听见了。我朝他做了个“嘘”的动作，他却大剌剌地摆了摆手：“没事，没事!”

我们开始打牌，三个人玩关牌，打了一会儿，便觉得没多大意思。我说：“还是八十分或者斗地主好玩。”曾伟强便把卢晓红叫了过来。

“汤烧上了吧？烧上了就过来打两把，斗地主会不会?”

卢晓红说：“会。你们先发牌，我去拾掇拾掇，待会儿一下油锅就行。”

打牌时，曾伟强坐在谭心的上家。谭心不大会打，连着做了好几回地主，却几乎每回都赢。这主要是曾伟强的缘故。曾伟强当然不是打不好，而是打得太好了，他能清楚地算出谭心需要什么牌，谭心要对子，他就打对子，谭心要俘虏，他就打俘虏。我不满意了，说：“曾伟强，搞什么嘛，内奸嘛。”曾伟强笑嘻嘻地说：“不好意思，不好意思哦。”

谭心说："曾伟强晓得我不大会打，让让我呢。"

曾伟强忙道："不是让，是打巧了，打牌有时候就是这么巧。你打牌其实蛮有天赋，就是太犹豫，要果断，晓得吧？打牌跟做人差不多，一定要果断，该出手时就出手，否则迟了后悔都来不及。"

他说着朝我看，意味深长，我瞪了他一眼。我说："卢晓红打得不错啊，经常打吧？"卢晓红说："也不是经常，就是偶尔打打。"

曾伟强说："她们是没生意的时候打，店里生意越差，她们打得越起劲。所以啊，牌技长进了，生意差了，现在连房租也付不出了。"

卢晓红拿来一袋话梅、一袋薯片，撕开包装纸请我们吃。曾伟强嘿的一声，说："没钱付房租，倒有钱买零食，你还藏着多少钱？趁早给老爷我交出来。"

卢晓红脸上笑容不改，道："是吗？那我还藏着买卫生巾的钱呢，老爷你是不是也要拿去？"

曾伟强又嘿了一声，我连忙打圆场：

"曾伟强你烦不烦？不就是一点房租嘛，人家还替你做家务呢，又是洗衣服又是做饭的，你占老大便宜了，开玩笑别太过分了，卢晓红算是好说话的，换了别人老早跟你翻脸了。"

曾伟强不说话了。卢晓红朝我笑笑，说："没事，他就这脾气，我早习惯了。"说着，朝曾伟强斜了一眼，又顺手拿起一个话梅，塞在他嘴里。

这时，有人敲门。曾伟强过去开门，一看，是个二十五六岁的青年男子，个子不高，剃个锅盖头，皮肤黑黑的。曾伟强问他："你找谁?”男人还没开口，卢晓红已站了起来，对他道：“你来这里干吗?”

男人看到卢晓红，眼睛一下子睁大了。“你他妈的还真的在这儿鬼混!”他声音很粗，口齿却不大清楚，像含个梅子，一激动，额头上的筋就爆了出来，“小妮她们跟我说你租男人的房子，我还不信，原来是真的!”

卢晓红说：“我是租了男人的房子，因为租金便宜，离店又近。上海男女合租很普遍，你别大惊小怪的。”

男人呸的一声，往地上吐了口痰：“你哄谁? 除了这儿，别的房子就租不到了? 你这个女人，在乡下我就看出来了，天生的骚货，骚到骨子里去了。我宋长征瞎了眼，才会看上你这个骚货!”

曾伟强拍拍他的肩膀：“哎，朋友，要吵回家吵去，我这儿有客人。”

男人朝他看了一眼，大概是忌惮他的体型，愣了愣，道：“我找我女人，干你什么事?”曾伟强道：“这是我家，你说干不干我的事?”说着，两只手互扳了一下，骨头关节咯咯直响。曾伟强冷冷地朝他看，男人下意识地退后了一步。

“宋长征，”卢晓红道，“别在这儿丢人现眼了，你先回去，下午我来找你。”

宋长征嘴里咕哝着：“卢晓红，你可以啊，你是一心一意要找野男人了，对吧? 嘿，看到上海男人就不晓得自己有几斤几两重了——”

卢晓红上前一步，重重地扇了他一记耳光。宋长征来不及反应，脸上已多了五条红印子，整个人愣住了，我们三个人也愣住了。

“我找野男人怎么了?”卢晓红斜眼瞥他，“你和你们那个老板娘都睡了几回了，啊?我给你面子不说，你就爬到老娘头上撒野!我告诉你，你再不走，明天我就过去把那个女人的招牌拆掉，大家撕破脸，看谁先混不下去!”

宋长征阴沉着脸，说句“卢晓红你有种”，噔噔下楼了。卢晓红反手便把门关上了，转过身，脸上又恢复了笑吟吟的模样，像是什么都没有发生过。

“不好意思哦，乡下一块来打工的朋友，脾气不好，傻乎乎的，容易激动。你们再打会儿关牌，我去烧菜，很快就能吃了。”

过了几天，曾伟强邀请我和谭心去连云港爬山。我问谭心去不去，她一口答应，这让我有些欣喜，因为去连云港要住一晚。我倒不是动什么歪脑筋，而是觉得这么一来，与她的关系似乎有所进展，上了一个新台阶。

我和谭心到长途汽车站的时候，曾伟强和卢晓红已经等在那里。曾伟强背着一个双肩包，穿一件黑色的宽松衫，英气勃勃的模样。

我们上了车，座位几乎都坐满了。很快开车了。我专门为谭心带了一个枕在颈部的充气靠垫，方便长时间坐车。她说声“谢谢”，垫上，插好耳机，闭上眼睛开始休息。我有些后悔，应该迟些再给她的，先说会儿话那该多好。

车子开得不快，始终在八十码左右徘徊。高速公路上，后面的车不停地超过去。有人问司机几时能到，司机说七点。曾伟强听了，叫起来："要开六个多小时啊，妈的，什么破车。"司机嘿了一声，回敬道："嫌慢去坐飞机啊，飞机飞得快。"

卢晓红撕开一袋话梅，轻轻推了推谭心，问她要不要吃。谭心拿了一个，说声"谢谢"，又从自己包里拿出一袋鸭肫，分给大家吃。

卢晓红说："这车算是快的了，坐火车要坐一晚上呢。"谭心问她："听你口音像是江苏人?"卢晓红笑笑，说："我就是连云港灌云县的，待会儿车子会经过我老家。"谭心惊讶地哦了一声。

曾伟强在一旁插嘴道："要不我干吗带她出来？向导呗，兼埋单的。"谭心说："曾伟强你别瞎说，我们各埋各的单，这样才玩得开心。"曾伟强道："我可没瞎说，在家里说好的，对吧?"他看向卢晓红。卢晓红笑笑，没说话。我瞪了曾伟强一眼，对卢晓红道："别听他的，这家伙就喜欢开小姑娘的玩笑。"

曾伟强嘿的一声，看向窗外。远处，一片片的农田，青青翠翠的，阳光直射下来，隐隐透着些许金黄色，很美。不一会儿，车子驶上江阴大桥，两岸望去便是浩瀚的长江，碧波粼粼的。

车上的电视机在放《变形金刚》，刚上映的美国大片，盗版得一塌糊涂，配音比说话慢了好几拍，不知在搞些什么，只听见乒乒乓乓声，变戏法似的，一会儿是车，一会儿是机器人。邻座一个七八岁的男孩看得津津有味。

我轻声问谭心："下礼拜请你去看《变形金刚》，怎么样?"她说："好啊，我们星期二去，半价，还能省点钱。"我点点头，很是开心，觉得她这番话说得很贴心，是把我当成了自己人。

片子再吵，也抵挡不住渐渐袭来的睡意。我们向后倚去，不知不觉便睡着了，等再醒来，已到了灌云县。车子停下来，好几个乘客下了车。我问卢晓红：“你家离这儿远不远?”她说：“不远，走过去半小时不到。这次时间短来不及，下次有机会请你们到我家玩。”我微笑了一下，说：“好啊。”

又过了半个多小时，便到了连云港。下了车，天已全黑了。我们走到汽车站门口，叫了辆出租。卢晓红用当地话与司机交流了几句，示意我们上车。曾伟强建议先去吃饭，卢晓红说了一个地方，是离海边不远的大排档，吃海鲜最实惠。

车子开了不到十五分钟，便到了大排档。我们走进去，挑了个干净的位子。大排档是家庭手工作坊，老板掌勺，老板娘大着肚子，跑前跑后地张罗，铺台布，拿碗筷。曾伟强问谭心：“喜欢什么海鲜?”谭心说：“我最喜欢吃濑尿虾了。”曾伟强一点头，响亮地打了个飞指：“晓得了！”

曾伟强到外面去挑海鲜，卢晓红也跟在旁边，她是当地人，老板不敢狠宰她。

菜上得很快，先上来便是一大盘姜葱炒濑尿虾，谭心忍不住欢呼一声。曾伟强叫了八瓶啤酒，我说：“她们两个都是女孩，叫那么多啤酒干吗?”曾伟强说：“女孩喝酒才厉害呢。”说着，便要给谭心倒，谭心说：“我不大会喝酒的。”曾伟强说：“那就少喝一点点。”给她倒了半杯，又给我和卢晓红各倒了一杯。

曾伟强拿起酒杯，提议大家先干一杯。卢晓红很爽快，脖子一仰便干了。曾伟强也是一口干。我胃不大好，喝酒不能快，分了好几口才喝完。谭心也一口把她那半杯酒喝了。我对她道："喝慢一点没关系。"曾伟强在一旁听见了，叫起来："郭启明你这个人真是婆婆妈妈，人家小姑娘不晓得，还用你教？我看谭心比你爽气多了。"我朝谭心笑了笑，谭心也报以一笑。

曾伟强不怎么吃菜，酒倒喝了不少。我和谭心都不大喝酒，他便拉着卢晓红喝。其实我看出来了，卢晓红酒量比他好，不动声色地一杯又一杯。曾伟强到后来便有些话多，把他高中毕业后那些乱七八糟的事说了一遍又一遍，什么跟着黑社会去讨债，半路上藏了几张钞票，被发现差点砍掉一只胳膊；在天桥上卖盗版碟，穿件风衣，里面藏了厚厚一大摞碟片，肚子就跟怀孕五六个月差不多；还有，跟几个朋友一块炒期货，最好的时候一天能赚上百万，可惜一夜间都赔没了。

我是早听惯了，就是怕谭心听了不舒服。我朝谭心看了一眼，见她眼睛眨也不眨地看着曾伟强，听得入神，便觉得有些好笑——谭心像在听故事呢。卢晓红也有了三分醉意，听着听着，忽地，指着曾伟强的鼻子道："嘻！姑奶奶我十七岁就出来混了，什么人没见过？你啊你，就吹吧你。"

曾伟强停下来，朝她看了一会儿。

"你，帮我做脚。"他说着，真的去解凉鞋的带子，把脚一下子举到卢晓红面前。我和谭心都吃了一惊。他嘿嘿笑着："你这女人屁话太多，不过做脚倒是把好手。"他把脚往前伸了伸，几乎碰到了卢晓红的脸。

卢晓红还是笑，忽地握住他的脚，在脚底心狠狠地抠了一下。

曾伟强顿时又痛又痒，忍不住大叫了一声。卢晓红说：“这个部位是心脏的反射区，你这个人心脏不大好，良心有点坏。”她说到这里笑了笑。曾伟强还没说话，她又狠狠地抠了一下。

“都是出来混的，谁也别把谁当人。”她说着，放开他的脚，忽地低下头，把脸埋在杯子里，飞快地又干了一杯。

曾伟强本来想骂人的，见她这样，也不知说什么好，咕哝了一句，闭嘴了。

我看到卢晓红微红的眼圈，忽然想到这个女孩其实也挺不容易，心里肯定有许多委屈，平常硬憋着，要不是借着酒劲也不会露出来。我又给她倒上酒，劝她：“少喝点酒，多吃菜。”她嗯了一声。

吃完饭，我们来到宾馆，要了两间房。曾伟强给我一把钥匙，我的心开始怦怦跳，手都有些发抖了。我朝谭心看去，她在打量大堂的布置。我嘴巴动了动，却没说话。这时，卢晓红从曾伟强手里一把拿过钥匙，对谭心道：“我们去房间吧。”

谭心嗯了一声。我掩饰不住地失望，一颗心倒是平静了。看着谭心提着包，和卢晓红两人向前走去，我整个人无精打采的，球鞋穿在脚上踢踏踢踏，倒像是拖鞋。曾伟强推了我一把，冲我暧昧地笑笑，我没理他。

房间是双人床。我说：“怎么搞的？两个大男人挤在一起多恶心。”曾伟强嘿的一声，说：“本来我又没打算和你睡。”我听了，问他：“你和卢晓红已经那个了？”曾伟强反问我：“你猜呢？”我说了一句：“我管你呢。”

我洗澡的时候，曾伟强自说自话地进来上厕所。这家伙居然还是大便，熏得我直皱眉。我说：“待会儿你洗澡我也进来大便，让你也熏一熏。”他笑道：“随便你。”他看看我，又道，“没和谭心一个房间，是不是有点遗憾?”

我说：“没有的事。”

他嘿嘿笑道：“跟我有什么不好意思的？都是男人嘛，可以理解。”

我没理他。

第二天早上醒来，已经是九点多了，一看，曾伟强不在房间。我给谭心房间打了个电话，卢晓红接的。她说她也是刚醒，谭心不在。

“大概是去海边了，”卢晓红道，“她昨天就嚷着要去看日出。”

我和卢晓红去吃早饭，在餐厅遇见曾伟强和谭心。这两人都是精神奕奕的，一点儿也没有早起的倦意。我还没开口，谭心便告诉我，她五点多就起床了，在海边遇到曾伟强，两人一起走到海的另一头，再走回来，足足用了三个多小时。

“那里风景真好，比这里棒多了。”谭心显得很兴奋，加重了语气，“什么是人间仙境？这就是人间仙境!”

曾伟强看着她笑。我也笑，却有些惭愧，为自己的懒惰。其实我该早点起床的，陪谭心去逛一逛。我问谭心：“是不是有点累了?”她摇头，道：“一点儿也不累，精神好得很，待会儿爬花果山没问题。”我又笑了笑。

吃完饭，我们叫了辆车去花果山。虽说已入了秋，天气却还是很热，阳光直辣辣地射下来，灼热得很。谭心穿了件有些露背的衣服，给背上涂防晒霜的时候，手够不着，我很想为她代劳，犹豫着不敢开口。曾伟强见了，半开玩笑地说了句：“要不要我给你涂啊？”我对他的口气有些不满。谭心微笑了一下，说：“不用了，谢谢。”把防晒霜交给卢晓红。卢晓红挤出一些来，给她均匀地涂在背上。

我们准备停当，开始爬山。花果山是江苏省第一山，海拔有六百多米，不能与黄山、泰山相比，但在江浙一带也算是高山了。我们顺着台阶往上爬。

起初曾伟强和卢晓红在前面，我和谭心在后面。爬了一会儿，卢晓红说：“我爬惯了，你们走前面吧。”曾伟强说：“我负责开路，她负责殿后。”

天热爬山，绝对是件苦差事。爬了不到一百米，我便开始喘气。从小体育就不是我的强项，尤其是长跑这种比耐力的项目，每次都靠体育老师手下留情才得以过关。但考虑到谭心在旁边，我硬撑着，尽量不流露出来。

我们爬到一个有些陡的坡面，台阶又窄又短。曾伟强三下两下便上去了，到了上面，问我和谭心要不要帮忙。我说：“我就不用了，你拉谭心一把吧。”曾伟强骨碌碌下来两步，拉着谭心往上爬，动作敏捷得像只猴子——他来花果山真是来对了。谭心到了上面，对着气喘吁吁的我叫道：“郭启明，加油啊！”

曾伟强也跟着叫：“頑張れ！”我回敬他：“你也頑張れ！”

我实在是累得不行了，加上早餐喝了杯苦咖啡，竟有些胃疼。我朝他们挥了挥手，说：“你们先往上爬吧，我要歇一会儿。”曾伟强哦了一声，说：“那我们先走了，你们自己当心。”我点点头，忽地觉得头顶似乎阴凉了不少，朝身后看去，卢晓红一手抓栏杆，一手撑着伞给我遮阳。我忙道：“快把伞收起来，爬山撑伞危险。”她笑笑，说：“我闭着眼睛都能爬花果山，你就放心吧。”

我歇了一会儿，继续往上爬。卢晓红不断地鼓励我：“还有一会儿就到了，最难爬的已经过去了。”她又把我的两瓶矿泉水拿去放在自己包里，以减轻我的负担。我很不好意思，但抵不住她的坚持。她看了看我，说：“你脸色不大好。”我告诉她我胃疼。她嗯了一声，一把抓过我的手，使劲捏我的虎口。她手上的劲很大，应该是常年捏脚的关系，我给她捏得又酸又疼。她说：“虎口是胃肠的反射区，多捏几下就好了。”不知是心理作用还是真的有效，一会儿，我的胃果真不那么疼了。我说：“谢谢。”她说：“有什么好谢的？我是为我自己考虑，万一你继续疼下去，待会儿还不得我背你上山?”她说完呵呵一笑，露出一口微黄的牙齿。

我也笑了笑，觉得这女孩真的不错，有机会应该劝劝曾伟强，好好对待人家。

我们爬到山顶的时候，曾伟强和谭心已经不在那儿了。我正纳闷，手机忽然响了，一看，是曾伟强给我发的短信：“哥儿们，我们兴致正浓，准备找一条别人没走过的路下山，山下见。”我愣了愣，对卢晓红说：“我们下山吧，他们在山下等我们。”卢晓红看我，问：“不休息一会儿吗?”我摇头说不用。她又问：“要不要给你拍张照?”我还是摇头，二话不说便往下走。

我们在山脚下等了一个多小时，这两人始终没有出现。后来谭心给我打了个电话，她说：“郭启明，你晓不晓得，原来花果山真是孙悟空的老家！”我被她这句没头没脑的话弄得有些糊涂，她又道，“水帘洞，我们看到真正的水帘洞了，在山的背面，一个人也没有，就我们两个！美得不得了，神仙住的地方！”

我还是第一次听到谭心用这么激动的语气说话，都有些语无伦次了。我又隐约听到曾伟强的声音，似是催着谭心挂电话。不知怎的，我心里一酸，竟不知该说什么好了。谭心继续道：“我们还要待一会儿，你和卢晓红先回宾馆吧，别等了。”

我说声好的，那头电话便挂了。我拿着手机一阵发呆。

这天曾伟强和谭心一直到半夜才回到宾馆。曾伟强进房间的时候，灯关着，我一动不动，他以为我睡了，其实我一直没有睡着。我忽然想起那天打牌时，曾伟强说的那句“打牌跟做人差不多，一定要果断，该出手时就出手，否则迟了后悔都来不及”，当时我还以为他是说给我听的，笑我不够果断。现在我有些明白了，他应该是在说他自己。他老早就对我有所暗示了，是我自己迟钝。

（三）

从连云港回来没多久，曾伟强就和谭心正式好上了。他再三向我道歉，并用了“情之所至、身不由己”这两个成语。我没说什么。对于这个家伙，我说什么都是多余的，他本来就是这样的人。我在意的是谭心的想法。我给谭心打了个电话，开门见山地问她：“能不能告诉我，你为什么不喜欢我？”

我的语气很平静，小心翼翼地控制着每个字的节奏。我是个谦谦君子，越是这个时候越要注意自己的风度。谭心似是很不好意思，她说："郭启明，你是个很好的人，是我自己的问题——我大概是昏了头。"

我叹道："男人不坏，女人不爱。这真是亘古不变的道理。"

说到这里，我笑了笑，脸上却满是苦涩。谭心在电话那头沉默了一会儿，说："大概是的，曾伟强身上有一种野性的美感，我承认这对我很有吸引力。"

话说到这份上，也算是开诚布公了。最后，我说："谭心，我祝福你们。"

谭心说："谢谢你。"

或许是作为补偿，谭心提议给我介绍她办公室里的另一位姑娘。"很不错的，文文静静的，各方面条件都蛮好，"她说着还笑了笑，"而且啊，她也姓郭，你们五百年前是一家，肯定能谈得来。"

我本想拒绝的，但不忍拂她的好意，便答应见一面。

谭心很快便替我约好了。星期天，在浦东时代广场的星巴克，约好下午两点。我早早地到了，到两点一刻时，姑娘才出现，手里拿着一份事先说好的《上海壹周》。她叫郭钰，中等个子，容貌也是中等，戴一副黑边框眼镜，镜片玻璃很厚，度数应该不低。她比谭心大一岁，一九八二年生的。我问她要喝什么，她点了一杯气泡矿泉水。"中国人一般都喝不惯这个，"我笑笑，"你的口味很特别啊。"

我们开始有一句没一句地聊天。郭钰有个习惯，喜欢一边讲话一边推她那副眼镜，几乎是说一句推一下。这让我注意到她的手——她的手很白，手指细长，柔若无骨。我夸了她一句："你的手很漂亮。"她说："谢谢，我以前的男朋友也常常这么说。"我愣了一下。她又推了推眼镜，问我："你和谭心很熟吗？"

我说："还行吧。"

她道："我还以为她是你以前的女朋友呢。"我又是一愣，只好笑笑掩饰过去。她继续道："谭心很漂亮吧？"我胡乱嗯了一声。她道："追谭心的人好多哦，我们办公室的外线电话十有八九都是打给她的，大部分是男人。我觉得你的声音有点熟，应该也给她打过电话吧？"她说到这里，停了停，端起气泡水喝了一口，目光看似漫不经心地扫过我的脸。我有些尴尬，脸都微红了，说了句"你大概是听错了"，借口上厕所，躲开了。

从厕所出来，我远远地看见郭钰在补妆，除了脸，还有手，仔仔细细地上了一层粉。我故意走得很慢。她看见我，立刻把粉盒收了起来。我过去坐下。

我问她："你平时有什么爱好？"她回答："游泳，打网球，还有羽毛球。"我说："运动高手啊。"她说："我第一个男朋友是体校老师，都是他教我的。"我哦了一声。

郭钰问我："那你呢？你有什么爱好？"我笑笑，说："我也谈不上什么爱好，没事的时候听听音乐，上上网。"她问："你喜欢玩电脑游戏吗？"我说："喜欢。你也喜欢吗？"她摇头道："我倒是一般。我以前有个男朋友特别喜欢打电脑游戏，就是那种联网游戏，《魔兽》什么的。"

我忍不住朝她看了一眼。见面不到半小时，这女孩已经多次提到她以前的男朋友，而且不止一个，各具特色。我忽然一下子没了说话的兴致，端起咖啡喝了一口，朝窗外看去，又看了看表。她问我：“你下午还有事?”

我含糊地嗯了一声。

她停顿了一下，问我：“你是一九八一年出生的?”我说：“对。”她说：“我属狗，你属鸡，老人家说，鸡配狗，家里会鸡犬不宁。”她说到这里抿嘴一笑，忽然问我，“你信不信这些?”我想说不信，但又怕她误会我对她有好感，便只是笑。她盯着我看，见我不予置评，镜片后的那双眼睛飞快地眨了眨，随即别过头去。

这时，我的手机响了。我获救似的接起来：“喂?”曾伟强在电话那头说：“哥儿们，有空吗？能不能来一趟?”我连忙道：“好啊，我马上来。”挂掉电话，我对郭钰说，“不好意思，我有个朋友出车祸了，要马上赶去医院。”我有点促狭地想，你抢我的女朋友，我就咒你出车祸，嘿!

郭钰哦了一声，说：“那你去吧。”声音中有掩饰不住的失望。

我喝掉最后一口咖啡，瞥见她面前那瓶气泡矿泉水几乎没怎么动，顿时想到这女孩大概不是真的喜欢喝，只是为了表明自己口味独特——女孩有心机并不是坏事，但过了头就有些令人反感。

我走出星巴克，又给曾伟强打了过去，我说临时有点事，不想去了。曾伟强叫起来：“老兄，拜托来一趟吧，我有事求你帮忙。”我问他什么事，他犹犹豫豫地告诉我他想让卢晓红搬走，卢晓红不肯。我说：“那是你们的事，求我有什么用?”曾伟强说：“卢晓红对你印象不错，说不定肯听你的劝。”

我嘿了一声，说：“我没空管你们这些乱七八糟的事。”曾伟强再三央求，说：“我的一些哥儿们里面就数你是知识分子，说话有分寸，人又仗义。你说，遇到这种事情不求你求谁？她是个女的，总不见的我用拳头把她打出去，对吧？”

我叫了辆出租，到那边刚好是下午四点。门没关，走进去一看，卢晓红居然在给曾伟强做脚。我愣了一下，说：“曾伟强你哪根筋不对？”

曾伟强陷在沙发里，皱着眉头说：“我这可不是自愿的，这女人硬要给我做脚，我推也推不开。”卢晓红头也不回，一边用手捏脚，一边道：“我是死也不搬的。合同上写着半年，没到期我就不搬。你以为找房子那么容易啊，现在让我搬，我只好去睡大马路——姑奶奶说不搬就不搬！”

曾伟强说：“那你倒是交房租呀，合同上写得清清楚楚，你要是交不出房租，我有权单方面取消合同契约。白纸黑字，赖都赖不掉的。”

卢晓红嘿的一声：“那我给你洗衣服做饭当牛做马你怎么不说？这附近请个保姆多少钱？得五六百吧？还有我给你做的脚，店里明码标价 48 块钱一次，就算买会员卡打七五折，也要 36 块钱。我每礼拜给你做两次，一个月算八次，七加八加要千把块呢，你他妈的还要倒贴我才对！”

曾伟强朝天叹了一声，说：“你这个女人真是不讲理。”

卢晓红继续道：“当初和我好的时候，你怎么不赶我走啊？现在有了新欢，就翻脸不认人，你这个男人也太绝情了吧。”

我从冰箱里拿了罐可乐，一边喝一边看他们你一句我一句地吵。空气里弥漫着曾伟强的脚臭味，还有窗外飘进来的栀子花香。香的臭的混在一起，怪难受的。我皱了皱眉，同时大手一挥，示意他们停战。两人停下来。我对卢晓红说：“你还是搬了吧。曾伟强现在的情况你也知道，你住在这里，让谭心见了总归不大好。我家的老房子就在这附近不远，一室户，朝北，煤卫合用，房租一个月四百。上一个房客刚好租约期满，你要是愿意，就租给你吧。”

我话一出口，便有些后悔了，也没和爸妈商量，不晓得他们愿意不愿意。洗脚店的生意看样子也好不了，卢晓红的房租是否交得出还是个问题。我这么贸然地提出，是有些冲动了。我心里清楚，这么做是为了谁，又觉得自己有些傻。我这么为了她，她未必会知道，况且就算知道了也没什么意义。

我心里暗暗叹了口气。

一周后，卢晓红搬进了我家的老房子。她再三对我表示感谢，并强调一定会按时交房租。“你是个好人，”她道，“你这么帮我，我不会欠你房租的。”

出于感激，她提议给我做一次脚，我说不用了，她坚持道：“你就让我做吧，做了我心里会踏实些。”我还是不同意，她把我推倒在沙发上，脱掉我的鞋袜。我不好意思硬挣，只能随她摆布。她的手指按在我脚上的穴位，我不常做脚，顿时大呼小叫起来。她呵呵直笑，告诉我：“你颈椎不大好，摸上去有很多颗粒，还有胃肠。喏，就是这条筋脉，摸着嘎吱嘎吱直响，我都不忍心用力了。你是有胃病的对吧，平常要多注意，饮食一定要当心。”

临走时，卢晓红给了我一千两百块钱，是三个月的房租。我想了想，说：“祝你生意兴隆。”她一笑，说：“承你贵言。”

曾伟强请我吃了一顿火锅。我吃得理直气壮。我不是傻子，有些事情是再明显不过的——我家老房子的事，他自然是知道的，所以那天他故意把我拉过去，什么劝架，都是屁话，目的其实就是让我把房子租给卢晓红。

我说：“这下你如愿以偿了？”

他看着我嘿嘿直笑。

我停了停，忽地问他：“这个，谭心有没有让你做平衡表？”

我知道这个问题有些傻，可还忍不住要问，我猜他也许会笑我。他朝我看了一会儿，却没有笑，相反地，竟还叹了口气。他说：“郭启明啊郭启明，如果我是女人，我一定会挑你的。真的，不是风凉话。”

我说：“可惜你不是女人。”他说：“女人一个个自以为聪明，其实都是傻子。”

我问他：“你是说谭心也是傻子咯？”

他哈哈一笑，说：“那当然，傻得厉害呢。”

郭钰在网上与我聊天。不晓得她从哪里得到我的 MSN 地址，大概是谭心给她的。我本不想把她加进来的，但出于礼貌还是加了。

她问我：“你朋友没事吧？”

我说：“没事，一点点骨折。”

她说："那就好。"

我们断断续续聊了一会儿，都是些可有可无的话题。我很想跟她说再见，但总有些不好意思。这时，电话响了。我发现每次我与她交谈时，总有电话打进来，非常及时。我把状态设置成"忙碌"，心安理得地接起电话。

"喂？"我道。

"你好。"是谭心的声音。我先是一怔，随即整个人不由自主地朝前挺去。

我咽下一口唾沫，说："你好。"她说："这么晚了，没打扰你吧？"我说："哪里晚了？十点还不到呢，我在上网聊天。"她问："是和郭钰吗？"我嗯了一声。

谭心问我："觉得郭钰怎么样？"

我打了个哈哈，说："还行。"

她说："郭钰这个人真的不错的，你如果觉得还行，不妨继续谈着试试。"

我没说话。她觉察到我的沉默，说："你是不是还在怪我？"我忙道："没有没有。"她叹了口气，说："其实你就算怪我也是正常的，是我辜负了你。"

她用了"辜负"两个字，让我心里一酸。我说："男欢女爱，这是很平常的事，你不用感到内疚，而且，我们就算做不成男女朋友，也可以做普通朋友啊。"

谭心说："没错。"

接着，她告诉我，去年一次上班时，她把业务袋的航班号写错了，送航班的是郭钰，业务袋送错飞机，几经周折后造成货单丢失，前方站投诉，郭钰被罚扣了两个月的奖金。

“错的是我，结果害她扣钱，我一直觉得很对不起她。”谭心道，“你别误会，我说这些，不是让你一定要怎么怎么，只是希望你如果感觉还行，就谈着试试，给大家一个机会。郭钰真的是个不错的女孩，我们办公室的同事们一致公认，她是最适合当老婆的人。真的，你再和她接触一段时间就晓得了。她很会为别人着想的，又勤快，每天上班第一件事就是把办公室整理得干干净净，还很节俭，工作又努力，民航学院毕业的，去年聘了助经，中级职称也考出来了，再过几年有望聘经济师。”

我脸上满是苦笑，嘴上却说：“我知道了。”

最后，谭心道：“郭启明，我真心地希望你能够幸福。”

我说：“谢谢。”

挂掉电话，我对着屏幕发了好一阵呆。郭钰大概是见我“忙碌”，一直没消息。我叹了口气——我也不晓得我为什么要叹气，反正就是不知不觉，长长地叹了口气。接着，我在键盘上打下这么一行字：

“这周六或是周日有空吗？我请你去看《变形金刚》。”——记得在去连云港的车上，我和谭心也说过这句话。我摇了摇头，按了回车。

郭钰很快回了消息：“好的。”

卢晓红说房子的抽水马桶堵住了，不晓得是自家的管道有问题，还是别人的，她拿不定主意，让我过去看看。我在小区门口找了个修管道的师傅，上去检查了一下，原来是面霜的瓶盖掉进去，把管道给堵住了。师傅三下两下把瓶盖掏出来，问我收了钱，走了。

卢晓红要把钱给我。我不要，说算了，也没几个钱。她又提出给我做脚。“我就这点本事，你要不嫌弃，就常过来，我反正闲着也是闲着。”她说。

我忙不迭地拒绝了。“这样不好，”我很认真地对她道，“这样会让我觉得很不好意思，而且，我也不习惯让人做脚——这个，我怕痒。”

她说：“那我下次请你吃饭。”我想了想，说：“好啊，不过地方由我定。”

这时，她的手机响了。她看了看号码，按掉了。我犹豫着问她：“谁啊？”她说：“是宋长征。”我哦了一声。

她道：“这家伙想问我借钱，我不肯，他就天天打我手机。”我问：“他很缺钱吗？”她恨恨道：“又是抽烟又是喝酒，还赌博，怎么会不缺钱！”我说：“那你可千万别借给他，你的钱是辛苦钱，赚得不容易。”

卢晓红笑了笑，说：“这我晓得。可到底是同乡，又跟他谈过恋爱，总有点不忍心。你也晓得我这个人，嘴硬骨头酥，抵不住人家死缠烂打。”

我也笑了笑。

离开时，外面忽然下起雨来。卢晓红打开抽屉，拿了把伞给我，我瞥见抽屉里有几瓶安定，问她：“你睡不好吗？”她嗯了一声。我劝她："安眠药不是好东西，时间长了有依赖性，不要多吃。"她说："我知道了。"

她送我到楼下，迎面遇到了宋长征，我们都是一愣。他也不看我，径直对卢晓红说："拿点钱给我。"卢晓红说："我没钱，就是有钱也不给你。"宋长征吸了吸鼻子，说："我和几个朋友做生意，要本钱。你借我五千块，两个月就还给你。"

卢晓红哼了一声："我要是相信你，我就是天下第一笨蛋。"

宋长征愣了愣，随即又朝我瞥了一眼，说："那你替她给也行，上次我见过你，你们关系肯定不简单。"卢晓红骂道："少放狗屁！"

宋长征朝我伸出手，说："哎，意思意思给一点，这女人我就算让给你了。"

啪！卢晓红扬手便给了他一记耳光，清脆响亮。

宋长征二话不说，啪啪！还了她两记耳光。我想阻止，已经来不及了。宋长征指着卢晓红的鼻子，骂道："你打耳光上瘾了是吧？老子上次不跟你计较，你还上天了。"卢晓红捂着脸，狠狠地瞪着他。

我挡在卢晓红面前，对宋长征说："请你离开，否则我就报警了。"

他冷笑一声，问我："你去呀，警察来了也没用，是她先动手的。"我说："那你就试试看，我是证人，等警察来了，看他们相信谁。"

他一怔，随即点了点头，道："好，算你小子有种。"转身便走了。

我们折回屋里，卢晓红的脸肿得很厉害，我给她涂了些金霉素眼药膏。卢晓红告诉我，宋长征以前是个不错的青年，老实又本分，可一到城里就变了样。她说到这里，眼圈一红。我问她：“你喜欢他吗?”

她似是考虑了一会儿，摇了摇头。

卢晓红叹了口气，说：“其实平心静气地想想，不光是他，我也变了许多。说句老实话，从走出家门那一刻起，我就没想过要嫁给他了。如果准备安安稳稳做个农妇，我又何必要来上海，对吧?”

我没说话。

她笑笑，又道：“你是城里人，大概不理解我们这些人的心情。其实我小时候读书也很好的，邻居们都叫我女秀才，可一读完小学我爸妈就不让我读了，说女孩子读再多书也没用，再说家里就那么点钱，还要供弟弟上学呢。我十二三岁就会烧饭洗衣服了，跟着大人下地插秧，晒得像泥鳅那么黑。十七岁到城里，跟师傅学手艺，成天抱着别人的脚丫子捏啊捏的，手上全是老茧，穴位捏得不对就要挨骂，赚的钱都归师傅，自己一毛钱没有。好不容易学出来了，可现在做脚的店那么多，竞争激烈啊，生意不好就没钱，连吃饭都成问题。其实说句良心话，曾伟强也算是不错的了，我老是欠他房租，换了别人老早赶我出门了。他还一直管吃管住的，算是不错的了。”

卢晓红拿出她以前老家的照片给我看。旧城厢，青石铺成的路，坑坑洼洼，小河浜，老柳树。有一张她和宋长征的合照，应该是好几年前了，才十六七岁的样子，卢晓红扎着两条丫辫，脸蛋红红的，笑得眼睛都没了。宋长征比现在要瘦一些，三七开的小分头，穿一条松松垮垮的裤子，两只手笔直地放在旁边。

我笑了笑，对她说："挺可爱的。"

（四）

和郭钰交往不到一个月，她便示意我可以去见她父母了。当然她说得很含蓄，表情更是矜持。"我很听我爸妈的话的，他们常劝我，早也是见，晚也是见，早点见面，万一不行就早点断，对大家都好——反正我也不是没人追。"

我已经习惯了郭钰的这种说话方式，心里安慰自己，女孩子嘛，跟她计较什么。事实上，郭钰除了这个毛病之外，总体还是不错的。上次我发烧到三十九度，偏又碰上总部检查，老板不许我请假，中午休息时，郭钰派快递送了一个保温瓶给我，里面是雪梨猪肺汤，另外还有一束百合。虽然我不爱吃猪肺，那束花更是被同事调侃了半天，心里却是十分感动。我打电话去向她道谢，她却说："我这两天嗓子疼，我妈给我熬了汤，吃不掉，就给你送了点过来。还有那束花，是我以前的男朋友给我的，他就是不死心，我不喜欢百合，顺便一块送过来了。"还有一次，我和她逛久光百货，我看中一双ECCO的鞋子，但要两千来块，我嫌贵没买。隔了几天，她便给我买了回来，说："你说巧不巧，昨天我和同事去逛久光，刚巧这双鞋打对折，这么合算，不买是不是傻子？"其实我晓得，ECCO的鞋不常打折，而且那双是新款，绝对不可能打对折。我没说破，去周大福给她买了一条 K－GOLD 的黄金项链。她收下来，想了想，问我："你为什么给我买黄金项链而不是铂金的？是不是觉得我会喜欢黄金？我的品位是不是很差？"我只好再三向她解释："现在的时髦妹妹都买黄金饰品，铂金老早过时了，我觉得你比较 IN（时尚的），所以才给你买黄金项链的。"

郭钰也会按脚。那天，她让我躺下来，给我脱掉鞋袜，在我脚心按了起来。她的水准当然没有卢晓红好，但是因为力道轻，点穴不是太准，反而让我比较能够适应。她的动作也像模像样。我说："你也学过？"她嘿了一声，说："没有，我家有一本足疗的书，我一看就会了。"她按得额头上都是汗，微微喘气。我有些不好意思，说："下次别给我按了，多累啊。"她说："有什么累的，我刚好想减肥，我跟你讲，你胃不好，书上说多按脚有好处。你跟我有什么好客气的！"

我没有答应她去见家长，总觉得好像还没到这个份上，一个月也实在太快了些，隐隐又觉得对不起郭钰。倒不是说我对谭心还有什么想法，但毫无疑问的是，如果是谭心催我见家长，我想我应该会爽快地答应下来。有时郭钰会有意无意地提起谭心，"谭心现在的男朋友是什么样的人""你和谭心是怎么认识的""你觉得谭心这个人怎么样"等等。我起初是问两句答一句，后来发现，越是这样遮遮掩掩，她就问得越起劲，干脆就实话实说。郭钰听了，当场没说什么，后来过了几天，忽然问我："你和她谈过恋爱，为什么第一次见面那天骗我说没有？"

我说："不是故意骗你的，是怕你知道了七想八想。"

她睨视我：“那现在就不怕我七想八想了？”我嗨的一声：“现在我们的关系不同了嘛，应该开诚布公，知无不言言无不尽了。”

我猜这句话会让她挺开心。果然，她眉宇间有了一丝笑意，却强抑着不流露出来，嘴上说：“你这个人呀，也开始有些油腔滑调了。”

我问她：“为什么说‘也’，还有谁也油腔滑调了？”

她回答：“我前面那个男朋友呗，整天说话没一句正经。我就是因为这个才跟他分手的——你可千万别跟他一样。”

我很郑重地点了一记头：“晓得了！”

曾伟强第一次和谭心吵架，我恰好在旁边。那天，他说酒店卡销得不错，一下子卖出去十几张，要请我和郭钰吃饭，在渝信川菜。起初气氛不错，那里的水煮鲶鱼是上海一绝，味道没的说。我们吃得热出一身汗，咝咝直吐舌头。问题出在埋单的那一瞬。那个服务员穿着一条鲜红色的高衩旗袍，显得身材玲珑有致，相当惹人注目。埋单时，曾伟强几次瞟过她的胸，目光有些过火，谭心无疑是看见了。我们走出去按电梯时，谭心先是不说话，忽地对曾伟强说：

“给你的眼珠子装个弹簧好不好，嗖地一下，飞到人家怀里看个够，然后再嗖地一下弹回来，怎么样？”她这句话说得不轻，旁边好几个人都听见了，偷偷地笑。

我还是第一次听谭心说这么促狭的话，有些惊讶了。曾伟强当场便挂不住了，脸色一变，道：“你说什么？”谭心没再说话，哼了一声。

走到楼下，曾伟强迈着大步冲在前面，谭心和我们走在一起。忽然，曾伟强停下脚步，回过头，对谭心吼道：“你不给我面子，是不是?”

谭心沉默了几秒钟，随即道：“不是我不给你面子，是你自己不给自己面子。”

曾伟强看着她，点头说“很好”，说完向我和郭钰打了个招呼，便径自走了。谭心看着他的背影，怔了一会儿，对我们勉强笑笑，说：“我也走了，再见。”

她说完转过头去。我看见她的睫毛上已经挂着泪珠了。如果此刻郭钰不在，我想我也许会叫住她，可我不能。我说声“再见”，正要离开，谁晓得郭钰挣脱了我的手，朝谭心奔去。“谭心，”她道，“走，我跟你一起走。”

谭心说：“不用了。”郭钰道：“你这个样子回去我不放心，走吧，我陪你一段。”

我愣了愣，还没想好是不是跟上去，郭钰已经对我道：“你先回去吧，到家我给你打电话。”我哦了一声。

回到家不久，郭钰给我打了个电话。她问我：“刚才你为什么不提出送她回家?”

我说：“没这个必要吧。”她道：“你有没有良心啊？人家都那个样子了，就算是一般朋友，也不会撒手就走，何况你们还谈过恋爱。”

我嗯了一声，说：“是我大意了，下次注意。”

郭钰停了停，问我：“你晓得什么是矫枉过正吗?”我一怔，说：

“什么?”她说:“你心里肯定特别想送她回家,可是碍着我又不好意思说,是吧?”

我说:“没有的事。”

她道:“有没有你自己心里清楚。”

我想继续争辩,可又觉得这样实在太傻。矫枉过正,她说得一点儿也不错,我想避嫌疑,反而做得过了头。于是,我索性笑了笑:“小女人啊小女人,为什么会叫你们‘小女人’?就是因为你们的心眼实在太小,又爱瞎猜疑,弄得自己不开心,人家也跟着累。”

她不说话。

我继续道:“谭心也是的,不就是曾伟强朝别的女人多看了几眼嘛,有什么大不了的,弄得大家不欢而散。”郭钰道:“你是男人,当然帮男人说话了,换了我是谭心,我也不开心,自己女朋友就在旁边,还一个劲地盯着别的女人。什么样子!”

我说:“看就看几眼呗,又不会真的怎么样。男人就是这样的,不要钱的冰淇淋,不吃白不吃。”郭钰道:“那你也是这样的咯?嘿,不打自招,下次我要好好留意一下。”我说:“也不是故意看的,不过恰巧碰到了,就多看两眼而已,顺便嘛。”我成功地转移了话题。

第二天是星期天,郭钰问我有什么安排,我说听你的。话一出口,心头便是一跳,想她不会让我去见家长吧。幸好不是。郭钰说:“我们去马戏城看《时空之旅》吧,都说蛮好看的。”我说:“好啊。”

第二天晚上,看完马戏已经九点多了,我送郭钰回家,再回到自己家已是接近十一点了,走到楼下,正要开防盗门,忽然旁边人影一晃。一个人从旁边走了出来，叫住我："郭启明。"

是谭心。她似是有些憔悴，穿一条深蓝色的连衣裙，在路灯下显得异常消瘦。我呆了半晌，才道："你怎么来了？"

她笑了笑，说："来找你聊聊。"

我瞥见她的模样，有些心疼地说："那你应该先给我打个电话呀，这么晚了，你一直等着吗，等了多久？"

她说："还好，就一会儿。"

我带她到附近的街心花园。夜深了，一个人也没有，隐隐听见远处的蛙鸣，风声也很柔很轻。刚下过雨，月亮躲在云层背后，似是被薄纱罩着，模模糊糊的一个影子，看不真切。

我们在长凳上坐下。谭心问我："刚刚和郭钰在一起？"我点了点头。她道："看起来你们发展得挺顺利，真替你们开心。"

我听出她的话里似是有一丝伤感，又像是遗憾。我的心不由自主地跳了跳。谭心又道："我早就跟你说过，郭钰是个不错的姑娘，对吧？"

她说到这里，对我一笑，道："你们俩很般配呢。"

我忍不住问她："你和曾伟强怎么样了？好了没有？"

她摇了摇头，道："其实也没什么好不好的，他这个人就是这样，到老也不会变的。"我嘿了一声，故作轻松地说："小事情，不是我替曾伟强说话，真的是比芝麻绿豆还小的事情，男人嘛，都差不多，别放在心上。"

她道："我不是单指这件事，而是觉得，这个人怎么一直都是吊儿郎当的呢？男人喜欢看女人，这点我能理解，可是谁会像他那样肆无忌惮呢？这不是小事情，而是做人的态度问题。他只顾自己，从来不顾别人的感受。”

我说：“曾伟强是吊儿郎当没错，可他为人还是不错的——”说到这里，我脑子里忽然闪过一个自私的念头，想我为什么要替他说话呢，他抢了我的女朋友，我不在背后捅他一刀就算不错的了。

“嗯——这个，大概就是男人和女人的角度问题了，在他看来很微不足道的事情，可能对你来说就是非常严重的。你们需要沟通，这个——沟通——”

我的心忽地变得有些乱，说话也语无伦次起来。

我的目光瞟过谭心的发际，竟然不敢看她的眼睛。与此同时，我的思维却异常地活跃，像是吃了兴奋剂。我想，谭心为什么会来找我？而且事先连个电话也没有，就这么傻傻地等在门口？她的脸色很不好，看来不是一般的矛盾。她需要找人倾诉，可为什么偏偏是我呢？那些小儿女情怀找个闺中密友深谈不是更合适？她住在长宁区，而我住在浦东，这么远，我待会儿是不是应该送她回去呢？

我都不知道自己说了些什么，完全没过大脑，只是靠惯性驱使着，一句又一句。她静静坐着，看着旁边的池塘，应该也没有听进去。我的最后一句话是：“谁谈恋爱不吵架呢？谁谈恋爱不吵架就是王八蛋!”我真是昏了头，居然连“王八蛋”也说了出来，这才陡然醒觉，住了嘴。她朝我看，笑了笑，说：

“郭启明，你还是这么可爱。”

我也笑了笑。她常常夸我可爱，但只有这一次，话里透着隐隐的凄凉。她说完，轻轻地叹了口气。我正要再劝她，她又说下去：

“我到现在都没向爸妈提过他的事，怕他们反对。有时候一个人静下心来想想，我和他到底是不是合适呢？毕竟不是小孩子过家家，我又不是那种很前卫的女孩子，可以什么都不顾——郭启明，我跟你说这些，你会不会嫌我烦?”

我忙道：“不会不会，当然不会。”

她看着我，半晌，忽道：“其实我现在有些后悔——”

我问她：“后悔什么?”

她又看了我一眼，犹豫着，说：

“我，有些后悔把郭钰介绍给你。”说完，她飞快地别过头去。

我整个人像被电击了一下，有那么几秒钟几乎回不过神来。我不知说什么好，傻傻地看着她。她也有些脸红了。

也不知过了多久，我哦了一声，用半开玩笑的口吻说道：“你现在才晓得我的好啊?”说完便觉得不妥，有些不伦不类了，况且人家女孩子都那样说了，怎么能用这么调侃的口气回答呢？我暗骂自己是猪，越是这么关键的时候，越是表现得愚蠢无比。

她一愣，也笑道：“是呀，人家说，失去了才晓得宝贵，原来真是没错。”

我们俩都笑了笑，接下去便不知说什么好了，又随意聊了一会儿，她说要回家。我说：“我送你回去。”她说：“不用了，你早点休息吧，明天还要上班呢。”我说：“这么晚了，你一个人回去我不放心。”她看了看我，说：“好吧，谢谢你。”

送完她回来后，我洗了澡，上床睡觉。这一晚，我辗转反侧，始终不能入眠。谭心那张脸在我眼前晃啊晃的，睁开眼睛是她，闭上眼睛也是她，她像个图章，啪地一下牢牢地刻在我脑子里了。一颗心扑通扑通，竟是跳个不停。

这一次，谭心比我想象的要坚决，她很快便向曾伟强提出分手。曾伟强冲到我家，对准我的脸啪啪便是两拳，把我爸妈吓得差点报警。曾伟强说："小子，有你的！"我想说，你当初抢走谭心，我可没打你。但我什么也没说，缓缓地拿毛巾擦去嘴角渗出的血。

郭钰看到我乌青的眼圈，惊问我发生了什么事。我犹豫着，说："办公室两个同事打架，我去劝架，结果挨了一拳。"她很不解，道："好好的为什么打架？又不是小孩子。"我说："谁晓得！"

她拿冰块给我敷脸，又问我怎么这个样子就出来了。其实我是故意的，带着这张脸准备告诉她，我和谭心又好了，怕难以启齿，脸上的伤就是最好的开场白，只要顺着这个话题讲下去就可以了。可我发现自己真的是很没用，竟开不了口。

郭钰煮了个鸡蛋，去掉蛋黄，在蛋白里包进一个银戒指，给我擦伤口。她说这是她外婆教她的土法子，能够活血化瘀。鸡蛋暖暖的，擦在脸上软扑扑的，很舒服。她又叮嘱我，这两天不能吃海鲜，也不能吃辛辣的东西。

我说知道了。

她朝我看看，说："你的脸色怎么有点怪？"我说："被人打了一拳能不怪吗？"她说："不是那种怪，而是——像有什么心事似的。"我想说我的确有心事，却无论如何都说不出口，支吾了两声，说："嗯，这个，我有点胃疼。"

她说："是吗？那你怎么不早说？严重吗？要是严重咱们就上医院。"

我说："还可以。"

她说："那我给你按会儿脚。"说着，便给我按了起来。最近，她的水平似乎有所提高，按穴位准了许多。她一边按一边朝我看，似是在看我的反应。我微微皱眉，做出酸痛的模样，她眉间闪过一丝得意。

说来也怪，我的胃竟然真的疼了起来。起初是一点点，渐渐地越来越疼，到后来已是难以忍受，额头上冒出豆大的汗珠。她吓坏了，扶着我到楼下，拦了辆车去医院。到了医院，挂了急诊，医生给我做了个胃镜，诊断下来是急性胃炎，打了止痛针，还要打点滴。我躺在床上，郭钰在一旁陪我。

她看着我，竟笑了笑。我说："我胃疼，你还笑？"她道："我是觉得你这么躺着，像个大洋娃娃，很可爱。"我听到"可爱"两个字，想起谭心，便叫了声"郭钰"，她嗯了一声，问我："是不是很难受？"我看了她一会儿，终究还是说不出来。

从医院出来，郭钰径直送我回家。我妈看到她，一愣。她说："阿姨，郭启明刚才胃病发作了，到医院打了点滴回来，医生说要多休息，饮食要清淡，还要松软一些。"我妈扶我到床上躺下，打量了郭钰好一会儿。郭钰离开后，妈妈问我："就是这个小姑娘？"我没说是，也没说不是，做出体力不支的样子搪塞过去。

晚上，郭钰给我打电话。她问我："你妈有没有说我什么？"我说："没有啊。"她道："早知道你妈在，我就不去你家了。"我说：

“那有什么关系？我妈今天调休。”她道：“你都还没去过我家，我就先见了你妈，这样好像有些不大对。”我说：“先见后见都一样，无所谓。”她道：“怎么是无所谓呢？男的女的总归还是不一样的。”

我不想就这个话题跟她说下去，停了停，道：“你知道吗？曾伟强和谭心分手了。”她说：“我知道，谭心前几天就跟我说了。”我心里一惊，嘴上道：“哦，原来你已经知道了。”她道：“曾伟强这个男人是不大牢靠，早点分手也好。”

我犹豫着，又道：“你知道他们为什么分手吗？”

她语出惊人：“总不会是因为你吧？”

我干笑了几声：“嘿，嘿嘿——”

我承认自己是个很没用的人，至少是个不果断的人。谭心安慰我说：“这表示你心肠好，不是那种狠心的男人。你是个君子，郭启明。”

我为这几句话感到脸红。我不是个狠心的男人吗？我当然是，只是没有狠心到家。我的心肠或许不错，但只是对一部分人——对于郭钰而言，我是个坏男人。

我不可遏止地想起郭钰的好来：她为我熬的雪梨猪肺汤，那束百合，ECCO 鞋，包着银戒指的白煮蛋，还有她守在病床前关切的神情。她几次提出让我去她家见父母，我都敷衍过去。她扶眼镜的手，真是很白很漂亮。

事情终究是瞒不住的。我和谭心去正大广场吃饭，居然这么巧，刚出来便遇到了郭钰。她手里拿着一个纸袋，看见我们，愣了一下，扶了扶眼镜。

我们都不晓得该说什么。半晌，还是郭钰先开口："你们再逛一会儿，我先走了。"说完，便噔噔朝前走去，一个不留神，撞在旁边人的身上。她连说了几声"对不起"，又扶了扶眼镜，走了。

我送谭心上车后，便匆匆赶到郭钰家。我在楼下给她打了个手机，是关机。我只有上楼，敲门。开门的是她父亲，看见我，有些惊讶。我叫了声"伯父"，问他郭钰在不在。他说："郭钰还没回来呢。"她父亲有些狐疑地看着我。我一时间也想不出什么话来解释，只好厚着脸皮说声"伯父再见"，匆匆离开了。

我在楼下等了一个多小时，才看见郭钰缓缓地走来，眼睛看着地下，似是在想心事。我叫住她："郭钰。"她看到我，先是一愣，随即竟笑了笑："你怎么来了？"

我嘴巴动了动，却一个字也说不出来。

她问我："谭心好点了没有？"我一怔："嗯？"她道："我晓得她这阵子心情不好，所以你去陪她散心，对吧？嗯，你做得对，朋友就应该这样。"

她自说自话地，重重地点了点头。

我说："郭钰，其实……"她不待我说完，又道："你不用解释，我不会多心的，我信得过你。"我说："郭钰，不是这样的……"她又一次打断我："跟你说了不用解释，你没听见吗？你也太小看我了，我郭钰是那种小心眼的人吗？"

她说完这句，便快步向前走去。我去抓她的手臂，她挣脱了。我又去抓，这次用了些力气，她挣不脱，忽地在我手上重重地咬了一口。我啊的一声，松开她，手上很深的一个牙印，都渗出血了。

她停下来。我们两人怔怔的，一动也不动。

她看着我，眼泪不知不觉便流了出来，落到脖颈里。她一跺脚，拿袖管狠狠地把眼泪抹掉。

我说：“郭钰，你不要这个样子。”

她不说话。

我说：“郭钰，是我对不起你。”

她还是不说话。

我说：“郭钰，我们分手吧。”

她似是没有听见，眼睛定定地看着我。半晌，她长长地吐出一口气，道：

“分手是不是？嗨，你早说嘛！我老早就跟你讲过了，好就好，不好就不好，早分比晚分好——真是的，我还以为什么大不了的事呢，分就分吧。追我的那些男生啊，听到这个消息大概做梦都要笑出声了。呵呵——”

她似是笑得很开心，随即便转过头去，朝前走了几步，又折回来，把手里的纸袋交给我：“刚才在正大广场买的，红外线保健背心，据说穿着能治疗胃病，你拿着吧，也不晓得有效没效。”她把纸袋塞在我手里，转身走了。

我看着她的背影。那一瞬，我很想抱住她，抱得紧紧的。我忽然想起来，我还从来没有抱过她呢，哪怕一会儿也没有。

（五）

卢晓红被警察传去问话，是关于宋长征的事。原来，他店里老板娘的儿子被绑架了，绑匪要求一百万元赎金，老板娘报了警。警察从店里内部人员开始查起，宋长征因为与老板娘关系暧昧，而且事发那天找不到不在现场证据，被列入嫌疑对象。警察找卢晓红了解情况，卢晓红有些害怕，便托我陪她一起去。

警察问卢晓红："宋长征这阵子有没有来找过你?"卢晓红说："有。"警察问："他找你干什么?"卢晓红说："还能干什么？要钱呗。"

警察问："要钱干什么?"卢晓红说："抽烟喝酒玩女人。"警察问："那你给他了吗?"

卢晓红嘿了一声，说："没有。我的钱是辛辛苦苦一个脚一个脚地捏回来的，我不会给他去填无底洞。"警察又问："那后来呢?"

卢晓红说："后来，他就打了我两记耳光。喏——这位先生也在旁边，可以做证的。警察同志，我和宋长征只是老乡，一到上海就不怎么来往了，而且关系越来越僵，他找我不是寻晦气，就是要钱。喏，这位先生都可以做证的。我们的关系真的是非常糟糕。他做过什么事情我都不晓得，你们要查就去找那个老板娘好了，反正他们老早就姘上了——"

我觉得她这么说，对宋长征非常不利，不晓得她是要撇清呢，还是存心报复。我当然不能提醒她，她说的也确是实话。警察又问了我几句，我便把前两次他们闹得不愉快的事情大致讲了一遍。警察最后问我："你们是什么关系？"我说："我是她的房东。"

走出来，卢晓红对我说："谢谢你了，陪我跑一趟。"我说："没事。"她又道："好好的一天，真是没意思，回去要洗个澡冲冲霉气。"我朝她看看，想说什么，忍住了没说。这时，我忽然看见曾伟强从另一个房间走出来，旁边跟着一个警察，叮嘱他："回家好好反省。"他弯了弯腰，说："好的好的。"

我一愣，叫道："曾伟强！"

他看见我，嘴角撇了撇，算是回答，脸上的胡楂密密麻麻。

他是醉酒伤人——去酒吧喝酒，喝醉了，跟旁边的人发生口角，他抡起酒瓶朝那人头上砸去，那人去医院缝了十八针。他赔了医药费，交了罚款，在拘留所关了三天才放出来。

我没说什么，只是请他到附近的饭馆吃了顿饭。

他要叫啤酒，我不答应，说："别喝酒，多吃点菜。"我不断地给他夹菜。卢晓红在一旁看着我们。曾伟强咧嘴一笑，问她："看什么？是不是觉得我们很奇怪，把一个女人抢来抢去还关系这么好？"

曾伟强又道："越来越漂亮了啊卢晓红，最近过得好不好？"卢晓红道："有什么好不好的，还不是老样子？"曾伟强道："很久没让你做脚了，什么时候给我再做一次——你放心，不是白做，我会付钱的。"卢晓红嘿了一声，没说话。

我朝他看，劝他："以后少喝点酒，你这个人啊，一喝酒就容易出事，还有，酒后千万别开助动车，晓得吗？"

他说："我晓得，我又不是小孩。我用不着你来教，你还比我小两个月呢。”

他说完，又对卢晓红道：“啧啧，怎么回事？真是觉得你越来越漂亮了，皮肤变得光洁多了，气色也不错。早晓得就跟你好下去了，天天有人烧饭洗衣服，还给做脚，有福不享，嘿，我他妈的真是贱骨头。”

吃完饭，我说要送他回家。他叫起来：“帮帮忙，我又不是小姑娘——你去陪你的谭心吧，别管我。”我关照他：“有事就找我，要是想找人聊天就给我打电话。”

他手一摆，皱眉说：“走吧走吧，别这么多废话，郭启明你这个娘娘腔的毛病看样子是改不掉了。”

我把曾伟强的事告诉谭心。她听了，只是嗯了一声。我朝她看，想再说些什么，她已转身去做别的事了。

重拾这段恋情，我比以前更加小心翼翼。上周日，我去她家见了她的父母。她父母对我印象应该不错，临走时说了几遍“有空再来玩”。谭心送我出去，她把头枕在我的肩膀上，有几缕发丝钻进我的鼻孔，我结结实实地打了两个喷嚏。她说：“你表现不错啊。”

我说：“我这是本色演出，一点不做作，本来怎么样，就是怎么样。”

她一笑，说：“我妈说，你这个人蛮老实，就是有点傻乎乎的。”

我愣了愣，说：“你妈说的？她什么时候跟你说的？”谭心道：“在厨房洗碗的时候，她悄悄跟我说的。她说你一直只吃面前那盘韭菜花炒肚丝，别的菜都不好意思动。我妈还说，早知道这样就把炒青菜放到你面前，那样还可以再省一点。”

我一怔，道："你妈真是这么说的？"

"真的呀，"她呵呵一笑，"好了好了，不哄你了——前面那句是我妈说的，后面那句是我加出来的。我妈说你什么都好，就是太紧张了一点，说话都结巴了。"

我松了口气，说："哪个毛脚女婿上门不紧张啊。人家说丈母娘看女婿，越看越欢喜。哎，你妈有没有说我长得很讨人喜欢？"

她甜甜地一笑，伸出手指，在我鼻头上轻轻点了一记："我妈没说，不过我爸倒是说了，他说这个小伙子的鼻子圆滚滚的像个洋葱，倒是蛮讨人喜欢的。"

我不禁摸了摸自己的鼻子："是吗？我的鼻子像洋葱吗？"

她笑起来，挽住我的胳膊。"像的，真的很像呢。不过没关系，就算你的鼻子长得像大蒜，我也照样喜欢你。"她说完看着我，眼里似是有什么东西在流动。我低下头，在她嘴唇上亲了一下。

我说："我觉得很幸福。"

她道："我也是。"

我回家后，爸妈问我情况怎么样，我说挺好的。爸爸说："下次把小姑娘带回来让我们看看。"妈妈说："别的都是假的，关键是人好，还有就是脾气要好。"

我说："放心吧，她脾气好得很，平常一句狠话都不会说的。"

我说到这里，忽然想起那天在渝信川菜的情景。那天，她就像换了个人似的，我从没见过她那个样子。她是真的生气了。她生气的样子和平常完全不一样，倒不是说有多凶，而是让人觉得陌生，像是一下子把心里的东西全爆发了出来。我猜她大概只有对着曾伟强才会这样生气。忽然间，我竟冒出个念头——要是谭心也为我生一次气就好了。这么想着，又觉得自己有些犯贱，像个傻瓜一样。

郭钰把我的MSN地址给删了。我不好意思问谭心她的近况。一次，我装作偶然想起的样子，问谭心："郭钰最近交新男朋友了吗？"谭心说："我也不晓得，她自己不说，我也不好问。"我哦了一声，说："要是有合适的对象，就帮她介绍一个吧。"

谭心说："我知道了。"

我打电话给卢晓红，问她宋长征的事。她告诉我，警察找不到证据，撤销了他的嫌疑，案子还在查。我忍不住道："下次警察再来找你，你别那样说话了，只要说跟他没什么联系就行了。"她问："怎么，我说错了？"我道："不是说错，而是没必要，毕竟同乡一场嘛。"她停了停，说："我知道了。"

周末，谭心的同事过生日，硬要谭心把我也带过去。

谭心的同事们都很热情，也很能喝酒，灌了我一杯又一杯。我怎么推都没用，我越推他们越是灌得厉害。谭心在旁边劝了两句，他们说，还没结婚就向着他了，重色轻友哦。于是我只能喝。

我离开饭店时，脚下轻飘飘的，像踩在棉花上。谭心把我扶上出租车。我迷迷糊糊地说："不好意思哦，喝多了。"她道："是我不好意思才对，把你拉过来，让你喝了那么多酒。"我摇着手，道："没事，没事。"

她掏出纸巾，替我擦了擦额头上的汗。我说："郭钰怎么没来啊？她是不是还在怪我？"我真是喝醉了，居然在谭心面前说这个。

谭心说："不是的，她家里有点事，所以没来。"我哦了一声。

我靠着椅背，只觉得脑子里空荡荡的，什么也没有。思绪在那一刻变得很轻。我问谭心：“和我在一起开心吗?”她笑笑，道：“当然开心——为什么问这个?”

我摇了摇头，说：“我也不晓得为什么，我好像有点没信心，我、我也不晓得该怎么说——谭心，我这个人大概有些毛病，曾伟强把你抢走的时候，我恨他恨得要命，可是现在，我又有点可怜他，我觉得我很对不起他。还有郭钰，我现在每次想到她就觉得很不好意思，我像是在玩弄她感情似的。如果我是她的爸爸妈妈，肯定会说，这个小赤佬不是好东西——”

我说得飞快，像放连珠炮。喝醉酒的人就是这样，觉得自己无比清醒。我继续说下去：“你说，人是不是很奇怪的动物，好像就是不想让自己舒服，总要找点事情让自己难受难受。得不到难受，得到了也难受——”我朝她咧嘴一笑，觉得这话讲得很有哲理。那一刻，我决定以后一定要多喝酒。

谭心朝我看，半晌，说了一句话。与此同时，我的胃忽然难受起来，像有东西在里面翻江倒海。我叫司机：“停车!”

出租车一个急刹车，在路边停了下来。我冲下车，还没站稳，便吐了起来，谭心在后面轻抚我的背。我把晚饭吃的东西全吐了出来，这才舒服了点。我问谭心：“你刚才说什么？我没听见。”她笑笑，说：“没什么，就是让你回家早点休息。”

其实，我刚才隐约听到一些，应该不是这个。我没再问下去，朝她笑了笑。谭心的脸在月光下显得异常皎洁，没有一丝瑕疵。我看着她的眼睛，像湖水那么清澈，泛着光，很美。

我还想再说些什么，但这时我酒已醒了大半。我什么也没说，只是伸出手，抚了一下她的长发。她的头发像丝一样顺滑。

“走，”我说，“我送你回家。”

几天后，我去普陀区办事，回来后突然下起雨来——是那种阵雨，毫无征兆的，劈头盖脸便落了下来。我躲在一家便利店门口，想等雨停了再走，可这雨却越下越大，没有丝毫要停的样子。一会儿又打起雷来，躲雨的人越来越多。马路斜对面便是我家老房子，我想，去卢晓红那里避避雨算了。我冲过去，上了楼，敲门，半天没人开门，卢晓红大概不在家。

我正准备离开，犹豫了一下，想还是进去拿把伞吧。下这么大雨，实在是没办法。

我有备用钥匙，掏出来把门打开。走进去，果然家里没人。我先倒了杯水喝，又找出一条毛巾把身上擦了擦。我打开抽屉，拿了一把伞，瞥见里面有好几瓶安定，比上次还多了两瓶。

我眉头一皱，这个卢晓红是拿安眠药当炒豆子吃呢。

我歇了一会儿，正要走，刚把大门打开，忽地，听到房间里砰的一声轻响。我一愣，看去，似乎没什么动静。我换了鞋，又听到砰的一声，似是从衣橱里传来的。接着，又响了两声——没错，就是衣橱里。

我一颗心顿时提了起来。

我蹑手蹑脚地走向衣橱，打开，看见一个七八岁的小男孩被反绑着手，嘴上贴了一块透明胶，眼睛上蒙着一层眼罩，使劲扭动着身体。

我被眼前的情景惊呆了。

我还来不及反应，忽然啪的一声，一样硬物便打在我的后脑勺上，我一阵剧痛，接着便晕了过去。

（六）

我醒来时，依然是这间房子里，手脚全被绑住了。

卢晓红和宋长征坐在我对面。宋长征脸上没有一丝表情，卢晓红则是有些不忍，还有些惋惜地看着我。她叹了口气，道："你为什么要来呢?"

小男孩躺在我旁边，睡觉。我看着他们两个人。我的后脑勺还在隐隐地痛，可脑子十分清醒，比往常任何时候都要清醒。

许多事情，经历的时候往往不是很明白，后来回过头再一想，像放电影那样，一幕一幕地呈现出来，便清清楚楚了。

那天，我问卢晓红，还爱不爱宋长征。她愣了半天，摇头。其实她的答案都写在脸上了。她摇头的时候很不自然，还带着隐隐的伤感。她当然爱他。宋长征两次上门挑衅，而这两次我恰恰都在场。马桶里的瓶盖自然是她自己放进去的，为的是让我专门跑一趟，看见她与宋长征互扇耳光，好在警察面前证明他们两人关系恶劣。老板娘的儿子被绑架，警察应该会怀疑到宋长征头上，所以她把孩子放在自己这边，警察抓不到宋长征的把柄，也只有不了了之。为了这次事情，他们应该是策划了很久。我的房子，成了他们藏匿人质的地方。

我觉得不可思议。我本来以为这种事情只会出现在电影或小说里，谁知竟让我摊上了。我朝卢晓红看，她正在替宋长征拔白头发。

她一边拔一边说："怎么搞的？你最近白头发越来越多了。"

宋长征没好气地说："一天到晚提心吊胆的，白头发能不多吗？"

卢晓红斜他一眼，说："那个女人侍候得不好吗？天天好吃好住的，怎么还会有白头发？"

宋长征皱了皱眉头，道："都什么时候了？你还在吃这个醋。那个黄脸婆，一身的横肉，我看见她就浑身不舒服，说了多少遍了，你就是不信。"

卢晓红道："我又没不信，是你自己心虚。"

宋长征朝地上吐了口痰，说："心虚个屁！"

卢晓红朝他白了一眼，噘嘴道："你这个人，怎么老是改不掉随地吐痰的毛病？这是城里的复合地板，不是乡下的泥巴路。房东就在旁边呢，你也不怕人家看了心疼。"她说话时嘴角含着笑，像是在撒娇。宋长征朝她看，摇了摇头，苦笑——就像大人对待顽皮的小孩。他目光扫到我，顿时又变得凶恶起来。

"看什么看？"他道，"再看把你眼珠抠出来。"

我只有别过头。

小男孩动了动，似是快醒了。卢晓红从抽屉里拿出安眠药，倒了几片给小男孩吃下。宋长征说："多给他吃几片，免得他又醒过来。"卢晓红说："安眠药吃多了不好。"宋长征嘿的一声，抢过药瓶又倒出几粒来，塞进小男孩的嘴巴，又给他喝了口水。一会儿，小男孩便沉沉睡去。宋长征把他放进衣橱，关上门。

我忍不住对卢晓红说："孩子那么小，吃安眠药没好处的。"她没吭声。

宋长征在一旁道："你少废话，自身都难保了还在这儿叽叽歪歪。"我听了心里一惊。卢晓红问他："你想怎么样？"宋长征有些不耐烦地道："还能怎么样？先喂几片安眠药再说。"卢晓红嗯了一声，倒了几片出来，又倒了杯水，对我道："吃下去。"

我下意识地朝后让了让。她道："你放心，我们不会对你怎么样的，这是安眠药，又不是毒药。"我劝她："你们现在自首还来得及，大不了关个几年，出来还只有三十来岁。如果让警察抓住，你们下半辈子就要在监狱里过了。"

宋长征吼道："我们的事不要你管，你晓得个屁！"

卢晓红停了停，对我道："我老早说过了，你是城里人，不会了解我们的心情。我们也不想做坏事，可不做坏事就只能当一辈子穷光蛋。你还是少说话的好，免得吃苦头。"

宋长征在一旁道："你跟他啰唆个什么？快给他吃药！"

卢晓红把药放到我嘴边，正要喂我吃，这时，外面有人敲门。

我们都一怔。卢晓红手一翻，把安眠药塞进我嘴里，又灌了口水，咽下去，随即拿透明胶布把我嘴封上。宋长征拽起我，走进厕所，反锁上门。

宋长征把我推进浴缸里，他则坐在马桶上。

我听见门打开的声音。"咦，是你？"卢晓红道。

"你好，今天有空吗？我想跟你学按脚。"一个女人的声音。我愣了愣，是郭钰。

卢晓红说："对不起，我身体有点不大舒服。"郭钰忙问："哪里不舒服？要不要紧？"卢晓红说："没什么，有点头疼。"郭钰哦了一声，说："那这样好了，今天你不用教我，我来给你按，你看看我最近水平有没有进步，好不好？"

卢晓红没说话，大约是默许了。宋长征坐在马桶上轻声骂了句："他妈的。"

一阵搬凳子的声音，很快便安静下来。郭钰应该在给卢晓红按脚了。

我觉得自己真是笨，其实早该猜到她是向卢晓红学的，哪有人光看一本书就会按脚的？又不是华佗再世。她每次给我按脚，总是先按脚趾，再按胃肠点、睡眠点，然后是颈椎点、肝点、生殖器区，最后是脚背淋巴区，这顺序和卢晓红的一模一样。我居然一直没有察觉。

我忽然想起她那双手。记得一次她的手按在我脚底的时候，我还开玩笑地说："让这么漂亮的手给我按脚，真是暴殄天物。"她说："你晓得就好！"

卢晓红问她："还是忘不了他？"郭钰嘿的一声，说："什么呀！"卢晓红说："要不然干吗还过来学按脚？"郭钰说："谁说学按脚一定是为了他？我给我爸妈按不行啊？"卢晓红哧的一声："你就嘴硬吧。"

我瞥见宋长征用一种古怪的眼光看着我。我被他看得有些别扭，便把脸朝向另一边。这时，我听见郭钰说："我上个厕所。"

我的心一下子跳了起来。宋长征也从马桶上一跃而起，神情紧张。卢晓红说：“我马桶堵住了，不能用，已经打电话报修了。要不你去小区的公共厕所？”郭钰说：“哦，我也不急，待会儿出去再说吧。”

宋长征舒了口气，又坐了下来。我也松了口气。幸亏卢晓红反应快，要不然郭钰这么闯进来，结果肯定跟我一样。我觉得头有些发昏，应该是安眠药起作用了，外面安静得很。我听见郭钰的声音：

“你说，谭心是不是很讨人喜欢？”

卢晓红说：“应该是吧，她那么漂亮，又温柔，我是男人肯定也喜欢她。”

郭钰道：“这我也晓得。”我听出她的声音有些发涩，心里不由得酸了一下。

郭钰又道：“她跟郭启明挺般配的，是吧？”

卢晓红嗯了一声。

我长长地叹了口气。宋长征忽地凑近我，在我耳边说了句“陈世美”。我一怔，朝他看去，他有些鄙夷地瞪着我。我觉得这人倒真是滑稽。

我的头越来越重，渐渐地，眼皮耷拉下来，睡着了。

等我再次醒来时，郭钰已经走了。我躺在床上，双手依然被反绑着。宋长征好像不在，只有卢晓红一个人。她见我醒了，便拿过一个饭盒，撕开我嘴上的透明胶，喂我吃饭。“一天一夜没吃东西了，饿了吧？”她道。

是叉烧饭。叉烧有点硬，我喉咙又干又涩，吃下去顿时咳嗽起来。她喂我喝了口水，在我后背上拍了两拍。

“昨天郭钰来过了，你知道吗？”她问我。

我点了点头。

她道：“也是，安眠药应该没那么快起效。她找我学捏脚，进步很快，再过一段时间，应该能当个专业的捏脚师傅了。”她说完笑了笑。

我说：“她是个好姑娘，我对不起她。”

卢晓红说：“没这么严重，有什么对得起对不起的？喜欢就是喜欢，不喜欢就是不喜欢。这种事情呀，老天爷也没办法。”

我琢磨着她的这句话，觉得好像有道理，但倘若顺着这个思路，又似乎自私了些，太率性了。我朝她笑了笑。

她说：“你还笑得出——你别忘了，你现在是个囚犯。”她有些促狭地提醒我。

我这才想到自己的处境。我朝她看了一会儿，缓缓地说：“我到现在还是不敢相信，你会做出这种事情。”她嘿了一声：“天底下出乎意料的事情多着呢，你啊，是温室里的花，什么都没见过。”

我忍不住道：“你别把男人比作花，行不行？”

她一笑：“我说错了吗？你就是花，你们几个都是花，谭心是花，郭钰是花，就连曾伟强也是花——不过他是朵喇叭花，比你们稍微贱一点。可我和宋长征是草，长在地上的草，是被人踩来踩去的那种。我们跟你们是两个世界的人。”她说到后面，摇了摇头，神情变得有些落寞。

她说：“跟你说了也白说，你不会懂的。”

我停了停，问她："外面情况如何？你们想好怎么办了吗?"她耸耸肩，道："有什么怎么办？走一步算一步呗。"

我再一次劝她："自首吧。警察终有一天会查到这里来的。一失足成千古恨。你们还年轻，现在悬崖勒马还来得及。"

她朝我看了一眼，说："你别管了，我心里有数。"

吃完饭，她给小男孩又吃了些安眠药，却没给我吃。"你胃不好，安眠药伤胃——而且你是大人，我相信你有自制力。"她对我开了句玩笑。

半夜里，宋长征又来了。他轻声对卢晓红说了些什么，两人表情有些紧张。

卢晓红一下子叫起来："都是你那个姘头，报什么警？她不要儿子啦!"

宋长征朝她做了个"嘘"的手势，道："什么姘头？我说过多少次了，我跟她一点关系也没……"卢晓红打断他道："好了好了，现在争这个也没意思，快想想该怎么办吧。"

我在一旁不知死活地嚷了句："自首，只有自首才是唯一出路!"

宋长征骂了句"妈的"，脱下自己的袜子便塞进我嘴里。

"啰里吧唆的家伙，老子就是自首，也先把你宰了，信不信?"他恶狠狠地朝我吼道。我嘴里一股恶臭，熏得我几乎晕过去。宋长征打开矿泉水盖子，一仰脖，咕噜咕噜喝了几口，随即啪的一声把矿泉水瓶重重地放在茶几上。

"早晓得就在乡下不出来了，"他道，"种田种菜也饿不死。"

卢晓红朝他看："你现在说这个有屁用！哼，在乡下种田种菜，我告诉你，我宁可被抓进去，也不愿意再过那种日子了。当初你对我怎么说的，这辈子都不想再待在那个地方了，要是混不出个人样，宁可去死。现在碰到一点挫折，就开始打退堂鼓了。我卢晓红怎么会喜欢上你这么一个孬种!”

宋长征一怔，随即嚷道：“好，那你说，都到这份上了，警察都快找上门了，该怎么办，你说!”

卢晓红咬了咬牙，说：“我去自首。你等我，大不了关几年，出来我们还是好夫妻。”

宋长征大手一挥：“不行，绝对不行!”

卢晓红道：“这是唯一的办法了。要是让警察先找到这里，我们就一个也逃不了。”宋长征想了想，说：“那也行——我去自首，你在外面等我。”

卢晓红皱眉道：“说了我去就我去，你别跟我烦。”

宋长征说：“我是男的，是一家之主，你得听我的。”卢晓红嘿的一声，道：“去你妈的一家之主，还没结婚呢，就一家之主。”宋长征说：“十八岁那年你就是我的人了，现在还想赖?”卢晓红朝我瞟了一眼，脸一红，道：“你这人——真是不要脸。”宋长征道：“反正你是我女人，你就得听我的。”

卢晓红说：“谁是你女人？衣橱里那小孩的妈，才是你女人吧。”

宋长征哎哟一声，拳头打在桌上，发出砰的声音。“我要讲多少遍，你才相信?”他大声道，“那女的真的跟我一点关系也没有!”

卢晓红看着他：“没上过床?”

“没有!”

"没亲过嘴？"

"没有！"

"没拉过手？"

"没——拉手是拉过，她自己把手伸过来的，我总不能不拉吧？"

"是呀，不拉白不拉，对不对？"卢晓红朝他白眼。

宋长征哎哟一声，又是一拳打在桌上："不跟你搞了，老子搞不过你，你这个女人，要把我逼疯才开心，是吧？"

我看着他们吵架，像两个小孩。

两人又吵了一会儿，睡觉了。宋长征把我从床上一把拎起，直拽到卫生间，横卧在浴缸里。"老子要过夫妻生活，只有委屈你了。"我想这人说话可真是直接。他砰的一声关上门。我听见房间里大吵的声音，似是还在为刚才的事情争执，过了一会儿，渐渐安静下来。我想偷听人家可不太道德，便闭上眼睛，努力让自己睡着，却怎么也睡不着。月色不错，窗户半开着，丝丝凉风吹进来。

过了一会儿，我迷迷糊糊地睡着了。

也不知睡了多久，蒙眬间，觉得有人推我。我猛地睁开眼睛，见是宋长征。我一惊，正要说话，忽地看见卢晓红双手被绑躺在床上，我又是一惊。卢晓红嘴上被贴了透明胶。宋长征看着我，忽地，跪下来，向我磕了个头。

我惊讶极了，不晓得发生什么事。

宋长征磕完头，站起来对我说：

"我明天就去自首，你是唯一晓得这件事的人，我求求你，千万别把卢晓红说出来，你们本来就是好朋友嘛，对吧？你也晓得她不是坏人，坏的是我，是我逼她这么做的——”

卢晓红身体扭动两下，隔着透明胶，发出唔唔的声音。

宋长征继续道：“你要是不把她说出来，你就是我的恩人，将来等我出狱，我当牛做马地报答你。要是你说出来，嘿，除非我死掉，否则我无论如何都不会让你舒坦。我宋长征说话算话，你给我记住了。”

还没等我开口，他又转向卢晓红。

“我说了，我是一家之主，我说了算。我跟你讲——我去比你去好，你嘴巴甜，脑子又活络，在外面打点，肯定比我强。万一不成，大不了也就是坐个七八年牢。男人受点罪无所谓，女人不行，一受罪就老了，成菜皮了。”

他说到这里，笑了笑。卢晓红看着他，眼泪缓缓地滑了下来。

“就这么说定了。”他道，“天一亮我就带着孩子去公安局。你乖乖的——不管怎么样，我们都是好夫妻。”他望着卢晓红，在她脸上亲了一下。

（七）

我一直认为生活中应该有戏剧性的情节，锦上添花般，点缀几笔，让日子过得更精彩。从我认识卢晓红那天起，戏剧性的情节便埋下伏笔。只是，最终揭晓时，我没料到竟让人如此不忍——这些情节于我来说像电影般不可思议，但对于另一些人是真真切切的人生。

宋长征被正式拘留。

卢晓红找人咨询过了，这种普通绑架案，没有人员伤亡，如果自首的话，判刑应该不会超过五年。卢晓红放下心来，她对我说："五年嘛，就当他去读了个大学，以前古代人去京城考状元，不是也要去个三年五载的嘛，我就当他去考状元了，对吧？"

我说："没错，五年很快的，眼睛一眨就过去了。"

她对着我笑，眼睛里有遗憾，但更多的是希望。

事情很快变得不一样了——老板娘的儿子因为服食了过量的安眠药，醒来后神志不清，连父母都不认识了。医生诊断后，确定他为中枢神经严重受损，今后都不能正常生活，也就是一般意义上的"白痴"。

一审判决下来了，绑架罪加重大伤人罪，宋长征被判处死刑。

卢晓红发疯似的跑来找我。我吓了一跳，以为她要干什么，谁知她说："借我点钱，越多越好。"

我愣在那里。

她道："我要钱，越多越好，有了钱就能办事，把死刑变死缓，他就死不掉了。"

她说这番话时，眼睛并不看我，而是定定的，傻了似的。

我没说话。她忽地从怀里取出一把水果刀，指着我的脖子。"借我钱，"她一字一句地道，"我告诉你，我已经豁出去了。你别逼我。"

我借了她五千块钱。我当然不是怕她伤我，再怎么样，我也不至于对付不了一个女人。我是真心想帮她，还有宋长征。

我从银行里拿钱给她。她对我说："你放心，我会还你的。我就算做脚把手做烂了，也会还你的。"我笑笑，没吭声。

卢晓红又跑去找曾伟强、谭心、郭钰——所有她认识的人，她都不放过。

曾伟强给了她五百块钱。卢晓红说："我给你做二十次脚，钱就不还了，行吗？"曾伟强耸耸肩，说："我也没打算你还，你又不是没欠过我钱。"

谭心和郭钰各给了她两千块钱。谭心是看在我的面子上，郭钰则是因为找她学做脚，欠了她一份人情。

我找了一个当律师的朋友，想看看他有什么办法。他告诉我："这种案子已经判下来了，就很难改判。一个乡下人，又没钱又没势，谁会睬她！"

我没把这话告诉卢晓红，看着她整天东奔西跑，上下打点。

卢晓红买了一沓信封，用来装钱。她把能帮忙的人的名字写在一张纸上。她常常对着纸喃喃自语：嗯，这个人给五百好了，那个人给一千——监狱长也应该要给一点，让长征少吃点苦头。

她居然想带着三千块钱去找法院院长，被我死死拉住。我说："你这是行贿，弄得不好只会起反作用。"她看了看我，笑道："郭启明啊郭启明，你真是太老实了，现在都这样，你不晓得吗？"

我实在不忍心对她说，三千块钱太少了，人家都不会看一眼。我只是翻来覆去地劝她，要冷静要冷静，一定会有其他办法的。我晓得我这些都是空话，连我自己都不会相信。

终审判决的前一天，卢晓红忽然对我道："走，我请你去吃饭，我老早就说要请你吃饭，你还记不记得？”

我说：“当然记得。不过，地方由我来定，你记得吗？”

她点了点头。

我们来到离家不远的一个小饭馆，走进去，点了三四个菜，卢晓红叫了四瓶啤酒。我傻了眼，说：“我胃不好，你晓得的，我不能喝酒。”

她一笑：“我晓得。这酒都是给我自己叫的。”

她酒喝得很快，一仰脖子，便是一杯。转眼，已经两瓶啤酒下肚了。她越喝，眼睛就越亮，脸也泛起红光。这阵子她脸色一直有些苍白，现在一喝酒，气色倒是好了些。

她说：“郭启明，谢谢你。”

我笑笑：“谢什么。”

她说：“看到你，就晓得上海人还有救。上海人的名声不好，自私自利，蝇营狗苟的，你改变了我心目中上海人的形象。”

她一本正经地说着，随即咧嘴一笑。我也跟着笑了笑，却不晓得说什么好，心里像被什么东西堵住了似的，一句话也说不出来。

接着，她又问我：“准备什么时候结婚？”

我说：“这个，还没想过呢。”

她道：“你年纪也不小了，在我们那里，你这个年纪已经是两三个小孩的爹了。”我笑笑，说：“两三个小孩？帮帮忙，饶了我吧，我最好一个都不要。”

她听了，问我：“上海的年轻人是不是都不喜欢小孩？”

我说：“不能说全部，但应该有相当一部分吧。两个人过日子多自在，结了婚也跟谈恋爱差不多，有了小孩就不一样了。”

她停了一下，说：“还是你们上海人好，过日子像过家家一样，一点心事没有。你们讲爱情，我们也讲爱情，可为什么我们的爱情就这么苦呢？”

她说着，把杯中的酒一饮而尽。我听了这话，不知怎的，竟有些伤感。我只好半开玩笑地说：“谁说我们不苦？我们谈恋爱谈得也很苦呢！”

她看了我一会儿，忽道：“你们苦个屁！”

她又重复了一遍“过家家”这个字眼。她说：“你们是过家家，我们才是过日子。过家家很开心，可是过日子就很苦，很苦——”

她大概是有些喝醉了，夸张地做着手势，手臂在我面前挥舞。我拿开她的酒杯，说：“别喝了，差不多了。”她又抢回来，倒满酒，又往我的杯子里倒满酒。

“郭启明，”她口齿不清地道，“我们干一杯，我们好像还没干过杯呢。”

她说着，拿起酒杯，与我的碰了碰。

“干杯！”她说。

我喝完了杯中的酒。她竟拍起手来，大笑。那一瞬，我瞥过她的脸——她的脸上全是泪水。

我送她回家，扶她在床上躺下，给她擦脸，又给她倒了杯水。

临走时，她对我说：“如果宋长征没的救，我也不想活了。”

她说这话的时候，神情并不悲伤，就像在说别人的事。

第二天，终审判决下来了，与一审无异，还是死刑。

我陪卢晓红到监狱去看宋长征。宋长征瘦了一圈。两人互望了一会儿，都没说话。半晌，还是宋长征先开口，他对我说："谢谢你。"我摇了摇头。

卢晓红给他带来两包城隍庙的五香豆，一瓶二锅头，还有一瓶复合维生素片。

宋长征说："这几天老是没胃口，看到五香豆和二锅头，就有劲了。"

卢晓红说："你脸色不大好，每天吃两粒维生素片，对身体有好处的。"宋长征说："你留着自己吃吧，给我也是浪费。"他说着，凄然一笑。

卢晓红像是没听见，继续道："记住，早饭后一粒，晚饭后一粒。你这个人啊，记性很不好，什么事都记不住。我跟你讲，这种药片很贵的，吃一顿忘一顿是没效果的，知道了吗?"

宋长征看着她，缓缓地点了点头。

卢晓红又道："平常没事的时候，就扭扭脖子扭扭腰，活动活动筋骨，光吃不动是不行的——哦，我还给你带了本书，《哈利波特与死亡圣器》，新出版的，你这个人啊，快三十岁的人了，还跟小孩一样，喜欢看这种书，真是的——"

宋长征一直望着她，不说话。卢晓红也望着他，半晌，说："你放心，你不会有事的。"

宋长征响亮地哦了一声，随即朝她笑了笑。

卢晓红又道："就算有事，我也会陪你一起。"

宋长征本来一直很平静，听了这话，脸色一变。

“我不要你陪，”他粗鲁地叫起来，“你这个女人别说傻话，我一个人挺好的，加上你，我做鬼也不会开心，你听到了吗？”

卢晓红怔怔地看着他，一句话也不说，忽地，笑了笑。

“你不会有事的。”她又重复了一遍。

宋长征看了她一会儿，忽地转向我，道：“郭启明，我拜托你，千万要看牢她，这个女人脑子有点问题，一碰到急事什么事情都做得出来。”

卢晓红听了，又笑了笑：“你才脑子有问题呢。”

过了一会儿，狱警示意我们离开。卢晓红站起来，宋长征拉住她的手，捏了两捏。“好好过日子，”他道，“只要你过得好，我就开心了。”

卢晓红的嘴巴动了动，却什么也没说。

我们准备离开，宋长征忽然又想起什么，急急地对卢晓红说道：

“哎，我跟你说——我跟那个女人真的没什么，我可以发誓，你一定要相信我——”他说得飞快。

卢晓红先是看着他，随即跺了跺脚，转过头，眼泪不由得滑了下来。

“你到底相不相信啊？”宋长征大声问道。

卢晓红叹了口气，并不转身。

她的声音在那一刻变得异常温柔：

“我相信你。”

我和谭心终究还是没能走到一起。

——那天晚上，我和她从电影院里出来，我接到医院打来的电话，告诉我曾伟强出车祸了。我脑子嗡的一声，想到那次骗郭钰的事情，第一个念头便是“我咒他出车祸”，现在变成真的了！

我拿着手机，兀自有些回不过神来。谭心却已飞也似的跑到马路当中，拦下一辆出租车。她坐进去，焦急地向我招手：“快！快！”

一路上，谭心催了司机几次：“师傅，麻烦你快一点。”司机说：“小姐，我已经很快了，再快就要吃罚单了。”我劝她：“没关系的，说不定只是碰了一下，没什么大不了的。”她脱口而出：“你怎么晓得？你又没看见。”

她说完，大概觉得有些不妥，便朝我笑了笑，做出开玩笑的样子。我也只有顺着她，道：“我是没看见，可我的预感很灵的，你放心好了。”

谭心说：“我有什么不放心的？我是为你着急，曾伟强毕竟是你的朋友。”

她这句话说得很是别扭。我听了，没说话。

我们赶到医院，护士告诉我们，曾伟强正在动手术。我们在手术室门口等了一个多小时，医生从里面出来，表情很不好，告诉我们：“病人已经去世了。”

我惊呆了，不敢相信自己的耳朵。

谭心先是不动，脸一下子变得惨白，像死人。忽地，她冲进手术室，抱着那具尸体痛哭起来。她哭得那么伤心，仿佛整个世界塌下来似的。

我在一旁静静看着她。

护士问我："这是死者的爱人吗？"我没说话。我想去把谭心劝开，想想还是算了，让她哭个够吧，我默默地退到一边。

这时，曾伟强忽然出现了。他右脚上缠着绑带，一跳一跳地过来，叫我："郭启明！"我抬头一看，顿时呆得说不出话来。

原来，做手术的叫"甄为强"，是我们搞错了。

"喂，你在干什么呢？"曾伟强看见谭心，哑然失笑，"拍电影啊？"

谭心一下子抬起头，看到他，先是不动，像是不认识这个人似的，忽地，整个人扑了上去，紧紧地抱住他哭了起来，竟似比刚才还要伤心。

"你没死啊——"谭心抽抽噎噎地道，一只手捶打着他的背。

曾伟强轻轻拍着她，嘴角带着笑。

"怪了，"他故意逗她，"我没死，你好像还挺遗憾？"

我看了一会儿，悄悄地离开了医院。很奇怪，我好像也不是很难过，似是早就料到了似的。我想起那天晚上，谭心脱口说了一句话，我没听清，问她，她没说，敷衍过去。其实，我是听清的——她说：我还是喜欢曾伟强。

卢晓红说得对。爱情这东西，喜欢就是喜欢，不喜欢就是不喜欢，老天爷也没办法。

我抬头看天。满天的繁星，一闪一闪的。乍一看，只是亮晃晃的一片。细细看去，总有那么一颗两颗特别近。又有几颗，起初看似老远，渐渐地，慢慢移近了。原来星星也会动呢。还有几颗，看着似是很亲密，可是看久了，始终是隔了一段距离，永不能靠近的。

我长长地叹了口气。

三年后，我和郭钰结婚了。

结婚前几天，我们请谭心吃饭。她很快就要和男朋友去加拿大了，据说是技术移民。我是第一次看见她的男朋友——四十来岁，个子不高，顶上有点秃。他是在英国读的MBA，金领，年薪百万。

我暗暗有些惊讶。

席间，男人的目光几乎没有离开过谭心，始终是微笑地注视着她。谭心的叉子不小心掉到桌下，正要去捡。男人说，你别动。男人为她捡叉子的时候，额头重重地碰到桌角，起来时肿了一块，并渗出血来。

谭心问他："疼不疼?"他笑笑，说："一点儿也不疼。"

男人起身到卫生间去擦洗伤口。谭心问我们："结婚的事，都准备得差不多了吧?"郭钰说："都差不多了。"她道："有什么要帮忙的地方，尽管开口。"

我问她："什么时候结婚?"

她想了想，说："应该很快吧。"

我又道："他看上去对你很不错。"谭心微笑着嗯了一声。

停了一会儿，她问我："看到我们是不是觉得有些意外?"

我笑笑。"他看上去年纪比你大很多，"我犹豫着，还是说了出来，"我本来以为你会找个很帅气的男人，就像曾伟强那样。"

谭心也笑了笑。

"这个人是我姑妈给我介绍的，"她道，"第一次见面的时候，不瞒你们说，我真是吓了一跳，想这人可真是老气啊，可说了一会儿话，我觉得他还是挺不错的。我今年二十八岁了，不再是二十出头的小姑娘了。有些东西以前觉得很重要，现在再想想，其实都是无所谓的。相反，许多以前不屑的东西，现在倒是慢慢重视了——结婚和恋爱毕竟是不同的。”她说到这里，朝我们微微一笑。

男人回到位子上，坐下，他问谭心：“在聊什么呢？”

“他们在问我，你对我好不好，我说，你老是欺负我。”谭心有些调皮地朝他吐了吐舌头。

男人很绅士地笑了笑：“你一定是搞错了。是你欺负我，而不是我欺负你。”他大概是说多了英语的关系，说普通话有些奇怪，像大舌头。

主菜是菲力牛排。男人把谭心的盘子放到自己面前，将牛排一块块切开，再还给她。谭心笑着对他说了声“谢谢”。男人用刀叉的动作很熟练，也很优雅。

我看着这一切，忽然想起当初在渝信川菜吃水煮鲶鱼的情景。那时，我们四个人吃得满头大汗，不停地咝气。而现在，我们是在高档西餐厅里，细嚼慢咽。

许多事情其实老早就摆在那儿了，好像，我从来也没觉得谭心会真的嫁给曾伟强，而她和眼前这个男人，虽然长相很不配，却有一种别样的协调。

分别时，男人再三对我们说，等他和谭心结婚的时候，我们一定要去加拿大参加婚礼。“机票我来买，你们也不用买礼物，只要带着祝福飞过来就可以了。”男人很得体地说道。

接着，他们上了门口的一辆奔驰。车开动了，谭心向我们挥手。

我们也一直挥手，直到车子转弯，看不见了为止。

我和郭钰的婚礼，闹新房一直闹到很晚，我们都筋疲力尽。

郭钰的同事提出要我画一份平衡表。“你是平衡室的家属，一定要会画平衡表，这是今晚最后一个节目。”

天晓得这帮家伙居然还带了尺、橡皮和计算器，还出好了题目——“某航班，机组10人，前3后7。客人209人，其中男人150人，女人59人，还有儿童10名，婴儿5名。货物2000公斤，邮件800公斤，行李3000公斤。空机重量86135公斤，指数43.3。”

郭钰叫起来：“你们搞什么啊？”

我朝她做了个手势，示意她放心。我说：“没问题。”

我接过平衡表，三下两下便做完了。“重心中间偏后，飞行员飞起来既舒服又省油。”在众人的惊讶表情中，我把他们统统送了出去，关上大门。

我和郭钰互拥着，她提出要给我做脚。

“舒不舒服？”她一边做一边问我。

我做出很陶醉的样子：“舒服极了——你真是聪明，自学成才。”

她得意地笑笑。

收拾新房时，我看到一张包东西的破报纸在角落一隅，有这么一则新闻：

“前年因绑架案被判死刑的案犯宋某，在越狱两年后，终于在河南某县被群众发现举报。因其顽固抵抗，被当场击毙，一同击毙的还有其妻卢某。”

我怔怔地看着，不知怎的，竟想起当年卢晓红给我看的那张照片来。

旧城厢，青石铺成的路，坑坑洼洼，小河浜，老柳树。两人十六七岁的样子，卢晓红扎着两条丫辫，脸蛋红红的，笑得眼睛都没了。宋长征三七开的小分头，穿一条松松垮垮的裤子，两只手笔直地放在旁边。

不知不觉，我的眼角竟有些湿润起来。

正在害喜

去医院确诊的前两天，刘俐父亲看了一部韩剧《非常主播》，车太贤演的男主角十六岁便有了女儿，十六年后，他女儿也早早地有了儿子。刘父无比感慨："这男人三十出头便做了外公，我今年六十出头，比人家多活了一倍，却还没当上外公，差别实在太大。"午饭前，刘俐在医院给他打电话："爸，我怀孕了。"父亲呆了几秒钟，兴奋得都有些结巴了：

"好，好，蛮好——总算当上外公了。"

刘俐问林津，听见老婆怀孕是什么感觉。他胸一挺，回答："有责任感了。"刘俐不太满意："说得温情些。"他想了想，搜肠刮肚，憋出个词——"悲喜交加"。刘俐更不满意了："哪里来的悲？"他说："物价飞涨，两个人养活自己都不容易了，现在又添了一个，压力太大。"刘俐板起面孔："哪有那么吓人——说点好听的，讨人喜欢的。"他想了又想，一本正经地来了句："林家有后了，很好。"

刘俐只得闭嘴。

刘俐请了两个月的病假。都说怀孕头三个月最要紧，容易流产，一点儿也累不得。科室里一个女同事，比刘俐早些怀上，已经休了三个月了，又向主管递了假条，说是再请两个月。“这辈子只能生一个，千万不能疏忽。”她劝刘俐要早点补叶酸，买惠氏的“玛特纳”，避免胎儿畸形，三个月后再吃“奥聪”，可以促进智力发育。又说小孩的衣物先别急着买，等七个月后再买不迟，是老古话。“这不是迷信，”她向刘俐解释，“反正当心点总归没错。别的事情都能开玩笑，唯独生孩子，性命攸关。”

星期天，刘俐和林津去商场买防辐射背心，事先在网上做了功课，说把手机包在背心里，如果没有信号，就表示合格。林津拿手机一件件地试，让她在一旁打电话，结果没一件能屏蔽信号，手机响了又响。营业员最后推荐了一件银丝的，说是最新研制的高科技产品。林津试了三次，两次能打通，一次提示无信号。相比之前，已经是很好的成绩了。价格也不菲，要一千五。林津说：

“其实这东西没啥花头，回家拿个锅盖顶在肚子上，一样的道理，就是金属屏蔽。”

牢骚归牢骚，买还是照买。林津去刷卡时，刘俐问那个营业员：“这东西真的管用吗？”营业员笑笑，很老实地回答：“也就是买个安心。谁也没真的统计过。”

接着，两人又去药房买了叶酸和钙片，再去书店买了本《怀孕圣经》，然后回娘家。早上还在睡觉时，刘俐母亲便打来电话，问想吃什么。刘俐那时还没有完全清醒，随口便答了声“樱桃”。走到离家不远的超市，两人进去想买瓶酒给父亲，看见智利进口的樱桃，要108块一斤。林津吐了吐舌头："你爸妈不会真买吧？"刘俐说："不会，就算要买，多半也是国产的。"林津说："这季节哪来的国产樱桃啊？只有进口货。"刘俐说："我跟你打赌，赌10块钱，108块一斤啊，我爸妈的退休工资才多少？"

回到家，两人进门便看见茶几上洗好的一盆樱桃。父母双双迎出来，脸上是隆重至极的笑容，仿佛十几年没见。刘俐放下包，便去厕所，母亲跟着她，一只手还下意识地托着她的腰。

"妈，帮帮忙嘛——"刘俐道。

"地板前几天刚打的蜡，怕你滑。"母亲说着，干脆挽起了她的胳膊。一会儿出来，父亲捧上樱桃："智利进口的，你妈为了你，大出血了。"林津朝刘俐笑笑，做了个"你输了"的口形。刘俐嘿的一声，拿过便吃。父亲问："味道怎么样？"刘俐竖起大拇指，连夸"好吃"。

"那就多吃点。"父亲母亲坐在女儿对面，笑吟吟地看着她吃，半天才想起林津。"小林你也吃。"刘母说。林津客气着，吃了一个就收手了。

"我这是识相，否则你爸妈看见我跟他们外孙抢东西吃，不恨死我才怪。"晚上回到家，林津对妻子诉苦。刘俐骂他"十三点"，故意气他："樱桃味道倒真的蛮好。"

"你也别得意，"他道，"你这叫母以子贵，你以为你爸妈是买给你吃的啊——是买给他们外孙吃的。"

刘俐朝他白眼："林津啊林津，我发现你这人特别小气。吃不到樱桃，就挑拨我们父女母女的关系。”

公公婆婆住在苏州，听说刘俐怀孕的消息，激动得要命，电话里的声音都发抖了，再三关照林津好好照顾她：“俐俐三十二岁了，高龄产妇一定要格外当心——”刘俐说，三十二岁还算不上高龄产妇，现在超过三十五岁再怀孕的人都多的是。“让她多吃一点，到时候生孩子才有力气——要顺产，千万别剖腹产。”林津说：“妈你也想得太远了，孩子才五个礼拜呢。”婆婆又问林津要了银行卡的账号，打了三千块钱过来，“让刘俐买点营养品。”

刘俐觉得，没必要收老人的钱，林津却说是他们一片心意。“他们不能在你身边照顾，所以就意思意思，别扫他们的兴。”刘俐撇嘴说：“我晓得，钱是给他们孙子的，不是给我的——我是母以子贵。”

林津笑起来：“我老婆真是聪明，一点就透。”

晚上睡觉时，林津趴在妻子肚子上要听胎动，刘俐一把推开他：“现在才多大啊，会动就成妖怪了。”说着拿起一旁新买的《怀孕圣经》，念给他听，“五周的胎儿，长度大约零点六厘米，形状大小像一颗苹果籽——”林津啊的一声：“苹果籽？才这么点大？”刘俐道：“你以为呢？现在就像一个西瓜好不好？——漫漫长征才刚开始呢，有的熬了。”

夫妻俩躺在床上，商量着给小孩取什么名字好。刘俐说：“还不知道是男是女呢。”林津说：“据说搭脉就能知道是男是女，好像左手脉搏强，就是男孩，右手强，就是女孩。”刘俐嘲他：“你搞得像老中医一样。”林津拿过刘俐的左手，搭了脉，随即又换了手：“好像右手强一些，大概是女孩。嘿，丫头片子。”

刘俐挑他的刺："什么叫丫头片子？你是不是喜欢男孩？"

他摇手："没有没有。男女都一样，只要健康就行。"

"真的？"她朝他看。

"真的！不过——"他诡异地笑笑，"男孩嘛，总归听着好听一些，有面子，你懂的呀。"

"重男轻女！"刘俐嘿的一声。

刘俐父亲戒烟了。他老早便给自己定下规矩——只要女儿一怀孕，立刻戒烟。四十几年的烟龄，说断就断，毫不含糊。刘母说这都是刘俐的功劳。"你要是早几年怀上，你爸哪里还会抽到现在？"

刘俐故意逗父亲："爸，戒烟难不难受？"刘父连连摇头："不难受不难受，舒服着呢。"刘俐还要淘气，拿根香烟放在父亲鼻前："爸，抽一根吧，没关系。"刘父一把推开，很坚定的样子："说不抽就不抽，你少促狭——我现在算是看出来了，生女儿没啥意思，只会惹爹妈不开心。当初让你别结婚吧，你非要结，找了那么个傻乎乎的小子。结了婚，让你早点生孩子，你不肯，说要过二人世界，拖到三十好几才怀上孕，等得你爸爸胡子眉毛差不多全白了，才当上外公——我跟你讲，千万别生女儿，女儿让爸妈操不完的心。还是儿子好，爽气，丢丢摔摔好养活，半夜三更回来也不用替他担心，将来骗人家的小姑娘，怎么都不吃亏。生儿子，一定要生儿子。"

刘俐对母亲说："爸和林津一样，都是重男轻女。"

刘母笑道："你爸是嘴上说说，心里不晓得多欢喜呢——你看，桌上不是又买了樱桃？"

刘俐对爸妈道："下次别买了，这么贵的东西，我会不好意思的。”刘父嘿的一声，“把你养这么大，头次见你这么客气——放心，也就是这一阵，等再过些日子，你求我买都难。”刘俐嘻嘻笑道：“新买马桶三天香。”刘父点头道：“没错，就是这话。”

刘俐吃着樱桃，想起林津的话：“你女婿说，你们樱桃是买给外孙，不是买给我吃的。”刘父道：“说得对。”刘母在女儿头上敲了一记：“这话你也拿出来说——你啊，傻乎乎的。”刘父在一旁道：“她傻，她男人也傻，两个人傻到一块了。就盼着将来生出来的孩子千万别傻。”刘俐笑道：“书上说了，女孩的智商是父母一人一半，男孩则完全取决于母亲。我这下放心了，就算生女孩，至少也有一半我的智商，问题不大。男孩就更不用怕了，肯定聪明。”刘父瞪了女儿一眼：“那可不一定——我和你妈这么聪明，你妈一百分，我八十分，本来想平均一下总归有九十吧？谁晓得基因突变，生下来你最多六十分，勉强及格——再加上你男人六十分，将来这个不管男孩女孩，也就是六十分的料了。”刘父说着，哈哈大笑。

刘俐朝父亲嘟嘴：“爸爸诅咒亲外孙，兴奋得不得了，像在诅咒阶级敌人。”

刘母炖了一大锅鸡汤，让女儿多喝：“你现在是两个人补，一定要多吃。”又问她，“你们在家吃什么呀？”刘俐得意地炫耀起林津这几天的表现：“乖得不得了，买汏烧他全包了，下班前还会打电话问我晚上想吃什么。昨天睡到半夜，我突然想吃避风塘的虾饺，他二话不说，披上衣服就去给我买了——怎么样，不错吧？”

刘父故意道：“你就作吧！你以为他是买给你吃的啊？他是买给他儿子吃的。”

刘俐嘿的一声，把碗里的鸡汤一饮而尽："爸爸你随便说，我现在绝对不生气。这叫情绪胎教，晓得吗？我要是一生气，肚子里的宝宝也会跟着生气。我摒牢，就是不生气。"

"肚子里有小把戏，变得像个人了。"刘父笑道。

假条批下来了，主管开会时对大家诉苦，要是再来个怀孕的，他只有去跳黄浦江了。科室里好几个育龄女子听了都笑："他黄浦江是跳定了，早点晚点的事。"

休假第一天，刘俐约了两个大学里的死党去唐宫吃午茶。这两个朋友截然不同，一个大学毕业便结婚生子，走贤妻良母路线，现在儿子都读小学三年级了。另一个铁了心当丁克，这辈子无论如何都不要小孩。刘俐说自己属于立场不坚定的那种："要么就早点生，要么就干脆不生。像我这样，一把年纪再怀孕，又辛苦又不容易恢复，亏死了。"又劝丁克朋友一定要守住，"女人的希望就在你身上，千万别被家庭、小孩套牢，要过属于自己的幸福生活。"生了孩子的朋友听了便笑："你这个人啊，自己有了小孩，开心得眉开眼笑，倒劝人家不要生。"刘俐笑道："我这叫没办法，有都有了，总不见得再把它变回去咯？"丁克朋友说："那你生出来送给我，我就当弄个洋娃娃，玩几年再还给你。"刘俐嘿的一声："你想得美。"

妊娠第六周。《怀孕圣经》上说，这时的胎儿像个小蝌蚪，有个小尾巴。林津每天上班时都打几通电话回家。"蝌蚪好吗？"他问。刘俐说："蝌蚪还行，就是蝌蚪他妈妈有些太无聊了，待在家不晓得做什么好。以前上班时老想着休假，现在真的休假了，倒不习惯了。"

林津劝她出去走走，呼吸外面的空气。刘俐说不行："外面都是流感病毒，前三个月要是染上流感就麻烦了。再说日本核泄漏，上海离那边又不是很远，万一沾到那些乱七八糟的东西就完了。我现在连去超市买东西都要戴上口罩。"林津说："那你就上网玩游戏。"刘俐说："那更不行了，电脑辐射太大，我妈说连电视都不能多看，别说电脑了。"林津叹了口气："养个蝌蚪真是太不容易了。"刘俐道："那是，你以为女人生孩子是多么轻松的事啊。"

"那你就上床睡觉吧，"林津道，"等我下班回来，再叫醒你吃饭。"

"那吃完饭呢?"

"接着睡觉。"

怀孕七周起，刘俐开始有了妊娠反应，反胃，恶心，看到什么都想吐，一点异味都闻不得。"不管什么味道，酸甜苦辣咸，现在到了嘴里，都比平常扩大一万倍。酸梅汤像醋，冰淇淋像糖精，苦瓜像黄连——连喝白开水都觉得有味儿。"更糟糕的是，刘俐的口味有些变幻莫测，前一分钟还想吃杧果，林津出去买了来，她又想吃菠萝了。千辛万苦地买来菠萝，她却说看见就想吐，想吃火龙果了。

"计划永远跟不上变化，"林津沮丧地对着家里一堆水果，只好自己拼命地吃，"搞得好像我怀孕似的——"饭菜也是一样，事先说好吃什么，等上了桌，便一点胃口也没有了。刘俐怀孕前最喜欢吃的黑椒牛柳、炒什锦、蟹粉蛋，现在完全没有兴趣了，最后往往是拿水泡饭，就着榨菜吃。

林津提议去饭店吃："喜欢什么就点什么，那里选择多。"

话是如此，可到了饭店还是不行。首先是气味，油烟味让刘俐立刻冲进厕所呕吐。大堂经理都想不通了，说我们这里通风很好啊，卫生条件也是一流的。林津连忙说，没关系没关系，纯属个人原因。一会儿刘俐出来了，脸色白得像纸。好不容易点了菜，经理推荐迷你佛跳墙，说最有营养，适合孕妇吃，198 元一份。林津多了个心眼，只点了一份。也亏得如此，果然一会儿刘俐说不想吃了，说一股腥味。

满桌的菜，林津几乎是一个人在吃。刘俐点了杯草莓汁，小口小口地嘬着。见他咂巴着嘴，吃得十分香甜，便有些嫉妒。“好吃吗?”她故意问。

林津瞥见她有些恶狠狠的眼神。“不怎么好吃。”他一本正经地摇头。

“不好吃你还吃得这么津津有味?”

他叹了口气：“东西再好吃，只要想到我爱妻在旁边受苦，就味同嚼蜡，完全没有味道了。”这家伙居然还用了个成语。

“死相!”刘俐笑骂。

他问她：“书上说这礼拜胎儿是什么样子?”她说像一粒咖啡豆。他在手里比画着：“还没我小手指甲大? 嘿，这么一丁点的东西就晓得作怪，害他妈妈受罪。现在是拿他没办法，等他生出来，结结实实一顿打，打得他服帖，替老婆大人出气。”

刘俐嘿嘿笑着：“真的?”

“真的，往死里打。”

“傻子!”刘俐在他头上轻轻砸了个毛栗。

几天后，林津说要去广州出差一个月。起初刘俐还以为他在开玩笑，后来才晓得是真的。“哪有老婆怀孕，老公不在身边的?”刘俐一气之下，回了娘家。林津追过去，刘俐不许父母替他开门。刘母说女儿：

“别像小孩似的，要讲道理，他是去出差，又不是玩。”

林津向刘俐保证，最多一个月，肯定回来，而且每天一个电话，雷打不动。“电脑上装个摄像头，我们在网上聊天，就像面对面一样，多好。”刘俐嘿的一声：“算了吧，明晓得我不能用电脑。少开空头支票。”林津道：“那天天打电话，可以听到声音，不是也蛮好?你老公又不是布拉特·皮特，这张面孔也没啥好看的。”刘俐道：“这倒是，看多了容易做噩梦，对小孩也不好。”林津嘿的一笑：“那我去韩国整成布拉特·皮特，好不好?”刘俐撇嘴道：“光整容不行，换个脑袋还差不多。”

林津离开的那天，刘俐坚持送他到机场。“大肚子亲自送你，是不是感觉头上生角?”她问他。林津笑道：“何止头上生角，简直就是脚底生风，人都要飞起来了。”刘俐挽着他的胳膊，拽得紧紧的，兀自舍不得，眼圈都红了。林津笑道：“从没见你对我这么依恋过。”刘俐嗔道：“就算不是你，哪怕是一只小猫小狗，待久了总归也有感情的。”林津点头：“我晓得，不是我太讨人喜欢，是我老婆感情丰富。”刘俐再三关照他：“每天都要打电话，一天也不许忘。”林津很郑重地点头：“绝对不忘，以你肚子里那颗咖啡豆的名义起誓。”

“这个礼拜已经是蚕豆了。”刘俐纠正他。

这天晚上，刘俐反应特别强烈，晚饭没吃便睡了，吐了两口清水，胃里一个劲地泛酸水，头也跟着疼了。林津下了飞机便给妻子打电话。刘俐听到他的声音，哇的一声便哭了，吓了林津一跳。

“你怎么了?”他问。

“呜——我难受——难受死了，呜——”刘俐哭得稀里哗啦，“我要老公回来——陪我——呜——”

林津又是着急又是好笑：“要不要去医院?”

“没有老公陪，我不去，呜——”

“那打个电话让你爸妈陪一趟。”

“我只要老公陪，呜——”

“别哭了，对孩子不好。”

“不好就不好，我才不管，呜——”

“你要不要先睡？睡着了说不定会好些。”

“不要——没有老公，我不睡，呜——”

两人的电话直打到半夜。刘俐哭累了，迷迷糊糊地睡着了，林津才挂了电话。他还是第一次见刘俐这样，平常她也会发嗲，但这次的程度完全不同。结婚以来，林津还是第一次体会到夫妻间的那种难分难舍的感觉。刘俐哭得昏天黑地，像孩子似的。林津想笑，又觉得心里挺不好受。第二天清早，天刚亮，他便急急地打了个电话过去。刘俐还在睡觉，口气明显不耐烦：

“我还没睡醒呢——以后早上九点前不许打电话!”

小白兔变回母老虎，林津放心了，又有些失落，挂掉电话，给她发了条短信：“老婆，好好保重。”

刘俐搬去娘家住一阵。刘父刘母把女儿房间重新打扫一遍，床单被子都换上新的，在阳光下晒得喷香。女儿结婚后，还是头次搬回来住。刘母每天很早便起床，为女儿去买早点，生煎、小笼、油条、蛋饼，变着花样。接着是买菜。老两口平常买菜是比较省的，最多两个素菜加一个荤菜，现在女儿回来了，又是怀了孕，讲究营养搭配，品种多元化。刘母专门去买了本关于孕妇的营养菜谱，照着上面做。忙归忙，心里还是惬意的，好像又回到过去，女儿没出嫁的那段时光。

刘俐口味变得异常清淡，规定家里烧菜不能放味精，盐要尽量少放。刘母烧个老鸭芋艿汤，只放了一小勺盐。刘俐喝了，连声说太咸。“那下次你自己放。”刘母说。

刘俐便真的自己放盐。不到两天，刘父便抱怨说受不了：“淡得像给腰子病人吃的，没有盐，连走路都没力气。”刘俐还闻不得油烟味，偏偏家里的脱排油烟机坏了，刘父只得重新买了一个。

“给钱给钱，”刘父向女儿开玩笑，“家里开销一下子上去了，真要命。”

楼上楼下的邻居都晓得刘家女儿怀孕了，碰见了便要恭喜一番，“怀孕啦？好事好事。”刘父嘴上还要谦虚：“唉，将来有的烦了。”邻居又问：“几个月了？”刘父回答：“才两个月，早着呢。”回到家刘父便对老伴发牢骚：“那女的比你小了十来岁，孙子都抱了半年多了。她哪里是恭喜我，是触我心境！”

“隔壁老王比你还大几岁呢，儿子的对象都不晓得在哪里呢。”刘母道。

“所以说啊，”刘父摇头，“这帮小的都让老的有操不完的心，操心完小的，还要操心小的小的。”

刘母笑他：“老头子，你在绕口令啊？”

林津每天都会打几个电话。铃声一响，刘父看来电显示，如果是女婿的，便不接，让给女儿。刘俐接起来，照例要讲个半天。两人在电话里咯咯咯，又是笑又是闹。刘父在一旁皱眉头：

“给爹妈打电话总是简单明了，利索得像发电报，一碰到憨大女婿，就叽里呱啦有说不完的话。养女儿没意思，真没意思。”

刘俐对着电话笑：“爸爸在嫉妒你。”

林津说：“嫉妒也没用，嫁出的女儿泼出的水，谁让他生女儿。”

刘俐捂住电话，对父亲叫道：“爸爸，你女婿嘲笑你生不出儿子！”

刘父嘿的一声。刘母在女儿背上轻轻一掐：“你怎么回事？挑拨离间啊。”

“就这副德行，还好意思说自己智商高。”刘父摇头。

刘俐念《怀孕圣经》给丈夫听，书上说准妈妈可以进行适当的胎教，以情绪胎教为主，也可以播放轻音乐，或是讲故事给胎儿听。

“我现在每天临睡前都给他讲一段童话故事，将来我们宝贝生出来肯定很聪明。”刘俐对丈夫道。

“光讲童话怎么够？这样的教育太单一了，”林津忽地压低音量，贼忒兮兮地，“你说，我们要是每天给他念一段《金瓶梅》，会怎么样？”

刘俐呀的一声：“亏你想得出，你这个人真是太下作了！”

“没事，反正男孩子皮厚，不当回事。”

“那如果是个女孩呢?”

“女孩就更应该早点接受性教育啊，将来才能更好地保护自己。”林津嬉皮笑脸。

刘俐叹了口气：“我们家小孩真是前世作孽，才会碰到你这种爸爸。”

刘母拿了些绒线，为未来外孙织毛衣。刘俐说：“太早了！现在才几个月啊，晚些再织也不迟。”刘母说：“后面有后面的事，你以为闲得了啊？到时候有你忙的。”刘俐见她一件嫩黄色的小毛衣已织了大半：“也不晓得是男是女——”刘母道：“黄颜色不碍事的，男孩女孩都能穿。”

刘母颈椎不好，这阵子更是有些严重了。刘俐站到她身后，替她按摩肩颈。刘母劝她歇歇：“你还是顾好自己吧。”刘俐说没事，闲着也是闲着。她让母亲放松，指尖用力，一下一下地捏她颈后的穴位。“舒服吧?”她问。刘母点头：“有女儿按摩，比什么都舒服。”

刘俐笑笑，看着母亲手中的小毛衣，问她：“小孩生出来是什么样子的?”刘母想了想，回答：“像个剥皮小猪猡。”刘俐啧啧两声：“真的？这么恶心?”刘母一笑：“小孩生下来都差不多，皮肤皱叽叽的，五官全挤在一块儿——长着长着就好看了。我怀你那阵子，家里条件不好，有个乡下亲戚是种苹果的，每次来看我都带一筐苹果。我别的没啥吃，苹果倒是吃得不少，所以你小时候皮肤特别白，头发又黄，眼睛大大的，像个小外国人。”

刘俐又问：“那我小时候乖不乖?”刘母斜了她一眼，道：“你呀，整条弄堂就数你哭声最大，人家小孩吃饱奶就睡了，只有你从早哭到晚，抱着也哭，躺着也哭，饿了哭，饱了又哭——绝对是个天哭星下凡。带你一个啊，比带人家十个还累。”刘俐问：“那你肯定烦死我了吧?”刘母道：“怎么不烦？你屁股上不晓得挨了我多少记巴掌！那时又不像现在，自己忙不过来，还可以请保姆。晚上被你折腾通宵，白天还要抱着你去上班，又要做饭，又要做家务。你爸恨起来的时候就说，干脆把你送人算了。”

刘母说到这里，不禁笑了笑：“巧也是巧，那时你爸有个好朋友，老婆不会生孩子，想领养一个。听你爸隔三岔五地抱怨，就说，你不要，那送给我好了。”刘俐瞪大眼睛：“真的啊?”刘母笑道：“真倒是真的。你爸那个臭脾气，人家也是随口一说，他竟然劈头盖脸骂了人家一通，差点连朋友都没的做。他说，再不好总归是自己家的小孩，就算被她烦死作死，也不舍得送人的——也是，自家的小孩谁会不疼呢?”

刘俐怔怔地听着，忽地低下头，轻轻抚摸自己的肚子。

“有时候觉得蛮神奇，”她有些痴痴地道，“原来我也会怀孕，好奇怪。”

“真是傻话，”刘母说她，“是女人都会怀孕，有什么好奇怪的?女人啊，总归要有个孩子才行。之前你们拖着不肯要小孩，我也不好多说。其实一个完整的家，又怎么能没小孩呢？年轻时不觉得，将来上了岁数，迟早要后悔的。做人还是要随大流，人家没有的你别强求，人家有的你也别落下。说到底，过日子就是这么简单。有个小孩烦是烦些，可到底还是开心的时候多。”

刘母说着，伸手捋了捋女儿的刘海：“这些道理啊，等你把孩子生下来就晓得了。别看你现在三十多岁，可没生过孩子就谈不上是大人，孩子会让你变得成熟的。”

刘俐按着母亲的肩颈：“妈，你肩膀劳损得挺厉害。”

“这把年纪了，老了。”

半夜里，刘俐起来上厕所，经过客厅时，忽见阳台上有人影一闪。她吓了一跳，还当是小偷，借着月光再一看，竟然是父亲。他把阳台门关得严严实实，独自站着抽烟。夜里的风有些大，将他的头发吹得微微飘起，烟头也忽隐忽亮，像田野里的萤火虫。他大概有些冷，头一缩，拉紧了外衣。刘俐看着，忽地觉得非常不好意思，想父亲定是被烟瘾憋得受不了，白天硬撑着，直到半夜里才悄悄起来抽上一根，做贼似的。若不是为了她，父亲又怎会受这个罪。

刘俐站了几秒钟，没有惊动父亲，轻轻地走了过去。

“等你长大后，一定要好好孝顺外公，”刘俐平躺在床上，给肚子里的宝贝做胎教，“要努力读书，将来找个好工作，赚好多钱，给外公买最高级的香烟。多抽烟对身体不好，所以我们要以质量取胜，两个月买一条就可以了，要‘中华’，最好是‘熊猫’。”

一天晚上，林津打来电话时，听刘俐的声音带着哭腔，大吃一惊：“怎么了，又不舒服了？”

刘俐说：“不是，刚刚看了本小说，说一家三口本来生活得好好的，突然一场火灾，丈夫和儿子都没了，只剩下妻子一个人孤零零的。她想自杀，可试了几次都被人救下。她天天晚上都睡不着，抱着以前的全家福照片，一动不动地坐到天亮——”

“那是小说，不是真的，”林津劝她，“别再看了，我们说点开心的。”

“如果，我是说如果——”刘俐抽抽噎噎地道，“如果我生下小孩以后，将来也碰到这种事情，我肯定拼了命把你们救出去，自己去死。我不要一个人孤零零地活在世界上，那太惨了。”

林津忍不住好笑：“不不，还是你和孩子留着，我去死。”

“不行！如果你们都没了，那我活着还有什么意思？”她坚持，“你不要跟我抢，我死就是我死。”

林津笑起来：“别死啊活啊的了。放心，我们家住底楼，一有情况跑得比谁都快，保证大小平安，谁都死不了。”

“我们一家三口，要永远生活在一起。等我年纪大了，我还要给我小孩带孩子，让他给我按摩肩膀。天气好的时候，我们一大家子一起出去郊游。”

“好，没问题——老婆，你现在怎么变得这么多愁善感？以前你可是天塌下来当被盖，砍十刀都不会出血的现代女性——是不是怀孕的关系？”

“嗯，我觉得是。”

“以后别看小说了，要看也看轻松搞笑的。你这样胎教对小孩不好，哭哭啼啼的。与其这样，还不如给他讲《金瓶梅》呢。”林津笑得不怀好意。

“你就晓得《金瓶梅》。”

刘俐怀孕三个月时，林津从北京回到上海，刚好赶上第一次产检。电话预约时，护士提醒要抽血，所以必须空腹。夫妻俩起了个大早，到了医院才八点不到。检查项目很多，抽血、验尿、心电图、B 超、体重、血压——一圈转下来，好不容易才能吃上早饭。刘俐坐在座位上，轻轻抚摸着腹部。林津递上面包和牛奶，她吃了一口，便觉得反胃，哇地吐了出来。

“害喜很严重啊。”旁边一个陪女儿来产检的母亲见了，说道。

刘俐嗯了一声。

“我怀你的时候，比她还要严重，连胆汁都差点吐出来，”这母亲对她女儿道，“女人害喜就是这样可怜。”她女儿看上去已有八九个月的样子，听了便朝刘俐笑笑：“吃点话梅，会好些的。”

刘俐点了点头，也朝她笑笑。

大厅里，孕妇们走来走去，在护士们的指引下做着各种检查，家属跟在后面，如临大敌般。这时，一个抱着婴儿的女人走进来，到窗口拿药。那婴儿大约出生不久，胎毛还有，一双眼睛滴溜滚圆，黑白分明，很是可爱。厅里候诊的人立刻被吸引了，孕妇们倒是坐着不动，有趣的是他们的丈夫，纷纷起身，向那婴儿靠拢来，笑眯眯地逗他。“弟弟还是妹妹啊？”一人问。

新妈妈回答是弟弟。

“啧啧——”一个男人竟还拿起那婴儿的小手，亲了亲。

倘若放在别处，这些男人怕是无论如何都不会这样的，太过婆妈了。也许是这样的氛围，感同身受，激发出他们即将而来的父爱，看着竟有些滑稽了。刘俐见林津也是目不转睛地盯着那婴儿，嘴角还情不自禁地露出微笑。原本有些偏长的脸形，因这笑容，朝两边拉圆了，温柔又明亮，像春日里的第一抹阳光。

“你说，我们的小孩会这么可爱吗?”刘俐推了推他。

“当然!”林津重重地点头，“肯定比他还要可爱，可爱得不得了。”

回去的路上，他问她：“这个礼拜，胎儿长成什么样了?”

“像一条小金鱼。”刘俐回答。

“好，我决定了——以后我们孩子的小名就叫‘小金鱼’，呵呵!”

他说完，拿起妻子的手放在自己手心里，紧紧握着。